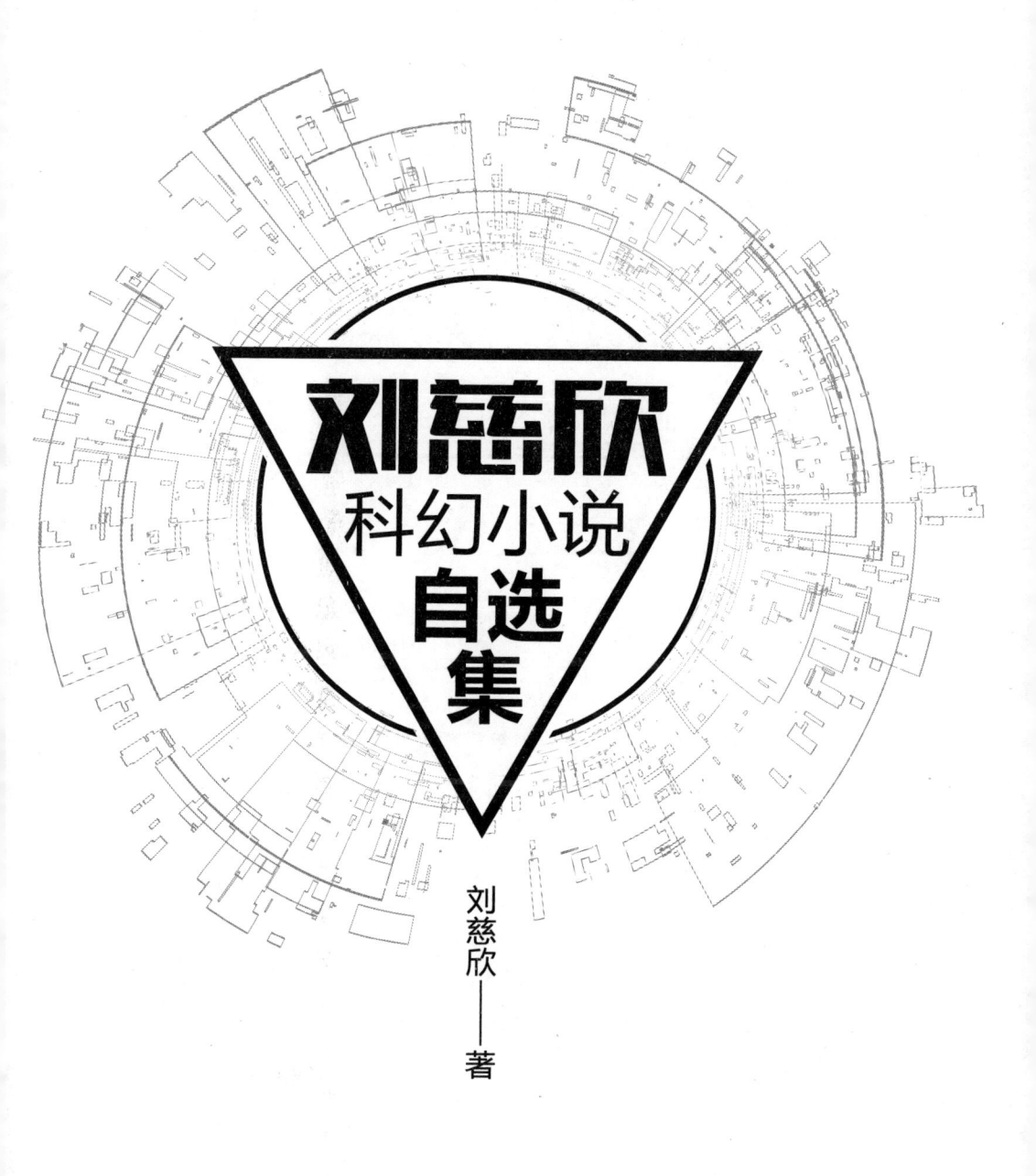

刘慈欣科幻小说自选集

刘慈欣 —— 著

长江出版传媒　长江文艺出版社

图书在版编目（CIP）数据

刘慈欣科幻小说自选集 / 刘慈欣著. -- 武汉：长江文艺出版社，2018.10
ISBN 978-7-5702-0482-3

Ⅰ.①刘… Ⅱ.①刘… Ⅲ.①科学幻想小说－小说集－中国－当代 Ⅳ.①I247.7

中国版本图书馆CIP数据核字(2018)第 136607 号

责任编辑：刘兰青	责任校对：陈 琪
封面设计：八牛·设计	责任印制：邱 莉 杨 帆

出版：长江出版传媒 长江文艺出版社
地址：武汉市雄楚大街268号　　邮编：430070
发行：长江文艺出版社
电话：027—87679360
http://www.cjlap.com
印刷：湖北画中画印刷有限公司

开本：700毫米×1000毫米　　1/16　印张：18.75　插页：1页
版次：2018年10月第1版　　2018年10月第1次印刷
字数：251千字

定价：39.80元

版权所有，盗版必究（举报电话：027—87679308　87679310）
（图书出现印装问题，本社负责调换）

目 录
CONTENTS

Page 001　**自序**

　　从大海见一滴水
　　——对科幻小说中某些传统文学要素的反思

第一辑　末日三部曲

Page 003　流浪地球
Page 033　微纪元
Page 053　超新星纪元

第二辑　大艺术系列

Page 083　山
Page 111　诗云
Page 136　梦之海

第三辑　人和吞食者

Page 165　朝闻道
Page 188　乡村教师
Page 216　全频带阻塞干扰
Page 253　吞食者

Page 281　**附录　刘慈欣经典语录**

序 | 从大海见一滴水
——对科幻小说中某些传统文学要素的反思

试想托尔斯泰在《战争与和平》中做出如下描述：

拿破仑率领60万法军侵入俄罗斯，俄军且战且退，法军渐渐深入俄罗斯广阔的国土，最近占领了已成为一座空城的莫斯科。在长期等待求和不成后，拿破仑只得命令大军撤退。俄罗斯严酷的冬天到来了，撤退途中，法国人大批死于严寒和饥饿，拿破仑最后回到法国时，只带回不到3万法军。

事实上托翁在那部巨著中确实写过大量这类文字，但他把这些描写都从小说的正文中隔离出来，以一些完全独立的章节放在书中。无独有偶，一个世纪后的另一位战争作家赫尔曼·沃克，在他的巨著《战争风云》中，也把宏观记述二战历史进程的文字以类似于附记的独立章节成文，并冠以一个统一的题目：《全球滑铁卢》，如果单独拿出来，可以成为一本不错的二战历史普及读物。

两位相距百年的作家的这种做法，无非是想告诉读者：这些东西是历史，不是我作品的有机部分，不属于我的文学创造。

确实，主流文学不可能把对历史的宏观描写作为作品的主体，其描写的宏观度达到一定程度，小说便不成其为小说，而成为史书了。当然，存在着大量描写历史全景的小说，如中国的《李自成》和外国的《斯巴达克斯》，但这些作品都是以历史人物的细节描写为主体，以大量的细节反映历史的全貌。它们也不可能把对历史的宏观进程描写作为主体,那是历史学家干的事。

但科幻小说则不同,请看如下文字:

天狼星统帅仑破拿率领60万艘星舰构成的庞大舰队远征太阳系。人类且战且退,在撤向外太空前带走了所有行星上的可用能源,并将太阳提前转化为不可能从中提取任何能量的红巨星。天狼远征军深入太阳系,最后占领了已成为一颗空星的地球。在长期等待求和不成后,仑破拿只得命令大军撤退。银河系第一批严酷的黑洞洪水期到来了,撤退途中,由于能源耗尽失去机动能力,星舰大批被漂浮的黑洞吞噬,仑破拿最后回到天狼星系时,舰队只剩下不到3万艘星舰。

这也是一段对历史的宏观描写,与上面不同的是,它同时还是小说,是作者的文学创造,因为这是作者创造的历史,仑破拿和他的星际舰队都来自于他的想象世界。

这就是科幻文学相对于主流文学的主要差异。主流文学描写上帝已经创造的世界,科幻文学则像上帝一样创造世界再描写它。

由于以上这个区别,使我们必须从科幻文学的角度,对科幻小说中主流文学的某些要素进行反思。

01
细节

小说必须有细节,但在科幻文学中,细节的概念已发生了巨大的变化。有这样一篇名为《奇点焰火》的科幻小说,描写在一群超级意识那里,用大爆炸方式创造宇宙只是他们的一场焰火晚会,一个焰火就是一次创世大爆炸,进而诞生一个宇宙。当我们的宇宙诞生时,有这样的描写:

"这颗好!这颗好!"当焰火在虚无中炸开时,主体1欢呼起来。

"至少比刚才几颗好,"主体2懒洋洋地说,"暴胀后形成的物理规律分布均匀,从纯能中沉淀出的基本粒子成色也不错。"

焰火熄灭了,灰烬纷纷下落。

"耐心点嘛,还有许多有趣的事呢!"主体1对又拿起一颗奇点焰火要点燃的主体2说,他把一架望远镜递给主体2,"你看灰里面,冷下来的物质形成许多有趣的微小低熵聚合。"

"嗯,"主体2举着望远镜说,"他们能自我复制,还产生了微小的意识……等等,他们中的一些居然推测出自己来自刚才那颗焰火,有趣……"

毫无疑问,以上的文字应该算作细节,描写两个人(或随便其他什么东西)在放一颗焰火前后的对话和感觉。但这个细节绝对不寻常,它真的不"细"了,短短200字,在主流文学中描写男女主人公的一次小吻都捉襟见肘,却在时空上囊括了我们的宇宙自大爆炸以来的全部历史,包括生命史和文明史,还展现了我们的宇宙之外的一个超宇宙的图景。这是科幻所独有的细节,相对于主流文学的"微细节"而言,我们不妨把它称为"宏细节"。

同样的内容,在主流文学中应该是这样描写的:

宇宙诞生于大爆炸,后来形成了包括太阳在内的恒星,后来在太阳旁边形成了地球。地球出现十几亿年后,生命在它的表面出现了,后来生命经过漫长的进化,出现了人类。人类经历了原始时代、农业时代、工业时代,进入信息时代,开始了对宇宙本原的思考,并证明了它诞生于大爆炸。

这是细节吗,显然不是。所以"宏细节"只能在科幻中出现,其实这样的细节在科幻小说中很常见,《2001》的最后一章宇航员化为纯能态后的描写就是最好的例子,这一段文字为科幻文学中最经典的篇章。在这些细节中,科幻作家笔端轻摇而纵横十亿年时间和百亿光年空间,使主流文学所囊括的世界和历史瞬间变成了宇宙中一粒微不足道的灰尘。

在科幻小说的早期,"宏细节"并不常见,只有在科幻文学将触角伸向宇宙深处,同时开始对宇宙本原的思考时,它才大量出现,它是科幻小说成熟的一个标志,也是最能体现科幻文学特点和优势的一种表现手法。

这里丝毫没有贬低传统文学中的"微细节"的意思,它同样是科幻小说中必不可少的因素,没有生动"微细节"的科幻小说就像是少了一条腿的巨人。即使全部以"微细节"构成的科幻小说,也不乏《昔日之光》这样的经典。

现在的遗憾是,在强调"微细节"的同时,"宏细节"在国内科幻小说的评论和读者中并没有得到认可,人们对它一般有两种评价:一、空洞,二、只是一个长篇梗概。

克拉克的《星》是科幻短篇中的经典,它最后那句:"毁灭了一个文明的超新星,仅仅是为了照亮伯利恒的夜空!"是科幻小说的千古绝唱,也是"宏细节"的典范。但这篇小说如果在国内写出,肯定发表不了,原因很简单:它没有细节。如果说《2001》虽然时空描写的尺度很大,但内涵已写尽,再扩长也没什么了,那么《星》可真像一部长篇梗概,甚至如果把这篇梗概递到一位国内出版社征集科幻长篇的老编手中,他(她)没准还嫌它写得太粗略呢。国内也有很多不错的作品以"没有细节"为由发表不出来,最典型的例子要数冯志刚的《种植文明》了。在2001年北京师大的银河奖颁奖会后座谈中,一位MM严厉地指责道:"科幻创作的不认真已经发展到了这种地步,以至于有人把一篇小说的内容简介也拿出来冒充杰作!"看到旁边冯兄的苦笑,我很想解释几句,但再看MM那义愤填膺、大义凛然的样子,话又吓回肚子里去了。其实,这部作品单从细节方面来说,比国外的一些经典还是细得多。不信你可以去看看两年前刚获星云奖的《引力深井》,看看卡尔维诺的《螺旋》,再看看很有些年代的《最初的和最后的人》。听说冯兄正在把他的这篇"内容简介"扩为长篇,其实这事儿西方科幻作家也常干,但耐人寻味的是,很多被扩成的长篇在科幻史上的地位还不如它的短篇"梗概"。

"宏细节"的出现,对科幻小说的结构有着深刻的影响。这使我们联想到了应用软件(特别是MIS软件)的开发理论。依照来自西方的软件工程理论，软件的开发应该由顶向下，即首先建好软件的整体框架，然后逐步细化。而在国内，由于管理水平和信息化层次的限制，企业 MIS 软件的开发基本上都是反其道而行之，先有各专业的小模块，最后逐渐凑成一个大系统（这造成了相当多的灾难性的后果）。前者很像以"宏细节"为主的科幻，先按自己创造的规律建成一个世界，再去进一步充实细化它；而后者，肯定是传统文学的构建方式了。传统文学没有办法自上而下地写，因为上面的结构已经建好了，描写它不是文学的事。

科幻急剧扩大了文学的描写空间，使得我们有可能从对整个宇宙的描写中更生动也更深刻地表现地球，表现在主流文学存在了几千年的传统世界，从仙座星云中拿一个望远镜看地球上罗密欧在朱丽叶的窗下打口哨，肯定比从不远处的树丛中看更有趣。

科幻能使我们从大海见一滴水。

02
人物

人类的社会史，就是一部人的地位的上升史。从斯巴达克斯挥舞利剑冲出角斗场，到法国的革命者们高喊人权博爱平等，人从手段变为目的。

但在科学中，人的地位正沿着相反的方向演化，从上帝的造物（宇宙中的其他东西都是他老人家送给我们的家具）、万物之灵，退化到与其他动物没有本质的区别，再退化到宇宙角落中一粒沙子上的微不足道的细菌。

科幻属于与社会文化密不可分的文学，但它是由科学催生的，现在的问题是，在人的地位上，我们倒向哪边？

主流文学无疑倒向了前者，文学是人学，已经成了一句近乎于法律的准则，一篇没有人物的小说是不能被接受的。

从不长的世界科幻史看，科幻小说并没有抛弃人物，但人物形象和地位与主流文学相比已大大降低。到目前为止，成为经典的那些科幻作品基本上没有因塑造人物形象而成功的。在我们看过的所有电影中，人物形象的平面呆板之最是《2001》创造的，里面的科学家和宇航员目光呆滞面无表情，用机器般恒定的声调和语速说话。如果说其他科幻作品中人物形象的欠缺是由于作家的不在意或无能为力，《2001》则是库布里克故意而为之，他仿佛在告诉我们，人在这部作品中只是一个符号。他做得很成功，看过电影后，我们很难把飞船中那仅有的两个宇航员区分开来，除了名字，他们似乎没有任何个性上的特点。

人物的地位在科幻小说中的变化，与细节的变化一样，同样是由于科幻急剧扩大了文学描述空间的缘故，另一个重要原因是，由于科幻与科学天然的联系，使得它能够对人类在宇宙中的地位有一个清醒的认识。

人物形象的概念在科幻小说中主要有以下两方面的扩展。

其一，以整个种族形象取代个人形象。与传统文学不同，科幻小说有可能描写除人类之外的多个文明，并给这些文明及创造它的种族赋予不同的形象和性格。创造这些文明的种族可以是外星人，也可以是进入外太空的不同人类群落。前面提到的《种植文明》，就是典型例子。我们把这种新的文学形象称为种族形象。

其二，一个世界作为一个形象出现。这些世界可以是不同的星球和星系，也可以是平行宇宙中的不同分支，近年来，又增添了许多运行于计算机内存中的虚拟世界。这又分为两种情况：一是这些世界是有人的（不管是什么样的人），这种世界形象，其实就是上面所说的种族形象的进一步扩展。另一种情况是没有人的世界，后来由人（大多是探险者）进入。在这种情况中，更多地关注于这些世界的自然属性，以及它对进入其中的人的作用。在这种情况下，世界形象往往像传统文学中的一个反派角色，与进入其中的人发生矛盾冲突。科幻小说中还有一种十分罕见的世界形象，这些世界独立存在于宇宙中，人从来没有进入，作者以一个旁边的超意识位置来描写它。比如《巴别图书馆》。这类作品很少，也很难读，但却把科幻的特点推向极致。

不管是种族形象还是世界形象，在主流文学中都不可能存在，因为一个文学形象存在的前提是有可能与其他形象进行比较，描写单一种族（人类）和单一世界（地球）的主流文学，必须把形象的颗粒细化到个人，种族形象和世界形象是科幻对文学的贡献。

科幻中两种新的文学形象显然没有得到国内读者和评论的认可，我们对科幻小说的评论，仍然延续着传统文学的思维，无法接受不以传统人物形象为中心的作品，更别提有意识地创造自己的种族形象和世界形象了，而对于这两个科幻文学形象的创造和欣赏，正是科幻文学的核心内容，中国科幻在文学水平上的欠缺，本质上是这两个形象的欠缺。

03
科幻题材的现实与空灵

国内的读者偏爱贴近现实的科幻，稍微超脱和疯狂一些的想象就无法接受。在这种情况下，我们的科幻大多是近未来的。

其实这个话题在理论上没有太多可讨论的，科幻的存在就是为了科学幻想，现在科学要被抛弃了，那只剩下幻想。展现想象世界是这个文学品种的起点和目的。用科幻描写现实，就像用飞机螺旋桨当电扇，不好使的。有一件事一直让我迷惑不解：想看对现实的描写干吗要看科幻？《人民文学》不好看吗？《收获》不好看吗？《平凡的世界》不好看吗？要论对现实描写的层次和深度，科幻连主流文学落下的那点儿也比不上。

很多年前看过一部苏联的喜剧电影，其中有这样的镜头：一架大型客机降落到公路上，与汽车一起行驶，它遵守所有交通规则，同汽车一样红灯停绿灯行。

这是对国内科幻题材现状的绝妙写照。科幻是一种能飞进来的文学，我们偏偏喜欢让它在地上爬行。

04
科幻中的英雄主义

现代主流文学进入了嘲弄英雄的时代，正如那句当代名言："太阳是一泡屎，月亮是一张擦屁股纸。"

其实，这种做法并非完全没有道理。科学和理性地想想，英雄主义并不是一个褒义词。二战中那些英勇的德国坦克手和日本神风飞行员的行为是不是英雄主义？当然可以说不是，因为他们在为非正义的一方而战斗。但进一步思考，这种说法带给我们的只有困惑。普通人在成为英雄以前并不是学者，他们不可能去判断自己所从事事业的正义与否；更重要的是，即使是学者，从道义角度对一场战争进行判断也是很难的，说一场战争是不是正义的，更多的是用脚而不是用大脑说话，即看你站在哪方的立场上。像二战这样对其道义性质有基本一致的看法的战争，在人类历史上是极为罕见的。如果按传统的英雄主义概念，在战争到来时，普通人如果想尽责任，其行为是否是英雄主义就只能凭运气了，更糟的是这种运气还不是扔硬币的二分之一，随着时间的推移，人们肯定认为大部分战争中双方的阵亡士兵都是无意义的炮灰。以这样的定义再去看英雄主义，就会发现它在历史上给人类带来的灾难远大于进步。《光荣与梦想》中的女人公所为之牺牲的事业也并非是正义的。这样一来，难道那些以生命为代价的惨烈奉献，那些只有人类才能做出的气壮山河歌泣鬼神的壮举，全是毫无意义的变态和闹剧？

比较理智和公平的做法，是将英雄主义与道义区分开来，只将它作为一种人类特有的品质，一种将人与其他动物区别开来的重要标志。

随着文明的进步，随着民主和人权理念在全世界被认可，英雄主义正在淡出。文学嘲弄英雄，是从另一个角度呼唤人性，从某种程度上看是历史的进步。可以想象，如果人类社会沿目前的轨道发展，英雄主义终将成为一种陌生的东西。

现在的问题是：人类社会肯定会沿着目前的轨道发展吗？

人类是幸运的，文明出现以来，人类世界作为一个整体，从未面对过来自人类之外的能在短时间内灭绝全种族的灾难。但不等于这样的灾难在未来也躲着我们。

当地球面临外星文明的全面入侵时，为保卫我们文明，可能有10亿人需要在外星人的激光下成为炮灰；或者当太阳系驶入一片星际尘埃中，恶化的地球生态必须让30亿人去死以防止60亿人一起死，这种情况下，我们的文学是否还要继续嘲笑英雄主义呢？那时高喊人性和人权能救人类吗？

从科幻的角度看人类，我们的种族是极其脆弱的，在这冷酷的宇宙中，人类必须勇敢地牺牲其中的一部分以换取整个文明的持续，这就需要英雄主义了。现在的人类文明正处在前所未有的顺利发展阶段，英雄主义确实不太重要了，但不等于在科幻所考虑的未来也不重要。

科幻文学是英雄主义和理想主义的最后一个栖身之地，就让它们在这里多待一会儿吧。

05
┤科幻中的第三个形象├

前面说过科幻文学所特有的两个形象：种族形象和世界形象，它还有第三个主流文学所没有的形象：科学形象。由于科幻是科学发展的直接产物，不管是传统的硬科幻，还是后来的软科幻，科学总是或明显或隐藏地存在于其中，它像血液般充盈在科幻小说的字里行间，作为一个无所不在的形象，一直在被科幻小说塑造着。

中国科幻一直在向主流文学学习，但不是一个好学生：我们关注人物形象和语言技巧，结果我们的作品在人家看来不过是小学生作文；我们关注现实，与人家相比不过是一群涉世不深的学生娃的无病呻吟；我们也玩后现代，结果更是一塌糊涂。但在一件事上，科幻对主流文学却是青出于蓝胜于蓝。

那就是对科学的丑化和妖魔化。

其实，到现在为止，主流文学只是与科学保持着一定的距离，并没有刻意伤害她，这一方面因为传统文学中的田园场景与科学关系不大，另一方面，丑化科学首先需要了解她，在这一点上主流文学可能有一定的障碍。但科幻确有着这方面的天然优势，而且做起来不遗余力！

我们科幻小说中的科学形象已经成了什么样子，我想大家都很清楚。

不错，西方的科幻作家们在这方面做的比我们有过之而无不及，但这并不是我们这样做的理由。科学在西方社会相当普及，对它的后果进行反思也许是必要的。但即使如此，这种倾向也受到了西方科学界和科幻评论界的一致谴责。在中国，科学在大众中还是一支旷野上的小烛苗，一阵不大的风都能将它吹灭。现在的首要任务不是预言科学的灾难，中国社会面临的真正灾难是科学精神在大众中的丧失。

科学的力量在于大众对她的理解，这是一句真知灼见。而让科学精神在大众中生根发芽是一项伟大的事业，与之相比，科幻倒显得微不足道了。本来两者并不矛盾，老一辈的中国科幻人曾满怀希望让科幻成为这项伟大事业的一部分，现在看来这希望是何等的天真。但至少，科幻不应对这项事业造成损害。科学是科幻的母亲，我们真愿意成为她的敌人吗？

如果不从负面描写科学，不把她写得可怖可怕就不能吸引读者，那就让我们把手中的笔停下来吧，没什么了不起的，还有许多别的有趣的事情可做。如果中国科幻真有消失的那一天，作为一个忠诚的老科幻迷，我真诚地祈祷她死得干净些。

06
陈旧的枷锁

以上写了一些科幻与主流文学的对比，丝毫没有贬低主流文学的意思。以上谈到的科幻的种种优势是它本身的性质所决定，它并没有因此在水平上高出主流文学，相反，她没有很好地利用自己的优势。其实，与主流文学相比时，我常常有自惭形秽的感觉。最让我们自愧不如的，是主流文学家们那种对文学表现手法的探索和创新的勇气。从意识流到后现代文学令人眼花缭乱的表现手法，以我行我素的执着精神不断向前发展着。再看看科幻，我们并没有创造出属于自己的表现手法，新浪潮运动不过是把主流文学的表现工具拿过来为己所用，后来又发现不合适，整个运动被科幻理论研究者称为"将科幻的价值和地位让位于主流文学的努力"。至于前面提到的宏细节、种族形象和世界形象，都是科幻作家们的无意识作为，没有上升到理论高度，更没有形成一种自觉的表现手法。而在国内，这些手法甚至得不到基本的认可。

其实，前面所提到的在科幻文学中扩展和颠覆的一些传统文学元素，如人物形象、细节描写等，在主流文学中也正在被急剧变革。像博尔赫斯和卡尔维诺这样的主流文学家，早就抛弃了那些传统的教条，并取得了巨大的成功。

　　反观国内科幻的评论者们，却正在虔诚地拾起人家扔掉的破烂枷锁，庄严地套到自己身上，把上面的螺栓拧到最紧后，对那些稍越雷池一步的科幻作品大加讨伐，俨然成了文学尊严的守护者。看着网上的那些评论，满篇陈腐的教条，没有一点年轻人的敏锐和朝气，有时真想问一句：您高寿？

　　创新是文学的生命，更是科幻的生命，面对着这个从大海见一滴水的文学，我们首先要有大海的胸怀！

2003 年 9 月 30 日于娘子关

第一辑　末日三部曲

流浪地球

微纪元

超新星纪元

流浪地球

一　刹车时代

我没见过黑夜，我没见过星星，我没见过春天、秋天和冬天。

我出生在刹车时代结束的时候，那时地球刚刚停止转动。

地球自转刹车用了42年，比联合政府的计划长了3年。妈妈给我讲过我们全家看最后一个日落的情景，太阳落得很慢，仿佛在地平线上停住了，用了三天三夜才落下去，当然，以后没有"天"也没有"夜"了，东半球在相当长的一段时间里（有十几年吧）将处于永远的黄昏中，因为太阳在地平线下并没落深，还在半边天上映出它的光芒。就在那次漫长的日落中，我出生了。

黄昏并不意味着昏暗，地球发动机把整个北半球照得通明。地球发动机安装在亚洲和美洲大陆上，因为只有这两个大陆完整坚实的板块结构才能承受发动机对地球巨大的推力。地球发动机共有一万二千台，分布在亚洲和美洲大陆的各个平原上。从我住的地方，可以看到几百台发动机喷出的等离子体光柱。你想象一个巨大的宫殿，有雅典卫城上的神殿那么大，殿中有无数根顶天立地的巨柱，每根柱子像一根巨大的日光灯管那样发出蓝白色的强光。而你，是那巨大宫殿地板上的一个细菌，这样，你就可以想象到我所在的世界是什么样子了。其实这样描述还不是太准确，是地球发动机产生的切线推力分量刹住了地球的自转，因此地球发动机的喷射必须有一定的角度，这样天空中的那些巨型光柱是倾斜的,我们是处在一个将要倾倒的巨殿中!南半球的人来到北半球后突然置身于这个环境中,有许多人会神经失常的。比这景象更可怕的是发动机带来的酷热,户外气温高达摄氏七八十度,必须穿冷却服才能外出。在这样的气温下常常会有暴雨,而发动机光柱穿过乌云时的景象简直是一场噩梦!光柱蓝白色的强光在云中散射,变成无数种色彩组成的疯狂涌动的光晕,整个天空仿佛被白热的火山岩浆所覆盖。爷爷老糊涂了,有一次被酷热折磨得实在受不了,看到下大雨喜出望外,赤膊冲出门去,我们没来得及拦住他。外面雨点已被地球发动机超高温的等离子光柱烤热,把他身上烫起了一层皮。

但对于我们这一代在北半球出生的人来说,这一切都很自然,就如同对于刹车时代以前的人们,太阳星星和月亮那么自然,我们把那以前人类的历史都叫作前太阳时代,那真是个让人神往的黄金时代啊!

我在小学入学时,作为一门课程,教师带我们班的 30 个孩子进行了一次环球旅行。这时地球已经完全停转,地球发动机除了维持这个行星的这种静止状态外,只进行一些姿态调整,所以在从我 3 岁到 6 岁这 3 年中,光柱的光度大为减弱,这使得我们可以在这次旅行中更好地认识我们的世界。

我们首先在近距离见到了地球发动机,是在石家庄附近的太行山出口处看到它的,那是一座金属的高山,在我们面前赫然耸立,占据了半个天空,同它相比,西边的太行山山脉如同一串小土丘。有的孩子惊叹它如珠峰一样高。我们的班主任小星老师是一位漂亮姑娘,她笑着告诉我们,这座发动机的高度是 11000 米,比珠峰还要高一千多米,人们管它们叫"上帝的喷灯"。我们站在它巨大的阴影中,感受着它通过大地传来的振动。

地球发动机分为两大类,大一些的叫"山",小一些的叫"峰"。我们登上了"华北 794 号山"。登"山"比登"峰"花的时间长,因为"峰"是靠巨型电梯上下的,上"山"则要坐汽车沿盘"山"公路走。我们的汽车混在不见首尾的长车队中,沿着光滑的钢铁公路向上爬行。我们的左边是青色的金属峭壁,右边是万丈深渊。车队是由 50 吨的巨型自卸卡车组成,车上满载着从太行山上挖下的岩石。汽车很快升到了 5000 米以上,下面的大地已看不清细节,只能看到反射的地球发动机的一片青光。小星老师让我们戴上氧气面罩。随着我们距喷口越来越近，光度和温度都在剧增，面罩的颜色渐渐变深，冷却服中的微型压缩机也大功率地忙碌起来。在6000米处，我们见到了进料口，一车车的大石块倒进那闪着幽幽红光的大洞中，一点声音都没传出来。我问小星老师地球发动机是如何把岩石做成燃料的。

"重元素聚变是一门很深的学问，现在给你们还讲不明白。你们只需要知道，地球发动机是人类建造的力量最大的机器，比如我们所在的华北794号，全功率运行时能向大地产生150亿吨的推力。"

我们的汽车终于登上了顶峰，喷口就在我们头顶上。由于光柱的直径太大，我们现在抬头看到的是一堵发着蓝光的等离子体巨墙，这巨墙向上伸延到无限高处。这时，我突然想起不久前的一堂哲学课，那个憔悴的老师给我们出了一个谜语。

"你在平原上走着走着，突然迎面遇到一堵墙，这墙向上无限高，向下无限深，向左无限远，向右无限远，这墙是什么？"

我打了一个寒战，接着把这个谜语告诉了身边的小星老师。她想了好大一会儿，困惑地摇摇头。我把嘴凑到她耳边，把那个可怕的谜底告诉她。

"死亡。"

她默默地看了我几秒钟，突然把我紧紧地抱在怀里。我从她的肩上极目望去，迷蒙的大地上，耸立着一片金属的巨峰，从我们周围一直延伸到地平线。巨峰吐出的光柱，如一片倾斜的宇宙森林，刺破我们摇摇欲坠的天空。

我们很快到达了海边，看到城市摩天大楼的尖顶伸出海面，退潮时白花花的海水从大楼无数的窗子中流出，形成一道道瀑布……刹车时代刚刚结束，其对地球的影响已触目惊心：地球发动机加速造成的潮汐吞没了北半球三分之二的大城市，发动机带来的全球高温融化了极地冰川，更使这大洪水雪上加霜，波及南半球。爷爷在30年前目睹了百米高的巨浪吞没上海的情景，他现在讲这事的时候眼还直勾勾的。事实上，我们的星球还没启程就已面目全非了，谁知道在以后漫长的外太空流浪中，还有多少苦难在等着我们呢？

我们乘上一种叫船的古老的交通工具在海面上航行。地球发动机的光柱在后面越来越远，一天以后就完全看不见了。这时，大海处在两片霞光之间，一片是西面地球发动机的光柱产生的青蓝色霞光，一片是东方海平面下的太阳产生的粉红色霞光，它们在海面上的反射使大海也分成了闪耀着两色光芒的两部分，我们的船就行驶在这两部分的分界处，这景色真是奇妙。但随着青蓝色霞光的渐渐减弱和粉红色霞光的渐渐增强，一种不安的气氛在船上弥漫开来。甲板上见不到孩子们了，他们都躲在船舱里不出来，舷窗的帘子也被紧紧拉上。一天后，我们最害怕的那一时刻终于到来了，我们集合在那间用作教室的大舱中，小星老师庄严地宣布：

"孩子们，我们要去看日出了。"

没有人动，我们目光呆滞，像突然冻住一样僵在那儿。小星老师又催了几次，还是没人动。她的一位男同事说：

"我早就提过，环球体验课应该放在近代史课前面，学生在心理上就比较容易适应了。"

"没那么简单，在近代史课前，他们早就从社会知道一切了。"小星老师接着对几位班干部说："你们先走，孩子们，不要怕，我小时候第一次看日出也很紧张的，但看过一次就好了。"

孩子们终于一个个站了起来，朝着舱门挪动脚步。这时，我感到一只湿湿的小手抓住了我的手，回头一看，是灵儿。

"我怕……"她嘤嘤地说。

"我们在电视上也看到过太阳，反正都一样的。"我安慰她说。

"怎么会一样呢，你在电视上看蛇和看真蛇一样吗？"

"……反正我们得上去，要不这门课会扣分的！"

我和灵儿紧紧拉着手，和其他孩子一起战战兢兢地朝甲板走去，去面对我们人生中的第一次日出。

"其实，人类把太阳同恐惧连在一起也只是这三四个世纪的事。这之前，人类是不怕太阳的，相反，太阳在他们眼中是庄严和壮美的。那时地球还在转动，人们每天都能看到日出和日落。他们对着初升的太阳欢呼，赞颂落日的美丽。"小星老师站在船头对我们说，海风吹动着她的长发，在她身后，海天连线处射出几道光芒，好像海面下的一头大得无法想象的怪兽喷出的鼻息。

终了,我们看到了那令人胆寒的火焰,开始时只是天水连线上的一个亮点,很快增大,渐渐显示出了圆弧的形状。这时,我感到自己的喉咙被什么东西掐住了,恐惧使我窒息,脚下的甲板仿佛突然消失,我在向海的深渊坠下去,坠下去……和我一起下坠的还有灵儿,她那蛛丝般柔弱的小身躯紧贴着我颤抖着;还有其他孩子,其他的所有人,整个世界,都在下坠。这时我又想起了那个谜语,我曾问过哲学老师,那堵墙是什么颜色的,他说应该是黑色的。我觉得不对,我想象中的死亡之墙应该是雪亮的,这就是为什么那道等离子体墙让我想起了它。这个时代,死亡不再是黑色的,它是闪电的颜色,当那最后的闪电到来时,世界将在瞬间变成蒸汽。

3个多世纪前,天体物理学家们就发现这太阳内部氢转化为氦的速度突然加快,于是他们发射了上万个探测器穿过太阳,最终建立了这颗恒星完整精确的数学模型。巨型计算机对这个模型计算的结果表明,太阳的演化已向主星序外偏移,氦元素的聚变将在很短的时间内传遍整个太阳内部,由此产生一次叫氦闪的剧烈爆炸,之后,太阳将变为一颗巨大但暗淡的红巨星,它膨胀到如此之大,地球将在太阳内部运行!事实上在这之前的氦闪爆发中,我们的星球已被汽化了。

这一切将在400年内发生,现在已过了380年。

太阳的灾变将炸毁和吞没太阳系所有适合居住的类地行星,并使所有类木行星完全改变形态和轨道。自第一次氦闪后,随着重元素在太阳中心的反复聚集,太阳氦闪将在一段时间反复发生,这"一段时间"是相对于恒星演化来说的,其长度可能相当于上千个人类历史。所以,人类在以后的太阳系中已无法生存下去,唯一的生路是向外太空恒星际移民,而照人类目前的技术力量,全人类移民唯一可行的目标是人马座比邻星,这是距我们最近的恒星,有4.3光年的路程。以上看法人们已达成共识,争论的焦点在移民方式上。

为了加强教学效果,我们的船在太平洋上折返了两次,又给我们制造了两次日出。现在我们已完全适应了,也相信了南半球那些每天面对太阳的孩子确实能活下去。

以后我们就在太阳下航行了,太阳在空中越升越高,这几天凉爽下来的天气又热了起来。我正在自己的舱里昏昏欲睡，听到外面有骚乱的人声。灵儿推开门探进头来。

"嗨，飞船派和地球派又打起来了！"

我对这事儿不感兴趣，他们已经打了4个世纪了。但我还是到外面看了看，在那打成一团的几个男孩儿中，一眼就看出了挑起事儿的是阿东，他爸爸是个顽固的飞船派，因参加一次反联合政府的暴动，现在还被关在监狱里，有其父必有其子。

小星老师和几名粗壮的船员好不容易才拉开架，阿东鼻子血糊糊的，振臂高呼："把地球派扔到海里去！"

"我也是地球派，也要扔到海里去？"小星老师问。

"地球派都扔到海里去！"阿东毫不示弱，现在，在全世界飞船派情绪又呈上升趋势，所以他们又狂起来了。

"为什么这么恨我们？"小星老师问，其他几个飞船派小子接着喊了起来。

"我们不和地球派傻瓜在地球上等死！"

"我们要坐飞船走！飞船万岁！"

……

小星老师按了一下手腕上的全息显示器，我们面前的空中立刻显示出一幅全息图像，孩子们的注意力立刻被它吸引过去，暂时安静下来。那是一个晶莹透明的密封玻璃球，大约有10厘米直径，球里有三分之二充满了水，水中有一只小虾、一小只珊瑚和一些绿色的藻类植物，小虾在水中悠然地游动着。小星老师说："这是阿东的一件自然课的设计作业，小球中除了这几样东西外，还有一些看不见的细菌。它们在密封的玻璃球中相互依赖、相互作用。小虾以海藻为食，从水中摄取氧气，然后排出含有机物质的粪便和二氧化碳废气，细菌将这些东西分解成无机物质和二氧化碳，然后海藻利用了这些无机物质与人造阳光进行光合作用，制造营养物质，进行生长和繁殖，同时放出氧气供小虾呼吸。这样的生态循环应该能使玻璃球中的生物在只有阳光供应的情况下生生不息。这是我见过的最好的课程设计，我知道，这里面凝聚了阿东和所有飞船派孩子的梦想，这就是你们梦中飞船的缩影啊！阿东告诉我，他按照计算机中严格的数学模型，对球中每一样生物进行了基因设计，使他们的新陈代谢正好达到平衡。他坚信，球中的生命世界会长期活下去，直到小虾寿命的终点。老师们都很钟爱这件作业，我们把它放到所要求强度的人造阳光下，也坚信阿东的预测，默默地祝福他创造的这个小小的世界。但现在，时间只过去了十几天……"

小星老师从随身带来的一个小箱子中小心翼翼地拿出了那个玻璃球，死去的小虾漂浮在水面上，水已混浊不堪，腐烂的藻类植物已失去了绿色，变成一团没有生命的毛状物覆盖在珊瑚上。

"这个小世界死了。孩子们，谁能说出为什么？"小星老师把那个死亡的世界举到孩子们面前。

"它太小了！"

"说得对，太小了，小的生态系统，不管多么精确，是经不起时间的风浪的。飞船派们想象中的飞船也一样。"

"我们的飞船可以造得像上海或纽约那么大。"阿东说，声音比刚才低了许多。

"是的，按人类目前的技术也只能造这么大，同地球相比，这样的生态系统还是太小了，太小了。"

"我们会找到新的行星。"

"这连你们自己也不相信。人马座没有行星，最近有行星的恒星在850光年以外，目前人类能建造的最快的飞船也只能达到光速的百分之零点五，这样就需17万年时间才能到那儿，飞船规模的生态系统连这十分之一的时间都维持不了。孩子们，只有像地球这样规模的生态系统，这样气势磅礴的生态循环，才能使生命万代不息！人类在宇宙间离开了地球，就像婴儿在沙漠里离开了母亲！"

"可……老师，我们来不及的，地球来不及的，它还来不及加速到足够快，航行到足够远，太阳就爆炸了！"

"时间是够的，要相信联合政府！这我说了多少遍，如果你们还不相信，我们就退一万步说，人类将自豪地去死，因为我们尽了最大的努力！"

人类的逃亡分为五步：第一步，用地球发动机使地球停止转动，使发动机喷口固定在地球运行的反方向；第二步，全功率开动地球发动机，使地球加速到逃逸速度，飞出太阳系；第三步：在外太空继续加速，飞向比邻星；第四步：在中途使地球重新自转，调转发动机方向，开始减速；第五步：地球泊入比邻星轨道，成为这颗恒星的卫星。人们把这五步分别称为刹车时代、逃逸时代、流浪时代 I（加速）、流浪时代 II（减速）、新太阳时代。

整个移民过程将延续2500年时间，一百代人。

我们的船继续航行，到了地球黑夜的部分，在这里，阳光和地球发动机的光柱都照不到，在大西洋清凉的海风中，我们这些孩子第一次看到了星空。天啊，那是怎样的景象啊，美得让我们心醉。小星老师一手搂着我们，一手指着星空，"看，孩子们，那就是人马座，那就是比邻星，那就是我们的新家！"说完她哭了起来，我们也都跟着哭了，周围的水手和船长，这些铁打的汉子也流下了眼泪。所有的人都用泪眼探望着老师指的方向，星空在泪水中扭曲抖动，唯有那个星星是不动的，那是黑夜大海狂浪中远方陆地的灯塔，那是冰雪荒原中快要冻死的孤独旅人前方隐现的火光，那是我们心中的星星，是人类在未来一百代人的苦海中唯一的希望和支撑……

在回家的航程中，我们看到了起航的第一个信号：夜空中出现了一个巨大的彗星，那是月球。人类带不走月球，就在月球上也安装了行星发动机，把它推离地球轨道，以免在地球加速时相撞。月球上行星发动机产生的巨大彗尾使大海笼罩在一片蓝光之中，群星看不见了。月球移动产生的引力潮汐使大海巨浪冲天，我们改乘飞机向南半球的家飞去。

起航的日子终于到了！

我们一下飞机，就被地球发动机的光柱照得睁不开眼，这些光柱比以前亮了几倍，而且所有光柱都由倾斜变成笔直，地球发动机开到了最大功率，加速产生的百米巨浪轰鸣着滚上每个大陆，灼热的飓风夹着滚烫的水沫，在林立的顶天立地的等离子光柱间疯狂呼啸，拔起了陆地上所有的大树……这时从宇宙空间看，我们的星球也成了一个巨大的彗星，蓝色的彗尾刺破了黑暗的太空。

地球上路了，人类上路了。

就在起航时，爷爷去世了，他身上的烫伤已经感染。弥留之际他反复念叨着一句话。

"啊，地球，我的流浪地球啊……"

二　逃逸时代

学校要搬入地下城了，我们是第一批入城的居民。校车钻进了一个高大的隧洞，隧洞呈不大的坡度向地下延伸。走了有半个钟头，我们被告知已入城了。可车窗外哪有城市的样子？只看到不断掠过的错综复杂的支洞和洞壁上无数的密封门，在高高洞顶的一排泛光灯下，一切都呈单调的金属蓝色。想到后半生的大部分时光都要在这个世界中度过，我们不禁黯然神伤。

"原始人就住洞里，我们又住洞里了。"灵儿低声说，这话还是让小星老师听见了。

"没有办法的，孩子们，地面的环境很快就要变得很可怕很可怕，那时，冷的时候，吐一口唾沫，还没掉到地上呢，就冻成小冰块儿了；热的时候，再吐一口唾沫，还没掉到地上，就变成蒸汽了！"

"冷我知道，因为地球离太阳越来越远了；可为什么还会热呢？"同车的一个低年级的小娃娃问。

"笨，没学过变轨加速吗？"我没好气地说。

"没。"

灵儿耐心地解释起来，好像是为了分散刚才的悲伤。"是这样：跟你想的不同，地球发动机没那么大劲儿，它只能给地球很小的加速度，不能把地球一下子推出太阳轨道，在地球离开太阳前，还要绕着它转15个圈呢！在这15个圈中地球慢慢加速。现在，地球绕太阳转着一个挺圆的圈儿，可它的速度越快呢，这圈就越扁，越快越扁越快越扁，太阳越来越移到这个扁圈的一边儿，所以后来，地球有时离太阳会很远很远，当然冷了……"

"可……还是不对！地球到最远的地儿是很冷，可在扁圈的另一头儿，它离太阳……嗯，我想想，按轨道动力学，还是现在这么近啊，怎么会更热呢？"

真是个小天才，记忆遗传技术使这样的小娃娃成了平常人，这是人类的幸运，否则，像地球发动机这样连神都不敢想的奇迹，是不会在4个世纪内变成现实的。

我说："可还有地球发动机呢，小傻瓜，现在，一万多台那样的大喷灯全功率开动，地球就成了火箭喷口的护圈了……你们安静点吧，我心里烦！"

我们就这样开始了地下的生活，像这样在地下500米处人口超过百万的城市遍布各个大陆。在这样的地下城中，我读完小学并升入中学。学校教育都集中在理工科上，艺术和哲学之类的教育已压缩到最少，人类没有这份闲心了。这是人类最忙的时代，每个人都有做不完的工作。很有意思的是，地球上所有的宗教在一夜之间消失得无影无踪，人们现在终于明白，就算真有上帝，他也是个王八蛋。历史课还是有的，只是课本中前太阳时代的人类历史对我们就像伊甸园中的神话一样。

父亲是空军的一名近地轨道宇航员，在家的时间很少。记得在变轨加速的第五年，在地球处于远日点时，我们全家到海边去过一次。运行到远日点顶端那一天，是一个如同新年或圣诞节一样的节日，因为这时地球距太阳最远，人们都有一种虚幻的安全感。像以前到地面上去一样，我们需穿上带有核电池的全密封加热服。外面，地球发动机林立的刺目光柱是主要能看见的东西，地面世界的其他部分都淹没于光柱的强光中，也看不出变化。我们乘飞行汽车飞了很长时间，到了光柱照不到的地方，到了能看见太阳的海边。这时的太阳已成了一个棒球大小，一动不动地悬在天边，它的光芒只在自己的周围映出了一圈晨曦似的亮影，天空呈暗暗的深蓝色，星星仍清晰可见。举目望去，哪有海啊，眼前是一片白茫茫的冰原。在这封冻的大海上，有大群狂欢的人。焰火在暗蓝色的空中开放，冰冻海面上的人们以一种不正常的忘情在狂欢着，到处都是喝醉了在冰上打滚的人，更多的人在声嘶力竭地唱着不同的歌，都想用自己的声音压住别人。

"每个人都在不顾一切地过自己想过的生活，这也没有什么不好。"爸爸突然想起了一件事，"呵，忘了告诉你们，我爱上了黎星，我要离开你们和她在一起。"

"她是谁？"妈妈平静地问。

"我的小学老师。"我替爸爸回答。我升入中学已两年，不知道爸爸和小星老师是怎么认识的,也许是在两年前的毕业仪式上?

"那你去吧。"妈妈说。

"过一阵我肯定会厌倦,那时我就回来,你看呢?"

"你要愿意当然行。"妈妈的声音像冰冻的海面一样平稳,但很快激动起来:"啊,这一颗真漂亮,里面一定有全息散射体!"她指着刚在空中开放的一朵焰火,真诚地赞美着。

在这个时代,人们再看4个世纪以前的电影和小说时都莫名其妙,他们不明白,前太阳时代的人怎么会在不关生死的事情上倾注那么多的感情。当看到男女主人公为爱情而痛苦或哭泣时,他们的惊奇是难以言表的。在这个时代,死亡的威胁和逃生的欲望压倒了一切,除了当前太阳的状态和地球的位置,没有什么能真正引起他们的注意并打动他们了。这种注意力高度集中的关注,渐渐从本质上改变了人类的心理状态和精神生活,对于爱情这类东西,他们只是用余光瞥一下而已,就像赌徒在盯着轮盘的间隙抓住几秒钟喝口水一样。

过了两个月,爸爸真从小星老师那儿回来了,妈妈没有高兴,也没有不高兴。

爸爸对我说:"黎星对你印象很好,她说你是一个有创造力的学生。"

妈妈一脸茫然:"她是谁?"

"小星老师嘛,我的小学老师,爸爸这两个月就是同她在一起的!"

"哦,想起来了!"妈妈摇头笑了,"我还不到40,记忆力就成了这个样子。"她抬头看看天花板上的全息星空,又看看四壁的全息森林,"你回来挺好,把这些图像换换吧,我和孩子都看腻了,但我们都不会调整这玩艺儿。"

当地球再次向太阳跌去的时候,我们全家都把这事忘了。

有一天,新闻报道海在融化,于是我们全家又到海边去。这是地球通过火星轨道的时候,按照这时太阳的光照量,地球的气温应该仍然是很低的,但由于地球发动机的影响,地面的气温正适宜。能不穿加热服或冷却服去地面,那感觉真令人愉快。地球发动机所在的这个半球天空还是那个样子,但到达另一个半球时,却真正感到了太阳的临近:天空是明朗的纯蓝色,太阳在空中已同起航前一样明亮了。可我们从空中看到海并没融化,还是一片白色的冰原。当我们失望地走出飞行汽车时,听到惊天动地的隆隆声,那声音仿佛来自这颗星球的最深处,真像地球要爆炸一样。

"这是大海的声音!"爸爸说,"因为气温骤升,厚厚的海冰层受热不均匀,这很像陆地上的地震。"

突然,一声雷霆般尖利的巨响插进这低沉的隆隆声中,我们后面看海的人们欢呼起来。我看到海面上裂开一道长缝,其开裂速度之快如同广阔的冰原上突然出现的一道黑色的闪电。接着在不断的巨响中,这样的裂缝一条接一条地在海冰上出现,海水从所有的裂缝中喷出,在冰原上形成一条条迅速扩散的急流……

回家的路上,我们看到荒芜已久的大地上,野草在大片大片地钻出地面,各种花朵在怒放,嫩叶给枯死的森林披上绿装……所有的生命都在抓紧时间发泄着活力。

随着地球和太阳的距离越来越近,人们的心也一天天揪紧了。到地面上来欣赏春色的人越来越少,大部分人都深深地躲进了地下城中,这不是为了躲避即将到来的酷热、暴雨和飓风,而是躲避那随着太阳越来越近的恐惧。有一天在我睡下后,听到妈妈低声对爸爸说:"可能真的来不及了。"

爸爸说:"前四个近日点时也有这种谣言。"

"可这次是真的,我是从钱德勒博士夫人口中听说的,她丈夫是航行委员会的那个天文学家,你们都知道他的。他亲口告诉她已观测到氦的聚集在加速。"

"你听着,亲爱的,我们必须抱有希望,这并不是因为希望真的存在,而是因为我们要做高贵的人。在前太阳时代,做一个高贵的人必须拥有金钱、权力或才能,而在今天只要拥有希望,希望是这个时代的黄金和宝石,不管活多长,我们都要拥有它!明天把这话告诉孩子。"

和所有的人一样,我也随着近日点的到来而心神不定。有一天放学后,我不知不觉走到了城市中心广场,在广场中央有喷泉的圆形水池边呆立着,时而低头看着蓝莹莹的池水,时而抬头望着广场圆形穹顶上梦幻般的光波纹,那是池水反射上去的。这时我看到了灵儿,她拿着一个小瓶子和一根小管儿,在吹肥皂泡。每吹出一串,她都呆呆地盯着空中飘浮的泡泡,看着它们一个个消失,然后再吹出一串……

"都这么大了还玩这个,这好玩吗?"我走过去问她。

灵儿见了我以后喜出望外,"我们俩去旅行吧!"

"旅行?去哪?"

"当然是地面啦!"她挥手在空中划了一下,从手腕上的计算机甩一幅全息景象,显示出一个落日下的海滩,微风吹拂着棕榈树,道道白浪,金黄的沙滩上有一对对的情侣,他们在铺满碎金的海面前呈一对对黑色的剪影。"这是梦娜和大刚发回来的,他们俩现在还满世界转呢,他们说外面现在还不太热,外面可好呢,我们去吧!"

"他们因为旷课刚被学校开除了。"

"哼,你根本不是怕这个,你是怕太阳!"

"你不怕吗?别忘了你因为怕太阳还看过精神病医生呢。"

"可我现在不一样了,我受到了启示!你看。"灵儿用小管儿吹出了一串肥皂泡,"盯着它看!"她用手指着一个肥皂泡说。

我盯着那个泡泡,看到它表面上光和色的狂澜,那狂澜以人的感觉无法把握的复杂和精细在涌动,好像那个泡泡知道自己生命的长度,疯狂地把自己渺如烟海的记忆中无数的梦幻和传奇向世界演绎。很快,光和色的狂澜在一次无声的爆炸中消失了,我看到了一小片似有似无的水汽,这水汽也只存在了半秒钟,然后什么都没有了,好像什么都没有存在过。

"看到了吗?地球就是宇宙中的一个小水泡,啪一下,什么都没了,有什么好怕的呢?"

"不是这样的,据计算,在氦闪发生时,地球被完全蒸发掉至少需要100个小时。"

"这就是最可怕之处了!"灵儿大叫起来,"我们在这地下500米,就像馅饼里的肉馅一样,先给慢慢烤熟了,再蒸发掉!"

一阵冷战传遍我的全身。

"但在地面就不一样了,那里的一切瞬间被蒸发,地面上的人就像那泡泡一样,啪一下……所以,氦闪时还是在地面上为好。"

不知为什么,我没同她去,她就同阿东去了,我以后再也没见到他们。

氦闪并没有发生，地球高速掠过了近日点，第六次向远日点升去，人们绷紧的神经松弛下来。由于地球自转已停止，在太阳轨道的这一面，亚洲大陆上的地球发动机正对它的运行方向，所以在通过近日点前都停了下来，只是偶尔做一些调整姿态的运行，我们这儿处于宁静而漫长的黑夜之中。美洲大陆上的发动机则全功率运行，那里成了火箭喷口的护圈。由于太阳这时也处于西半球，那儿的高温更是可怕，草木生烟。

　　地球的变轨加速就这样年复一年地进行着。每当地球向远日点升去时，人们的心也随着地球与太阳距离的日益拉长而放松；而当它在新的一年向太阳跌去时，人们的心一天天紧缩起来。每次到达近日点，社会上就谣言四起，说太阳氦闪就要在这时发生了；直到地球再次升向远日点，人们的恐惧才随着天空中渐渐变小的太阳平息下来，但又在酝酿着下一次的恐惧……人类的精神像在荡着一个宇宙秋千，更恰当地说，在经历着一场宇宙俄罗斯轮盘赌：升上远日点和跌向太阳的过程是在转动弹仓，掠过近日点时则是扣动扳机！每扣一次时的神经比上一次更紧张，我就是在这种交替的恐惧中度过了自己的少年时代。其实仔细想想，即使在远日点，地球也未脱离太阳氦闪的威力圈，如果那时太阳爆发，地球不是被汽化而是被慢慢液化，那种结果还真不如在近日点。

　　在逃逸时代，大灾难接踵而至。

　　由于地球发动机产生的加速度及运行轨道的改变，地核中铁镍核心的平衡被扰动，其影响穿过古腾堡不连续面，波及地幔，各个大陆地热逸出，火山横行，这对于人类的地下城市是致命的威胁。从第六次变轨周期后，在各大陆的地下城中，岩浆渗入，灾难频繁发生。

　　那天当警报响起来的时候，我正走在放学回家的路上，听到市政厅的广播："F112市全体市民注意，城市北部屏障已被地应力破坏，岩浆渗入！岩浆渗入！现在岩浆流已到达第四街区！公路出口被封死，全体市民到中心广场集合，通过升降向地面撤离。注意，撤离时按《危急法》第五条行事，强调一遍，撤离时按《危急法》第五条行事！"

　　我环视了一下四周迷宫般的通道，地下城现在看上去并没有什么异常。但我知道现在的危险：只有两条通向外部的地下公路，其中一条去年因加固屏障的需要已被堵死，如果剩下的这条也堵死了，就只有通过经竖井直通地面的升降梯逃命了。升降梯的载运量很小，要把这座地下城的36万人运出去需要很长时间。但也没有必要去争夺生存的机会，联合政府的《危急法》把一切都安排好了。

古代曾有过一个伦理学问题：当洪水到来时，一个只能救走一个人的男人，是去救他的父亲呢，还是去救他的儿子？在这个时代的人看来，提出这个问题很不可理解。

当我到达中心广场时，看到人们已按年龄排起了长长的队。最靠近电梯口的是由机器人保育员抱着的婴儿，然后是幼儿园的孩子，再往后是小学生……我排在队伍中间靠前的部分。爸爸现在在近地轨道值班，城里只有我和妈妈，我现在看不到妈妈，就顺着几公里长的队朝后跑，没跑多远就被士兵拦住了。我知道她在最后一段，因为这个城市主要是学校集中地，家庭很少，她已经算年纪大的那批人了。

长队以让人心里着火的慢速度向前移动，3个小时后轮到我跨进升降木梯时，心里一点都不轻松，因为这时在妈妈和生存之间，还隔着两万多名大学生呢！而我已闻到了浓烈的硫磺味……

我到地面两个半小时后，岩浆就在500米深的地下吞没了整座城市。我心如刀绞地想象着妈妈最后的时刻：她同没能撤出的一万八千人一起，看着岩浆涌进市中心广场。那时已经停电，整个地下城只有岩浆那恐怖的暗红色光芒。广场那高大的白色穹顶在高温中渐渐变黑，所有的遇难者可能还没接触到岩浆，就被这上千度的高温夺去了生命。

但生活还在继续，这严酷恐惧的现实中，爱情仍不时闪现出迷人的火花。为了缓解人们的紧张情绪，在第十二次到达远日点时，联合政府居然恢复了中断达两个世纪的奥运会。我作为一名机动冰撬拉力赛的选手参加了奥运会，比赛是驾驶机动冰撬，从上海出发，从冰面上横穿封冻的太平洋，到达终点纽约。

发令枪响过之后，上百只雪橇在冰冻的海洋上以每小时200公里左右的速度出发了。开始还有几只雪橇相伴，但两天后，他们或前或后，都消失在地平线之外。这时背后地球发动机的光芒已经看不到了，我正处于地球最黑的部分。在我眼中，世界就是由广阔的星空和向四面无限延伸的冰原组成的，这冰原似乎一直延伸到宇宙的尽头，或者它本身就是宇宙的尽头。而在无限的星空和无限的冰原组成的宇宙中，只有我一个人！雪崩般的孤独感压倒了我，我想哭。我拼命地赶路，名次已无关紧要，只是为了在这可怕的孤独感杀死我之前尽早地摆脱它，而那想象中的彼岸似乎根本就不存在。

就在这时，我看到天边出现了一个人影。近了些后，我发现那是一个姑娘，正站在她的雪橇旁，她的长发在冰原上的寒风中飘动着。你知道这时遇见一个姑娘意味着什么，我们的后半生由此决定了。她是日本人，叫山杉加代子。女子组比我们先出发12个小时，她的雪橇卡在冰缝中，把一根滑杆卡断了。我一边帮她修雪橇，一边把自己刚才的感觉告诉她。

"您说得太对了，我也是那样的感觉！是的，好像整个宇宙中就只有你一个人！知道吗，我看到您从远方出现时，就像看到太阳升起一样耶！"

"那你为什么不叫救援飞机？"

"这是一场体现人类精神的比赛，要知道，流浪地球在宇宙中是叫不到救援的！"她挥动着小拳头，以日本人特有的执着说。

"不过现在总得叫了，我们都没有备用滑杆，你的雪橇修不好了。"

"那我们坐您的雪橇一起走好吗？如果您不在意名次的话。"

我当然不在意，于是我和加代子一起在冰冻的太平洋上走完了剩下的漫长路程。经过夏威夷后，我们看到了天边的曙光。在这被那个小小的太阳照亮的无际冰原上，我们向联合政府的民政部发去了结婚申请。

当我们到达纽约时，这个项目的裁判们早等得不耐烦，收摊走了。但有一个民政局的官员在等着我们，他向我们致以新婚的祝贺，然后开始履行他的职责：他挥手在空中划出一个全息图像，上面整齐地排列着几万个圆点，这是这几天全世界向联合政府登记结婚的数目。由于环境的严酷，法律规定每三对新婚配偶中只有一对有生育权，抽签决定。加代子对着半空中那几万个点犹豫了半天，点了中间的一个。当那个点变为绿色时，她高兴得跳了起来。但我的心中却不知是什么滋味，我的孩子出生在这个苦难的时代，是幸运还是不幸呢？那个官员倒是兴高采烈，他说每当一对儿"点绿"的时候他都十分高兴，他拿出了一瓶伏特加，我们三个轮着一人一口地喝着，都为人类的延续干杯。我们身后，遥远的太阳用它微弱的光芒给自由女神像镀上了一层金辉，对面，是已无人居住的曼哈顿的摩天大楼群，微弱的阳光把它们的影子长长地投在纽约港寂静的冰面上，醉意蒙眬的我，眼泪涌了出来。

地球，我的流浪地球啊！

分手前，官员递给我们一串钥匙，醉醺醺地说："这是你们在亚洲分到的房子，回家吧，哦，家多好啊！"

"有什么好的？"我漠然地说，"亚洲的地下城充满危险，这你们在西半球当然体会不到。"

"我们马上也有你们体会不到的危险了，地球又要穿过小行星带，这次是西半球对着运行方向。"

"上几个变轨周期也经过小行星带，不是没什么大事吗？"

"那只是擦着小行星带的边缘走，太空舰队当然能应付，他们可以用激光和核弹把地球航线上的那些小石块都清除掉。但这次……你们没看新闻？这次地球要从小行星带正中穿过去！舰队只能对付那些大石块，唉……"

在回亚洲的飞机上，加代子问我："那些石块很大吗？"

我父亲现在就在太空舰队干那件工作，所以尽管政府为了避免惊慌照例封锁消息，我还是知道一些情况。我告诉加代子，那些石块大得像一座大山，五千万吨级的热核炸弹只能在上面打出一个小坑。"他们就要使用人类手中的威力最大的武器了！"我神秘地告诉加代子。

"你是说反物质炸弹？！"

"还能是什么？"

"太空舰队的巡航范围是多远？"

"现在他们力量有限，我爸说只有150万公里左右。"

"啊，那我们能看到了！"

"最好别看。"

加代子还是看了，而且是没戴护目镜看的。反物质炸弹的第一次闪光是在我们起飞不久后从太空传来的，那时加代子正在欣赏飞机舷窗外空中的星星，这使她的双眼失明了一个多小时，以后的一个多月眼睛都红肿流泪。那真是让人心惊肉跳的时刻，反物质炸弹不断地击中小行星，湮灭的强光此起彼伏地在漆黑的太空中闪现，仿佛宇宙中有一群巨人围着地球用闪光灯疯狂拍照似的。

半小时后，我们看到了火流星，它们拖着长长的火尾划破长空，给人一种恐怖的美感。火流星越来越多，每一个在空中划过的距离越来越长。突然，机身在一声巨响中震颤了一下，紧接着又是连续的巨响和震颤。加代子惊叫着扑到我怀中，她显然以为飞机被流星击中了，这时舱里响起了机长的声音。

"请各位乘客不要惊慌，这是流星冲破音障产生的超音速爆音，请大家戴上耳机，否则您的听觉会受到永久的损害。由于飞行安全已无法保证，我们将在夏威夷紧急降落。"

这时我盯住了一个火流星，那个火球的体积比别的大出许多，我不相信它能在大气中烧完。果然，那火球疾驰过大半个天空，越来越小，但还是坠入了冰海。从万米高空看到，海面被击中的位置出现了一个小白点，那白点立刻扩散成一个白色的圆圈，圆圈迅速在海面扩大。

"那是浪吗？"加代子颤着声儿问我。

"是浪，上百米的浪。不过海封冻了，冰面会很快使它衰减的。"我自我安慰地说，不再看下面。

我们很快在檀香山降落，由当地政府安排去地下城。我们的汽车沿着海岸走，天空中布满了火流星，那些红发恶魔好像是从太空中的某一个点同时迸发出来的。一颗流星在距海岸不远处击中了海面，没有看到水柱，但水蒸气形成的白色蘑菇云高高地升起。涌浪从冰层下传到岸边，厚厚的冰层轰隆隆地破碎了，冰面显出了浪的形状，好像有一群柔软的巨兽在下面排着队游过。

"这块有多大？"我问那位来接应我们的官员。

"不超过5公斤，不会比你的脑袋大吧。不过刚接到通知，在北方800公里的海面上，刚落下一颗20吨左右的。"

这时他手腕上的通讯机响了，他看了一眼后对司机说："来不及到204号门了，就近找个入口吧！"

汽车拐了个弯，在一个地下城入口前停了下来。我们下车后，看到入口外有几个士兵,他们都一动不动地盯着远方的一个方向,眼里充满了恐惧。我们都顺着他们的目光看去,在天海连线处,我们看到一层黑色的屏障,初一看好像是天边低低的云层,但那"云层"的高度太齐了,像一堵横在天边的长墙,再仔细看,墙头还镶着一线白边。

"那是什么呀?"加代子怯生生地问一个军官,得到的回答让我们毛发直竖。

"浪。"

地下城高大的铁门隆隆地关上了,约莫过了10分钟,我们感到从地面传来的低沉的声音,咕噜噜的,像一个巨人在地面打滚。我们面面相觑,大家都知道,百米高的巨浪正在滚过夏威夷,也将滚过各个大陆。但另一种震动更吓人,仿佛有一只巨拳从太空中不断地击打地球,在地下这震动并不大,只能隐约感到,但每一个震动都直达我们灵魂深处。这是流星在不断地击中地面。

我们的星球所遭到的残酷轰炸断断续续持续了一个星期。

当我们走出地下城时,加代子惊叫:"天啊,天怎么是这样的!"

天空是灰色的,这是因为高层大气弥漫着小行星撞击陆地时产生的灰尘,星星和太阳都消失在这无际的灰色中,仿佛整个宇宙在下着一场大雾。地面上,滔天巨浪留下的海水还没来得及退去就封冻了,城市幸存的高楼形单影只地立在冰面上,挂着长长的冰凌柱。冰面上落了一层撞击尘,于是这个世界只剩下一种颜色:灰色。

我和加代子继续回亚洲的旅行。在飞机越过早已无意义的国际日期变更线时,我们见到了人类所见过的最黑的黑夜,飞机仿佛潜行在墨汁的海洋中。看着机舱外那没有一丝光线的世界,我们的心情也暗到了极点。

"什么时候到头儿呢?"加代子喃喃地说。我不知道她指的是这个旅程还是这充满苦难和灾难的生活,我现在觉得两者都没有尽头。是啊,即使地球航出了氦闪的威力圈,我们得以逃生,又怎么样呢?我们只是那漫长阶梯的最下一级,当我们的一百代重孙爬上阶梯的顶端,见到新生活的光明时,我们的骨头都变成灰了。我不敢想象未来的苦难和艰辛,更不敢想象要带着爱人和孩子走过这条看不到头的泥泞路,我累了,实在走不动了……就在我被悲伤和绝望窒息的时候，机舱里响起了一声女人的惊叫：

"啊！不！不能，亲爱的！！"

我循声看去，见那个女人正从旁边的一个男人手中夺下一支手枪，他刚才显然想把枪口凑到自己的太阳穴上。这人很瘦弱，目光呆滞地看着前方无限远处。女人把头埋在他膝上，嘤嘤地哭了起来。

"安静。"男人冷冷地说。

哭声消失了，只有飞机发动机的嗡嗡声在轻响，像不变的哀乐。在我的感觉中，飞机已粘在这巨大的黑暗中，一动不动，而整个宇宙，除了黑暗和飞机，什么都没有了。加代子紧紧钻进我怀里，浑身冰凉。

突然，机舱前部有一阵骚动，有人在兴奋地低语。我向窗外看去，发现飞机前方出现了一片朦胧的光亮，那光亮是蓝色的，没有形状，十分均匀地出现在前方弥漫着撞击尘的夜空中。

那是地球发动机的光芒。

西半球的地球发动机已被陨石击毁了三分之一，但损失比起航前的预测要少；东半球的地球发动机由于背向撞击面，完好无损。从功率上来说，它们是能使地球完成逃逸航行的。

在我眼中，前方朦胧的蓝光，如同从深海漫长的上浮后看到的海面的亮光，我的呼吸又顺畅起来。

我又听到那个女人的声音："亲爱的，痛苦呀恐惧呀这些东西，也只有在活着时才能感觉到，死了，死了什么也没有了，那边只有黑暗。还是活着好，你说呢？"

那瘦弱的男人没有回答，他盯着前方的蓝光看，眼泪流了下来。我知道他能活下去了，只要那希望的蓝光还亮着，我们就都能活下去，我又想起了父亲关于希望的那些话。

一下飞机，我和加代子没有去我们在地下城中的新家，而是到设在地面的太空舰队基地去找父亲，但在基地，我只见到了追授他的一枚冰冷的勋章。这勋章是一名空军少将给我的，他告诉我，在清除地球航线上的小行星的行动中，一块被反物质炸弹炸出的小行星碎片击中了父亲的单座微型飞船。

"当时那个石块和飞船的相对速度有每秒 100 公里,撞击使飞船座舱瞬间汽化了,他没有一点痛苦,我向您保证,没有一点痛苦。"将军说。

当地球又向太阳跌回去的时候,我和加代子又到地面上来看春天,但没有看到。世界仍是一片灰色,阴暗的天空下,大地上分布着由残留海水形成的一个个冰冻湖泊,见不到一点绿色。大气中的撞击尘挡住了阳光,使气温难以回升。甚至在近日点,海洋和大地都没有解冻,太阳呈一个朦胧的光晕,仿佛是撞击尘后面的一个幽灵。

3 年以后,空中的撞击尘才有所消散,人类终于最后一次通过近日点,向远日点升去。在这个近日点,东半球的人有幸目睹了地球历史上最快的一次日出和日落。太阳从海平面上一跃而起,迅速划过长空,大地上万物的影子在很快地变换着角度,仿佛是无数根钟表的秒针。这也是地球上最短的一个白天,只有不到一个小时。当一小时后太阳跌入地平线,黑暗降临大地时,我感到一阵伤感。这转瞬即逝的一天,仿佛是对地球在太阳系 45 亿年进化史的一个短暂的总结。直到宇宙的末日,它不会再回来了。

"天黑了。"加代子忧伤地说。

"最长的一夜。"我说。东半球的这一夜将延续 2500 年,一百代人后,人马座的曙光才能再次照亮这个大陆。西半球也将面临最长的白天,但比这里的黑夜要短得多。在那里,太阳将很快升到天顶,然后一直静止在那个位置上渐渐变小,在半世纪内,它就会融入星群难以分辨了。

按照预定的航线,地球升向与木星的会合点。航行委员会的计划是:地球第 15 圈的公转轨道是如此之扁,以至于它的远日点到达木星轨道,地球将与木星在几乎相撞的距离上擦身而过,在木星巨大引力的拉动下,地球将最终达到逃逸速度。

离开近日点后两个月,就能用肉眼看到木星了,它开始只是一个模糊的光点,但很快显出圆盘的形状,又过了一个月,木星在地球上空已有满月大小了,呈暗红色,能隐约看到上面的条纹。这时,15 年来一直垂直的地球发动机光柱中有一些开始摆动,地球在做会合前最后的姿态调整,木星渐渐沉到了地平线下。以后的三个多月,木星一直处在地球的另一面,我们看不到它，但知道两颗行星正在交会之中。

有一天我们突然被告知东半球也能看到木星了。于是人们纷纷从地下城中来到地面。当我走出城市的密封门来到地面时，发现开了15年的地球发动机已经全部关闭了，我再次看到了星空，这表明同木星最后的交会正在进行。人们都在紧张地盯着西方的地平线，地平线上出现了一片暗红色的光，那光区渐渐扩大，伸延到整个地平线的宽度。我现在发现那暗红色的区域上方同漆黑的星空有一道整齐的边界，那边界呈弧形，那巨大的弧形从地平线的一端跨到了另一端，在缓缓升起，巨弧下的天空都变成了暗红色，仿佛一块同星空一样大小的暗红色幕布在把地球同整个宇宙隔开。当我回过神来时，不由倒吸一口冷气，那暗红色的幕布就是木星！我早就知道木星的体积是地球的1300倍，现在才真正感觉到它的巨大。这宇宙巨怪在整个地平线上升起时产生的那种恐惧和压抑感是难以用语言描述的，一名记者后来写道："不知是我身处噩梦中，还是这整个宇宙都是一个造物主巨大而变态的头脑中的噩梦！"木星恐怖地上升着，渐渐占据了半个天空。这时，我们可以清楚地看到它云层中的风暴，那风暴把云层搅动成让人迷茫的混乱线条，我知道那厚厚的云层下是沸腾的液氢和液氦的大洋。著名的大红斑出现了，这个在木星表面维持了几十万年的大旋涡大得可以吞下整个地球。这时木星已占满了整个天空，地球仿佛是浮在木星沸腾的暗红色云海上的一只气球！而木星的大红斑就处在天空正中，如一只红色的巨眼盯着我们的世界，大地笼罩在它那阴森的红光中……这时，谁都无法相信小小的地球能逃出这巨大怪物的引力场，从地面上看，地球甚至连成为木星的卫星都不可能，我们就要掉进那无边云海覆盖着的地狱中去了！但领航工程师们的计算是精确的，暗红色的迷乱的天空在缓缓移动着，不知过了多长时间，西方的天边露出了黑色的一角，那黑色迅速扩大，其中有星星在闪烁，地球正在冲出木星的引力魔掌。这时警报尖叫起来，木星产生的引力潮汐正在向内陆推进，后来得知，这次大潮百多米高的巨浪再次横扫了整个大陆。在跑进地下城的密封门时，我最后看了一眼仍占据半个天空的木星，发现木星的云海中有一道明显的划痕，后来知道，那是地球引力作用在木星表面的痕迹，我们的星球也在木星表面拉起了如山的液氢和液氦的巨浪。这时，木星巨大的引力正在把地球加速甩向外太空。

离开木星时，地球已达到了逃逸速度，它不再需要返回潜藏着死亡的太阳，向广漠的外太空飞去，漫长的流浪时代开始了。

就在木星暗红色的阴影下，我的儿子在地层深处出生了。

三　叛乱

离开木星后，亚洲大陆上一万多台地球发动机再次全功率开动，这一次它们要不停地运行500年，不停地加速地球。这500年中，发动机将把亚洲大陆上一半的山脉用作燃料消耗掉。

从4个多世纪死亡的恐惧中解脱出来，人们长出了一口气。但预料中的狂欢并没有出现，接下来发生的事情出乎所有人的想象。

在地下城的庆祝集会后，我一个人穿上密封服来到地面。童年时熟悉的群山已被超级挖掘机夷为平地，大地上只有裸露的岩石和坚硬的冻土，冻土上到处有白色的斑块，那是大海潮留下的盐渍。面前那座爷爷和爸爸度过了一生的曾有千万人口的大城市现在已是一片废墟，高楼钢筋外露的残骸在地球发动机光柱的蓝光中拖着长长的影子，好像是史前巨兽的化石……一次次的洪水和小行星的撞击已摧毁了地面上的一切，各大陆上的城市和植被都荡然无存，地球表面已变成火星一样的荒漠。

这一段时间，加代子心神不定。她常常扔下孩子不管，一个人开着飞行汽车出去旅行，回来后，只是说她去了西半球。最后，她拉我一起去了。

我们的飞行汽车以4倍音速飞行了两个小时，终于能够看到太阳了，它刚刚升出太平洋，这时看上去只有棒球大小，给冰封的洋面投下一片微弱的、冷冷的光芒。加代子把飞行汽车悬停在5000米的空中，然后从后面拿出了一个长长的东西，去掉封套后我看到那是一架天文望远镜，业余爱好者用的那种。加代子打开车窗，把望远镜对准太阳，让我看。

从有色镜片中我看到了放大几百倍的太阳，我甚至清楚地看到太阳表面的缓缓移动的明暗斑点，还有日球边缘隐隐约约的日珥。

加代子把望远镜同车内的计算机联起来，把一个太阳影像采集下来。然后，她又调出了另一个太阳图像，说："这个是4个世纪前的太阳图像。"接着，计算机对两个图像进行比较。

"看到了吗？"加代子指着屏幕说："它们的光度、像素排列、像素概率、层次统计等参数都完全一样！"

我摇摇头说："这能说明什么？一架玩具望远镜，一个低级图像处理程序，加上你这个无知的外行……别自寻烦恼了，别信那些谣言！"

"你是个白痴。"她说着，收回望远镜，把飞行汽车向回开去。这时，在我们的上方和下方，我又远远地看到了几辆飞行汽车，同我们刚才一样悬在空中，从每辆车的车窗中都伸出一架望远镜对着太阳。

以后的几个月中，一个可怕的说法像野火一样在全世界蔓延。越来越多的人自发地用更大型更精密的仪器观测太阳。后来，一个民间组织向太阳发射了一组探测器，它们在3个月后穿过日球。探测器发回的数据最后证实了那个事实。

同4个世纪前相比，太阳没有任何变化。

现在，各大陆的地下城已成了一座座骚动的火山，局势一触即发。一天，按照联合政府的法令，我和加代子把儿子送进了养育中心。回家的路上我们俩都感到维系我们关系的唯一纽带已不存在了。走到市中心广场，我们看到有人在演讲，另一些人在演讲者周围向市民分发武器。

"公民们！地球被出卖了！人类被出卖了！！文明被出卖了！！！我们都是一个超级骗局的牺牲品！这个骗局之巨大之可怕，上帝都会为之休克！太阳还是原来的太阳，它不会爆发，过去现在将来都不会，它是永恒的象征！爆发的是联合政府中那些人阴险的野心！他们编造了这一切，只是为了建立他们的独裁帝国！他们毁了地球！他们毁了人类文明！！公民们，有良知的公民们！拿起武器，拯救我们的星球！拯救人类文明！！我们要推翻联合政府，控制地球发动机，把我们的星球从这寒冷的外太空开回原来的轨道！开回到我们的太阳温暖的怀抱中！！"

加代子默默地走上前去，从分发武器的人手中接过了一支冲锋枪，加入到那些拿到武器的市民的队列中，她没有回头，同那支庞大的队列一起消失在地下城的迷雾里。我呆呆地站在那儿，手在衣袋中紧紧攥着父亲用生命和忠诚换来的那枚勋章，它的边角把我的手扎出了血……

3天后，叛乱在各个大陆同时爆发了。

叛军所到之处，人民群起响应，到现在，很少有人怀疑自己受骗了。但我加入了联合政府的军队，这并非由于对政府的坚信，而是我3代前辈都有过军旅生涯，他们在我心中种下了忠诚的种子，不论在什么情况下，背叛联合政府对我来说是一件不可想象的事。

美洲、非洲、大洋洲和南极洲相继沦陷，联合政府收缩防线死守地球发动机所在的东亚和中亚。叛军很快对这里构成包围态势，他们对政府军占有压倒优势，之所以在相当长一段时间里攻势没有取得进展，完全是由于地球发动机。叛军不想毁掉地球发动机，所以在这一广阔的战区没有使用重武器，使得联合政府得以苟延残喘。这样双方相持了3个月，联合政府的12个集团军相继临阵倒戈，中亚和东亚防线全线崩溃。两个月后，大势已去的联合政府连同不到十万军队在靠近海岸的地球发动机控制中心陷入重围。

我就是这残存军队中的一名少校。控制中心有一座中等城市大小，它的中心是地球驾驶室。我拖着一条被激光束烧焦的手臂，躺在控制中心的伤兵收容站里。就是在这儿，我得知加代子已在澳洲战役中阵亡。我和收容站里所有的人一样，整天喝得烂醉，对外面的战事全然不知，也不感兴趣。不知过了多久，听到有人在高声说话。

"知道你们为什么这样吗？你们在自责，在这场战争中，你们站到了反人类的一边，我也一样。"

我转头一看，发现讲话的人肩上有一颗将星，他接着说："没关系的，我们还有最后的机会拯救自己的灵魂。地球驾驶室距我们这儿只有3个街区，我们去占领它，把它交给外面理智的人类！我们为联合政府已尽到了责任，现在该为人类尽责任了！"

我用那只没受伤的手抽出手枪，随着这群突然狂热起来的受伤和没受伤的人，沿着钢铁的通道，向地球驾驶室冲去。出乎意料，一路上我们几乎没遇到抵抗，倒是有越来越多的人从错综复杂的钢铁通道的各个分支中加入我们。最后，我们来到了一扇巨大的门前，那钢铁大门高得望不到顶。它轰隆隆地打开了，我们冲进了地球驾驶室。

尽管以前无数次在电视中看到过，所有的人还是被驾驶室的宏伟震惊了。从视觉上看不出这里的大小，因为驾驶室淹没在一幅巨型全息图中。那是一幅太阳系的模拟图。整个图像实际就是一个向所有方向无限伸延的黑色空间，我们一进来，就悬浮在这空间之中。由于尽量反映真实的比例，太阳和行星都很小很小，小得像远方的萤火虫，但能分辨出来。以那遥远的代表太阳的光点为中心，一条醒目的红色螺旋线扩展开来，像广阔的黑色洋面上迅速扩散的红色波圈。这是地球的航线。在螺旋线最外面的一点上，航线变成明亮的绿色，那是地球还没有完成的路程。那条绿线从我们的头顶掠过，顺着看去，我们看到了灿烂的星海，绿线消失在星海的深处，我们看不到它的尽头。在这广漠的黑色的空间中，还飘浮着许多闪亮的灰尘，其中几个尘粒飘近，我发现那是一块块虚拟屏幕，上面翻滚着复杂的数字和曲线。

我看到了全人类瞩目的地球驾驶台，它好像是飘浮在黑色空间中的一个银白色的小行星，看到它我更难以把握这里的巨大——驾驶台本身就是一个广场，现在上面密密麻麻地站着五千多人，包括联合政府的主要成员、大部分负责实施地球航行计划的星际移民委员会的成员，和那些最后忠于政府的人。这时我听到最高执政官的声音在整个黑色空间响了起来。

"我们本来可以战斗到底的，但这可能导致地球发动机失控，这种情况一旦发生，过量聚变的物质将烧穿地球，或蒸发全部海洋，所以我们决定投降。我们理解所有的人，因为已经进行了 40 代人、还要延续 100 代人的艰难奋斗中，永远保持理智确实是一个奢求。但也请所有的人记住我们，站在这里的这五千多人，这里有联合政府的最高执政官，也有普通的列兵，是我们把信念坚持到了最后。我们都知道自己看不到真理被证实的那一天，但如果人类得以延续万代，以后所有的人将在我们的墓前洒下自己的眼泪，这颗叫地球的行星，就是我们永恒的纪念碑！"

控制中心巨大的密封门隆隆开启，那五千多名最后的地球派一群群走了出来，在叛军的押送下向海岸走去。一路上两边挤满了人，所有人都冲他们吐唾沫，用冰块和石块砸他们。他们中有人密封服的面罩被砸裂了，外面零下一百多度的严寒使那些人的脸麻木了，但他们仍努力地走下去。我看到一个小女孩，举起一大块冰用尽全身力气狠命地向一个老者砸去，她那双眼睛透过面罩射出疯狂的怒火。

当我听到这五千人全部被判处死刑时，觉得太宽容了。难道仅仅一死吗？这一死就能偿清他们的罪恶吗？！能偿清他们用一个离奇变态的想象和骗局毁掉地球、毁掉人类文明的罪恶吗？他们应该死一万次！这时，我想起了那些做出太阳爆发预测的天体物理学家，那些设计和建造地球发动机的工程师，他们在一个世纪前就已作古，我现在真想把他们从坟墓中挖出来，让他们也死一万次。

真感谢死刑的执行者们，他们为这些罪犯找了一种好的死法：他们收走了被判死刑的每个人密封服上加热用的核能电池，然后把他们丢在大海的冰面上，让零下百度的严寒慢慢夺去他们的生命。

这些人类文明史上最险恶最可耻的罪犯在冰海上站了黑压压的一片，在岸上有十几万人在看着他们，十几万双牙齿咬得咯咯响，十几万双眼睛喷出和那个小女孩一样的怒火。

这时，所有的地球发动机都已关闭，壮丽的群星出现在冰原之上。

我能想象出严寒像无数把尖刀刺进他们的身体，他们的血液在凝固，生命从他们的体内一点点流走，这想象中的感觉变成一种快感，传遍我的全身。看到那些在严寒的折磨中慢慢死去，岸上的人们快活起来，他们一起唱起了《我的太阳》。我唱着，眼睛看着星空的一个方向，在那个方向上，有一颗稍大些刚刚显出圆盘形状的星星发出黄色的光芒，那就是太阳。

啊，我的太阳，生命之母，万物之父，我的大神，我的上帝！还有什么比您更稳定，还有什么比您更永恒，我们这些渺小的，连灰尘都不如的碳基细菌，拥挤在围着您转的一粒小石头上，竟敢预言您的末日，我们怎么能蠢到这个程度？！

一个小时过去了，海面上那些反人类的罪犯虽然还全都站着，但已没有一个活人，他们的血液已被冻结了。

我的眼睛突然什么都看不见了，几秒钟后，视力渐渐恢复，冰原、海岸和岸上的人群又在眼前慢慢显影，最后完全清晰了，而且比刚才更清晰，因为这个世界现在笼罩在一片强烈的白光中，刚才我眼睛的失明正是由于这突然出现的强光的刺激。但星空没有重现，所有的星光都被这强光所淹没，仿佛整个宇宙都被强光融化了，这强光从太空中的一点迸发出来，那一点现在成了宇宙中心，那一点就在我刚才盯着的方向。

太阳氦闪爆发了。

《我的太阳》的合唱戛然而止，岸上的十几万人呆住了，似乎同海面上那些人一样，冻成了一片僵硬的岩石。

太阳最后一次把它的光和热洒向地球。地面上冻结的二氧化碳干冰首先汽化，腾起了一阵白色的蒸汽；然后海冰表面也开始融化，受热不均的大海冰层发出惊天动地的巨响；渐渐地，照在地面上的光柔和起来，天空出现了微微的蓝色；后来，强烈的太阳风产生的极光在空中出现，苍穹中飘动着巨大的彩色光幕……

在这突然出现的灿烂阳光下，海面上最后的地球派们仍稳稳地站着，仿佛五千多尊雕像。

太阳爆发只持续了很短的时间，两个小时后强光开始急剧减弱，很快熄灭了。在太阳的位置上出现了一个暗红色球体，它的体积慢慢膨胀，最后从这里看它，已达到了在地球轨道上看到的太阳大小，那么它的实际体积已大到越出火星轨道，而水星、火星和金星这三颗地球的伙伴行星这时已在上亿度的辐射中化为一缕轻烟。但它已不是太阳，它不再发出光和热，看去如同贴在太空中一张冰冷的红纸，它那暗红色的光芒似乎是周围星光的散射。这就是小质量恒星演化的最后归宿：红巨星。

50亿年的壮丽生涯已成为飘逝的梦幻，太阳死了。

幸运的是，还有人活着。

四　流浪时代

当我回忆这一切时，半个世纪已过去了。20年前，地球航出了冥王星轨道，航出了太阳系，在寒冷广漠的外太空继续着它孤独的航程。

最近一次去地面是十几年前的事了，那是儿子和儿媳陪我去的，儿媳是一个金发碧眼的姑娘，就要做母亲了。

到地面后，我首先注意到，虽然所有地球发动机仍全功率地运行，巨大的光柱却看不到了，这是因为地球大气已消失，等离子体的光芒没有散射的缘故。我看到地面上布满了奇怪的黄绿相间的半透明晶体块，这是固体氧氮，是已冻结的空气。有趣的是空气并没有均匀地冻结在地球表面，而是形成了小山丘似的不规则的隆起，在原来平滑的大海冰原上，这些半透明的小山形成了奇特的景观。银河系的星河纹丝不动地横过天穹，也像被冻结了，但星光很亮，看久了还刺眼呢。

地球发动机将不间断地开动 500 年，到时地球将加速至光速的千分之五，然后地球将以这个速度滑行 1300 年，之后地球就走完了三分之二的航程，它将调转发动机的方向，开始长达 500 年的减速，地球在航行 2400 年后到达比邻星，再过 100 年时间，它将泊入这颗恒星的轨道，成为它的一颗卫星。

  我知道已被忘却
  流浪的航程太长太长
  但那一时刻要叫我一声啊
  当东方再次出现霞光

  我知道已被忘却
  起航的时代太远太远
  但那一时刻要叫我一声啊
  当人类又看到了蓝天

  我知道已被忘却
  太阳系的往事太久太久
  但那一时刻要叫我们一声啊
  当鲜花重新挂上枝头
  ……

每当听到这首歌,一股暖流就涌进我这年迈僵硬的身躯,我干涸的老眼又湿润了。我好像看到人马座三颗金色的太阳在地平线上依次升起,万物沐浴在它温暖的光芒中。固态的空气融化了,变成了碧蓝的天。两千多年前的种子从解冻的土层中复苏,大地绿了。我看到我的第一百代孙子孙女们在绿色的草原上欢笑,草原上有清澈的小溪,溪中有银色的小鱼……我看到了加代子,她从绿色的大地上向我跑来,年轻美丽,像个天使……

啊,地球,我的流浪地球……

2000年1月12日于娘子关

微纪元

回　归

先行者知道，他现在是全宇宙中唯一的一个人了。

他是在飞船越过冥王星时知道的，从这里看去，太阳是一个暗淡的星星，同 30 年前他飞出太阳系时没有两样，但飞船计算机刚刚进行的视行差测量告诉他，冥王星的轨道外移了许多，由此可以计算出太阳比他启程时损失了 4.74% 的质量，由此又可推论出另外一个使他的心先是颤抖然后冰冻的结论。

那事已经发生过了。

其实，在他启程时人类已经知道那事要发生了，通过发射上万个穿过太阳的探测器，天体物理学家们确定了太阳将要发生一次短暂的能量闪烁，并损失大约 5% 的质量。

如果太阳有记忆，它不会对此感到不安，在那几十亿年的漫长生涯中，它曾经历过比这大得多的剧变，当它从星云的旋涡中诞生时，它的生命的剧变是以毫秒为单位的，在那辉煌的一刻，引力的坍缩使核聚变的火焰照亮星云混沌的黑暗……它知道自己的生命是一个过程，尽管现在处于这个过程中最稳定的时期，偶然的、小小的突变总是免不了的，就像平静的水面上不时有一个小气泡浮起并破裂。能量和质量的损失算不了什么，它还是它，一颗中等大小，视星等为-26.8的恒星。甚至太阳系的其他部分也不会受到太大的影响，水星可能被熔化，金星稠密的大气将被剥离，再往外围的行星所受的影响就更小了，火星颜色可能由于表面的熔化而由红变黑，地球嘛，只不过表面温度升高至4000℃，这可能会持续100小时左右，海洋肯定会被蒸发，各大陆表面岩石也会熔化一层，但仅此而已。以后，太阳又将很快恢复原状，但由于质量的损失，各行星的轨道会稍微后移，这影响就更小了，比如地球，气温可能稍稍下降，平均降到零下110℃左右，这有助于熔化的表面重新凝结，并使水和大气多少保留一些。

那时人们常谈起一个笑话，说的是一个人同上帝的对话：上帝啊，一万年对你是多么短啊！上帝说：就一秒钟；上帝啊，一亿元对你是多么少啊，上帝说：就一分钱；上帝啊，给我一分钱吧！上帝说：请等一秒钟。

现在，太阳让人类等了"一秒钟"：预测能量闪烁的时间是在一万八千年之后。这对太阳来说确实只是一秒钟，但却可以使目前活在地球上的人类对"一秒钟"后发生的事采取一种超然的态度，甚至当做一种哲学理念。影响不是没有的，人类文化一天天变得玩世不恭起来，但人类至少还有四五百代的时间可以从容地想想逃生的办法。

两个世纪以后，人类采取了第一个行动：发射了一艘恒星际飞船，在周围100光年以内寻找带有可移民行星的恒星，飞船被命名为方舟号，这批宇航员都被称为先行者。

方舟号掠过了60颗恒星，也是掠过了60个炼狱。其中只有一颗恒星有一颗卫星，那是一滴直径八千公里的处于白炽状态的铁水，因其液态，在运行中不断地改变着形状……方舟号此行唯一的成果，就是进一步证明了人类的孤独。

方舟号航行了23年时间，但这是"方舟时间"，由于飞船以接近光速行驶，地球时间已过了两万五千年。

本来方舟号是可以按预定时间返回的。

由于在接近光速时无法同地球通讯，必须把速度降至光速的一半以下，这需要消耗大量的能量和时间。所以，方舟号一般每月减速一次，接收地球发来的信息，而当它下一次减速时，收到的已是地球一百多年后发出的信息了。方舟号和地球的时间，就像从高倍瞄准镜中看目标一样，瞄准镜稍微移动一下，镜中的目标就跨越了巨大的距离。方舟号收到的最后一条信息是在"方舟时间"自起航 13 年，地球时间自起航一万七千年时从地球发出的，方舟号一个月后再次减速，发现地球方向已寂静无声了。一万多年前对太阳的计算可能稍有误差，在方舟号这一个月，地球这一百多年间，那事发生了。

方舟号真成了一艘方舟，但已是一艘只有诺亚一人的方舟。其他的七名先行者，有四名死于一颗在飞船四光年处突然爆发的新星的辐射，二人死于疾病，一人（是男人）在最后一次减速通讯时，听着地球方向的寂静开枪自杀了。

以后，这唯一的先行者曾使方舟号保持在可通讯速度很长时间，后来他把飞船加速到光速，心中那微弱的希望之火又使他很快把速度降下来聆听，由于减速越来越频繁，回归的行程拖长了。

寂静仍持续着。

方舟号在地球时间起程 25000 年后回到太阳系，比预定的晚了 9000 年。

纪念碑

穿过冥王星轨道后，方舟号继续飞向太阳系深处，对于一艘恒星际飞船来说，在太阳系中的航行如同海轮行驶在港湾中。太阳很快大了亮了，先行者曾从望远镜中看了一眼木星，发现这颗大行星的表面已面目全非，大红斑不见了，风暴纹似乎更加混乱。他没再关注别的行星，径直飞向地球。

先行者用颤抖的手按动了一个按钮，高大的舷窗的不透明金属窗帘正在缓缓打开。啊，我的蓝色水晶球，宇宙的蓝眼珠，蓝色的天使……先行者闭起双眼默默祈祷着，过了很长时间，才强迫自己睁开双眼。

他看到了一个黑白相间的地球。

黑色的是熔化后又凝结的岩石，那是墓碑的黑色；白色的是蒸发后又冻结的海洋，那是殓布的白色。

方舟号进入低轨道，从黑色的大陆和白色的海洋上空缓缓越过，先行者没有看到任何遗迹，一切都被熔化了，文明已成过眼烟云。但总该留个纪念碑的，一座能耐4000℃高温的纪念碑。

先行者正这么想，纪念碑就出现了。飞船收到了从地面发上来的一束视频信号，计算机把这信号显示在屏幕上，先行者首先看到了用耐高温摄像机拍下的两千多年前的大灾难景象。能量闪烁时，太阳并没有像他想象的那样亮度突然增强，太阳迸发出的能量主要以可见光之外的辐射传出。他看到，蓝色的天空突然变成地狱般的红色，接着又变成噩梦般的紫色；他看到，纪元城市中他熟悉的高楼群在几千度的高温中先是冒出浓烟，然后像火炭一样发出暗红色的光，最后像蜡一样熔化了；灼热的岩浆从高山上流下，形成了一道道巨大的瀑布，无数个这样的瀑布又汇成一条条发着红光的岩浆的大河，大地上火流的洪水在泛滥；原来是大海的地方，只有蒸汽形成的高大的蘑菇云，这形状狰狞的云山下部映射着岩浆的红色，上部透出天空的紫色，在急剧扩大，很快一切都消失在这蒸汽中……

当蒸汽散去，又能看到景物时，已是几年以后了。这时，大地已从烧熔状态初步冷却，黑色的波纹状岩石覆盖了一切。还能看到岩浆河流，它们在大地上形成了错综复杂的火网。人类的痕迹已完全消失，文明如梦一样无影无踪了。又过了几年，水在高温状态下离解成的氢氧又重新化合成水，大暴雨从天而降，灼热的大地上再次蒸汽弥漫，这时的世界就像在一个大蒸锅中一样阴暗闷热和潮湿。暴雨连下几十年，大地被进一步冷却，海洋渐渐恢复了。又过了上百年，因海水蒸发形成的阴云终于散去，天空现出蓝色，太阳再次出现了。再后来，由于地球轨道外移，气温急剧下降，大海完全冻结，天空万里无云，已死去的世界在严寒中变得很宁静了。

先行者接着看到了一个城市的图像：先看到如林的细长的高楼群，镜头从高楼群上方降下去，出现了一个广场，广场上一片人海。镜头再下降，先行者看到所有的人都在仰望着天空。镜头最后停在广场正中的一个平台上，平台上站着一个漂亮姑娘，好像只有十几岁，她在屏幕上冲着先行者挥挥手，娇滴滴地喊："喂，我们看到你了，像一个飞得很快的星星！你是方舟一号？！"

在旅途的最后几年，先行者的大部分时间是在虚拟现实游戏中度过的。在那个游戏中，计算机接收玩者的大脑信号，根据玩者思维构筑一个三维画面，这画面中的人和物还可根据玩者的思想做出有限的活动。先行者曾在寂寞中构筑过从家庭到王国的无数个虚拟世界，所以现在他一眼就看出这是一幅这样的画面。但这个画面造得很拙劣，由于大脑中思维的飘忽性，这种由想象构筑的画面总有些不对的地方，但眼前这个画面中的错误太多了：首先，当镜头移过那些摩天大楼时，先行者看到有很多人从楼顶窗子中钻出，径直从几百米高处跳下来，经过让人头晕目眩的下坠，这些人都平安无事地落到地上；同时，地上有许多人一跃而起，像会轻功一样一下就跃上几层楼的高度，然后他们的脚踏上了楼壁上伸出的一小块踏板上（这样的踏板每隔几层就有一个，好像专门为此而设），再一跃，又飞上几层，就这样一直跳到楼顶，从某个窗子中钻进去。仿佛这些摩天大楼都没有门和电梯，人们就是用这种方式进出的。当镜头移到那个广场平台上时，先行者看到人海中有用线吊着的几个水晶球，那球直径可能有一米多。有人把手伸进水晶球，很轻易地抓出水晶球的一部分，在他们的手移出后晶莹的球体立刻恢复原状，而人们抓到手中的那部分立刻变成了一个小水晶球，那些人就把那个透明的小球扔进嘴里……除了这些明显的谬误外，有一点最能反映造这幅计算机画面的人思维的变态和混乱：在这城市的所有空间，都飘浮着一些奇形怪状的物体，它们大的有二三米，小的也有半米，有的像一块破碎的海绵，有的像一根弯曲的大树枝，那些东西缓慢地飘浮着，有一根大树枝飘向平台上的那个姑娘，她轻轻推开了它，那大树枝又打着圈儿向远处飘去……先行者理解这些，在一个濒临毁灭的世界中，人们是不会有清晰和正常的思维的。

这可能是某种自动装置，在这大灾难前被人们深埋地下，躲过了高温和辐射，后来又自动升到这个已经毁灭的地面世界上。这装置不停地监视着太空，监测到零星回到地球的飞船时就自动发射那个画面，给那些幸存者以这样糟糕透顶又滑稽可笑的安慰。

"这么说后来又发射过方舟飞船？"先行者问。

"当然，又发射了12艘呢！"那姑娘说。不说这个荒诞变态的画面的其他部分，这个姑娘造得倒是真不错，她那融合东西方精华的娇好的面容露出一副天真透顶的样子，仿佛她仰望的整个宇宙是一个大玩具。那双大眼睛好像会唱歌，还有她的长发，好像失重似的永远飘在半空不落下，使得她看上去像身处海水中的美人鱼。

"那么，现在还有人活着吗？"先行者问，他最后的希望像野火一样燃烧起来。

"您这样的人吗？"姑娘天真地问。

"当然是我这样的真人，不是你这样用计算机造出来的的虚拟人。"

"前一艘方舟号是在 730 年前回来的，您是最后一艘回归的方舟号了。请问你船上还有女人吗？"

"只有我一个人。"

"您是说没有女人了?!"姑娘吃惊地瞪大了眼。

"我说过只有我一人。在太空中还有没回来的其他飞船吗？"

姑娘把两只白嫩的小手儿在胸前绞着，"没有了！我好难过好难过啊，您是最后一个这样的人了，如果，呜呜……如果不克隆的话……呜呜……"这美人儿捂着脸哭起来，广场上的人群也是一片哭声。

先行者的心沉底，人类的毁灭最后证实了。

"您怎么不问我是谁呢？"姑娘又抬起头来仰望着他说，她又恢复了那副天真神色，好像转眼忘了刚才的悲伤。

"我没兴趣。"

姑娘娇滴滴地大喊，"我是地球领袖啊！"

"对，她是地球联合政府的最高执政官！"下面的人也都一齐闪电般地由悲伤转为兴奋，这真是个拙劣到家的制品。

先行者不想再玩这种无聊的游戏了，他起身要走。

"您怎么这样?!首都的全体公民都在这儿迎接您，前辈，您不要不理我们啊！"姑娘带着哭腔喊。

先行者想起了什么，转过身来问："人类还留下了什么？"

"照我们的指引着陆，您就会知道！"

首　都

先行者进入了着陆舱，把方舟号留在轨道上，在那束信息波的指引下开始着陆。他戴着一副视频眼镜，可以从其中的一个镜片上看到信息波传来的那个画面。

"前辈，您马上就要到达地球首都了，这虽然不是这个星球上最大的城市，但肯定是最美丽的城市，您会喜欢的！不过您的落点要离城市远些，我们不希望受到伤害……"画面上那个自称地球领袖的女孩还在喋喋不休。

先行者在视频眼镜中换了一个画面，显示出着陆舱正下方的区域，现在高度只有一万多米了，下面是一片黑色的荒原。

后来，画面上的逻辑更加混乱起来，也许是几千年前那个画面的构造者情绪沮丧到了极点，也许是发射画面的计算机的内存在这几千年的漫长岁月中老化了。画面上，那姑娘开始唱起歌来：

啊，尊敬的使者，你来自宏纪元！
辉煌的宏纪元，
伟大的宏纪元，
美丽的宏纪元，
你是烈火中消逝的梦……

这个漂亮的歌手唱着唱着开始跳起来，她一下从平台跳上几十米的半空，落到平台上后又一跳，居然飞越了大半个广场，落到广场边上的一座高楼顶上，又一跳，飞过整个广场，落到另一边，看上去像一只迷人的小跳蚤。她有一次在空中抓住一根几米长的奇形怪状的飘浮物，那根大树干载着她在人海上空盘旋，她在上面优美地扭动着苗条的身躯。

下面的人海沸腾起来，所有人都大声合唱："宏纪元，宏纪元……"每个人轻轻一跳就能升到半空，以至整个人群看起来如撒到振动鼓面上的一片沙子。

先行者实在受不了了，他把声音和图像一起关掉。他现在知道，大灾难前的人们嫉妒他们这些跨越时空的幸存者，所以做了这些变态的东西来折磨他们。但过了一会儿，当那画面带来的烦恼消失一些后，当感觉到着陆舱接触地面的振动时，他产生了一个幻觉：也许他真的降落在一个高空看不清楚的城市中？当他走出着陆舱，站在那一望无际的黑色荒原上时，幻觉消失，失望使他浑身冰冷。

先行者小心地打开宇宙服的面罩，一股寒气扑面而来，空气很稀薄，但能维持人的呼吸。气温在摄氏零下40℃左右。天空呈一种大灾难前黎明和黄昏时的深蓝色，但现在太阳正在空中照耀着，先行者摘下手套，没有感到它的热力。由于空气稀薄，阳光散射较弱，天空中能看到几颗较亮的星星。脚下是刚凝结了两千年左右的大地，到处可见岩浆流动的波纹形状，地面虽已开始风化，仍然很硬，土壤很难见到。这带波纹的大地伸向天边，其间有一些小小的丘陵。在另一个方向，可以看到冰封的大海在地平线处闪着白光。

先行者仔细打量四周，看到了信息波的发射源，那儿有一个镶在地面岩石中的透明半球护面，直径大约有一米，半球护面下似乎扣着一片很复杂的结构。他还注意到远处的地面上还有几个这样的透明半球，相互之间相隔二三十米，像地面上的几个大水泡，反射着阳光。

先行者又在他的左镜片中打开了画面，在计算机的虚拟世界中，那个恬不知耻的小骗子仍在那根飘浮在半空中的大树枝上忘情地唱着扭着，并不时向他送飞吻，下面广场上所有的人都在向他欢呼。

　　……
　　宏伟的宏纪元！
　　浪漫的宏纪元！
　　忧郁的宏纪元！
　　脆弱的宏纪元！
　　……

先行者木然地站着，深蓝色的苍穹中，明亮的太阳和晶莹的星星在闪耀，整个宇宙围绕着他——最后一个人类。

孤独像雪崩一样埋住了他，他蹲下来捂住脸抽泣起来。

歌声戛然而止，虚拟画面中的所有人都关切地看着他，那姑娘骑在半空中的大树枝上，突然嫣然一笑。

"您对人类就这么没信心吗?"

这话中有一种东西使先行者浑身一震,他真的感觉到了什么,站起身来。他突然注意到,左镜片画面中的城市暗了下来,仿佛阴云在一秒钟内遮住了天空。他移动脚步,城市立即亮了起来。他走到那个透明半球,俯身向里面看,他看不清里面那些密密麻麻的细微结构,但看到左镜片中的画面上,城市的天空立刻被一个巨大的东西占据了。

那是他的脸。

"我们看到您了!您能看清我们吗?!去拿个放大镜吧!"姑娘大叫起来,广场上人海再次沸腾起来。

先行者明白了一切。他想起了那些跳下高楼的人们,在微小环境下重力是不会造成伤害的,同样,在那样的尺度下,人也可以轻易地跃上几百米(几百微米?)的高楼。那些大水晶球实际上就是水,在微小的尺度下水的表面张力处于统治地位,那是一些小水珠,人们从这些水珠中抓出来喝的水珠就更小了。城市空间中飘浮的那些看上去有几米长的奇怪东西,包括载着姑娘飘浮的大树枝,只不过是空气中细微的灰尘。

那个城市不是虚拟的,它就像两万五千年前人类的所有城市一样真实,它就在这个一米直径的半球形透明玻璃罩中。

人类还在,文明还在。

在微型城市中,飘浮在树枝上的姑娘——地球联合政府最高执政官,向几乎占满整个宇宙的先行者自信地伸出手来。

"前辈,微纪元欢迎您。"

微人类

"在大灾难到来前的一万七千年中,人类想尽了逃生的办法,其中最容易想到的是恒星际移民,但包括您这艘在内的所有方舟飞船都没有找到带有可居住行星的恒星。即使找到了,以大灾难前一个世纪人类的宇航技术,连移民千分之一的人类都做不到。另一个设想是移居到地层深处,躲过太阳能量闪烁后再出来。这不过是拖长死亡的过程而已,大灾难后地球的生态系统将被完全摧毁，养活不了人类的。

"有一段时期，人们几乎绝望了。但某位基因工程师的脑海中闪现了这样一个火花：如果把人类的体积缩小十亿倍会怎么样？这样人类社会的尺度也缩小了十亿倍，只要有很微小的生态系统，消耗很微小的资源就可生存下来。很快全人类都意识到这是拯救人类文明唯一可行的办法。这个设想是以两项技术为基础的，其一是基因工程，在修改人类基因后，人类将缩小至10微米左右，只相当于一个细胞大小，但其身体的结构完全不变。做到这点是完全可能的，人和细菌的基因本来就没有太大的差别；另一项是纳米技术，这是一项在20世纪就发展起来的技术，那时人们已经能造出细菌大小的发电机了，后来人们可以在纳米尺度造出从火箭到微波炉的一切设备，只是那些纳米工程师做梦都不会想到他们的产品的最后用途。

"培育第一批微人类似于克隆：从一个人类细胞中抽取全部遗传信息，然后培育出同主体一模一样的微人，但其体积只是主体的十亿分之一。以后他们就同宏人（微人对你们的称呼，他们还把你们的时代叫宏纪元）一样生育后代了。

"第一批微人的亮相极富戏剧性，有一天，大约是您的飞船起航后一万二千年吧，全球的电视上都出现了一个教室，教室中有30个孩子在上课，画面极其普通，孩子是普通的孩子，教室是普通的教室，看不出任何特别之处。但镜头拉开，人们发现这个教室是放在显微镜下拍摄的……"

"我想问，"先行者打断最高执政官的话，"以微人这样微小的大脑，能达到宏人的智力吗？"

"那么您认为我是个傻瓜了？鲸鱼也并不比您聪明！智力不是由大脑的大小决定的，以微人大脑中原子数目和它们的量子状态的数目来说，其信息处理能力是像宏人大脑一样绰绰有余的……嗯，您能请我们到那艘大飞船去转转吗？"

"当然，很高兴，可……怎么去呢？"

"请等我们一会儿！"

于是，最高执政官跳上了半空中一个奇怪的飞行器，那飞行器就像一片带螺旋桨的大羽毛。接着，广场上的其他人也都争着向那片"羽毛"上跳。

这个社会好像完全没有等级观念，那些从人海中随机跳上来的人肯定是普通平民，他们有老有少，但都像最高执政官姑娘一样一身孩子气，兴奋地吵吵闹闹。这片"羽毛"上很快挤满了人，空中不断出现新的"羽毛"，每片刚出现，就立刻挤满了跳上来的人。最后，城市的天空中飘浮着几百片载满微人的"羽毛"，它们在最高执政官那片的带领下，浩浩荡荡向一个方向飞去。

先行者再次伏在那个透明半球上方，仔细地观察着里面的微城市。这一次，他能分辨出那些摩天大楼了，它们看上去像一片密密麻麻的直立的火柴棍。先行者穷极自己的目力，终于分辨了那些像羽毛的交通工具，它们像一杯清水中漂浮的细小的白色微粒，如果不是几百片一群，根本无法分辨出来。凭肉眼看到人是不可能的。

在先行者视频眼镜的左镜片中，那由一个微人摄像师用小得无法想象的摄像机实况拍摄的画面仍很清晰，现在那摄像师也在一片"羽毛"上。先行者发现，在微城市的交通中，碰撞是一件随时都在发生的事。那群快速飞行的"羽毛"不时互相撞在一起，撞在空中飘浮的巨大尘粒上，甚至不时迎面撞到高耸的摩天大楼上！但飞行器和它的乘员都安然无恙，似乎没有人去注意这种碰撞。其实这是个初中生都能理解的物理现象：物体的尺度越小，整体强度就越高，两辆自行车碰撞与两艘万吨轮碰撞的后果是完全不一样的，如果两粒尘埃相撞，它们会毫无损伤。微世界的人们似乎都有金刚之躯，毫不担心自己会受伤。当"羽毛"群飞过时，旁边的摩天大楼上不时有人从窗中跃出，想跳上其中的一片，这并不总是能成功的，于是那人就从几百米处开始了令先行者头晕目眩的下坠，而那些下坠中的微人，还在神情自若地同经过的大楼窗子中的熟人打招呼！

"呀，您的眼睛像黑色的大海，好深好深，带着深深的忧郁呢！您的忧郁罩住了我们的城市，您把它变成一个博物馆了！呜呜呜……"最高执政官又伤心地哭了起来，别的人也都同她一起哭，任他们乘坐的"羽毛"在摩天大楼间撞来撞去。

先行者也从左镜片中看到了城市的天空中自己那双巨大的眼睛，那放大了上亿倍的忧郁深深震撼了他自己。"为什么是博物馆呢？"先行者问。

"因为只有在博物馆中才有忧郁，微纪元是无忧无虑的纪元！"地球领袖高声欢呼,尽管泪滴还挂在她那娇嫩的脸上,但她已完全没有悲伤的痕迹了。

"我们是无忧无虑的纪元!!"其他人也都忘情地欢呼起来。

先行者发现,微纪元人类的情绪变化比宏纪元快上百倍,这变化主要表现在悲伤和忧郁这类负面情绪上,他们能在一瞬间从这种情绪中跃出。还有一个发现让他更惊奇:由于这类负面情绪在这个时代十分少见,以至于微人们把它当成了稀罕物,一有机会就迫不及待地去体验。

"您不要像孩子那样忧郁,您很快就会发现,微纪元没有什么可忧虑的!"

这话使先行者万分惊奇,他早看到微人的精神状态很像宏时代的孩子,但孩子的精神状态还要夸张许多倍才真正像他们。"你是说,在这个时代,人们越长越……越幼稚?!"

"我们越长越快乐!"领袖女孩说。

"对,微纪元是越长越快乐的纪元!"众人大声应和着。

"但忧郁也是很美的,像月光下的湖水,它代表着宏时代的田园爱情,呜呜呜……"地球领袖又大放悲声。

"对,那是一个多美的时代啊!"其他微人也眼泪汪汪地附和着。

先行者笑起来,"你们根本不知道什么是忧郁,小人儿,真正的忧郁是哭不出来的。"

"您会让我们体验到的!"最高执政官又恢复到兴高采烈的状态。

"但愿不会。"先行者轻轻地叹息说。

"看,这就是宏纪元的纪念碑!"当"羽毛"群飞过另一个城市广场时,最高执政官介绍说。先行者看到那个纪念碑是一根粗大的黑色柱子,有过去的巨型电视塔那么粗,表面覆盖着无数片车轮大小的黑色巨瓦,叠合成鱼鳞状,高耸入云,他看了好长时间才明白,那是一根宏人的头发。

宴　会

"羽毛"群从半球形透明罩上的一个看不见的出口飞了出来,这时,最高执政官在视频画面中对先行者说:"我们距您那个飞行器有一百多公里呢,我们还是落到您的手指上,您把我们带过去快些。"

先行者回头看看身后不远处的着陆舱,心想他们可能把计量单位也都微缩了。他伸出手指,"羽毛"群落了上来,看上去像是在手指上飘落了一小片细小的白色粉末。

从视频画面中先行者看到,自己的指纹如一道道半透明的山脉,降落在其上的"羽毛"飞行器显得很小。最高执政官第一个从"羽毛"上跳下来,立刻摔了个四脚朝天。

"太滑了,您是油性皮肤!"她抱怨着,脱下鞋子远远地扔出去,光着脚丫好奇地来回转着,其他人也都下了"羽毛",手指上的半透明山脉间现在有了一片人海。先行者粗略估计了一下,他的手指上现在有一万多人!

先行者站起来,伸着手指小心翼翼地向着陆舱走去。

刚进入着陆舱,微人群中就有人大喊:"哇,看那金属的天空,人造的太阳!"

"别大惊小怪,像个白痴!这只是小渡船,上面那个才大呢!"最高执政官训斥道,但她自己也惊奇地四下张望,然后又同众人一起唱起那支奇怪的歌来:

　　辉煌的宏纪元,
　　伟大的宏纪元,
　　忧郁的宏纪元,
　　你是烈火中消逝的梦……

在着陆舱起飞飞向方舟号的途中,地球领袖继续讲述微纪元的历史。

"微人社会和宏人社会共存了一个时期,在这段时间里,微人完全掌握了宏人的知识,并继承了他们的文化。同时,微人在纳米技术的基础上,发展起了一个十分先进的技术文明。这宏纪元向微纪元的过渡时期大概有,嗯,20代人左右吧。

"后来,大灾难临近,宏人不再进行传统生育了,他们的数量一天天减少；而微人的人口飞快增长，社会规模急剧增大，很快超过了宏人。这时，微人开始要求接管世界政权，这在宏人社会中激起了轩然大波，顽固派们拒绝交出政权，用他们的话说，怎么能让一帮细菌领导人类。于是，在宏人和微人之间爆发了一场世界大战！"

"那对你们可太不幸了！"先行者同情地说。

"不幸的是宏人，他们很快就被击败了。"

"这怎么可能呢？他们一个人用一把大锤就可以捣毁你们一座上百万人的城市。"

"可微人不会在城市里同他们作战的。宏人的那些武器对付不了微人这样看不见的敌人，他们能使用的唯一武器就是消毒剂，而他们在整个文明史上一直用这东西同细菌作战，最后也并没有取得胜利。他们现在要战胜的是有他们一样智力的微人，取胜就更没可能了。他们看不到微人军队的调动，而微人可能轻而易举地在他们眼皮底下腐蚀掉他们的计算机的芯片，没有计算机，他们还能干什么呢？大不等于强大。"

"现在想想是这样。"

"那些战犯得到了应有的下场，几千名微人的特种部队带着激光钻头空降到他们的视网膜上……"领袖女孩恶狠狠地说。

"战后，微人取得了世界政权，宏纪元结束了，微纪元开始了！"

"真有意思！"

登陆舱进入了近地轨道上的方舟号，微人们乘着"羽毛"四处观光，这艘飞船之巨大令微人们目瞪口呆。先行者本想从他们那里听到赞叹的话，但最高执政官这样告诉他自己的感想：

"现在我们知道，就是没有太阳的能量闪烁，宏纪元也会灭亡的。你们对资源的消耗是我们的几亿倍！"

"但这艘飞船能够以接近光速的速度飞行，可以到达几百光年远的恒星，小人儿，这件事，只能由巨大的宏纪元来做。"

"我们目前确实做不到，我们的飞船目前只能达到光速的十分之一。"

"你们能宇宙航行？！"先行者大惊失色。

"当然不如你们。微纪元的飞船队最远到达金星，刚收到他们的信息，说那里现在比地球更适合居住。"

"你们的飞船有多大?"

"大的有你们时代的,嗯,足球那么大,可运载十几万人;小的吗,只有高尔夫球那么大,当然是宏人的高尔夫球。"

现在,先行者最后的一点优越感荡然无存了。

"前辈,您不请我们吃点什么吗?我们饿了!"当所有"羽毛"飞行器重新聚集到方舟号的控制台上时,地球领袖代表所有人提出要求,几万个微人在控制台上眼巴巴地看着先行者。

"我从没想到会请这么多人吃饭。"先行者笑着说。

"我们不会让您太破费的!"女孩怒气冲冲地说。

先行者从贮藏舱拿出一听午餐肉罐头,打开后,他用小刀小心地剜下一小块,放到控制台上那一万多人的旁边,他能看到他们所在的位置,那是控制台上一小块比硬币大些的圆形区域,那区域只是光滑度比周围差些,像在上面呵了口气一样。

"怎么拿出这么多?这太浪费了!"地球领袖指责道,从面前的大屏幕上可以看到,在她身后,人们涌向一座巍峨的肉山,从那粉红色的山体里抓出一块块肉来大吃着。再看看控制台上,那小块肉丝毫不见减少。屏幕上,拥挤的人群很快散开了,有人还把没吃完的肉扔掉,领袖女孩拿着一块咬了一口的肉摇摇头。

"不好吃。"她评论说。

"当然,这是生态循环机中合成的,味道肯定好不了。"先行者充满谦意地说。

"我们要喝酒!"地球领袖又提出要求,这又引起了微人们的一片欢呼。先行者吃惊不小,因为他知道酒是能杀死微生物的!

"喝啤酒吗?"先行者小心翼翼地问。

"不,喝苏格兰威士忌或莫斯科伏特加!"地球领袖说。

"茅台酒也行!"有人喊。

先行者还真有一瓶茅台酒,那是他自起航时一直保留在方舟号上,准备在找到新殖民行星时喝的。他把酒拿出来,把那白色瓷瓶的盖子打开,小心地把酒倒在盖子中，放到人群的边上。他在屏幕上看到，人们开始攀登瓶盖那道似乎高不可攀的悬崖绝壁，光滑的瓶盖在微尺度下有大块的突出物，微人用他们上摩天大楼的本领很快攀到了瓶盖的顶端。

"哇，好美的大湖！"微人们齐声赞叹。从屏幕上，先行者看到那个广阔酒湖的湖面由于表面张力而呈巨大的弧形。微人记者的摄像机一直跟着最高执政官，这个女孩先用手去抓酒，但够不着，她接着坐到瓶盖沿上，用一只白嫩的小脚在酒面上划了一下，她的脚立刻包在一个透明的酒珠里，她把脚伸上来，用手从脚上那个大酒珠里抓出了一个小酒珠，放进嘴里。

"哇，宏纪元的酒比微纪元好多了。"她满意地点点头。

"很高兴我们还有比你们好的东西，不过你这样用脚够酒喝，太不卫生了。"

"我不明白。"她不解地仰望着他。

"你光脚走了那么长的路，脚上会有病菌什么的。"

"啊，我想起来了！"地球领袖大叫一声，从旁边一个随行者的手中接过一个箱子，她把箱子打开，从中取出一个活物，那是一个足球大小的圆家伙，长着无数只乱动的小腿，她抓着其中一只小腿把那东西举起来。"看，这是我们的城市送您的礼物！乳酸鸡！"

先行者努力回忆着他的微生物学知识，"你说的是……乳酸菌吧！"

"那是宏纪元的叫法，这就是使酸奶好吃的动物，它是有益的动物！"

"有益的细菌。"先行者纠正说，"现在我知道细菌确实伤害不了你们，我们的卫生观念不适合微纪元。"

"那不一定，有些动物，呵，细菌，会咬人的，比如大肠肝狼，战胜它们需要体力，但大部分动物，像酵母猪，是很可爱的。"地球领袖说着，又从脚上取下一团酒珠送进嘴里。当她抖掉脚上剩余的酒球站起来时，已喝得摇摇晃晃了，舌头也有些打不过转来。

"真没想到人类连酒都没有失传！"

"我……我们继承了人类所有美好的东西，但那些宏人却认为我们无权代……代表人类文明……"地球领袖可能觉得天旋地转，又一屁股坐在地上。

"我们继承了人类所有的哲学，西方的，东方的，希腊的，中国的！"人群中有一个声音说。

地球领袖坐在那儿向天空伸出双手大声朗诵着："没人能两次进入同一条河流；道生一，一生二，二生三，三生万……万物！"

"我们欣赏梵·高的画，听贝多芬的音乐，演莎士比亚的戏剧！"

"活着还是死了，这是个……是个问题！"领袖女孩又摇摇晃晃站起，扮演起哈姆雷特来。

"但在我们的纪元，你这样的女孩是做梦也当不了世界领袖的。"先行者说。

"宏纪元是忧郁的纪元，有着忧郁的政治；微纪元是无忧无虑的纪元，需要快乐的领袖。"最高执政官说，她现在看起来清醒了许多。

"历史还没……没讲完，刚才讲到，哦，战争，宏人和微人间的战争，后来微人之间也爆发过一次世界大战……"

"什么？不会是为了领土吧？"

"当然不是，在微纪元，要是有什么取之不尽的东西的话，就是领土了。是为了一些……一些宏人无法理解的事，在一场最大的战役中，战线长达……哦，按你们的计量单位吧，一百多米，那是多么广阔的战场啊！"

"你们所继承的宏纪元的东西比我想象的多多了。"

"再到后来，微纪元就集中精力为即将到来的大灾难做准备了。微人用了 5 个世纪的时间，在地层深处建造了几千座超级城市，每座城市在您看来是一个直径两米的不锈钢大球，可居住上千万人。这些城市都建在地下 8 万公里深处……"

"等等，地球半径只有 6000 公里。"

"哦，我又用了我们的单位，那是你们的，嗯，800 米深吧！当太阳能量闪烁的征兆出现时，微世界便全部迁移到地下。然后，然后就是大灾难了。

"在大灾难后的 400 年，第一批微人从地下城中沿着宽大的隧道（大约有宏人时代的自来水管的粗细）用激光钻透凝结的岩浆来到地面，又过了 5 个世纪，微人在地面上建起了人类的新世界，这个世界有上万个城市，180

亿人口。

"微人对人类的未来是乐观，这种乐观之巨大之毫无保留，是宏纪元的人们无法想象的。这种乐观的基础，就是微纪元社会尺度的微小，这种微小使人类在宇宙中的生存能力增强了上亿倍。比如您刚才打开的那听罐头，够我们这座城市的全体居民吃一到两年，而那个罐头盒，又能满足这座城市一到两年的钢铁消耗。"

"作为一个宏纪元的人，我更能理解微纪元文明这种巨大的优势，这是神话，是史诗！"先行者由衷地说。

"生命进化的趋势是向小的方向，大不等于伟大，微小的生命更能同大自然保持和谐。巨大的恐龙灭绝了，同时代的蚂蚁却生存下来。现在，如果有更大的灾难来临，一艘像您的着陆舱那样大小的飞船就可能把全人类运走，在太空中一块不大的陨石上，微人也能建立起一个文明，创造一种过得去的生活。"

沉默了许久，先行者对着他面前占据硬币般大小面积的微人人海庄严地说："当我再次看到地球时，当我认为自己是宇宙中最后一个人时，我是全人类最悲哀的人，哀大莫过于心死，没有人曾面对过那样让人心死的境地。但现在，我是全人类最幸福的人，至少是宏人中最幸福的人，我看到了人类文明的延续，其实用文明的延续来形容微纪元是不够，这是人类文明的升华！我们都是一脉相传的人类，现在，我请求微纪元接纳我作为你们社会中一名普通的公民。"

"从我们探测到方舟号时我们已经接纳您了，您可以到地球上生活，微纪元供应您一个宏人的生活还是不成问题的。"

"我会生活在地球上，但我需要的一切都能从方舟号上得到，飞船的生态循环系统足以维持我的残生了，宏人不能再消耗地球的资源了。"

"但现在情况正在好转，除了金星的气候正变得适于人类外，地球的气温也正在转暖，海洋正在融化，可能到明年，地球上很多地方将会下雨，将能生长植物。"

"说到植物，你们见过吗？"

"我们一直在保护罩内种植苔藓，那是一种很高大的植物，每个分枝有十几层楼高呢！还有水中的小球藻……"

"你们听说过草和树木吗？"

"您是说那些像高山一样巨大的宏纪元植物吗？唉，那是上古时代的神话了。"

先行者微微一笑，"我要办一件事情，回来时，我将给你们看我送给微纪元的礼物，你们会很喜欢那些礼物的！"

新　生

先行者独自走进了方舟号上的一间冷藏舱，冷藏舱内整齐地摆放着高大的支架，支架上放着几十万个密封管，那是种子库，其中收藏了地球上几十万种植物的种子，这是方舟号准备带往遥远的移民星球上去的。还有几排支架，那是胚胎库，冷藏了地球上十几万种动物的胚胎细胞。

明年气候变暖时，先行者将到地球上去种草，这几十万类种子中，有生命力极强的能在冰雪中生长的草，它们肯定能在现在的地球上种活的。

只要地球的生态能恢复到宏时代的十分之一，微纪元就拥有了一个天堂中的天堂，事实上地球能恢复的可能远不止于此。先行者沉醉在幸福的想象之中，他想象着当微人们第一次看到那棵顶天立地的绿色小草时的狂喜。那么一小片草地呢？一小片草地对微人意味着什么？一个草原！一个草原又意味着什么？那是微人的一个绿色的宇宙了！草原中的小溪呢？当微人们站在草根下看着清澈的小溪时，那在他们眼中是何等壮丽的奇观啊！地球领袖说过会下雨，会下雨就会有草原，就会有小溪的！还一定会有树，天啊，树！先行者想象一支微人探险队，从一棵树的根部出发开始他们漫长而奇妙的旅程，每一片树叶，对他们来说都是一个一望无际的绿色平原……还会有蝴蝶，它的双翅是微人眼中横贯天空的彩云；还会有鸟，每一声啼鸣在微人耳中都是一声来自宇宙的洪钟……是的，地球生态资源的千亿分之一就可以哺育微纪元的一千亿人口！现在，先行者终于理解了微人们向他反复强调的一个事实。

微纪元是无忧无虑的纪元。

没有什么能威胁到微纪元，除非……

先行者打了一个寒战，他想起了自己要来干的事，这事一秒种也不能耽搁了。他走到一排支架前，从中取出了一百支密封管。

这是他同时代人的胚胎细胞，宏人的胚胎细胞。

先行者把这些密封管放进激光废物焚化炉，然后又回到冷藏库仔细看了好几遍，他在确认没有漏掉这类密封管后，回到焚化炉边，丝毫不动感情地，他按动了按钮。

在激光束几十万度的高温下，装有胚胎的密封管瞬间汽化了。

2002年9月1日于娘子关

超新星纪元

这时，地球是天上的一颗星。

这时，北京是地上的一座城。

在这座已是一片灯海的城市里，有一所小学校，在校园里的一间教室中，一个毕业班正在开毕业晚会，像每一个这种场合必不可少的，孩子们开始畅谈自己的理想，未来像美丽的花朵一样在他们眼前绽开。

班主任郑晨是一名年轻的女教师，她问旁边的一个女孩儿，"晓梦，你呢？你长大想干什么？"那女孩儿一直静静地看着窗外想心事，她穿着朴素，眼睛大而有神，透出一种与年龄不相称的忧郁和成熟。

"家里困难，我将来只能读职业中学了。"她轻轻叹了一口气说。

"那华华呢？"郑晨又问一个很帅的男孩儿，他的一双大眼睛总是不停地放出惊喜的光芒，仿佛世界在他的眼中，每时每刻都是一团刚刚爆发的五彩缤纷的焰火。

"未来太有意思了，我一时还想不出来，不管干什么，我都要成为最棒的！"

"其实说这些都没什么意思，"一个瘦弱的男孩儿说，他叫严井，因为戴着一副度数很高的近视镜，大家都管他叫眼镜，"谁都不知道将来会发生什么，未来是不可预测的，什么事情都可能发生。"

华华说："用科学的方法就可以预测，有未来学家的。"

眼镜摇摇头："正是科学告诉我们未来不可预测，那些未来学家以前做出的预测没有多少是准的，因为世界是一个混沌系统。混沌系统，三点水的沌，不是吃的馄饨。"

"这你好像跟我说过，这儿蝴蝶拍一下翅膀，在地球那边就有一场风暴。"

眼镜点点头："是的，混沌系统。"

华华说："我的理想就是成为那只蝴蝶。"

眼镜又摇摇头："你根本没明白：我们每个人都是蝴蝶，每只蝴蝶都是蝴蝶，每粒沙子和每滴雨水都是蝴蝶，所以世界才不可预测。"

"同学们，"班主任站起身来说，"我们最后看看自己的校园吧！"

于是孩子们走出了教室，同他们的班主任老师一起漫步在校园中。这里的灯大都灭着，大都市的灯光从四周远远地照进来，使校园的一切显得宁静而蒙眬。孩子们走过了两幢教学楼，走过了办公楼，走过了图书馆，最后穿过那排梧桐树，来到操场上。这43个孩子站在操场的中央，围着他们年轻的老师，郑晨张开双臂，对着在城市的灯光中暗淡了许多的星空说：

"孩子们，童年结束了。"

这似乎只是一个很小的故事，43个孩子，将离开这个宁静的小学校园，各自继续他们刚刚开始的人生旅程。

这似乎是一个极普通的夜，在这个夜里，时间一如既往平静地流动着，"不可能两次进入同一条河流"不过是古希腊人的梦呓，在人们心中，时间的河一直是同一条，以永恒的节奏流个没完。所以，即使在这个夜里，这个叫地球的行星上的名字叫人的炭基生物，在时间长河永恒感的慰藉下，仍能编织着已延续了无数代人的平静的梦。

这里有一个普通的小学校园，校园的操场上有43个13岁的孩子，同他们年轻的班主任一起仰望着星空。

苍穹上，冬夜的星座：金牛座、猎户座和大犬座已沉到西方地平线下；夏季的星座：天琴座、武仙座和天秤星座早已出现。一颗颗星如一只只遥远的眸子,从宇宙无边的夜海深处一眨一眨地看着人类世界,只是在今夜,这来自宇宙的目光有些异样。

这时,人类所知道的历史已走到了尽头。

死 星

在我们周围十光年的太空里,有大团的宇宙尘埃存在,这些尘埃像是飘浮在宇宙夜海中的乌云,正是这片星际尘埃,挡住了距地球8光年的一颗恒星,那颗恒星直径是太阳的23倍,质量是太阳的67倍。现在它已进入了漫长演化的最后阶段,离开主星序,步入自己的晚年期,我们把它称为死星。

如果它有记忆的话,也无法记住自己的童年。它诞生于5亿年前,它的母亲是另一片星云。经过剧变的童年和骚动的青年时代,核聚变的能量顶住了恒星外壳的坍缩,死星进入了漫长的中年期,它那童年时代以小时、分钟甚至秒来计算的演化现在以亿年来计算了,银河系广漠的星海又多了一个平静的光点。

但如果飞近死星的表面,就会发现这种平静是虚假的。这颗巨星的表面是核火焰的大洋,炽热的火的巨浪发着红光咆哮撞击,把高能粒子像暴雨般地撒向太空;大得无法想象的能量从死星深深的中心涌上来,在广阔的火海上翻起一团团刺目的涌浪;火海之上,核能的台风在一刻不停地刮着,暗红色的等离子体在强磁场的扭曲下,形成一根根上千万公里高的龙卷柱,像伸向宇宙的红色海藻群……死星在人类看到的星空中应该是很亮的,它的视星等是-7.5,如果不是它前方3光年处那片星际尘埃挡住它射向地球的光线的话,将有一颗比最亮的恒星——天狼星还亮5倍的星星照耀着人类历史,在没有月光的夜晚,那颗星星能在地上映出人影。那梦幻般的蓝色星光,一定会使人类更加多愁善感。

死星平静地燃烧了四亿六千万年,它的生命壮丽辉煌,但冷酷的能量守恒定律使它的内部不可避免地发生了一些变化:随着氦的沉积,它那曾是能量源泉的心脏渐渐变暗,死星老了。又经过一系列复杂的变化,死星中心的核聚变已无法支撑沉重的外壳,曾使死星诞生的万有引力现在干起了相反的事，死星在引力之下坍缩成了一个致密的小球，组成它的原子在不可思议的压强下被压碎，首先坍塌的是核心，随后失去支撑的外壳也塌了下来，猛烈地撞击致密的核心，在一瞬间最后一次点燃了核聚变。

5亿年引力和火焰的史诗结束了，一道雪亮的闪电撕裂了宇宙，死星化作亿万块碎片和尘埃。强大的能量化为电磁辐射和高能粒子的洪流，以光速涌向宇宙的各个方向。在死星爆发3年后，能量的巨浪轻而易举地推开了那片星际尘埃，向太阳扑来。

死星的强光越过了人马座三星后，又在冷寂而广漠的外太空走了4年，终于到达了太阳系的外围（这时，那个小学班级的毕业晚会刚刚开始）。

死星的强光越过了冥王星，在它那固态氮的蓝色晶体大地上激起一片蒸汽；很快，强光又越过了天王星和海王星，使它们的星环变得晶莹透明；越过了土星和木星，高能粒子的狂风在它们的液体表面掀起一阵磷光；死星的能量到达月球，哥白尼环形山和雨海平原发出一片刺目的白光。又过了一秒钟，在太空中行走了8年的死星的能量到达地球。

夜空骄阳

是中午了！！

这是孩子们视力恢复后的第一个感觉，刚才的强光出现得太突然，仿佛有谁突然打开了宇宙中一盏大电灯的开关，使他们暂时失明了。

这时是22点18分，但孩子们确实站在正午的晴空之下！抬头看看这万里碧空，他们倒吸了一口冷气。这绝不是人们过去看到的那种蓝天，这天空蓝得惊人，蓝得发黑，如同超还原的彩色胶卷记录的色彩；而且这天空似乎纯净到极点，仿佛是过去那略带灰白的天空被剥了一层皮，这天空的纯蓝像皮下的鲜肉一样，似乎马上就要流出血来。城市被阳光照得一片雪亮，看看那个太阳，孩子们失声惊叫起来。

那不是人类的太阳！！

那个夜空中突然出现的太阳的强光使孩子们无法正视，他们从指缝中瞄了几眼，发现那个太阳不是圆的，它没有形状，事实上它的实体在地球上看去和星星一样是一个光点，白色的强光从宇宙中的一个点迸发出来，但由于它发出的光极强（视星等为-51.23几乎是太阳的一倍），所以看上去并不小，它发出的光芒经大气的散射，好像是西天悬着的一个巨大而刺目的毒蜘蛛。

操场上的孩子们还没回过神来，空中就出现了闪电，这是由于死星的射线电离大气造成的。长长的紫色电弧在纯蓝的天空中出现，越来越密，雷声震耳欲聋。

"快！回教室去！！"郑老师喊，孩子们纷纷向教学楼跑去，每个人都捂着头，阵阵雷声在他们头顶炸响，仿佛整个世界都在分崩离析。跑进教室后，孩子们都瑟瑟发抖地在老师的周围挤成一团。死星的光芒从一侧窗中透射进来，在地板上投下明亮的方形；另一侧窗则透进闪电的光，那蓝紫色的电光在教室的这一半急骤地闪动。空气中开始充满了静电，人的衣服上的金属小件，都噼里啪啦地闪起了小火花；皮肤上的汗毛都竖了起来，使人觉得浑身痒痒；周围的物体都像长了刺似的扎手。

死星在宇宙中照耀了1小时25分钟后，突然消失了。现在，只有巨大的射电望远镜阵列才能探测到死星的遗体——一颗飞速旋转的中子星，它发出具有精确时间间隔的电磁脉冲。

孩子们把脸贴在教室的窗玻璃上，从头至尾目睹了这没有日落的日落，这最怪异的黄昏。他们看到，天空的蓝色渐渐变深，很快成了夜幕降临时的蓝黑色。死星的光芒在收敛，在它的周围形成了一片暮曙光，这暮曙光最初占据了半个天空，很快缩小至围着死星的一圈，色彩由蓝紫色过渡到白色，这时天空的大部分已黑了下来，零散的星星开始出现。死星周围的光晕继续缩小，最后完全消失，死星这时已由一个光芒四射的光源变成了一个亮点，当星空完全重现时，它仍是最亮的一颗星，然后它的亮度继续减小，成了银河系中一颗普通的星星，5分钟后，死星完全消失在宇宙深渊中。

看到闪电停了，孩子们跑出教室，他们发现自己置身于一个荧光世界中，在黑色的夜空下，外面的一切：树木、房屋、地面……全都发出蓝绿色的荧光，仿佛大地和它上面的一切都变成了半透明的玉石，而大地的深处有一个月亮似的光源照上来，把其光亮浸透于玉石之中。夜空中悬浮着发着绿光的云朵，被死星惊动的鸟群像一群发着绿光的精灵从空中飞快掠过。最让孩子们震惊的是，他们自己也发出荧光，在黑暗中看去如负片上的图像，像一群幽灵。

"我说过嘛，什么事情都会发生的……"眼镜喃喃地说。

这时，教室里的灯亮了，周围城市的灯光也相继亮了起来，孩子们才意识到刚才停电了。随着灯光的出现，那无处不在的荧光消失了。孩子们原以为世界恢复了原状，但他们很快发现让人震惊的事情还没有完。

在东北方向的天边有一片红光，过了一会儿，那个方向的天空中升起了发着暗红色光的云层，像刚刚出现的朝霞。

"这次是真的天亮了！"

"胡说，还不到12点呢！"

那红云浩浩荡荡地飘过来，很快覆盖了半个夜空，这时孩子们才发现，那云本身就发光。当红云的前缘飘至中天时，他们看到那里由一条条巨大的光带组成的，像是从太空中垂下的无数条红色的帷幔，在缓缓地扭动变幻。

"是北极光呀！"有孩子喊。

由死星的辐射产生的极光很快布满了整个天空，在以后的两天，东半球的夜空都涌动着红色的光幔。

在死星出现的那个位置，浮现出一小片的发光星云！这是超新星爆发后留下的尘埃，死星残骸发出的高能电脉冲激发了它，使其在可见光波长发出同步加速辐射，人类才能看到它。星云现在还很小，初看上去只像一颗昏暗的星星，仔细看才能看出形状，但它在缓慢地长大，按照它的形状，人们称它为玫瑰星云。

从此，玫瑰星云将照耀着人类历史，直至这个继恐龙之后统治地球的物种毁灭或永生。

山谷世界

死星的出现对人类世界来说无疑是一件大事。从天文学的尺度来讲，说这次超新星爆发近在眼前已不准确，应该是近在睫毛上。但到了第二天，普通人已经重新埋头于自己平淡的生活了,人们对超新星的兴趣,仅限于玫瑰星云又长到了多大,形状又发生了什么变化,不过这种关注已是休闲性质的了。

超新星爆发后的第三天,郑晨接到了校长的一个紧急通知,让她集合已放假的毕业班。郑晨很奇怪,这个班已正式毕业,按说已与她的学校没有什么关系了。当这个班的43个孩子又在他们的母校集合后,发现操场上有一辆大轿车在等着他们,车上下来3个人,其中那个负责的中年人叫张林,校长介绍说他们来自中央非常委员会。

"非常委员会?"这个名称让郑晨很困惑。

"是一个刚成立的机构。"张林简单地说,"您这个班的孩子要有一段时间不能回家,我们负责通知他们的家长,您对这个班比较熟悉,和他们一起去吧。不用拿什么东西了,现在就走。"

"这么急?"郑晨吃惊地问。

"时间紧。"张林简单地说。

载着43个孩子的大轿车出了城,一直向西开。张林坐在郑晨的旁边,一上车就仔细地看这个班的学生登记表,看完后两眼直视着车的前方,沉默不语,另外两个年轻人也是一样,看着他们那凝重的神色,郑晨也不好问什么。这气氛也感染了孩子们,他们一路上很少说话。车过了颐和园继续向西开,一直开到西山,又在丛林间的僻静的山间公路上开了一会儿,来到一个山谷里,山谷两边的山坡很平缓,到深秋,这里可能会有很多红叶的,但现在还是一片绿色。谷底流着一条小河,挽起裤脚就能走过去。车停在公路旁的一块空地上,这里已经停着一大片与这辆一模一样的大轿车,郑晨和她的学生们下了车,看到这里已聚集了一大片孩子,可能有上千名,他们看上去年龄都与这个班的孩子差不多。

一位负责人站在一块大石头上大声讲话。

"孩子们,现在我告诉你们此行的目的:我们要做一个大游戏!"

他显然不是一个常与孩子打交道的人,说这话时一脸严肃,没有一点做游戏的样子,但却在孩子们中引起了一阵兴奋的骚动。

"你们看,"他指指这个山谷,"这就是我们做游戏的场地。你们 24 个班级,每个班级将在这里分到一块地,面积有 3 到 4 平方公里,很不小了。你们每个班将在这块土地上,听着,将在这块土地上建立一个小国家!"

他最后这句话吸引了孩子们的注意力,上千双眼睛一动不动地聚焦在他身上。

"这个游戏为期 15 天,这 15 天时间你们将自己生活在分配给你们的国土上!"

孩子们欢呼起来。

"安静安静,听我说:在这 24 块国土上,已经放置了必需的生活资料,如帐篷、行军床、燃料、食品和饮用水,但这些物资并不是平均分配的,比如有的国土上帐篷比较多,食品比较少,有的则相反。但有一点可以肯定:这些国土上总的生活物资的数量,是不够维持这么多天的生活的,你们将通过以下两个渠道获得生活物资:

"一:贸易,你们可以用自己多余的物资来换取自己短缺的物资,但即使这样,仍不可能使你们的小国家维持 15 天,因为生活物资的总量是不够的,这就需要你们——

"二:进行生产,这将是你们的小国家中主要的活动和任务。生产是在你们的国土上开荒,在开好的地上播下种子并浇上水。你们当然不可能等到田地里长出粮食,但根据你们开出的土地的数量及播种灌溉的质量,将能从游戏的指挥组这里换到相应数量的食品。这 24 个小国家是沿着这条小河分布的,它是你们的共同资源,你们将用小河的水灌溉开垦的土地。

"国家的领导人由你们自己选举,每个国家有 3 位最高领导人,权力相等,国家的最高决策由他们共同做出。国家的行政机构由你们自己设置,你们自己决定国家的一切:如建设规划、对外政策等,我们不会干涉,国家的公民可以自由流动,你觉得哪个国家好就可以去哪里。

"下面就到分配给你们的国土上去,首先给你们的国家起个名字,报到指挥组来,剩下都是你们自己的事了。我只想告诉你们,这场游戏的限制很少很少,孩子们,这些小国家的命运和未来掌握在你们手里,希望你们使自己的小国家繁荣、壮大!"

这是孩子们见过的最棒的游戏了，他们一轰而散，纷纷奔向自己的国土。

在张林的带领下，郑晨的班级很快找到了他们的国土，在这个被白色栅栏围起来的区域里，河滩和山坡各占一半，在河滩和山坡的交接处整齐地堆放着帐篷和食品等各种物资。孩子们向前跑去，在那堆物资中翻腾起来，把张林和郑晨甩在后面。郑晨听到孩子们发出一阵惊呼声，然后围成一圈看着什么，她走过去分开孩子们向地上看去，一时像见了鬼。

在一块绿色的篷布上，整齐地摆放着一排冲锋枪。

郑晨对武器比较陌生，但她肯定这些不是玩具。她弯腰拿起其中的一枝，感到了沉甸甸的质感，闻到了一股枪油味，那钢制的枪身现出冷森森的蓝色光泽。她看到旁边还有三个绿色的金属箱，一个孩子打开其中的一个，露出了里面装着的黄灿灿的子弹。

"叔叔，这是真枪吗？"一个孩子问刚走过来的张林。

"当然，这种微型冲锋枪是我军最新装备的制式武器，它体积小重量轻，枪身可折叠，很适合孩子使用。"

"哇……"男孩子们兴奋地去拿枪，但郑晨厉声说："别动！谁也不许碰这些东西！"然后转向质问张林："这是怎么回事？"

张林淡淡地说："作为一个国家，必需的物资中当然包括武器。"

"你刚才说，适合孩子们……使用？"

"呵，你不必担心，"张林笑笑说，弯腰从弹药箱中拿出一排子弹，"这种子弹是没有杀伤力的，它实际上是粘在一小片塑料两侧的两小团金属丝，分量很轻，射出后速度很快减慢，击中人体也不会造成伤害。但这两团金属丝充有很强的静电，击中目标时会产生几十万伏的放电，会把人击倒并失去知觉，但其电流强度很小，被击中的人会很快恢复，不会造成永久伤害。"

"被电击怎么能不造成伤害？！"

"这种弹药最初是作为警用的，进行过大量的动物和人体试验，西方警察早在80年代就装备过这种子弹，有过大量的使用案例，从没有造成伤亡。"

"如果打到眼睛上呢？"

"可以戴上护目镜。"

"如果被击中的人从高处摔下来呢?"

"我们特别选了比较平缓的地形……当然应该承认,绝对保证安全是很难的,但受伤的几率确实很小。"

"你们真的要把这些武器交给孩子们,并允许他们对别的孩子使用它?"

张林点点头。

郑晨的脸色变得苍白:"不能用玩具枪吗?"

张林摇摇头:"战争是国家历史中必不可少的组成部分,我们必须尽可能制造一种真实的氛围,得出的结果才可靠。"

"结果?什么结果?!"郑晨惊恐地盯着张林,像在看一个怪物,"你们到底要干什么?!"

"郑老师,您冷静些,我们做得很节制了,据可靠情报,有一半国家让孩子们使用实弹。"

"一半国家?全世界都做这种游戏?!"

郑晨用恍惚的眼神四下看看,似乎在确定她是不是处在噩梦中,然后努力使自己平静下来,撩了一下额前的乱发说:"请送我和孩子们回去。"

"这不可能,这个地区已经戒严了,我对您说过这个工作极其重要……"

郑晨再次失去控制:"我不管这些,我不允许你们这样做,作为一名教师,我有自己的责任和良心!"

"我们也有良心,但同样有更大的责任,正是这两样东西迫使我们这样做的。"张林用很真诚的目光看着郑晨,"请相信我们。"

"送孩子们回去!!"郑晨不顾一切地大喊。

"请相信我们。"

这不高的话音是从郑晨身后传来的,她觉得这声音很熟,但一时又想不起在哪儿听到过。看到面前的孩子们都在呆呆地看着她身后的方向,她转过身来,看到这里已站了许多人,当她看清这些人时,更觉得自己不是在现实中了,这反而使她再次平静下来。这些人中,她认出了后面几位在电视上常见到的国家高级领导人,但她最先认出的是站在最前面的两个人。

他们是国家主席和国务院总理。

"有在噩梦中的感觉,是吗?"主席神情祥和地问。

郑晨说不出话,只是点点头。

总理说:"这不奇怪,开始我们也有这种感觉,但很快就会适应的。"

主席的一句话使郑晨多少清醒过来:"你们的工作很重要,关系到国家和民族的命运,以后我们会对大家解释清楚这一切,到那时,老师同志,你会为你以前和现在所做的工作感到自豪的。"

一行人开始向相邻的那片小国土走去,总理走了一步又停下来,转身对郑晨说:"年轻人,现在你要明白的只有一点:世界已不是原来的世界了。"

"同学们,给我们的小国家起个名字吧!"眼镜建议。

这时,太阳已在从山脊升起,给山谷中洒下了一层金辉。

"就叫太阳国吧!"华华说,看到大家一致赞同,他又说:"我们要画一面国旗。"

于是孩子们从那堆物资中找到一块白布,华华从带来的书包中拿出一支粗记号笔,在上面画了一个圆圈,"这是太阳,谁有红色笔,把它涂上。"

"这不成了日本旗吗?"有孩子说。

晓梦拿过笔来,在太阳中画上了一双大大的眼睛和一张笑嘻嘻的嘴巴,又在太阳的周围画上了象征光芒的放射状线条,于是这面国旗也得到了孩子们的认同。在超新星纪元,这面雅拙的国旗被作为最珍贵的历史文物保存在国家历史博物馆。

"国歌呢?"

"就用少先队的队歌吧。"

当太阳完全升出来时,孩子们在他们小小的国土中央举行了升旗仪式。

仪式结束后,张林问华华:"为什么首先想到设计国旗和国歌呢?"

"国家总得有一个,嗯,象征吧,总得让同学们看到国家吧,这样大家才有凝聚力!"

张林在笔记本上记下了些什么。

"我们做的不对吗?"有孩子问。

张林说:"已经说过,你们自己决定这里的一切,照自己想的去做,我的任务只是观察，绝不干涉你们。"他又对旁边的郑晨说："郑老师，你也是这样。"

然后孩子们选举国家领导人，过程很顺利，华华、眼镜和晓梦当选。华华让吕刚组建军队，结果班里的 25 个男孩子全是军队成员，其中的 20 个孩子领到了冲锋枪，吕刚安慰那 5 个怒气冲冲的没领到枪的男孩儿，答应这几天大家轮着拿枪。晓梦则任命林莎为卫生部长，让她管理生活物资中所有的药品并给可能出现的病人看病。其他的机构，孩子们决定在国家的运行过程中依需要建立。

然后孩子们开始在新国土上安家，他们清理空地并在上面支起帐篷，当几个孩子钻进刚支起的第一顶帐篷时，它倒塌了下来，把孩子们盖到里面，费了好大劲儿才钻出来，但这也让他们很开心。到中午时，他们终于支起了几顶帐篷，并把行军床搬进去，基本安顿下来。

在孩子们开始做午饭前，晓梦建议：应该把所有的食品和饮用水清点一下，对每天的消耗量做一个详细的计划。头两天的食品应尽量节省，因为开荒开始后，劳动强度更大，大家会吃得更多，还要考虑到开荒不顺利，不能从指挥组那里及时换到食品的情况。孩子们干了一上午活儿，胃口都出奇得好，现在又不让敞开吃，大家都很有意见，但晓梦还是晓之以理，用极大的耐心说服了大家。

张林在旁边默默地观察着这一切，又在本子上记了些什么。

饭后，孩子们走访了邻国，与它们进行了一些易货贸易，用多余的帐篷和工具换来了较短缺的食品，同时了解了自己的国家所处的位置：他们在小河这一侧上游的邻国是银河共和国，下游邻国是巨人国，小河正对岸是伊妹儿国，它的上下游分别是蓝花国和毛毛虫国（分别以本国国土上的特色物产命名）。山谷中还有其他 18 个小国家，但距这里有一段距离，孩子们不太感兴趣。

其后的一天一夜是山谷世界的黄金时代，孩子们对新生活充满了兴奋和热情。第 2 天所有的小国家都开始在山坡上开荒，孩子们使用铁锹和锄头等简单工具，用塑料桶从小河中提水浇地。晚上，小河边燃起一堆堆篝火，山谷中回荡着孩子们的歌声和笑声，山谷世界这时完全是一个童话中美丽的田园国度。

但童话世界很快消失了，灰色的现实又回到了山谷。

随着新鲜感的消失，开荒劳动的强度开始显现出来，孩子们一天干下来累得筋疲力尽，回到帐篷里倒在行军床上不想起来，晚上山谷中一片寂静，再也没有歌声和笑声了。

小国家之间的自然资源差别也显现出来，虽然相距不远，但有的国土土质松厚，开垦容易，有的则全是乱石，费半天劲也开不出多少地来。太阳国的国土属于最贫瘠之列，不但山坡上土质极差，最要命的是河滩太宽。指挥组有一个规定：较平整的河滩只能作为居住地，开荒必须在山坡上，在河滩里开出的地不被承认。有的国土山坡距小河较近，可以排成一个人链向山坡上传递水桶浇地，这是一个高效省力的办法。但太阳国宽宽的沙滩拉大了小河与山坡的距离，排不成人链，只能单人一桶桶地向坡上提水，劳动强度增大了许多。

眼镜这时提出了一个设想：在小河中用大石块筑一道坝，河水可以从坝上漫过或从石块的缝隙中流走，但水位也相应抬高了；再在山坡下挖一个大坑，用一条小水渠把河水引到坑里。于是太阳国抽调了10名壮劳力干这个工程。工程一开始就遭到了下游巨人国和蓝花国的强烈抗议，虽然眼镜反复向他们解释坝只是抬高了水位，河水仍从坝上流过，不会影响下游河段的流量和水位，但下游两国死活不答应。华华主张不管他们的抗议，工程照常进行。但晓梦经过仔细考虑后认为，应该搞好与邻国的关系，从长远考虑不能因小失大，同时小河是山谷世界的公共资源，与它有关的事情都很敏感，太阳国应该在山谷世界竖立起自己良好的形象；眼镜则从实力方面考虑，虽然吕刚一再承诺一旦与下游两国爆发冲突，军队能保证国家的安全，但人家毕竟是两个国家，轻率挑起冲突是不理智的。于是，太阳国放弃了原工程计划，在不建坝的情况下挖了一条引水渠，这样水渠要比原设计挖得深一倍，引到山脚下坑里的水也比原来少得多，但还是使开荒效率提高了很多。

现在，太阳国似乎引起了指挥组的注意，派驻太阳国的观察员除张林外又增加了一个人。

第 3 天，各种纠纷和冲突在山谷世界急剧增多，大部分都是由自然资源分配和易货贸易引起的，孩子们对冲突的调解是没有什么技巧和耐心的，山谷中开始出现枪声。开始这些冲突都局限在小范围内，还没有扩大到整个山谷世界。在太阳国这一带，局势相对平静，但下午由饮水引起的冲突彻底打破了这种平衡。

小河中的水浑浊不堪，不能饮用，而山谷世界中随生活物资配发的饮用水数量是一定的，但分配不匀，有的小国家占有的饮水数量是其他小国家的几倍甚至十几倍，这种分配的差别远大于其他物资，显然是策划者有意设置的。开荒的成果只能换取粮食而不能换饮水，所以在第 2 天以后，饮水问题成了一些小国家生存下去的关键，自然也成了冲突的焦点。在太阳国周围的 5 国中，银河共和国占有的饮水量最大，是其他小国家的近 10 倍。它对面的毛毛虫国饮水首先耗尽，那个小国家的孩子干什么都无计划，挥霍无度，开始因懒得去河里取水，洗脸洗手都用饮用水，结果早早就陷入困境。于是他们只好与河对岸的银河共和国谈判，想通过易货贸易来换取饮用水，但对方提出的要求让他们绝对无法接受：银河共和国要毛毛虫国用土地换水！

这天夜里，太阳国从对岸的伊妹儿国的一个孩子那里得知，毛毛虫国向他们借枪，一借就是 10 枝，还借子弹，并声称如果不借就向他们开战。毛毛虫国的 45 个孩子中就有 37 个男孩子，自恃军力雄厚，而伊妹儿国正相反，三分之二是女孩儿，根本打不了仗，他们不想惹麻烦，加上毛毛虫国答应他们的优厚条件，就把枪和子弹借给他们了。第二天中午，毛毛虫国的国土上响起了枪声，那些男孩子们在学习射击。

在太阳国紧急召开的国务会议上，华华这样分析形势："毛毛虫国肯定要发起对银河共和国的战争，从军事实力上看，银河共和国肯定战败，被毛毛虫国吞并。毛毛虫国本来就有大片优良的山坡地，再拥有银河共和国的饮水和武器，那就十分强大了，迟早要找我们的麻烦，应该及早准备才好。"

晓梦说："我们应该与伊妹儿国、巨人国和蓝花国结成联盟。"

华华说："既然这样，我们还不如趁战争爆发之前，把银河共和国也拉入联盟，这样毛毛虫国就不敢发动战争了。"

眼镜摇摇头说："世界战略格局的基本原理是势力均衡，你们违反了这个原理。"

"大博士,你能不能说明白些?"

"一个联盟,只有面对与自己实力相当的威胁时,才是稳定的,面对的威胁太大或太小,这个联盟都会解体。再向上游的国家都离我们较远,我们6国是相对独立的系统,如果银河共和国也加入联盟,毛毛虫国就找不到谁结盟,必然陷入了绝对的劣势,对联盟构不成威胁,联盟也就不稳定。再说,银河共和国自恃有那么多饮水,自高自大,会认为我们打它水的主意,也不会真心与我们结盟。"

大家都同意这个看法,晓梦问:"那剩下的这三个国家愿意与我们结盟吗?"

华华说:"伊妹儿国没有问题,他们已经感觉到了毛毛虫国的威胁;至于其他两个国家,由我去说服他们。结盟符合他们的利益,加上在前面的水坝纠纷中,我国给他们留下了很好的印象,我想问题不大的。"

当天下午,华华出访相邻三国,他发挥了卓越的辩才,很快说服了这些小国家的领导人。他们在3国交界处的小河边开会,正式成立三国联盟。

这之后,派驻太阳国的观察员又增加了一个人。

指挥组设在山顶上的一个电视转播站里,从这儿可以俯视整个山谷世界。三国联盟成立的这天晚上,郑晨来到转播站的小院外。

现在,玫瑰星云在空中的可视面积已长到两个满月那样大,它在苍穹中发出庄严而神秘的蓝光,这光芒照到大地上后就变成月光那样的银色,有满月那样亮,照亮了山谷中的每一个细节。玫瑰星云的面积和亮度在今后的几十年时间里会一直增长,据天文学家预测,当它达到最大时,将占据天空五分之一的面积,地球的夜晚将如白天的阴天时那么亮,夜将消失。

郑晨将目光下移到星云光芒中的山谷。一天的劳累后,孩子们都睡了,下面只能看到零星的几点灯火。现在,郑晨已把自己完成投入了这项惊异的工作,不再问这一切都是为什么。

这时,原来用做转播站职工宿舍的那间小屋的门开了,张林走出来,来到郑晨身边,同她一起看着山谷,说:"郑老师,目前在所有的小国家中,你的班级是运行得最成功的,那些孩子素质很高。"

"你怎么说他们是最成功的?据我所知,在山谷最西边有一个小国家,现在已吞并了周围 5 个小国,形成了一个国土面积和人口数都是原来 5 倍的国家,还在不停地扩张。"

"不,郑老师,这并不是我们所看重的,我们看重的是小国家自身建设的成就、自身的凝聚力、对自己所处的小世界的形势判断,以及由此所做出的长远决策等。"

山谷世界的游戏是可以自由退出的,这两天,几乎每个小国家都有孩子上山来到指挥组,说他们不玩了,越来越没意思了,干活太累,孩子们还用枪打架,太吓人了。负责人对他们说的都是同一句话:"好的,孩子,回家去吧。"于是他们被很快送回了家。但唯独太阳国无一个孩子退出,这是最为指挥者们看重的一点。

这时,山谷响起了一阵枪声。

"是太阳国的位置!"郑晨失声惊叫。

张林看了看说:"不,是在他们上游,毛毛虫国开始进攻银河共和国了。"

枪声变得密集起来,山谷中可以看到一片枪口喷出的火焰。

"你们真的打算任事情这么发展下去吗?我的精神已经承受不了了。"郑晨的声音有些发颤。

"整个人类历史就是一部战争史,就是现在,人类世界还是战争不断,我们不是照样生活吗?"

"可他们是孩子!"

"很快就不是了。"

在这天下午,毛毛虫国答应了银河共和国的交换条件,同意用未开垦的土地中最好的一块来交换饮水,但提出要举行一个土地交接仪式,双方各派出一支由 20 个男孩儿组成的仪仗队,银河共和国答应了这个条件。当双方的国家领导人和仪仗队正在举行升降旗仪式时,埋伏在周围的十多名毛毛虫国的男孩儿突然向银河共和国的仪仗队射击,毛毛虫国的仪仗队也端枪扫射,银河共和国的那20名男孩子在一片电火花中相继倒地,当10分钟后他们浑身麻木地醒来时,发现已成了毛毛虫国的战俘,自己的国土也全部落入敌手。在这段时间里,毛毛虫国的军队冲过河进攻银河共和国,对方只剩下6名男孩儿和二十多个女孩儿,枪全随仪仗队落入敌手,连招架之功都没有了。

毛毛虫国吞并银河共和国后,果然立即对下游的三国联盟提出了领土要求,他们一时还不敢对三国发动军事进攻,只是打饮水这张牌,因为下游三国的饮水即将耗尽。

这时眼镜广博的知识再次发挥了作用,他想出了一个办法:把5个洗脸盆在底部钻许多小孔,分别装上石块摞起来,石块的直径由上往下依次减小,这就做成了一个水过滤器。吕刚也提出一个净水方法:把野草和树叶捣成糊状,放入水中搅拌,让其沉淀后水就被净化,他说这是在随父亲看部队的野外生存训练时学到的。他们把用这两种方法处理后的水送到指挥组去鉴定,结果达到了饮用标准。这之后三国联盟反而可以向毛毛虫国出口饮水了。

毛毛虫国开始准备进攻三国联盟,他们的孩子们已无心去开荒,扩张领土已成了他们唯一的兴趣,也是未来食品的唯一来源,但他们很快发现这已经没有必要了。

从小河上游传来消息,山谷最西边的星云帝国已连续吞并了13个国家,形成了一个超级大国,他们那人数达四百多的大军正沿山谷而下,声称要统一山谷世界。面对如此强大的敌人,毛毛虫国的领导人完全没有了吞并银河共和国时的魄力,惊慌失措,不知如何是好,其结果是毛毛虫国乱做一团,最后作鸟兽散了,那些孩子们一半到上游去投了星云帝国,其余的则找指挥组退出游戏回家了。三国联盟中的巨人国和蓝花国也随之解体,大部分也都退出了游戏,这样,只剩下太阳国在山谷的一端面对强敌。

太阳国的全体公民决心战斗到底保卫国家,孩子们对这十多天来他们洒下汗水的小小国土产生了感情,由此产生了让指挥组的大人们都惊叹的精神力量。

吕刚制定了一个作战方案:太阳国的孩子们把那片宽阔河滩上的帐篷全

部推倒，用各种杂物筑成了两道防线，分别位于这片河滩的东西两侧。河滩西侧首先迎敌的第一道防线上只布置了10个男孩儿，吕刚这样吩咐他们："你们打完一梭子后，就喊，'没有子弹了！'然后向回跑。"

防线刚布置完毕，星云帝国的军队就沿山谷密密麻麻地涌了过来，很快布满了原来银河共和国和毛毛虫国的国土。有个男孩子在用扩音器喊：

"喂，太阳国的孩子们，山谷世界已经被星云帝国统一，你们这些小可怜还玩个什么劲啊，快投降吧！别给脸不要脸！！"

回答他们的只有沉默，于是星云帝国开始进攻，太阳国第一道防线的孩子们开始射击，进攻的帝国军队立刻卧倒，双方对射起来，太阳国防线的枪声渐渐稀下来，有一个孩子大喊："没子弹了！快跑啊！"于是防线上的所有孩子起身向后跑去，"他们没子弹了！冲啊！！"帝国军队见状起身高呼着成群冲来，当他们冲到那片河滩开阔地的一半时，太阳国第二道防线的冲锋枪突然开火，帝国军队猝不及防，被打倒了一大片，后面的孩子见状向回跑，第一次进攻被打退了。

待到那些被带电子弹击中的孩子们都爬起来后，星云帝国马上组织了第二次进攻。太阳国这时子弹真的不多了，他们看着那十倍于己的沿河边谨慎行进的大群帝国士兵，准备做最后的抵抗，这时有孩子惊呼："天啊，他们还有直升机！"

真有一架直升机从山后飞来，在战场上空悬停，飞机上的扩音器中响起一个大人的声音：

"孩子们！停止射击！游戏结束了！"

灾　变

天刚黑下来时，三架载着54个孩子的直升机向市内飞去，这些孩子大部分是郑晨班级的。

直升机依次降落在一幢灯火通明的建筑物前，这个建筑物外表是50年代建筑的朴素风格。山谷游戏指挥组的负责人和张林带领这54个孩子进了大门，沿着一条长长的走廊向前走，走廊尽头有一扇有着闪光黄铜把手的包着皮革的大门，孩子们走近时，门前两位哨兵轻轻把门打开，他们走进了一个宽阔的大厅。这是一个发生过很多大事的大厅，在那些高大的立柱间，仿佛游动着历史的幻影。

大厅中有3个人，他们是国家主席、国务院总理和军队的总参谋长，他们在这里好像已经有一段时间了，在低声地谈着什么，当大厅的门开时，他们都转身看着孩子们。

带孩子们来的两位负责人走到主席和总理面前，简短地低声汇报了几句。

"孩子们好！"主席说，"我这是最后一次把你们当孩子了，历史要求你们在这10分钟时间里，从13岁长到30岁。首先请总理为大家介绍情况吧。"

总理说："大家都知道，6天前发生了一次近距离的超新星爆发，你们肯定已对其过程了解得很详细，就不多说了，下面只说一件你们不知道的事情。超新星爆发后，世界各国的医学机构都在研究它对人类健康的影响。现在，我们已收到了来自各大洲的权威医学机构的信息，他们同国内医学机构得出的结论是相同的。超新星的高能射线完全破坏了人体细胞中的染色体，这种未知的射线穿透力极强，在室内甚至矿井中的人都不能幸免。但对一部分人来说，染色体受到的损伤是可以自行修复的，年龄为13岁的人有百分之九十七可以修复，12岁和12岁以下的孩子可百分之百修复，其余的人的机体受到的损伤是不可逆转的，我们的生存时间，从现在算起，大约还有两到三天。超新星在可见光波段只亮了一个多小时，但其不可见的高能射线持续了两天，也就是天空中出现极光的那段时间，这期间地球自转了两圈，所以全世界都是一样的。"

总理的声音沉稳而冷峻，仿佛在说一件很平常的事情。孩子们的头脑一时还处于麻木之中，他们费力地思考着总理的话，好长时间都不明白，突然，几乎在同时，他们都明白了。

几十年后，当超新星纪元的第二代人成长起来，他们对父辈听到那个消息时的感受很好奇，因为那是有史以来最让人震惊的消息。新一代的历史学家和文学家们也做了无数种生动的描述，但他们全错了，这时，在国家心脏的这个大厅里，这54个孩子所感到的不是震惊而是陌生，仿佛一把无形的利刃凌空劈下，把过去和未来从这一点齐齐斩断，他们面对的是一个完全陌生的世界。这时，从那宽大的窗户可以看到刚刚升起的玫瑰星云，它把蓝色的光芒投到大厅的地板上，仿佛宇宙中的凝视着他们的一只怪异的巨眼。

那两天时间里，大地和海洋笼罩在密密的射线暴雨里，高能粒子以巨大的能量穿过人类的躯体，穿过组成躯体的每个细胞。细胞中那微小的染色体，如一根根晶莹而脆弱的游丝在高能粒子的弹雨中颤抖挣扎，DNA双螺旋被撕开，碱基四下飞散。受伤的基因仍在继续工作，但经过几千万年进化的精确的生命之链已被扭曲击断，已变异的基因现在不是复制生命而是播撒死亡了。地球在旋转，全人类在经历一场死亡淋浴，在几十亿人的体内，死神的钟表上满了弦，滴答滴答地走了起来……

世界上13岁以上的人将全部死去，地球，将成为一个只有孩子的世界。

紧接着又一个晴空霹雳，将使孩子们眼中这刚刚变得陌生的世界四分五裂，使他们悬浮于茫然的虚空之中。

郑晨首先醒悟过来："总理，这些孩子们，如果我没有猜错，是……"

总理点点头，平静地说："你没有猜错。"

"这不可能！"年轻的小学教师惊叫起来。

国家领导人无言地看着她。

"他们是孩子，怎么可能……"

"那么，年轻人，你认为该怎么办呢？"总理问。

"……至少，应在全国范围内选拔的。"

"你认为这可能吗？我们，只有两三天的时间了……与成人不一样，孩子们并没有一个全国范围的由上至下的社会结构，所以不可能在短时间内在4亿孩子中找到最有能力和最适合承担这种责任的人。在这人类最危难的时刻，我们绝不能让整个国家处于没有大脑的状态，还能有别的选择吗？所以，我们与世界各国一样采取了这种非常特殊的选拔方式。"

年轻的教师几乎要昏倒了。

主席走到她面前说："你的学生们未必同意你的看法。你只了解平时的他们,并不了解极限状态时的他们,在极端时刻,人,包括孩子,都有可能成为超人!"

主席转向这群对眼前的一切仍然处于茫然中的孩子,说:

"是的,孩子们,你们将领导这个国家。"

认识国家

一支小小的车队向北京近郊驶去,来到一处僻静的周围有小山环绕的地方。车停了,主席和总理,还有3个孩子:华华、眼镜和晓梦下了车。

"孩子们,看。"主席指指前方,他们看到了一条铁路,只有单轨,上面停着长长的载货列车,那列车有首尾相接的许多列,太长了,成一个巨大的弧形从远方的小山脚下拐过去,看不到尽头。

"哇,这么长的火车!"华华喊道。

总理说:"这里共有11列货车,每列车有20节,共220节车皮。"

主席说:"这是一条环形试验铁路,是一个大圆圈,刚出厂的机车就在这条铁路上进行性能试验。"他指指最近的那一列火车,"去看看那上面装着什么。"

3个孩子向列车跑去,华华顺着梯子爬上了一节车皮,然后眼镜和小梦也爬了上去。他们站在装得满满一车皮的白色大塑料袋上,向前方看去,这一列车全满装着这种白色的袋子,在阳光下反射着耀眼的白光。他们蹲下来,眼镜用手指在一个袋子上捅了个小洞,看到里面是一些白色半透明的针状颗粒,华华夹起一粒来用舌头舔了一下。

"当心有毒!"眼镜说。

"我觉得好像是味精。"晓梦说,也夹起一粒舔了一下,"真的是味精。"

"你能尝出味精的味道?"华华怀疑地看着晓梦。

"确实是味精,你看!"眼镜指着前面正面朝上的一排袋子,上面有醒目的大字,这种商标他们在电视广告上常见,但孩子们很难把电视上那个戴着高高白帽子的大师傅放进锅里的一点白粉末同眼前这白色的巨龙联系起来。他们在这白袋子上走到车皮的另一头,小心地跨过连接处,来到另一节车皮上，看看那满装的白色袋子，也是味精。他们又连着走过了 3 节车皮，上面都满载着大袋的味精，无疑，剩下的车皮装的也都是味精。对于看惯了汽车的孩子们来说，这一节火车车皮已经是十分巨大了，他们数了数，如刚才总理所说，整列货车共有 20 节车皮，都满满地装着大袋味精。

"哇，太多了，全国的味精肯定都在这儿了！"

孩子们从梯子下到地面，看到主席和总理一行人正沿着铁道边的小路向他们走来，他们刚想跑过去问个究竟，却见到总理冲他们挥挥手，喊道："再看看前面那些火车上装的是什么！"

于是 3 个孩子在小路上跑过了十多节车皮，跑过机车，来到与这辆火车间隔十几米的另一辆火车的车尾，爬到最后一节车皮的顶上。他们又看到了装满车皮的白色袋子，但不是刚才看到的塑料袋，而是编织袋，袋子上标明是食盐。这袋子很难弄破，但有少量粉末漏了出来，他们用手指沾些尝尝，确实是盐。前面又是一条白色的长龙，这列火车的 20 节车厢上装的都是食盐。

孩子们下到铁路旁的小路上，又跑过了这列长长的火车，爬到第 3 列的车皮顶上看，同第 2 列相同，这列火车的 20 节车厢上装的也全是食盐。他们又下来，跑去看第 4 列火车，还是满载着食盐。去看第 5 列火车时，晓梦说跑不动了，于是他们走着去，走过这 20 节车皮花了不少时间，第 5 列火车上也全是食盐。

站在第 5 列火车车皮的顶上向前望，他们有些泄气了：列车的长龙还是望不到头，弯成一个大弧行消失在远处的一座小山后面。孩子们又走过了两列载满食盐的列车，第 7 列列车的头部已绕过了小山，站在车皮顶上终于可以看到这条列车长龙的尽头，他们数了数，前面还有 4 列火车！

3 个孩子坐在车皮顶的盐袋上喘着气，眼镜说："累死了，向回走吧，前面那几列肯定也都是盐！"

华华又站起来看了看："哼，环球旅行，我们已经走过了这个环形铁路大圆圈的一半，从哪面回去距离都一样！"

于是孩子们继续向前走，走过了一节又一节车皮，路途遥遥，真像环球旅行了。每个车皮他们不用爬上去就能知道里面装的是食盐，他们现在知道盐也有味,眼镜说那是海的味道。3个孩子终于走完了最后一列火车,走出了那长长的阴影,眼前豁然开朗。他们面前出现了一段空铁轨,铁轨的尽头就是那列停在环形铁路起点的满载味精的火车了,孩子们沿着空铁轨走去。

在环形铁路的起点上,主席和总理站在火车旁谈着什么,总理在说着,主席缓缓地点头,两人的脸色凝重严峻,显然已谈了很长时间,他们的身影与黑色的高大车体形成了一个凝重有力的构图,仿佛是一幅年代久远的油画。当他们看到远远走来的孩子们时,神情立刻开朗起来,主席冲孩子们挥挥手。

华华低声说:"你们发现没有,他们在我们面前时和他们自己在一起时很不一样,在我们面前,好像天塌下来时也是乐观的;他们自己在一起时,那个严肃,让我觉得天真的要塌下来了。"

晓梦说:"大人们都是这样,他们能够控制自己的情绪,华华,你就不行。"

"我怎么了?我让小朋友们看到真实的自己有什么不好?"

"控制自己并不是虚假!知道吗,你的情绪会影响周围的人,特别是孩子们,最易受影响,所以你以后要学着控制自己,这点你应该向眼镜学习。"

"他?哼,他脸上就比别人少一半神经,什么时候都那个表情。行了晓梦,你比大人们教我的都多。"

"真的,你没有发现大人们教的很少吗?只有这一天时间,他们为什么不抓紧呢?"

走在前面的眼镜转过身来,那"少一半神经"的脸上还是那副漠然的表情:"这是人类历史上最难上的课,他们怕教错了。"

"孩子们辛苦了!今天下午你们可真走了不少的路,对看到的东西一定印象深刻吧?"主席对走到面前的孩子们说。

眼镜点点头说:"再普通的东西,数量大了就成了不普通的奇迹。"

华华附和道:"是的,真没想到世界上有这么多的味精和盐!"

主席和总理对视了一下,微微一笑,总理说:"我们的问题是:这么多的味精和盐够我们国家所有的公民吃多长时间?"

"起码一年吧。"眼镜不假思索地说。

总理摇摇头。

华华也摇头："一年可吃不了，5 年！"

总理又摇头。

"那是 10 年？"

总理说："孩子们，这么多的味精和盐，只够全国公民吃 1 天。"

"1 天？！"3 个孩子大眼瞪小眼地呆立了好一会儿，华华对总理不自然地笑笑："这……开玩笑吧？"

主席说："按每人一天吃 1 克味精和 10 克盐，这每节车皮的载重量是 60 吨，这个国家有 12 亿公民。一道很简单的算术题，你们自己算吧。"

3 个孩子在脑子里吃力地数着那一长串 0，终于知道这是真的。

"天啊！"华华说。

"天啊！"眼镜说。

"天啊！"晓梦说。

总理说："这两天，我们总是在试图找到一个办法，使你们对自己国家的规模有一个感觉，这很不容易。但要领导这样一个国家，没有这种感觉是不行的。"

"实在对不起，孩子们，时间有限，只能给你们上这唯一的一堂课了。"主席沉重地对 3 个孩子——几个小时之后世界上最大国家的最高领导人说。

交接世界

这是公元世纪的最后一夜。

国家领导集体和他们的孩子继任者们再次相聚在中南海的那个大厅中。在过去的一天里，孩子们上了一堂人类历史上最难的课：试图在这一天内掌握这世界上绝大多数人终其一生都不可能掌握的东西。

在古老的围墙外面，首都的灯海消失了，城市静静地躺在玫瑰星云的光辉下，与远方同样没有灯光的广阔大地融为一体。此时，全世界的发电厂都小心翼翼地停止了运转，谁也不知道它们多少年以后才能重新启动。但由小型发电机维持的最基本的通讯系统仍在运转，收音机仍能收听到已换成童声的广播，世界突然变得广漠无边，但并没有崩溃。

在大厅里，两代国家领导人在做最后的告别。大人们的病情已很重，他们都发着高烧，步履艰难。每位大人领导人都把他们的孩子继任者拉到身边，做最后的叮嘱。有些大人领导者只是在急促地不停地说，仿佛想把自己的全部记忆在这最后的几十分钟里移植到继任者的大脑里；另一些领导者则长时间默默无言，要说的话分量太重，一时不知怎样说起。

总理对华华、眼镜和晓梦说："你们首先要做的事情，是和全国各省取得联系，他们同我们一样已有所准备。记住，一定要和省一级领导机关联系，再往下更细的事情由他们去做，否则，你们是绝对顾不过来的。下一步，要确保全国孩子的基本生活，这个国家将只有4亿左右的人口了，只要组织得当，在相当长的一段时间内，这是不难做到的。但要记住，再多的存粮也会吃光的，要立刻着手恢复农业生产，尽你们的所能，夏粮能收多少就收多少，秋粮能种多少就种多少；工业生产的恢复要难得多，但也要立刻着手干，首先是交通，然后是能源，要知道，没有这两样，现有的大中城市将无法存在下去。对你们来说这些都很难，但一定要试着干，不能等，等不来什么了。6岁以上的孩子都要参加工作，但这并不意味着停止学习，相反，不但要把你们现在的课程继续学下去，还要学多得多的东西，白天工作，就在晚上学。这种学习应该是跳跃式的，你们得提前学会很多只有大学才学的东西，才能使社会各领域运转起来，孩子们，要准备吃苦啊。

"你们必须尽快使国家稳定下来，使国民经济正常运转起来，越快越好。因为据我们预测，你们的注意力很快不得不集中到另一件事上：在三至五年内，国家有很大的可能面对外敌入侵。"

总参谋长接着说："我们无法准确预测未来的世界格局，但有一点可以肯定：孩子控制的世界将重新失去理智，现有的国际政治体系将全面崩溃，世界将进入野蛮争霸时代，战争会再次成为解决国际问题的主要手段。战争一旦爆发，将是全面的，大规模的，战争的样式和技术水平大约同第一次世界大战相当，虽然进程缓慢，但战场广阔，战况激烈残酷。北约一时不具备向亚洲投放大规模兵力的能力，首批入侵可能来自近邻强国。所以，军队的恢复也要立即进行，且不能小于现有规模。"

参谋长伸出一只手，他身后的一位大校军官把一只密码箱递给他。

"孩子们，我们很高兴把所有的东西都留给你们，但这件例外。这是国家战略核武器的启动密码和技术资料。我们只给了你们一小部分，但也是很不情愿的。这是把一支拉开栓的手枪放到了婴儿手里。可没有办法，如果人家的孩子手里有了这东西而你们没有，那个亏中华民族是吃不起的。千万记住，绝不能首先用它来打别人！剩下的一切，只能由你们来把握了。"

孩子们几双手同时伸来，接住了那只沉甸甸的箱子。

只有主席还没说话，大家这时都安静下来，把目光汇聚到他身上。

主席沉思良久才开口："孩子们，在你们很小的时候，大人们就教导你们：有志者事竟成。现在我要告诉你们，这句话不对。只有符合科学规律和社会发展规律的事，才能成。事实上，你们想干的大部分事，不管多么努力，是成不了的。你们的责任，就是在一百件事情中除去九十九件不能成的事情，找出那一件能成的来。这极难，但你们必须做到！"

总理转身向后，领导们向两边散开，露出了他们身后的一张大桌子，上面整齐地摆放着三十多部电话，主席指着些电话说："当世界交换完成时，各省的领导机构将通过这些电话同中央联系。这之前还有一段时间，大家要好好休息，睡一会儿，以后，不会有很多睡觉的时间了。"

主席说："其实把超新星称为死星是完全错误的，冷静地想想，构成我们这个世界的所有重元素都来自于爆发的恒星，构成地球的铁和硅，构成生命的碳，都是在远得无法想象的过去，从某个超新星喷发到宇宙中的。所以超新星不是死星，而是真正的造物主！人类文明被拦腰切断，孩子们，我们相信，你们会使这新鲜的创口上开出绚丽的花朵。当超新星第二次袭击地球时，你们肯定已经学会了怎样挡住它的射线。"

华华说："那时我们会引爆一颗超新星，用它的能量飞出银河系！"

主席高兴地说："孩子们对未来的设想总比我们高一个层次，在同你们相处的这段时间里，这是最使我们陶醉的……好了，孩子们，我们该走了。"

"我想同孩子们在一起。"年轻的班主任郑晨说。

"小郑老师，我们还是一起走吧，相信你的学生们！姑娘，你应该骄傲地离开这个世界，人类历史上没有任何一位教师能与你相比，你培养出了一个国家！"

大人们相互搀扶着走出大厅，溶入玫瑰星云银色的光芒之中。主席走在最后，他出门前转身对新的国家领导集体挥了挥手：

"孩子们，世界是你们的了！"

全世界的大人们用最后的时间到最后聚集地去迎接死亡，这些被称为终聚地的地方大都很偏僻，很大一部分在无人烟的沙漠、极地甚至海底。由于世界人口猛减至原来的五分之一，地球上大片地区重新变成人迹罕至的荒野，直到很多年后，那一座座巨大的陵墓才被发现。

创世纪

当只剩下他们时，孩子们真的感觉累了，五十多个孩子就在大厅里的长沙发和地毯上睡着了。

像透明的雾气无声无息地穿越宇宙，时间在无声地流动着……

当他们中的第一个人醒来时，天还黑着。接着，其他孩子也醒来了，一个孩子无意中看到了大厅一角的那座大钟，他失声惊叫起来，其他的孩子也都看着钟呆住了。

他们睡了十多个小时，地球，现在已是一个孩子的世界了。

这一刻，被后来的历史学家称为人类的"精神奇点"，这是人类有史以来最孤独的时刻。这巨大的孤独感如崩塌的天空死死压住了孩子们，攫住了的他们每一个细胞。

"妈妈——"有个女孩失声叫了一声，所有的孩子都想哭，但——

电话响了。

开始是那三十多部电话中的一部，紧接着两部、三部……分不清多少部电话在响了，蜂鸣声汇成一片，外部世界在呼唤，提醒着孩子领导集体记起他们的责任和使命。

他们没时间哭了。

"同志们，进入工作岗位！"华华大声说，新的国家领导集体向电话走去。

蓝色的玫瑰星云仍然那么明亮，这是古老恒星庄严的坟墓和孕育着新恒星的壮丽的胚胎，这光芒透过高高的落地窗，这群小身躯被镀上了一层银色的光辉，与此同时，东方曙光初现，新世界将迎来她的第一次日出。

超新星纪元开始了。

2002 年 4 月 23 日 2 稿于娘子关

第二辑 大艺术系列

山

诗云

梦之海

山

一　山在那儿

"我今天一定要搞清楚你这个怪癖：你为什么从不上岸？"船长对冯帆说，"5年了，我都记不清蓝水号停泊过多少个国家的多少个港口，可你从没上过岸；回国后你也不上岸；前年船在青岛大修改造，船上乱哄哄地施工，你也没上岸，就在一间小舱里过了两个月。"

"我是不是让你想到了那部叫《海上钢琴师》的电影？"

"如果蓝水号退役了，你是不是也打算像电影的主人公那样随它沉下去？"

"我会换条船，海洋考察船总是欢迎我这种不上岸的地质工程师的。"

"这很自然地让人想到，陆地上有什么东西让你害怕？"

"相反，陆地上有东西让我向往。"

"什么？"

"山。"

他们现在站在蓝水号海洋地质考察船的左舷，看着赤道上的太平洋，一年前蓝水号第一次过赤道时，船上还娱乐性地举行了那个古老的仪式，但随着这片海底锰结核沉积区的发现，蓝水号在一年中反复穿越赤道无数次，人们也就忘记了赤道的存在。

现在，夕阳已沉到了海平线下，太平洋异常地平静，冯帆从未见过这么平静的海面，竟让他想起了那些喜马拉雅山上的湖泊，清澈得发黑，像地球的眸子。一次，他和两个队员偷看湖里的藏族姑娘洗澡，被几个牧羊汉子拎着腰刀追，后来追不上，就用石抛子朝他们抡石头，贼准，他们只好做投降状站下，那几个汉子走近打量了他们一阵儿就走了，冯帆听懂了他们嘀咕的那几句藏语：还没见过外面来的人能在这地方跑这么快。

"喜欢山？那你是山里长大的了。"船长说。

"这你错了，"冯帆说，"山里长大的人一般都不喜欢山，在他们感觉中山把自己与世界隔绝了。我认识一个尼泊尔夏尔巴族登山向导，他登了41次珠峰，但每一次都在距峰顶不远处停下，看着雇佣他的登山队登顶，他说只要自己愿意，无论从北坡还是南坡，都可以在10个小时内登上珠峰，但他没有兴趣。山的魅力是从两个方位感受到的：一是从平原上远远地看山，再就是站在山顶上。

"我的家在河北大平原上，向西能看到太行山。家和山之间就像这海似的一马平川，没遮没挡。我生下来不久，妈第一次把我抱到外面，那时我脖子刚硬得能撑住小脑袋，就冲着西边的山伊伊呀呀地叫。学走路时，总是摇摇晃晃地朝山那边走。大了些后，曾在一天清晨出发，沿着石太铁路向山走，一直走到中午肚子饿了才回头，但那山看上去还是那么远。上学后还骑着自行车向山走，那山似乎随着我向后退，丝毫没有近些的感觉。时间长了，远山对于我已成为一种象征，像我们生活中那些清晰可见但永远无法到达的东西，那是凝固在远方的梦。"

"我去过那一带。"船长摇摇头说，"那里的山很荒，上面只有乱石和野草，所以你以后注定要面临一次失望。"

"不，我和你想的不一样，我只想到山那里，爬上去，并不指望得到山里的什么东西。第一次登上山顶时，看着我长大的平原在下面伸延，真有一种重新出生的感觉。"

冯帆说到这里，发现船长并没有专注于他们的谈话，他在仰头看天，那里，已出现了稀疏的星星，"那儿，"船长用烟斗指着正上方天顶的一处说，"那儿不应该有星星。"

但那里有一颗星星，很暗淡，丝毫不引人注意。

"你肯定？"冯帆将目光从天顶转向船长，"GPS早就代替了六分仪，你肯定自己还是那么熟悉星空？"

"那当然，这是航海专业的基础知识……你接着说。"

冯帆点点头："后来在大学里，我组织了一个登山队，登过几座7000米以上的高山，最后登的是珠峰。"

船长打量着冯帆："我猜对了，果然是你！我一直觉得你面熟，改名了？"

"是的，我曾叫冯华北。"

"几年前你可引起不小的关注啊，媒体上说的那些都是真的？"

"基本上是吧，反正那4个大学生登山队员确实是因我而死的。"

船长划了根火柴，将灭了的烟斗重新点着，"我感觉，做登山队长和做远洋船长有一点是相同的：最难的不是学会争取，而是学会放弃。"

"可我当时要是放弃了，以后也很难再有机会。你知道登山运动是一件很花钱的事，我们是一支大学生登山队，好不容易争取到赞助……由于我们雇的登山协同和向导闹罢工，在建一号营地时耽误了时间。然后就预报有风暴，但从云图上看，风暴到这儿至少还有20个小时的时间，我们这时已经建好了7900米的二号营地，立刻登顶时间应该够了。你说我这时能放弃吗？我决定登顶。"

"那颗星星在变亮。"船长又抬头看了看。

"是啊，天黑了嘛。"

"好像不是因为天黑……说下去。"

"后面的事你应该都知道：风暴来时，我们正在海拔8680米到8710米最险的一段上，那是一道接近90度的峭壁，登山界管它叫第二台阶中国梯。当时峰顶已经很近了，天还很晴，只在峰顶的一侧雾化出一缕云，我清楚地记得，当时觉得珠峰像一把锋利的刀子，把天划破了，流出那缕白血……很快一切都看不见了，风暴刮起的雪雾那个密啊，密得成了黑色的，一下子把那4名队员从悬崖上吹下去了，只有我死死拉着绳索。可我的登山镐当时只是卡在冰缝里，根本不可能支撑5个人的重量，也就是出于本能吧，我割断了登山索上的钢扣,任他们掉下去……其中两个人的遗体现在还没找到。"

"这是5个人死还是4个人死的问题。"

"是,从登山运动紧急避险的准则来说,我也没错,但就此背上了这辈子的一个十字架……你说得对,那颗星星不正常,还在变亮。"

"别管它……那你现在的这种……状况,与这次经历有关吗?"

"还用说吗?你也知道当时媒体上铺天盖地的谴责和鄙夷,说我不负责任,说我是个自私怕死的小人,为自己活命牺牲了4个同伴……我至少可以部分澄清后一项指责,于是那天我穿上那件登山服,戴上太阳镜,顺着排水管登上了学院图书馆的顶层。就在我跳下去前,导师也上来了,他在我后面说:你这么做是不是太轻饶自己了?你这是在逃避更重的惩罚。我问他有那种惩罚吗?他说当然有,你找一个离山最远的地方过一辈子,让自己永远看不见山,这不就行了?于是我就没有跳下去。这当然招来了更多的耻笑,但只有我自己知道导师说的对,那对我真的是一个比死更重的惩罚。我视登山为生命,学地质也是为的这个,让我一辈子永远离开自己痴迷的高山,再加上良心的折磨,很合适。于是我毕业后就找到了这个工作,成为蓝水号考察船的海洋地质工程师,来到海上——离山最远的地方。"

船长盯着冯帆看了好半天,不知该说什么好,终于认定最好的选择是摆脱这人,好在现在头顶上的天空中就有一个转移话题的目标:"再看看那颗星星。"

"天啊,它好像在显出形状来!"冯帆抬头看后惊叫道,那颗星已不是一个点,而是一个小小的圆形,那圆形在很快扩大,转眼间成了天空中一个醒目的发着蓝光的小球。

一阵急促的脚步声把他们的目光从空中拉回了甲板,头上戴着耳机的大副急匆匆地跑来,对船长说:"收到消息,有一艘外星飞船正在向地球飞来,我们所处的赤道位置看得最清楚,看,就是那个!"

三人抬头仰望,天空中的小球仍在急剧膨胀,像吹了气似的,很快胀到满月大小。

"所有的电台都中断了正常播音在说这事儿呢!那个东西早被观测到了,现在才证实它是什么,它不回答任何询问,但从运行轨道看它肯定是有巨动力的，正在高速向地球扑过来！！他们说那东西有月球大小呢！"

现在看，那个太空中的球体已远不止月亮大小了，它的内部现在可以装下十个月亮，占据了天空相当大的一部分，这说明它比月球距地球要近得多，大副捂着耳机接着说："……他们说它停下了，正好停在三万六千公里高的同步轨道上，成了地球的一颗同步卫星！"

"同步卫星？就是说它悬在那里不动了?!"

"是的，在赤道上，正在我们上方！"

冯帆凝视着太空中的球体，它似乎是透明的，内部充盈着蓝幽幽的光，真奇怪，他竟有盯着海面看的感觉，每当海底取样器升上来之前，海呈现出来的那种深邃让他着迷，现在，那个蓝色巨球的内部就是这样深不可测，像是地球海洋在远古丢失的一部分正在回归。

"看啊，海！海怎么了?!"船长首先将目光从具有催眠般魔力的巨球上挣脱出来，用早已熄灭的烟斗指着海面惊叫。

前方的海天连线开始弯曲，变成了一条向上拱起的正弦曲线。海面隆起了一个巨大的水包，这水包急剧升高，像是被来自太空的一支无形的巨手提起来。

"是飞船质量的引力！它在拉起海水！"冯帆说，他很惊奇自己这时还能进行有效的思考。飞船的质量相当于月球，而它与地球的距离仅是月球的十分之一！幸亏它静止在同步轨道上，引力拉起的海水也是静止的，否则滔天的潮汐将毁灭世界。

现在，水包已升到了顶天立地的高度，呈巨大的秃锥形，它的表面反射着空中巨球的蓝光，而落日暗红的光芒又用艳丽的血红勾勒出它的边缘。水包的顶端在寒冷的高空雾化出了一缕云雾，那云飘出不远就消失了，仿佛是傍晚的天空被划破了似的，这景象令冯帆心里一动，他想起了……

"测测它的高度！"船长喊道。

过了一分钟有人喊道："大约9100米！"

在这地球上有史以来最恐怖也是最壮美的奇观面前，所有人都像被咒语定住了。"这是命运啊……"冯帆梦呓般地说。

"你说什么?!"船长大声问，目光仍被固定在水包上。

"我说这是命运。"

是的，是命运，为逃避山，冯帆来到太平洋中，而就在这距山最远的地方，出现了一座比珠穆朗玛峰还高二百米的水山，现在，它是地球上最高的山。

"左舵五，前进四！我们还是快逃命吧！"船长对大副说。

"逃命？有危险吗？"冯帆不解地问。

"外星飞船的引力已经造成了一个巨大的低气压区，大气旋正在形成，我告诉你吧，这可能是有史以来最大的风暴，说不定能把蓝水号像树叶似地刮上天！但愿我们能在气旋形成前逃出去。"

大副示意大家安静，捂着耳机听了一会儿，说："船长，事情比你想的更糟！电台上说，外星人是来毁灭地球的，他们仅凭着飞船巨大的质量就能做到这一点！飞船的引力产生的不是普通的大风暴，而是地球大气的大泄漏！"

"泄漏？向什么地方泄漏？"

"飞船的引力会在地球的大气层上拉出一个洞，就像扎破气球一样，空气会从那个洞中逃逸到太空中去，地球大气会跑光的！"

"这需要多长时间？"船长问。

"专家们说，只需一个星期左右，全球的大气压就会降到致命的低限……他们还说，当气压降到一定程度时，海洋会沸腾起来，天啊，那是什么样子啊……现在各国的大城市都陷入混乱，人们一片疯狂，都涌进医院和工厂抢劫氧气……呵，还说，美国卡纳维拉尔角的航天发射基地都有疯狂的人群涌入，他们想抢作为火箭发射燃料的液氧……唉，一切都完了！"

"一个星期？就是说我们连回家的时间都不够了。"船长说，他这时反倒显得镇静了，摸出火柴来点烟斗。

"是啊，回家的时间都不够了……"大副茫然地说。

"要这样，我们还不如分头去做自己最想做的事。"冯帆说，他突然兴奋起来，感到热血沸腾。

"你想做什么？"船长问。

"登山。"

"登山？登……这座山?!"大副指着海水高山吃惊地问。

"是的，现在它是世界最高峰了，山在那儿了，当然得有人去登。"

"怎么登？"

"登山当然是徒步的——游泳。"

"你疯了?!"大副喊道，"你能游上9公里高的水坡？那坡看上去有45度！那和登山不一样，你必须不停地游动，一松劲就滑下来了！"

"我想试试。"

"让他去吧。"船长说，"如果我们在这个时候还不能照自己的愿望生活，那什么时候能行呢？这里离水山的山脚有多远？"

"20公里左右吧。"

"你开一艘救生艇去吧，"船长对冯帆说，"记住多带些食品和水。"

"谢谢！"

"其实你挺幸运的。"船长拍拍冯帆的肩说。

"我也这么想。"冯帆说，"船长，还有一件事我没告诉你，在珠峰遇难的那4名大学登山队员中，有我的恋人。当我割断登山索时，脑子里闪过的念头是这样的：我不能死，还有别的山呢。"

船长点点头："去吧。"

"那……我们怎么办呢？"大副问。

"全速冲出正在形成的风暴，多活一天算一天吧。"

冯帆站在救生艇上，目送着蓝水号远去，他原准备在其上度过一生的。

另一边，在太空中的巨球下，海水高山静静地耸立着，仿佛亿万年来它一直就在那儿。

海面仍然很平静，波澜不惊，但冯帆感觉到了风在缓缓增强，空气已经开始向海山的低气压区聚集了。救生艇上有一面小帆，冯帆升起了它，风虽然不大，但方向正对着海山，小艇平稳地向山脚驶去。随着风力的加强，帆渐渐鼓满，小艇的速度很快增加，艇首像一把利刃划开海水，到山脚的20公里路程只走了40分钟左右。当感觉到救生艇的甲板在水坡上倾斜时，冯帆纵身一跃，跳入被外星飞船的光芒照得蓝幽幽的海中。

他成为第一个游着泳登山的人。

现在,已经看不到海山的山顶,冯帆在水中抬头望去,展现在他面前的,是一面一望远际的海水大坡,坡度有45度,仿佛是一个巨人把海洋的另一半在他面前掀起来一样。

冯帆用最省力的蛙式游着,想起了大副的话。他大概心算了一下,从这里到顶峰有13公里左右,如果是在海平面,他的体力游出这么远是不成问题,但现在是在爬坡,不进则退,登上顶峰几乎是不可能的,但冯帆不后悔这次努力,能攀登海水珠峰,本身已是自己登山梦想的一个超值满足了。

这时,冯帆有某种异样的感觉。他已明显地感到了海山的坡度的增加,身体越来越随着水面向上倾斜,游起来却没有感到更费力。回头一看,看到了被自己丢弃在山脚的救生艇,他离艇之前已经落下了帆,却见小艇仍然稳稳地停在水坡上,没有滑下去。他试着停止了游动,仔细观察着周围,发现自己也没有下滑,而是稳稳地浮在倾斜的水坡上!冯帆一砸脑袋,骂自己和大副都是白痴:既然水坡上呈流体状态的海水不会下滑,上面的人和船怎么会滑下去呢?

空中巨球的引力与地球引力相互抵消,使得沿坡面方向的重力逐渐减小,这种重力的渐减抵消了坡度,使得重力对水坡上的物体并不产生使其下滑的重力分量,对于重力而言,水坡或海水高山其实是不存在的,物体在坡上的受力状态,与海平面上是一样的。

现在冯帆知道,海水高山是他的了。

冯帆继续向上游,渐渐感到游动变得更轻松了,主要是头部出水换气的动作能够轻易完成,这是因为他的身体变轻的缘故。重力减小的其他迹象也开始显现出来,冯帆游泳时溅起的水花下落的速度变慢了,水坡上海浪起伏和行进的速度也在变慢,这时大海阳刚的一面消失了,呈现出了正常重力下不可能有的轻柔。

随着风力的增大,水坡上开始出现排浪,在低重力下,海浪的高度增加了许多,形状也发生了变化,变得薄如蝉翼,在缓慢的下落中自身翻卷起来,像一把无形的巨刨在海面上推出的一卷卷玲珑剔透的刨花。海浪并没有增加冯帆游泳的难度,浪的行进方向是向着峰顶的,推送着他向上攀游。随着重力的进一步减小，更美妙的事情发生了：薄薄的海浪不再是推送冯帆，而是将他轻轻地抛起来，有一瞬间他的身体完全离开了水面，旋即被前面的海浪接住，再抛出，他就这样被一只只轻柔而有力的海之手传递着，快速向峰顶进发。他发现，这时用蝶泳的姿式效率最高。

风继续增强，重力继续减小，水坡上的浪已超过了 10 米，但起伏的速度更慢了。由于低重力下水之间的摩擦并不剧烈，这样的巨浪居然不发出声音，只能听到风声。身体越来越轻盈的冯帆从一个浪峰跃向另一个浪峰，他突然发现，现在自己腾空的时间已大于在水中的时间，不知道自己是在游泳还是在飞翔。有几次，薄薄的巨浪把他盖住了，他发现自己进入了一个由翻滚卷曲的水膜卷成的隧道中，在他的上方，薄薄的浪膜缓缓卷动，浸透了巨球的蓝光。透过浪膜，可以看到太空中的外星飞船，巨球在浪膜后变形抖动，像是用泪眼看去一般。

冯帆看看左腕上的防水表，他已经"攀登"了一个小时，照这样出人意料的速度，最多就再有这么长时间就能登顶了。

冯帆突然想到了蓝水号，照目前风力增长的速度看，大气旋很快就要形成，蓝水号无论如何也逃不出超级风暴了。他突然意识到船长犯了一个致命的错误：应该将船径直驶向海水高山，既然水坡上的重力分量不存在，蓝水号登上顶峰如同在平海上行驶一样轻而易举，而峰顶就是风暴眼，是平静的！想到这里，冯帆急忙掏出救生衣上的步话机，但没人回答他的呼叫。

冯帆已经掌握了在浪尖飞跃的技术，他从一个浪峰跃向另一个浪峰，又"攀登"了 20 分钟左右，已经走过了三分之二的路程，浑圆的峰顶看上去不远了，它在外星飞船洒下的光芒中柔和地闪亮，像是等待着他的一个新的星球。这时，呼呼的风声突然变成了恐怖的尖啸，这声音来自所有方向。风力骤然增大，二三十米高的薄浪还没来得及落下，就在半空中被飓风撕碎，冯帆举目望去，水坡上布满了被撕碎的浪峰，像一片在风中狂舞的乱发，在巨球的照耀下发出一片炫目的白光。

冯帆进行了最后的一次飞跃，他被一道近 30 米高的薄浪送上半空，那道浪在他脱离的瞬间就被疾风粉碎了。他向着前方的一排巨浪缓缓下落，那排浪像透明的巨翅缓缓向上张开，似乎也在迎接他，就在冯帆的手与升上来的浪头接触的瞬间，这面晶莹的水晶巨膜在强劲的风中粉碎了，化做一片雪白的水雾，浪膜在粉碎时发出一阵很像是大笑的怪声。与此同时，冯帆已经变得很轻的身体不再下落，而是离癫狂的海面越来越远，像一片羽毛般被狂风吹向空中。

冯帆在低重力下的气流中翻滚着，晕眩中，只感到太空中发光的巨球在围绕着他旋转。当他终于能够初步稳住自己的身体时，竟然发现自己在海水高山的顶峰上空盘旋！水山表面的排排巨浪从这个高度看去像一条条长长的曲线，这些曲线标示出了旋风的形状，成螺旋状汇聚在山顶。冯帆在空中盘旋的圈子越来越小，速度越来越快，他正在被吹向气旋的中心。

当冯帆漂进风暴眼时，风力突然减小，托着他的无形的气流之手松开了，冯帆向着海水高山的峰顶坠下去，在峰顶的正中扎入了蓝幽幽的海水中。

冯帆在水中下沉着，过了好一会儿才开始上浮，这时周围已经很暗了。当窒息的恐慌出现时，冯帆突然意识到了他所面临的危险：入水前的最后一口气是在海拔近万米的高空吸入的，含氧量很少，而在低重力下，他在水中的上浮速度很慢，即使是自己努力游动加速，肺中的空气怕也支持不到自己浮上水面。一种熟悉的感觉向他袭来，他仿佛又回到了珠峰的风暴卷起的黑色雪尘中，死的恐惧压倒了一切。就在这时，他发现身边有几个银色的圆球正在与自己一同上浮，最大的一个直径有1米左右，冯帆突然明白这些东西是气泡！低重力下的海水中有可能产生很大的气泡。他奋力游向最大的气泡，将头伸过银色的泡壁，立刻能够顺畅地呼吸了！当缺氧的晕眩缓过去后，他发现自己置身于一个球形的空间中，这是他再一次进入由水围成的空间。透过气泡圆形的顶部，可以看到变形的海面波光粼粼。在上浮中，随着水压的减小，气泡在迅速增大，冯帆头顶的圆形空间开阔起来，他感觉自己是在乘着一个水晶汽球升上天空。上方的蓝色波光越来越亮，最后到了刺眼的程度，随着啪地一声轻响，大气泡破裂，冯帆升上了海面。在低重力下他冲上了水面近一米高，再缓缓落下来。

冯帆首先看到的是周围无数缓缓飘落的美丽水球，水球大小不一，最大的有足球大小，这些水球映射着空中巨球的蓝光，细看内部还分着许多球层，显得晶莹剔透。这都是冯帆落到水面时溅起的水，在低重力下，由于表面张力而形成球状，他伸手接住一个，水球破碎时发出一种根本不可能是水所发出的清脆的金属声。

海山的峰顶十分平静，来自各个方向的浪在这里互相抵消，只留下一片碎波。这里显然是旋风的中心，是这狂躁的世界中唯一平静的地方。这平静以另一种宏大的轰鸣声为背景，那就是旋风的呼啸声。冯帆抬头望去，发现自己和海山都处于一口巨井中，巨井的井壁是由被气旋卷起的水雾构成的，这浓密的水雾在海山周围缓缓旋转着，一直延伸到高空。巨井的井口就是外星飞船，它像太空中的一盏大灯，将蓝色的光芒投到"井"内。冯帆发现那个巨球周围有一片奇怪的云，那云呈丝状，像一张松散的丝网，它们看上去很亮，像自己会发光似的。冯帆猜测，那可能是泄露到太空中的大气所产生的冰晶云，它们看上去围绕在外星飞船周围，实际与之相距有三万多公里。要真是这样，地球大气层的泄露已经开始了，这口由大旋风构成的巨井，就是那个致命的漏洞。

不管怎么样，冯帆想，我登顶成功了。

二 顶峰对话

周围的光线突然发生了变化，暗了下来，闪烁着，冯帆抬头望去，看到外星飞船发出的蓝光消失了。他这时才明白那蓝光的意义：那只是一个显示屏空屏时的亮光，巨球表面就是一个显示屏。现在，巨球表面出现了一幅图像，图像是从空中俯拍的，是浮在海面上的一个人在抬头仰望，那人就是冯帆自己。半分钟左右，图像消失了，冯帆明白它的含义，外星人只是表示他们看到了自己。这时，冯帆真正感到自己是站在了世界的顶峰上。

屏幕上出现了两排单词，各国文字的都有，冯帆只认出了英文的"ENGLISH"、中文的"汉语"和日文的"日本语"，其他的，也显然是用地球上各种文字所标明的相应语种。有一个深色框在各个单词间快速移动，冯帆觉得这景像很熟悉。他的猜测很快得到了证实，他发现深色框的移动竟然是受自己的目光控制的！他将目光固定到"汉语"上，深色框就停在那里，他眨了一下眼，没有任何反应；应该双击，他想着，连眨了两下眼，深色框闪了一下，巨球上的语言选择菜单消失了，出现了一行很大的中文：

你好！

"你好！！"冯帆向天空大喊，"你能听到我吗？！"

能听到，你用不着那么大声，我们连地球上的一只蚊子的声音都能听到。我们从你们行星外泄的电波中学会了这些语言，想同你随便聊聊。

"你们从哪里来？"

巨球的表面出现了一幅静止的图像，由密密麻麻的黑点构成，复杂的细线把这些黑点连接起来，构成一张令人目眩的大网，这分明是一幅星图。果然，其中的一个黑点发出了银光，越来越亮。冯帆什么也没看懂，但他相信这幅图像肯定已被记录下来，地球上的天文学家们应该能看懂的。巨球上又出现了文字，星图并没有消失，而是成为文字的背景，或说桌面。

我们造了一座山，你就登上来了。

"我喜欢登山。"冯帆说。

这不是喜欢不喜欢的问题，我们必须登山。

"为什么？你们的世界有很多山吗？"冯帆问，他知道这显然不是人类目前迫切要谈的话题，但他想谈，既然周围人都认为登山者是傻瓜，他只好与声称必须登山的外星人交流了，他为自己争取到了这一切。

山无处不在，只是登法不同。

冯帆不知道这句话是哲学比喻还是现实描述，他只能傻傻地回答："那么你们那里还是有很多山了。"

对于我们来说，周围都是山，这山把我们封闭了，我们要挖洞才能登山。

这话令冯帆迷惑，他想了半天也没想出是怎么回事，外星人继续说——

三　泡世界

我们的世界十分简单，是一个球形空间，按照你们的长度单位计量，半径约为3000公里。这个空间被岩层所围绕，向任何一个方向走，都会遇到一堵致密的岩壁。

我们的第一宇宙模型自然而然地建立起来了：宇宙由两部分构成，其一就是我们生存的半径为 3000 公里的球形空间，其二就是围绕着这个空间的岩层，这岩层向各个方向无限延伸。所以，我们的世界就是这固体宇宙中的一个空泡，我们称它为泡世界。这个宇宙理论被称为密实宇宙论。当然，这个理论不排除这样的可能：在无限的岩层中还有其他的空泡，离我们或近或远，这就成了以后探索的动力。

"可是，无限厚的岩层是不可能存在的，会在引力下塌缩的。"

我们那时不知道万有引力这回事，泡世界中没有重力，我们生活在失重状态中。真正意识到引力的存在是几万年以后的事了。

"那这些空泡就相当于固体宇宙中的星球了？真有趣，你们的宇宙在密度分布上与真实的正好相反，像是真实宇宙的底片啊。"

真实的宇宙？这话很浅薄，只能说是现在已知的宇宙。你们并不知道真实的宇宙是什么样子，我们也不知道。

"那里有阳光、空气和水吗？"

都没有，我们也都不需要。我们的世界中只有固体，没有气体和液体。

"没有气体和液体，怎么会有生命呢？"

我们是机械生命，肌肉和骨骼由金属构成，大脑是超高集成度的芯片，电流和磁场就是我们的血液，我们以地核中的放射性岩块为食物，靠它提供的能量生存。没有谁制造我们，这一切都是自然进化而来，由最简单的单细胞机械，由放射性作用下的岩石上偶然形成的 PN 结进化而来。我们的原始祖先首先发现和使用的是电磁能，至于你们意义上的火，从来就没有发现过。

"那里一定很黑吧。"

亮光倒是有一些，是放射性在地核的内壁上产生的，那内壁就是我们的天空了。光很弱，在岩壁上游移不定，但我们也由此进化出了眼睛。地核中是失重的，我们的城市就悬浮在那昏暗的空间中，它们的大小与你们的城市差不多，远看去，像一团团发光的云。机械生命的进化时间比你们碳基生命要长得多，但我们殊途同归，都走到了对宇宙进行思考的那一天。

"不过,这个宇宙可真够憋屈的。"

憋……这是个新词汇。所以,我们对广阔空间的向往比你们要强烈,早在泡世界的上古时代,向岩层深处的探险就开始了,探险者们在岩层中挖隧道前进,试图发现固体宇宙中的其他空泡。关于这些想象中的空泡,有着很多奇丽的神话,对远方其他空泡的幻想构成了泡世界文学的主体。但这种探索最初是被禁止的,违者将被短路处死。

"是被教会禁止的吗?"

不,没什么教会,一个看不到太阳和星空的文明是产生不了宗教的。元老院禁止隧洞探险是出于很现实的理由:我们没有你们近乎无限的空间,我们的生存空间半径只有 3000 公里。隧洞挖出的碎岩会在地核中堆积起来,由于相信有无限厚的岩层,那么隧洞就可能挖得很长,最终挖出的碎岩会把地核空间填满的!换句话说,是把地核的球形空间转换成长长的隧洞空间了。

"好像有一个解决办法:把挖出的碎岩就放到后面已经挖好的隧洞中,只留下供探险者们容身的空间就行了。"

后来的探险确实就是这么进行的,探险者们容身的空间其实就是一个移动的小空泡,我们把它叫做泡船。但即使这样,仍然有相当于泡船空间的一堆碎石进入地核空间,只有等待泡船返回时这堆碎石才能重新填回岩壁,如果泡船有去无回,那么这小堆碎石占据的地核空间就无法恢复了,就相当于这一小块空间被泡船偷走了,所以探险者们又被称为空间窃贼。对于那个狭小的世界,这么一点点空间也是宝贵的,天长日久,随着一艘艘泡船的离去,被占据的空间也很巨大。所以泡船探险在远古时代也是被禁止的。同时,泡船探险是一项十分艰险的活动,一般的泡船中都有若干名挖掘手和一名领航员,那时还没有掘进机,只能靠挖掘手(相当于你们船上的桨手)使用简单的工具不停挖掘,泡船才能在岩层中以极其缓慢的速度前进。在一个刚能容身的小小空洞里机器般劳作,在幽闭中追寻着渺茫的希望,无疑需要巨大的精神力量。由于泡船的返回一般是沿着已经挖松的来路,所以相对容易些,但赌徒般的发现欲望往往驱使探险者越过安全的折返点,继续向前,这时,返回的体力和给养都不够了,泡船就会搁浅在返途中,成为探险者的坟墓。尽管如此，泡世界向外界的探险虽然规模很小，但从未停止过。

四　哈勃红移

在泡纪元 33281 年的一天（这是按地球纪年法，泡世界的纪年十分古怪，你理解不了），泡世界的岩层天空上突然出现了一个小小的洞，从洞中飞出的一堆碎岩在空中漂浮着，在放射性产生的微光中像一群闪烁的星星。中心城市的一队士兵立刻向小破洞飞去（记住泡世界是没有重力的）。发现这是一艘返回的探险泡船，它 8 年前就出发了，谁也没有想到竟能回来。这艘泡船叫"针尖号"，它在岩层中前进了 200 公里，创造了返回泡船航行距离的纪录。"针尖号"出发时有 20 名船员，但返回时只剩随船科学家一人了，我们就叫他哥白尼吧。船上其余的人，包括船长，都被哥白尼当食物吃掉了，事实上，这种把船员当给养的方式，是地层探险早期效率最高的航行方式。

按照严禁泡船探险的法律，以及哥白尼吃人的行为，他将在世界首都被处死。这天，几十万人聚集在行刑的中心广场上，等着观赏哥白尼被短路时美妙的电火花。但就在这时，世界科学院的一群科学家漂过来，公布了他们的一个重大发现："针尖号"带回了沿途各段的岩石标本，科学家们发现，地层岩石的密度，竟是随着航行距离减小的！

"你们的世界没有重力，怎么测定密度呢？"

通过惯性，比你们要复杂一些。科学家们最初认为，这只是由于"针尖号"偶然进入了一个不均匀的地层区域。但在以后的一个世纪中，在不同方向上，有多艘泡船以超过"针尖号"的航行距离深入地层并返回，带回了岩石标本。人们震惊地发现，所有方向上的地层密度都是沿向外的方向渐减的，而且减幅基本一致！这个发现，动摇了统治泡世界两万多年的密实宇宙论。如果宇宙密度以泡世界为核心呈这样的递减分布，那总有密度减到零的距离，科学家们依照已测得的递减率，很容易计算出，这个距离是三万公里左右。

"嘿，这很像我们的哈勃红移啊！"

是很像，你们想像不出红移速度能够大于光速，所以把那个距离定为宇宙边缘；而我们的先祖却很容易知道密度为零的状态就是空间，于是新的宇宙模型诞生了，在这个模型中，沿泡世界向外，宇宙的密度逐渐减小，直至淡化为空间，这空间延续至无限。这个理论被称为太空宇宙论。

密实宇宙论是很顽固的，它的占优势地位的拥护者推出了一个打了补丁的密实宇宙论，认为密度的递减只是由于泡世界周围包裹着一层较疏松的球层，穿过这个球层，密度的递减就会停止。他们甚至计算出了这个疏松球层的厚度是 300 公里。其实对这个理论进行证实或证伪并不难，只要有一艘泡船穿过 300 公里的岩层就行了。事实上，这个航行距离很快达到了，但地层密度的递减趋势仍在继续。于是，密实宇宙论的拥护者又说前面的计算有误，疏松球层的厚度应是 500 公里，10 年后，这个距离也被突破了，密度的递减仍在继续，而且单位距离的递减率有增加的趋势。密实派们接着把疏松球层的厚度增加到 1500 公里……

后来，一个划时代的伟大发现将密实宇宙论永远送进了坟墓。

五 万有引力

那艘深入岩层 300 公里的泡船叫"圆刀"号，它是有史以来最大的探险泡船，配备有大功率挖掘机和完善的生存保障系统，因而它向地层深处的航行距离创造了纪录。

在到达 300 公里深度（或说高度）时，船上的首席科学家（我们叫他牛顿吧）向船长反映了一件不可思议的事：当船员们悬浮在泡船中央睡觉时，醒来后总是躺在靠向泡世界方向的洞壁上。

船长不以为然地说：思乡梦游症而已。他们想回家，所以睡梦中总是向着家的方向移动。

但泡船中与泡世界一样是没有空气的，如果移动身体有两种方式：一是蹬踏船壁，这在悬空睡觉时是不可能的；另一种方式是喷出自己体内的排泄物作为驱动，但牛顿没有发现这类迹象。

船长仍对牛顿的话不以为然，但这个疏忽使他自己差点被活埋了。这天，向前的挖掘告一段落，由于船员十分疲劳，挖出的一堆碎岩没有立刻运到船底，大家就休息了，想等睡醒后再运。船长也与大家一样在船的正中央悬空睡觉，醒来后发现自己与其他船员一起被埋在碎岩中！原来，在他们睡觉时，船首的碎岩与他们一起移到了靠向泡世界方向的船底！牛顿很快发现，船舱中的所有物体都有向泡世界方向移动的趋势，只是它们移动得太慢，平时觉察不出来而已。

"于是牛顿没有借助苹果就发现了万有引力！"

哪有那么容易?！但在我们的科学史上，万有引力理论的诞生比你们要艰难得多，这是我们所处的环境决定的。当牛顿发现船中的物体定向移动现象时，想当然地认为引力来自泡世界那半径3000公里的空间。于是，早期的引力理论出现了让人哭笑不得的谬误：认为产生引力的不是质量而是空间。

"能想象，在那样复杂的物理环境中，你们牛顿的思维任务比我们的牛顿可要复杂多了。"

是的，直到半个世纪后，科学家们才拨开迷雾，真正认清了引力的本质，并用与你们相似的仪器测定了万有引力常数。引力理论获得承认也经历了一个漫长的过程。但一旦意识到引力的存在，密实宇宙论就完了，引力是不允许无限固体宇宙存在的。

太空宇宙论得到最终承认后，它所描述的宇宙对泡世界产生了巨大的诱惑力。在泡世界，守恒的物理量除了能量和质量外，还有一个：空间。泡世界的空间半径只有3000公里，在岩层中挖洞增大不了空间，只是改变空间的位置和形状而已。同时，由于失重，地核文明是悬浮在空间中，而不是附着在洞壁（相当于你们的土地）上，所以在泡世界，空间是最宝贵的东西，整个泡世界文明史，就是一部血腥的空间争夺史。而现在惊闻空间可能是无限的，怎能不令人激动！于是出现了前所未有的探险浪潮，数量众多的泡船穿过地层向外挺进，企图穿过太空宇宙论预言的32000公里的岩层，到达密度为零的天堂。

六 地核世界

说到这里,如果你足够聪明,应该能够推测出泡世界的真相了。

"你们的世界,是不是位于一个星球的地心?"

正确,我们的行星大小与地球差不多,半径约 8000 公里。但这颗行星的地核是空的,空核的半径约为 3000 公里,我们就是地核中的生物。

不过,发现万有引力后,我们还要过许多个世纪才能最后明白自己世界的真相。

七 地层战争

太空宇宙论建立后,追寻外部无限空间的第一个代价却是消耗了泡世界的有限空间,众多的泡船把大量的碎岩排入地核空间,这些碎岩悬浮在城市周围,密密麻麻,无边无际,以至于使得原来可以自由漂移的城市动弹不得,因为城市一旦移动,就将遭遇毁灭性的密集石雨。这些被碎岩占掉的空间,至少有一半永远无法恢复。

这时的元老院已由世界政府代替,作为地核空间的管理者和保卫者,疯狂的泡船探险受到了政府严厉的镇压。但最初这种镇压效率并不高,因为当得知探险行为发生时,泡船早已深入地层了。所以政府很快意识到,制止泡船的最好工具就是泡船。于是,政府开始建立庞大的泡船舰队,深入岩层拦截探险泡船,追回被它们盗走的空间。这种拦截行动自然遭到了探险泡船的抵抗,于是,地层中爆发了一场旷日持久的战争。

"这种战争真的很有意思!"

也很残酷。首先,地层战争的节奏十分缓慢,因为以那个时代的掘进技术,泡船在地层中的航行速度一般只有每小时 3 公里左右。地层战争推崇巨舰主义,因为泡船越大,续航能力越强,攻击力也更强大。但不管多大的地层战舰,其横截面都应尽可能得小,这样可以将挖掘截面减到最小,以提高航行速度。所以所有泡船的横截面都是一样的,大小只在于其长短。大型战舰的形状就是一条长长的隧道。由于地层战场是三维的，所以其作战方式类似于你们的空战，但要复杂得多。当战舰接触敌舰发起攻击时，首先要快速扩大舰首截面，以增大攻击面积，这时的攻击舰就变成了一颗钉子的形状。必要时，泡舰的舰首还可以形成多个分支，像一只张开的利爪那样，从多个方向攻击敌舰。地层作战的复杂性还表现在：每一艘战舰都可以随意分解成许多小舰，多艘战舰又可以快速组合成一艘巨舰。所以当两只敌对舰队相遇时，是分解还是组合，是一门很深的战术学问。

地层战争对于未来的探险并非只有负面作用，事实上，在战争的刺激下，泡世界发生了技术革命。除了高效率的掘进机器外，还发明了地震波仪，它既可用于地层中的通讯，又可用作雷达探测，强力的震波还可作为武器。最精致的震波通讯设备甚至可以传送图像。

地层中曾出现过的最大战舰是"线世界"号，它是世界政府建造的。当处于常规航行截面时，"线世界"号的长度达150公里，正如舰名称所示，相当于一个长长的小世界了。身处其中，有置身于你们的英伦海底隧道的感觉，每隔几分钟，隧道中就有一列高速列车驶过，这是向舰尾运送掘进碎石的专列。"线世界"号当然可以分解成一支庞大的舰队，但它大部分时间还是以整体航行的。"线世界"号并非总是呈直线形状，在进行机动航行时，它那长长的舰体隧道可能形成一团自相贯通或交叉的十分复杂的曲线。"线世界"号拥有最先进的掘进机，巡航速度是普通泡舰的一倍，达到每小时6公里，作战速度可以超过每小时10公里！它还拥有超高功率的震波雷达，能够准确定位500公里外的泡船；它的震波武器可以在1000米的距离上粉碎目标泡船内的一切。这艘超级巨舰在广阔的地层中纵横驰骋，所向披靡，消灭了大量的探险泡船，并每隔一段时间将吞并的探险泡船空间送还泡世界。

在"线世界"号的毁灭性打击下，泡世界向外部的探险一度濒于停顿。在地层战争中，探险者们始终处于劣势，他们不能建造或组合长于10公里的战舰，因为在地层中这样的目标极易被"线世界"号上或泡世界基地中的雷达探测定位，进而被迅速消灭。但要使探险事业继续下去，就必须消灭"线世界"号。经过长时间的筹划，探险联盟集结了一百多艘地层战舰围歼

"线世界"号,这些战舰中最长的也只有 5 公里。战斗在泡世界向外 1500 公里处展开,史称 1500 公里战役。

探险联盟首先调集 20 艘战舰,在 1500 公里处组合成一艘长达 30 公里的巨舰,引诱"线世界"号前往攻击。当"线世界"号接近诱饵,成一条直线高速冲向目标时,探险联盟埋伏在周围的上百艘战舰沿与"线世界"号垂直的方向同时出击,将这艘 150 公里长的巨舰截为 50 段。"线世界"号被截断后分裂出来 50 艘战舰仍具有很强的战斗力,双方的二百多艘战舰缠斗在一起,在地层中展开了惨烈的大混战。战舰空间在不断地组合分化,渐渐已分不清彼此。在战役的最后阶段,半径为 200 公里的战场已成了蜂窝状,就在这个处于星球地下 3500 公里深处的错综复杂的三维迷宫中,到处都是短兵相接的激战。在这个位置,星球的重力已经很明显,而与政府军相比,探险者对重力环境更为熟悉。在迷宫内宏大的巷战中,这微弱的优势渐渐起了决定性的作用,探险联盟取得了最后胜利。

八 海

战役结束后,探险者联盟将战场的所有空间合为一体,形成了一个半径为 50 公里的球形空间。就在这个空间中,探险联盟宣布脱离泡世界独立。独立后的探险联盟与泡世界的探险运动遥相呼应,不断地有探险泡船从地核来到联盟,他们带来的空间使联盟领土的体积不断增大,使得探险者们在 1500 公里高度获得了一个前进基地。被漫长的战争拖得筋疲力尽的世界政府再也无力阻止这一切,只得承认探险运动的合法性。

随着高度的增加,地层的密度也逐渐降低,使得掘进变得容易了;另外重力的增加也使碎岩的处理更加方便。以后的探险变得顺利了许多。在战后第 8 年,就有一艘名叫"螺旋"号的探险泡船走完了剩下的 3500 公里航程,到达了距泡世界边缘,也就是距星球中心 8000 公里,距泡世界边缘 5000 公里的高度。

"哇,那就是到达星球的表面了!你们看到了大平原和真正的山脉,这太激动人心了!"

没什么可激动的，"螺旋"号到达的是海底。

"……"

当时，震波通讯仪的图像摇了几下就消失了，通讯完全中断。在更低高度的其他泡船监听到了一个声音，转换成你们的空气声音就是"剥"的一声，这是高压海水在瞬间涌入"螺旋"号空间时发出的。泡世界的机械生命和船上的仪器设备是绝对不能与水接触的，短路产生的强大电流迅速汽化了渗入人体和机器内部的海水，"螺旋"号的乘员和设备在海水涌入的瞬间都像炸弹一样爆裂了。

接着，联盟又向不同的方向发出了十多艘探险泡船，但都在同样的高度遇到了同样的事情。除了那神秘的"剥"的一声，再没有传回更多的信息。有两次，在监视屏幕上看到了怪异的晶状波动，但不知道那是什么。跟随的泡船向上方发出的雷达震波也传回了完全不可理解的回波，那回波的性质既不是空间也不是岩层。

一时间，太空宇宙论动摇了，学术界又开始谈论新的宇宙模型，新的理论将宇宙半径确定为 8000 公里，认为那些消失的探险船接触了宇宙的边缘，没入了虚无。

探险运动面临着严峻的考验，以往无法返回的探险泡船所占用的空间，从理论上说还是有希望回收的，但现在，泡船一旦接触宇宙边缘，其空间可能永远损失了。到这一步，连最坚定的探险者都动摇了，因为在这个地层中的世界，空间是不可再生的。联盟决定，再派出最后 5 艘探险泡船，在接近 5000 米高度时以极慢速上升。如果发生同样的不测，就暂停探险运动。

又损失了两艘泡船后，第三艘"岩脑"号取得了突破性的进展。在 5000 米高度上，"岩脑"号以极慢的速度小心翼翼地向上掘进，接近海底时，海水并没有像以前那样压塌船顶的岩层瞬间涌入，而是通过岩层上的一道窄裂缝成一条高压射流喷射进来。"岩脑"号在航行截面上长 250 米，在高地层探险船中算是体积较大的，喷射进来的海水用了近一小时才充满船的空间。在触水爆裂前，船上的震波仪记录了海水的形态，并将数据和图像完整地发回联盟。就这样，地核人第一次见到了液体。

泡世界的远古时代可能存在过液体，那是炽热的岩浆，后来星球的地质情况稳定了，岩浆凝固，地核中就只有固体了。有科学家曾从理论上预言过液体的存在，但没人相信宇宙中真有那种神话般的物质。现在，从传回的图像中人们亲眼看到了液体。他们震惊地看着那道白色的射流，看着水面在船内空间缓缓上升，看着这种似乎违反所有物理法则的魔鬼物质适应着它的附着物的任何形状，渗入每一道最细微的缝隙；岩石表面接触它后似乎改变了性质，颜色变深了，反光性增强了；最让他们感兴趣的是：大部分物体都会沉入这种物质中，但有部分爆裂的人体和机器碎片却能浮在其液面上！而这些碎片的性质与那些沉下去的没有任何区别。地核人给这种液体物质起了一个名字，叫无形岩。

　　以后的探索就比较顺利了。探险联盟的工程师们设计了一种叫引管的东西，这是一根长达200米的空心钻杆，当钻透岩层后，钻头可以像盖子那样打开，以将海水引入管内，管子的底部有一个阀门。携带引管和钻机的泡船上升至5000米高度后，引管很顺利地钻透岩层伸入海底。钻探毕竟是地核人最熟悉的技术，但另一项技术他们却一无所知，那就是密封。由于泡世界中没有液体和气体，所以也没有密封技术。引管底部的阀门很不严实，没有打开海水已经漏了出来。事后证明这是一种幸运，因为如果将阀门完全打开，冲入的高压海水的动能将远大于上次从细小的裂缝中渗入的，那道高压射流会像一道激光那样切断所遇到的一切。现在从关闭的阀门渗入的水流却是可以控制的。你可以想象，泡船中的探险者们看着那一道道细细的海水在他们眼前喷出，是何等的震撼啊。他们这时对于液体，就像你们的原始人对于电流那样无知。在用一个金属容器小心翼翼地接满一桶水后，泡船下降，将那根引管留在岩层中。在下降的过程中，探险者们万分谨慎地守护着那桶作为研究标本的海水，很快又有了一个新的发现：无形岩居然是透明的！上次裂缝中渗入的海水由于混入了沙土，使他们没有发现这点。随着泡船下降深度的增加，温度也在增加，探险者们恐怖地看到，无形岩竟是一种生命体！它在活过来，表面愤怒地翻滚着，呈现由无数涌泡构成的可怕形态。但这怪物在展现生命力的同时也在消耗着自己，化作一种幽灵般的白色影子消失在空中。当桶中的无形岩都化作白色魔影消失后，船舱中的探险者们相继感到了身体的异常，短路的电火花在他们体内闪烁，最后他们都变成了一团团焰火，痛苦地死去。联盟基地中的人们通过监视器传回的震波图像看到了这可怕的情景，但监视器也很快短路停机了。前去接应的泡船也遭遇了同样的命运，在与下降的泡船对接后，接应泡船中的乘员也同样短路而死，仿佛无形岩化作了一种充满所有空间的死神。但科学家们也发现，这一次的短路没有上一次那么剧烈，他们得出结论：随着空间体积的增加，无形死神的密度也在降低。接下来，在付出了更多的生命代价后，地核人终于又发现了一种他们从未接触过的物质形态：气体。

九　星空

　　这一系列的重大发现终于打动了泡世界的政府，使其与昔日的敌人联合起来，也投身于探险事业之中，一时间对探险的投入急剧增加，最后的突破就在眼前。

　　虽然对水蒸气的性质有了越来越多的了解，但缺乏密封技术的地核科学家一时还无法避免它对地核人生命和仪器设备的伤害。不过他们已经知道，在4500米以上的高度，无形岩是死的，不会沸腾。于是，地核政府和探险联盟一起在4800米高度上建造了一所实验室，装配了更长、性能更好的引管，专门进行无形岩的研究。

　　"直到这时，你们才开始做阿基米德的工作。"

　　是的，可你不要忘记，我们在原始时代，就做了法拉弟的工作。

　　在无形岩实验室中，科学家们相继发现了水压和浮力定律，同时与液体有关的密封技术也得以发展和完善。人们终于发现，在无形岩中航行，其实是一件十分简单的事，比在地层中航行要容易得多。只要船体的密封和耐压性达到要求，不需任何挖掘，船就可以在无形岩中以令人难以想象的高速度上升。

　　"这就是泡世界的火箭了。"

　　应该称做水箭。水箭是一个蛋形耐高压金属容器，没有任何动力设施，内部仅可乘坐一名探险者，我们就叫他泡世界的加加林吧。水箭的发射平台位于5000米高度，是在地层中挖出的一个宽敞的大厅。在发射前的一小时，加加林进入水箭，关上了密封舱门。确定所有仪器和生命维持系统正常后，自动掘进机破坏了大厅顶部厚度不到10米的薄岩层，轰隆一声，岩层在上方无形岩的巨大压力下坍塌了，水箭浸没于深海的无形岩之中。周围的尘埃落定后，加加林透过由金钢石制造的透明舷窗，惊奇地发现发射平台上的两盏探照灯在无形岩中打出了两道光柱，由于泡世界中没有空气，光线不会散射，这时地核人第一次看到了光的形状。震波仪传来了发射命令，加加林扳动手柄，松开了将水箭锚固在底部岩层上的铰链，水箭缓缓升离了海底，在无形岩中很快加速，向上浮去。

科学家们按照海底压力，很容易计算出了上方无形岩的厚度，约10000米，如无意外，上浮的水箭能够在15分钟内走完这段航程，但以后会遇到什么，谁都不知道。

水箭在一片寂静中上升着，透过舷窗看出去，只有深不见底的黑暗。偶尔有几粒悬浮在无形岩中的尘埃在舷窗透出的光亮中飞速掠过，标示着水箭上升的速度。

加加林很快感到一阵恐慌，他是生活在固体世界中的生命，现在第一次进入了无形岩的空间，一种无依无靠的虚无感攫住了他的全部身心。15分钟的航程是那么漫长，它浓缩了地核文明十万年的探索历程，仿佛永远止尽……就在加加林的精神即将崩溃之际，水箭浮上了这颗行星的海面。

上浮惯性使水箭冲上了距海面十几米的空中，在下落的过程中，加加林从舷窗中看到了下方无形岩一望无际的广阔表面，这巨大的平面上波光粼粼，加加林并没有时间去想这表面反射的光来自哪里。水箭重重地落在海面上，飞溅的无形岩白花花一片洒落在周围，水箭像船一样平稳地浮在海面上，随波浪轻轻起伏着。

加加林小心翼翼地打开舱门，慢慢探出身去，立刻感到了海风的吹拂，过了好一阵儿，他才悟出这是气体。恐惧使他战栗了一下，他曾在实验室中的金刚石管道中看到过水汽的流动，但宇宙中竟然有如此巨量的气体存在，是任何人都始料未及的。加加林很快发现，这种气体与无形岩沸腾后转化的那种不同，不会导致肌体的短路。他在以后的回忆录中有过一段这样的描述：

我感到这是一只无形的巨手温柔的抚摸,这巨手来自一个我们不知道的无限巨大的存在,在这个存在面前,我变成了另一个全新的我。

加加林抬头望去,这时,地核文明十万年的探索得到了最后的报偿。

他看到了灿烂的星空。

十　山无处不在

"真是不容易,你们经历了那么长时间的探索,才站到我们的起点上。"冯帆赞叹道。

所以,你们是一个很幸运的文明。

这时,逃逸到太空中的大气形成的冰晶云面积扩大了很多,天空一片晶亮,外星飞船的光芒在冰晶云中散射出一圈绚丽的彩虹。下面,大气旋形成的巨井仍在轰隆隆地旋转着,像是一台超级机器在一点点碾碎着这个星球。而周围的山顶却更加平静,连碎波都没有了,海面如镜,又让冯帆想起了藏北的高山湖泊……冯帆强迫自己,使思想回到了现实。

"你们到这里来干什么?"他问。

我们只是路过,看到这里有智慧文明,就想找人聊聊,谁先登上这座山顶我们就和谁聊。

"山在那儿,总会有人去登的。"

是,登山是智慧生物的一个本性,他们都想站得更高些看得更远些,这并不是生存的需要。比如你,如果为了生存就会远远逃离这山,可你却登上来了。进化赋予智慧文明登高的欲望是有更深的原因的,这原因是什么我们还不知道。山无处不在,我们都还在山脚下。

"我在山顶上。"冯帆说,他不容别人挑战自己登上世界最高峰的荣誉,即使是外星人。

你在山脚下,我们都在山脚下。光速是一个山脚,空间的3维是一个山脚,被禁锢在光速和3维这狭窄的时空深谷中,你不觉得……憋屈吗?

"生来就这样,习惯了。"

那么,我下面要说的事你会很不习惯的。看看这个宇宙,你感觉到什么?

"广阔啊,无限啊,这类的。"

你不觉得憋屈吗?

"怎么会呢?宇宙在我眼里是无限的,在科学家们眼里,好像也有200亿光年呢。"

那我告诉你,这是一个200亿半径的泡世界。

"……"

我们的宇宙是一个空泡,一块更大固体中的空泡。

"怎么可能呢?这块大固体不会因引力而坍缩吗?"

至少目前还没有,我们这个气泡还在超固体块中膨胀着。引力引起坍缩是对有限的固体块而言的,如果包裹我们宇宙的这个固体块是无限的,就不存在坍缩问题。当然,这只是一种猜测,谁也不知道那个固体超宇宙是不是有限的。有许多种猜测,比如认为引力在更大的尺度上被另一种力抵消,就像电磁力在微观尺度上被核力抵消一样,我们意识不到这种力,就像处于泡世界中意识不到万有引力一样。从我们收集到的资料上看,对于宇宙的气泡形状,你们的科学家也有所猜测,只是你不知道罢了。

"那块大固体是什么样子的?也是……岩层吗?"

不知道,5万年后我们到达目的地时才能知道。

"你们要去哪里?"

宇宙边缘,我们是一艘泡船,叫"针尖号",记得这名字吗?

"记得,它是泡世界中首先发现地层密度递减规律的泡船。"

对,不知我们能发现什么。

"超固体宇宙中还有其他的空泡吗?"

你已经想得很远了。

"这让人不能不想。"

想想一块巨岩中的几个小泡泡,就是有,找到它们也很难,但我们这就去找。

"你们真的很伟大。"

好了,聊得很愉快,但我们还要赶路,5万年太久,只争朝夕。认识你很高兴，记往，山无处不在。

由于冰晶云的遮拦，最后这行字已经很模糊。接着，太空中的巨型屏幕渐渐暗下来，巨球本身也在变小，很快缩成一点，重新变成星海中一颗不起眼的星星，这变化比它出现时要快许多。这颗星星在夜空中疾驶而去，转眼消失在西方天际。

海天之间黑了下来，冰晶云和风暴巨井都看不见了，天空中只有一片黑暗的混沌。冯帆听到周围风暴的轰鸣声在迅速减小，很快变成了低声的呜咽，再往后完全消失了，只能听到海浪的声音。

冯帆有了下坠的感觉，他看到周围的海面正在缓缓地改变着形状，海山浑圆的山顶在变平，像一把在撑开的巨伞一样。他知道，海水高山正在消失，他正在由9000米高空向海平面坠落。在他的感觉中只有两三分钟，他漂浮的海面就停止了下降，他知道这点，是由于自己身体下降的惯性使他没入了已停降的海面之下，好在这次沉得并不深，他很快游了上来。

周围已是正常的海面，海水高山消失得无影无踪，仿佛从来就没有存在过一样。风暴也完全停止了，风暴强度虽大但持续时间很短，只是刮起了表层浪，所以海面也在很快平静下来。

天空中的冰晶云已经散去很多，灿烂的星空再次出现了。

冯帆仰望着星空，想象着那个遥远的世界，真的太远了，连光都会走得疲惫，那又是很早以前，在那个海面上，泡世界的加加林也像他现在这样仰望着星空。穿越广漠的时空荒漠，他们的灵魂相通了。

冯帆一阵恶心吐出了些什么，凭嘴里的味道他知道是血，他在9000米高的海山顶峰得了高山病，肺水肿出血了，这很危险。在突然增加的重力下，他虚弱得动弹不得，只是靠救生衣把自己托在水面上。不知道蓝水号现在的命运，但基本上可以肯定，方圆一千公里内没有船了。

在登上海山顶峰的时候，冯帆感觉此生足矣，那时他可以从容地去死。但现在，他突然变成了世界上最怕死的人。他攀登过岩石的世界屋脊，这次又登上了海水构成的世界最高峰，下次会登什么样的山呢？这无论如何得活下去才能知道。几年前在珠峰雪暴中的感觉又回来了，那感觉曾使他割断了连接同伴和恋人的登山索，将他们送进了死亡世界，现在他知道自己做对了。如果现在真有什么可背叛的东西来拯救自己的生命，他会背叛的。

他必须活下去，因为山无处不在。

2005 年 10 月 10 日于娘子关

诗 云

伊依一行三人乘一艘游艇在南太平洋上做吟诗航行，他们的目的地是南极，如果几天后能顺利地到达那里，他们将钻出地壳去看诗云。

今天，天空和海水都很清澈，对于作诗来说，世界显得太透明了。抬头望去，平时难得一见的美洲大陆清晰地出现在天空中，在东半球构成的覆盖世界的巨大穹顶上，大陆好像是墙皮脱落的区域……

哦，现在人类生活在地球里面，更准确地说，人类生活在气球里面，哦，地球已变成了气球。地球被掏空了，只剩下厚约一百公里的一层薄壳，但大陆和海洋还原封不动地存在着，只不过都跑到里面了，球壳的里面。大气层也还存在，也跑到球壳里面了，所以地球变成了气球，一个内壁贴着海洋和大陆的气球。空心地球仍在自转，但自转的意义与以前已大不相同：它产生重力，构成薄薄地壳的那点质量产生的引力是微不足道的，地球重力现在主要由自转的离心力来产生了。但这样的重力在世界各个区域是不均匀的：赤道上最强，约为 1.5 个原地球重力，随着纬度增高，重力也渐渐减小，两极地区的重力为零。现在吟诗游艇航行的纬度正好是原地球的标准重力，但很难令伊依找到已经消失的实心地球上旧世界的感觉。

空心地球的球心悬浮着一个小太阳，现在正以正午的阳光照耀着世界。这个太阳的光度在 24 小时内不停地变化，由最亮渐变至熄灭，给空心地球里面带来昼夜更替。在适当的夜里，它还会发出月亮的冷光，但只是从一点发出的，看不到圆月。

游艇上的三人中有两个其实不是人,他们中的一个是一头名叫大牙的恐龙,它高达 10 米的身躯一移动,游艇就跟着摇晃倾斜,这令站在船头的吟诗者很烦。吟诗者是一个干瘦老头儿,同样雪白的长发和胡须混在一起飘动,他身着唐朝的宽大古装,仙风道骨,仿佛是在海天之间挥洒写就的一个狂草字。

这就是新世界的创造者,伟大的——李白。

礼　物

事情是从 10 年前开始的,当时,吞食帝国刚刚完成了对太阳系长达两个世纪的掠夺,来自远古的恐龙驾驶着那个直径五万公里的环形世界飞离太阳,航向天鹅座方向。吞食帝国还带走了被恐龙掠去当作小家禽饲养的 12 亿人类。但就在接近土星轨道时,环形世界突然开始减速,最后竟沿原轨道返回,重新驶向太阳系内层空间。

在吞食帝国开始它的返程后的一个大环星期,使者大牙乘它那艘如古老锅炉般的飞船飞离大环,它的衣袋中装着一个叫伊依的人类。

"你是一件礼物!"大牙对伊依说,眼睛看着舷窗外黑暗的太空,它那粗放的嗓音震得衣袋中的伊依浑身发麻。

"送给谁?"伊依在衣袋中仰头大声问,他能从袋口看到恐龙的下颚,像是一大块悬崖顶上突出的岩石。

"送给神!神来到了太阳系,这就是帝国返回的原因。"

"是真的神吗?"

"它们掌握了不可思议的技术,已经纯能化,并且能在瞬间从银河系的一端跃迁到另一端,这不就是神了。如果我们能得到那些超级技术的百分之一,吞食帝国的前景就很光明了。我们正在完成一个伟大的使命,你要学会讨神喜欢!"

"为什么选中了我,我的肉质是很次的。"伊依说,他三十多岁,与吞食帝国精心饲养的那些肌肤白嫩的人类相比,他的外貌很有些沧桑感。

"神不吃虫虫,只是搜集,我听饲养员说你很特别,你好像还有很多学生？"

"我是一名诗人，现在在饲养场的家禽人中教授人类的古典文学。"伊依很吃力地念出了"诗""文学"这类在吞食语中很生僻的词。

"无用又无聊的学问，你那里的饲养员默许你授课，是因为其中的一些内容在精神上有助于改善虫虫们的肉质……我观察过，你自视清高目空一切，对于一个被饲养的小家禽来说，这应该是很有趣的。"

"诗人都是这样！"伊依在衣袋中站直，虽然知道大牙看不见，还是骄傲地昂起头。

"你的先辈参加过地球保卫战吗？"

伊依摇摇头："我在那个时代的先辈也是诗人。"

"一种最无用的虫虫，在当时的地球上也十分稀少了。"

"他生活在自己的内心世界里，对外部世界的变化并不在意。"

"没出息……呵，我们快到了。"

听到大牙的话，伊依把头从衣袋中伸出来，透过宽大的舷窗向外看，看到了飞船前方那两个发出白光的物体，那是悬浮在太空中的一个正方形平面和一个球体，当飞船移动到与平面齐平时，它在星空的背景上短暂地消失了一下，这说明它几乎没有厚度；那个完美的球体悬浮在平面正上方，两者都发出柔和的白光，表面均匀得看不出任何特征。这两个东西仿佛是从计算机图库中取出的两个元素，是这纷乱的宇宙中两个简明而抽象的概念。

"神呢？"伊依问。

"就是这两个几何体啊，神喜欢简洁。"

距离拉近，伊依发现平面有足球场大小，飞船在向平面上降落，它的发动机喷出的火流首先接触到平面，仿佛只是接触到一个幻影，没有在上面留下任何痕迹，但伊依感到了重力和飞船接触平面时的震动，说明它不是幻影。大牙显然以前已经来过这里，没有犹豫就拉开舱门走了出去，伊依看到他同时打开了气密过渡舱的两道舱门，心一下抽紧了，但他并没有听到舱内空气涌出时的呼啸声，当大牙走出舱门后，衣袋中的伊依嗅到了清新的空气，伸出外面的脸上感到了习习的凉风……这是人和恐龙都无法理解的超级技术，它温柔和漫不经心的展示震撼了伊依，与人类第一次见到吞食者时相比，这震撼更加深入灵魂。他抬头望望，以灿烂的银河为背景，球体悬浮在他们上方。

"使者，这次你又给我带来了什么小礼物？"神问，他说的是吞食语，声音不高，仿佛从无限远处的太空深渊中传来，让伊依第一次感觉到这种粗陋的恐龙语言听起来很悦耳。

大牙把一只爪子伸进衣袋，抓出伊依放到平面上，伊依的脚底感到了平面的弹性，大牙说："尊敬的神，得知您喜欢搜集各个星系的小生物，我带来了这个很有趣的小东西：地球人类。"

"我只喜欢完美的小生物，你把这么肮脏的虫子拿来干什么？"神说，球体和平面发出的白光微微地闪动了两下，可能是表示厌恶。

"您知道这种虫虫？！"大牙惊奇地抬起头。

"只是听这个旋臂的一些航行者提到过，不是太了解。在这种虫子不算长的进化史中，这些航行者曾频繁地光顾地球，这种生物的思想之猥琐、行为之低劣、其历史之混乱和肮脏，都很让他们恶心，以至于直到地球世界毁灭之前，也没有一个航行者屑于同它们建立联系……快把它扔掉。"

大牙抓起伊依，转动着硕大的脑袋看看可往哪儿扔。"垃圾焚化口在你后面。"神说，大牙一转身，看到身后的平面上突然出现了一个小圆口，里面闪着蓝幽幽的光……

"你不要这样说！人类建立了伟大的文明！！"伊依用吞食语声嘶力竭地大喊。

球体和平面的白光又颤动了两次，神冷笑了两声："文明？使者，告诉这个虫子什么是文明。"

大牙把伊依举到眼前，伊依甚至听到了恐龙的两个大眼球转动时骨碌碌的声音："虫虫，在这个宇宙中，对一个种族文明程度的统一度量是这个种族所进入的空间的维度，只有进入六维以上空间的种族才具备加入文明大家庭的起码条件，我们尊敬的神的一族已能够进入十一维空间。吞食帝国已能在实验室中小规模地进入四维空间，只能算是银河系中一个未开化的原始群落，而你们，在神的眼里也就是杂草和青苔一类的。"

"快扔了，脏死了。"神不耐烦催促道。

大牙说完，举着伊依向垃圾焚化口走去，伊依拼命挣扎，从衣服中掉出了许多白色的纸片。当那些纸片飘荡着下落时，从球体中射出一条极细的光线，当那束光线射到其中一张纸上时，它便在半空中悬住了，光线飞快地在上面扫描了一遍。

"唷，等等，这是什么东西？"

大牙把伊依悬在焚化口上方，扭头看着球体。

"那是……是我的学生们的作业！"伊依在恐龙的巨掌中吃力地挣扎着说。

"这种方形的符号很有趣，它们组成的小矩阵也很好玩儿。"神说，从球体中射出的光束又飞快地扫描了已落在平面上的另外几张纸。

"那是汉……汉字，这些是用汉字写的古诗！"

"诗？"神惊奇地问，收回了光束，"使者，你应该懂一些这种虫子的文字吧？"

"当然，尊敬的神，在吞食帝国吃掉地球前，我在它们的世界生活了很长时间。"大牙把伊依放到焚化口旁边的平面上，弯腰拾起一张纸，举到眼前吃力地辨认着上面的小字，"它的大意是……"

"算了吧，你会曲解它的！"伊依挥手制止大牙说下去。

"为什么？"神很感兴趣地问。

"因为这是一种只能用古汉语表达的艺术，即使翻译成人类的其他语言，也就失去了大部分内涵和魅力，变成另一种东西了。"

"使者，你的计算机中有这种语言的数据库吗？还有有关地球历史的一切知识，好的，给我传过来吧，就用我们上次见面时建立的那个信道。"

大牙急忙返回飞船上，在舱内的电脑上鼓捣了一阵儿，嘴里嘟囔着："古汉语部分没有，还要从帝国的网络上传过来，可能有些时滞。"伊依从敞开的舱门中看到，恐龙的大眼球中映射着电脑屏幕上变幻的彩光。当大牙从飞船上走出来时，神已经能用标准的汉语读出一张纸上的中国古诗了：

"白日依山尽，黄河入海流，欲穷千里目，更上一层楼。"

"您学得真快！"伊依惊叹道。

神没有理他，只是沉默着。

大牙解释说:"它的意思是:恒星已在行星的山后面落下,一条叫黄河的河流向着大海的方向流去,哦,这河和海都是由那种由一个氧原子和两个氢原子构成的化合物组成,要想看得更远,就应该在建筑物上登得更高些。"

神仍然沉默着。

"尊敬的神,你不久前曾君临吞食帝国,那里的景色与写这首诗的虫虫的世界十分相似,有山有河也有海,所以……"

"所以我明白诗的意思,"神说,球体突然移动到大牙头顶上,伊依感觉它就像一只盯着大牙看的没有眸子的大眼睛,"但,你,没有感觉到些什么?"

大牙茫然地摇摇头。

"我是说,隐含在这个简洁的方块符号矩阵的表面含义后面的一些东西?"

大牙显得更茫然了,于是神又吟诵了一首古诗:

"前不见古人,后不见来者,念天地之悠悠,独怆然而涕下。"

大牙赶紧殷勤地解释道:"这首诗的意思是:向前看,看不到在遥远过去曾经在这颗行星上生活过的虫虫;向后看,看不到未来将要在这行星上生活的虫虫;于是感到时空太广大了,于是哭了。"

神沉默。

"呵,哭是地球虫虫表达悲哀的一种方式,这时它们的视觉器官……"

"你仍没感觉到什么?"神打断了大牙的话问,球体又向下降了一些,几乎贴到大牙的鼻子上。

大牙这次坚定地摇摇头:"尊敬的神,我想里面没有什么的,一首很简单的小诗。"

接下来,神又连续吟诵了几首古诗,都很简短,且属于题材空灵超脱的一类,有李白的《下江陵》《静夜思》和《黄鹤楼送孟浩然之广陵》、柳宗元的《江雪》、崔颢的《黄鹤楼》、孟浩然的《春晓》等。

大牙说:"在吞食帝国,有许多长达百万行的史诗,尊敬的神,我愿意把它们全部献给您!相比之下,人类虫虫的诗是这么短小简单,就像他们的技术……"

球体忽地从大牙头顶飘开去，在半空中沿着随意的曲线飘行着："使者，我知道你们最大的愿望就是希望我回答一个问题：吞食帝国已经存在了八千万年，为什么其技术仍徘徊在原子时代？我现在有答案了。"

大牙热切地望着球体说："尊敬的神，这个答案对我们很重要！求您……"

"尊敬的神，"伊依举起一只手大声说，"我也有一个问题，不知能不能问？！"

大牙恼怒地瞪着伊依，像要把他一口吃了似的，但神说："我仍然讨厌地球虫子，但那些小矩阵为你赢得了这个权利。"

"艺术在宇宙中普遍存在吗？"

球体在空中微微颤动，似乎在点头："是的，我就是一名宇宙艺术的搜集和研究者，我穿行于星云间，接触过众多文明的各种艺术，它们大多是庞杂而晦涩的体系，用如此少的符号，在如此小巧的矩阵中涵含着如此丰富的感觉层次和含义分支，而且这种表达还要在严酷得有些变态的诗律和音韵的约束下进行，这，我确实是第一次见到……使者，现在可以把这虫子扔了。"

大牙再次把伊依抓在爪子里："对，该扔了它，尊敬的神，吞食帝国中心网络中存储的人类文化资料是相当丰富的，现在您的记忆中已经拥有了所有资料，而这个虫虫，大概就记得那么几首小诗。"说着，它拿着伊依向焚化口走去。

"把这些纸片也扔了。"神说。

大牙又赶紧返身去用另一只爪子收拾纸片，这时伊依在大爪中高喊："神啊，把这些写着人类古诗的纸片留作纪念吧！您搜集到了一种不可超越的艺术，向宇宙中传播它吧！"

"等等，"神再次制止了大牙，伊依已经悬到了焚化口上方，他感到了下面蓝色火焰的热力。球体飘过来，在距伊依的额头几厘米处悬定，他同刚才的大牙一样受到了那只没有眸子的巨眼的逼视。

"不可超越？"

"哈哈哈……"大牙举着伊依大笑起来，"这个可怜的虫虫居然在伟大的神面前说这样的话，滑稽！人类还剩下什么？你们失去了地球上的一切，即便能带走的科学知识也忘得差不多了,有一次在晚餐桌上,我在吃一个人之前问他:地球保卫战争中的人类的原子弹是用什么做的?他说是原子做的!"

"哈哈哈哈……"神也让大牙逗得大笑起来,球体颤动得成了椭圆,"不可能有比这更正确的回答了,哈哈哈……"

"尊敬的神,这些脏虫虫就剩下那几首小诗了!哈哈哈……"

"但它们是不可超越的!"伊依在大爪中挺起胸膛庄严地说。

球体停止了颤动,用近似耳语的声音说:"技术能超越一切。"

"这与技术无关,这是人类心灵世界的精华,不可超越!"

"那是因为你不知道技术最终能具有什么样的力量,小虫子,小小的虫子,你不知道。"神的语气变得父亲般的温柔,但潜藏在深处阴冷的杀气让伊依不寒而栗,神说,"看着太阳。"

伊依按神的话做了,这是位于地球和火星轨道之间的太空,太阳的光芒使他眯起了双眼。

"你最喜欢的颜色是什么?"神问。

"绿色。"

话音刚落,太阳变成了绿色,那绿色妖艳无比,太阳仿佛是一只突然浮现在太空深渊中的猫眼,在它的凝视下,整个宇宙都变得诡异无比。

大牙爪子一颤,把伊依掉在平面上。当理智稍稍恢复后,他们都意识到另一个比太阳变绿更加震撼的事实:从这里到太阳,光需行走十几分钟,但这一切都发生在一瞬间!

半分钟后,太阳恢复原状,又发出耀眼的白光。

"看到了吗?这就是技术,是这种力量使我们的种族从海底淤泥中的鼻涕虫变为神。其实技术本身才是真正的神,我们都真诚地崇拜它。"

伊依眨着昏花的双眼说:"但神并不能超越那样的艺术,我们也有神,想象中的神,我们崇拜它们,但并不认为它们能写出李白和杜甫那样的诗。"

神冷笑了两声,对伊依说:"真是一只无比固执的虫子,这使你更让人厌恶。不过,为了消遣,就让我来超越一下你们的矩阵艺术。"

伊依也冷笑了两声:"不可能的,首先你不是人,不可能有人的心灵感受,人类艺术在你那里只是石板上的花朵,技术并不能使你超越这个障碍。"

"技术超越这个障碍易如反掌,给我你的基因!"

伊依不知所措。"给神一根头发!"大牙提醒说,伊依伸手拔下一根头发,一股无形的吸力将头发吸向球体,后来那根头发又从球体中飘落到平面上,神只是提取了发根带着的一点皮屑。

球体中的白光涌动起来,渐渐变得透明了,里面充满了清澈的液体,浮起串串水泡。接着,伊依在液体中看到了一个蛋黄大小的球,它在射入液球的阳光中呈淡红色,仿佛自己会发光。小球很快长大,伊依认出了那是一个蜷曲着的胎儿,他肿胀的双眼紧闭着,大大的脑袋上交错着红色的血管。胎儿继续成长,小身体终于伸展开来,像青蛙似的在液球中游动着。液体渐渐变得浑浊了,透过液球的阳光只映出一个模糊的影子,看得出那个影子仍在飞速成长,最后变成了一个游动着的成人的身影。这时液球又恢复成原来那样完全不透明的白色光球,一个赤裸的人从球中掉出来,落到平面上。伊依的克隆体摇摇晃晃地站了起来,阳光在他湿漉漉的身体上闪亮,他的头发和胡子老长,但看得出来只有三四十岁的样子,除了一样的精瘦外,一点也不像伊依本人。克隆体僵僵地站着,呆滞的目光看着无限远方,似乎对这个他刚刚进入的宇宙浑然不知。在他的上方,球体的白光在暗下来,最后完全熄灭了,球体本身也像蒸发似的消失了。但这时,伊依感觉什么东西又亮了起来,很快发现那是克隆体的眼睛,它们由呆滞突然充满了智慧的灵光。后来伊依知道,神的记忆这时已全部转移到克隆体中了。

"冷,这就是冷?!"一阵轻风吹来,克隆体双手抱住湿乎乎的双肩,浑身打战,但声音中充满了惊喜,"这就是冷,这就是痛苦,精致的、完美的痛苦,我在星际间苦苦寻觅的感觉,尖锐如洞穿时空的十维弦,晶莹如类星体中心的纯能钻石,啊——"他伸开皮包骨头的双臂仰望银河,"前不见古人,后不见来者,念宇宙之……"一阵冷战使克隆体的牙齿咯咯作响,赶紧停止了出生演说,跑到焚化口边烤火了。

克隆体把两手放到焚化口的蓝火焰上烤着,哆哆嗦嗦地对伊依说:"其实,我现在进行的是一项很普通的操作,当我研究和搜集一种文明的艺术时,总是将自己的记忆借宿于该文明的一个个体中,这样才能保证对该艺术的完全理解。"

这时，焚化口中的火焰亮度剧增，周围的平面上也涌动着各色的光晕，使得伊依感觉整个平面像是一块漂浮在火海上的毛玻璃。

大牙低声对伊依说："焚化口已转换为制造口了，神正在进行能——质转换。"看到伊依不太明白，他又解释说，"傻瓜，就是用纯能制造物品，上帝的活计！"

制造口突然喷出了一团白色的东西，那东西在空中展开并落了下来，原来是一件衣服，克隆体接住衣服穿了起来，伊依看到那竟是一件宽大的唐朝古装，用雪白的丝绸做成，有宽大的黑色镶边，刚才还一副可怜相的克隆体穿上它后立刻显得飘飘欲仙，伊依实在想象不出它是如何从蓝火焰中被制造出来的。

又有物品被制造出来，从制造口飞出一块黑色的东西，像一块石头一样咚地砸在平面上，伊依跑过去拾起来，不管他是否相信自己的眼睛，手中拿着的分明是一块沉重的石砚，而且还是冰凉的。接着又有什么"啪"的掉下来，伊依拾起那个黑色的条状物，他没猜错，这是一块墨！接着被制造出来的是几支毛笔，一个笔架，一张雪白的宣纸（从火里飞出的纸），还有几件古色古香的案头小饰品，最后制造出来的也是最大的一件东西：一张样式古老的书案！伊依和大牙忙着把书案扶正，把那些小东西在案头摆放好。

"转化这些东西的能量，足以把一颗行星炸成碎末。"大牙对伊依耳语，声音有些发颤。

克隆体走到书案旁，看着上面的摆设满意地点点头，一只手理着刚刚干了的胡子，说：

"我，李白。"

伊依审视着克隆体问："你是说想成为李白呢，还是真把自己当成了李白？"

"我就是李白，超越李白的李白！"

伊依笑着摇摇头。

"怎么，到现在你还怀疑吗？"

伊依点点头说："不错，你们的技术远远超过了我的理解力，已与人类想象中的神力和魔法无异，即使是在诗歌艺术方面也有让我惊叹的东西：跨越如此巨大的文化和时空的鸿沟，你竟能感觉到中国古诗的内涵……但理解李白是一回事，超越他又是另一回事，我仍然认为你面对的是不可超越的艺术。"

克隆体——李白的脸上浮现出高深莫测的笑容，但转瞬即逝，他手指书案，对伊依大喝一声："研墨！"然后径自走去，在几乎走到平面边缘时站住，理着胡须遥望星河沉思起来。

伊依从书案上的一个紫砂壶中向砚上倒了一点清水，拿起那条墨研了起来，他是第一次干这个，笨拙地斜着墨条磨边角。看着砚中渐渐浓起来的墨汁，伊依想到自己正身处距太阳1.5个天文单位的茫茫太空中，这个无限薄的平面（即使在刚才由纯能制造物品时，从远处看它仍没有厚度）仿佛是一个飘浮在宇宙深渊中的舞台，在它上面，一头恐龙、一个被恐龙当作肉食家禽饲养的人类、一个穿着唐朝古装的准备超越李白的技术之神，正在演出一场怪诞到极点的话剧，想到这里，伊依摇头苦笑起来。

当觉得墨研得差不多了时，伊依站起来，同大牙一起等待着，这时平面上的轻风已经停止，太阳和星河静静地发着光，仿佛整个宇宙都在期待。李白静立在平面边缘，由于平面上的空气层几乎没有散射，他在阳光中的明暗部分极其分明，除了理胡须的手不时动一下外，简直就是一尊石像。伊依和大牙等啊等，时间在默默地流逝，书案上蘸满了墨的毛笔渐渐有些发干了，不知不觉，太阳的位置已移动了很多，把他们和书案、飞船的影子长长地投在平面上，书案上平铺的白纸仿佛变成了平面的一部分。终于，李白转过身来，慢步走回书案前，伊依赶紧把毛笔重新蘸了墨，用双手递了过去，但李白抬起一只手回绝了，只是看着书案上的白纸继续沉思着，他的目光中有了些新的东西。

伊依得意地看出，那是困惑和不安。

"我还要制造一些东西，那都是……易碎品，你们去小心接着。"李白指了指制造口说，那里面本来已暗淡下去的蓝焰又明亮起来，伊依和大牙刚刚跑过去，就有一股蓝色的火舌把一个球形物推出来，大牙眼疾手快地接住了它，细看是一个大坛子。接着又从蓝焰中飞出了三只大碗，伊依接住了其中的两只，有一只摔碎了。大牙把坛子抱到书案上，小心地打开封盖，一股浓烈的酒味溢了出来，它与伊依惊奇地对视了一眼。

"在我从吞食帝国接收到的地球信息中，有关人类酿造业的资料不多，所以这东西造得不一定准确。"李白说，同时指着酒坛示意伊依尝尝。

伊依拿碗从中舀了一点儿抿了一口，一股火辣从嗓子眼流到肚子里，他点点头："是酒，但是与我们为改善肉质喝的那些相比太烈了。"

"满上。"李白指着书案上的另一个空碗说，待大牙倒满烈酒后，端起来咕咚咚一饮而尽，然后转身再次向远处走去，不时走出几个不太稳的舞步。到达平面边缘后又站在那里对着星海深思，但与上次不同的是他的身体有节奏地左右摆动，像在和着某首听不见的曲子。这次李白沉思的时间不长就走回到书案前，回来的一路上全是舞步了，他一把抓过伊依递过来的笔扔到远处。

"满上。"李白眼睛直勾勾地盯着空碗说。

……

一小时后，大牙用两个大爪小心翼翼地把烂醉如泥的李白放到已清空的书案上，但他一翻身又骨碌下来，嘴里嘀咕着恐龙和人都听不懂的语言。他已经红红绿绿地吐了一大摊（真不知是什么时候吃进的这些食物），宽大的古服上也吐得脏污一片，那一摊呕吐物被平面发出的白光透过，形成了一幅很抽象的图形。李白的嘴上黑乎乎的全是墨，这是因为在喝光第四碗后，他曾试图在纸上写什么，但只是把蘸饱墨的毛笔重重地戳到桌面上，接着，李白就像初学书法的小孩子那样，试图用嘴把笔理顺……

"尊敬的神？"大牙俯下身来小心翼翼地问。

"哇咦卡啊……卡啊咦唉哇。"李白大着舌头说。

大牙站起身，摇摇头叹了一口气，对伊依说："我们走吧。"

另一条路

伊依所在的饲养场位于吞食者的赤道上，当吞食者处于太阳系内层空间时，这里曾是一片夹在两条大河之间的美丽草原。吞食者航出木星轨道后，严冬降临了，草原消失大河封冻，被饲养的人类都转到地下城中。当吞食者受到神的召唤而返回后，随着太阳的临近，大地回春，两条大河很快解冻了，草原也开始变绿。

当气候好的时候，伊依总是独自住在河边自己搭的一间简陋的草棚中，自己种地过日子。对于一般人来说这是不被允许的，但由于伊依在饲养场中讲授的古典文学课程有陶冶性的功能，他的学生的肉有一种很特别的风味，所以恐龙饲养员也就不干涉他了。

这是伊依与李白初次见面两个月后的一个黄昏，太阳刚刚从吞食帝国平直的地平线上落下，两条映着晚霞的大河在天边交汇。在河边的草棚外，微风把远处草原上欢舞的歌声隐隐送来，伊依独自一人自己和自己下围棋，抬头看到李白和大牙沿着河岸向这里走来。这时的李白已有了很大的变化，他头发蓬乱，胡子老长，脸晒得很黑，左肩背着一个粗布包，右手提着一个大葫芦，身上那件古装已破烂不堪，脚上穿着一双已磨得不像样子的草鞋，伊依觉得这时的他倒更像一个人了。

李白走到围棋桌前，像前几次来一样，不看伊依一眼就把葫芦重重地向桌上一放，说："碗！"待伊依拿来两个木碗后，李白打开葫芦盖，把两个碗里倒满酒，然后又从布包中拿出一个纸包，打开来，伊依发现里面竟放着切好的熟肉，并闻到扑鼻的香味，不由拿起一块嚼了起来。

大牙只是站在两三米远处静静地看着他们，有前几次的经验，它知道他们俩又要谈诗了，这种谈话他既无兴趣也没资格参与。

"好吃，"伊依赞许地点点头，"这牛肉也是纯能转化的？"

"不，我早就回归自然了。你可能没听说过，在距这里很遥远的一个牧场，饲养着来自地球的牛群。这牛肉是我亲自做的，是用山西平遥牛肉的做法，关键是在炖的时候放——"李白凑到伊依耳边神秘地说，"尿碱。"

伊依迷惑不解地看着他。

"哦，就是人类的小便蒸干以后析出的那种白色的东西，能使炖好的肉外观红润，肉质鲜嫩，肥而不腻，瘦而不柴。"

"这尿碱……也不是纯能做出来的？"伊依恐惧地问。

"我说过自己已经回归自然了！尿碱是我费了好大劲儿从几个人类饲养

场收集来的,这是很正宗的民间烹饪技艺,在地球毁灭前就早已失传。"

伊依已经把嘴里的牛肉咽下去了,为了抑制呕吐,他端起了酒碗。

李白指指葫芦说:"在我的指导下,吞食帝国已经建起了几个酒厂,已经能够生产大部分地球名酒,这是它们酿制的正宗的竹叶青,是用汾酒浸泡竹叶而成。"

伊依这才发现碗里的酒与前几次李白带来的不同,呈翠绿色,入口后有甜甜的药草味。

"看来,你对人类文化已了如指掌了。"伊依感慨地对李白说。

"不仅如此,我还花了大量的时间亲身体验,你知道,吞食帝国很多地区的风景与李白所在的地球极为相似,这两个月来,我浪迹于这山水之间,饱览美景,月下饮酒山巅吟诗,还在遍布各地的人类饲养场中有过几次艳遇……"

"那么,现在总能让我看看你的诗作了吧。"

李白呼地放下酒碗,站起身不安地踱起步来:"是作了一些诗,而且是些肯定让你吃惊的诗,你会看到,我已经是一个很出色的诗人了,甚至比你和你的祖爷爷都出色,但我不想让你看,因为我同样肯定你会认为那些诗没有超越李白,而我……"他抬起头遥望天边落日的余晖,目光中充满了迷离和痛苦,"也这么认为。"

远处的草原上,舞会已经结束,快乐的人们开始丰盛的晚餐。有一群少女向河边跑来,在岸边的浅水中嬉戏。她们头戴花环,身上披着薄雾一样的轻纱,在暮色中构成一幅醉人的画面。伊依指着距草棚较近的一个少女问李白:"她美吗?"

"当然。"李白不解地看着伊依说。

"想象一下,用一把利刃把她切开,取出她的每一个脏器,剜出她的眼球,挖出她的大脑,剔出每一根骨头,把肌肉和脂肪按其不同部位和功能分割开来,再把所有的血管和神经分别理成两束,最后在这里铺上一大块白布,把这些东西按解剖学原理分门别类地放好,你还觉得美吗?"

"你怎么在喝酒的时候想到这些?恶心。"李白皱起眉头说。

"怎么会恶心呢?这不正是你所崇拜的技术吗?"

"你到底想说什么?"

"李白眼中的大自然就是你现在看到的河边少女,而同样的大自然在技术的眼睛中呢,就是那张白布上那些井然有序但血淋淋的部件,所以,技术是反诗意的。"

"你好像对我有什么建议?"李白理着胡子若有所思地说。

"我仍然不认为你有超越李白的可能,但可以为你的努力指出一个正确的方向:技术的迷雾蒙住了你的双眼,使你看不到自然之美。所以,你首先要做的是把那些超级技术全部忘掉,你既然能够把自己的全部记忆移植到你现在的大脑中,当然也可以删除其中的一部分。"

李白抬头和大牙对视了一下,两者都哈哈大笑起来,大牙对李白说:"尊敬的神,我早就告诉过您,多么狡诈的虫虫,您稍不小心就会跌入他们设下的陷阱。"

"哈哈哈哈,是狡诈,但也有趣。"李白对大牙说,然后转向伊依,冷笑着说,"你真的认为我是来认输的?"

"你没能超越人类诗词艺术的巅峰,这是事实。"

李白突然抬起一只手指着大河,问:"到河边去有几种走法?"

伊依不解地看了李白几秒钟:"好像……只有一种。"

"不,是两种,我还可以向这个方向走,"李白指着与河相反的方向说,"这样一直走,绕吞食帝国的大环一周,再从对岸过河,也能走到这个岸边,我甚至还可以绕银河系一周再回来,对于我们的技术来说,这也易如反掌。技术可以超越一切!我现在已经被逼得要走另一条路了!"

伊依努力想了好半天,终于困惑地摇摇头:"就算是你有神一般的技术,我还是想不出超越李白的另一条路在哪儿。"

李白站起来说:"很简单,超越李白的两条路是:一、把超越他的那些诗写出来,二、把所有的诗都写出来!"

伊依显得更糊涂了,但站在一旁的大牙似有所悟。

"我要写出所有的五言和七言诗,这是李白所擅长的;另外我还要写出常见词牌的所有词!你怎么还不明白?!我要在符合这些格律的诗词中,试遍所有汉字的所有组合!"

"啊，伟大！伟大的工程！！"大牙忘形地欢呼起来。

"这很难吗？"伊依傻傻地问。

"当然难，难极了！如果用吞食帝国最大的计算机来进行这样的计算，可能到宇宙末日也完成不了！"

"没那么多吧。"伊依充满疑问地说。

"当然有那么多！"李白得意地点点头，"但使用你们还远未掌握的量子计算技术，就能在可以接受的时间内完成这样的计算。到那时，我就写出了所有的诗词，包括所有以前写过的和所有以后可能写的，特别注意，所有以后可能写的！超越李白的巅峰之作自然包括在内。事实上我终结了诗词艺术，直到宇宙毁灭，所出现的任何一个诗人，不管他们达到了怎样的高度，都不过是个抄袭者，他的作品肯定能在我那巨大的存储器中检索出来。"

大牙突然发出了一声低沉的惊叫，看着李白的目光由兴奋变为震惊："巨大的……存储器？！尊敬的神，您该不是说，要把量子计算机写出的诗都……都存起来吧？"

"写出来就删除有什么意思呢？当然要存起来！这将是我的种族留在这个宇宙中的艺术丰碑之一！"

大牙的目光由震惊变为恐惧，把粗大的双爪向前伸着，两腿打弯，像要给李白跪下，声音也像要哭出来似的："使不得，尊敬的神，这使不得啊！！"

"是什么把你吓成这样？"伊依抬头惊奇地看着大牙问。

"你个白痴！你不是知道原子弹是原子做的吗？那存储器也是原子做的，它的存储精度最高只能达到原子级别！知道什么是原子级别的存储吗？就是说一个针尖大小的地方，就能存下人类所有的书！不是你们现在那点儿书，是地球被吃掉前上面所有的书！"

"啊，这好像是有可能的，听说一杯水中的原子数比地球上海洋中水的杯数都多。那，他写完那些诗后带根儿针走就行了。"伊依指指李白说。

大牙恼怒至极，来回急走几步总算挤出了一点儿耐性："好，好，你说，按神说的那些五言、七言诗，还有那些常见的词牌，各写一首，总共有多少字？"

"不多，也就两三千字吧，古曲诗词是最精练的艺术。"

"那好，我就让你这个白痴虫虫看看它有多么精练！"大牙说着走到桌前，用爪指着上面的棋盘说："你们管这种无聊的游戏叫什么，哦，围棋，这上面有多少个交叉点？"

"纵横各19行，共361点。"

"很好，每点上可以放黑子白子或空着，共三种状态，这样，每一个棋局，就可以看作由三个汉字写成的一首19行361个字的诗。"

"这比喻很妙。"

"那么，穷尽这三个汉字在这种诗上的所有组合，总共能写出多少首诗呢？让我告诉你：3的361次方首，或者说，嗯，我想想，10的172次方首！"

"这……很多吗？"

"白痴！"大牙第三次骂出这个词，"宇宙中的全部原子只有……啊——"它气恼得说不下去了。

"有多少？"伊依仍是那副傻样。

"只有10的80次方个！！你个白痴虫虫啊——"

直到这时，伊依才表现出了一点儿惊奇："你是说，如果一个原子存储一首诗，用光宇宙中的所有原子，还存不完他的量子计算机写出的那些诗？"

"差远呢！差10的92次方倍呢！！再说，一个原子哪能存下一首诗？人类虫虫的存储器，存一首诗用的原子数可能比你们的人口都多，至于我们，用单个原子存储一位二进制还仅处于实验室阶段……唉。"

"使者，在这一点上是你目光短浅了，想象力不足，是吞食帝国技术进步缓慢的原因之一。"李白笑着说，"使用基于量子多态迭加原理的量子存储器，只用很少量的物质就可以存下那些诗，当然，量子存储不太稳定，为了永久保存那些诗作，还需要与更传统的存储技术结合使用，即使这样，制造存储器需要的物质量也是很少的。"

"是多少？"大牙问，看那样子显然心已提到了嗓子眼儿。

"大约为10的57次方个原子，微不足道微不足道。"

"这……这正好是整个太阳系的物质量！"

"是的，包括所有的太阳行星，当然也包括吞食帝国。"

李白最后这句话是轻描淡写地随口而出的,但在伊依听来像晴天霹雳,不过大牙反倒显得平静下来,当长时间受到灾难预感的折磨后,灾难真正来临时反而有一种解脱感。

"您不是能把纯能转换成物质吗?"大牙问。

"得到如此巨量的物质需要多少能量你不会不清楚,这对我们也是不可想象的,还是用现成的吧。"

"这么说,皇帝的忧虑不无道理。"大牙自语道。

"是的是的,"李白欢快地说,"我前天已向吞食皇帝说明,这个伟大的环形帝国将被用于一个更伟大的目的,所有的恐龙应该为此感到自豪。"

"尊敬的神,您会看到吞食帝国的感受的。"大牙阴沉地说,"还有一个问题:与太阳相比,吞食帝国的质量实在是微不足道,为了得到这九牛之一毛的物质,有必要毁灭一个进化了几千万年的文明吗?"

"你的这个疑问我完全理解,但要知道,熄灭、冷却和拆解太阳是需要很长时间的,在这之前对诗的量子计算应已经开始,我们需要及时地把结果存起来,清空量子计算机的内存以继续计算,这样,可以立即用于制造存储器的行星和吞食帝国的物质就是必不可少的了。"

"明白了,尊敬的神,最后一个问题:有必要把所有的组合结果都存起来吗?为什么不能在输出端加一个判断程序,把那些不值得存储的诗作剔除掉。据我所知,中国古诗是要遵从严格的格律的,如果把不符合格律的诗去掉,那最后结果的总量将大为减少。"

"格律?哼,"李白不屑地摇摇头,"那不过是对灵感的束缚,中国南北朝以前的古体诗并不受格律的限制,即使是在唐代以后严格的近体诗中,也有许多古典诗词大师不遵从格律,写出了许多卓越的变体诗,所以,在这次终极吟诗中我将不考虑格律。"

"那,您总该考虑诗的内容吧?最后的计算结果中肯定有百分之九十九的诗是毫无意义的,存下这些随机的汉字矩阵有什么用?"

"意义?"李白耸耸肩说,"使者,诗的意义并不取决于你的认可,也不取决于我或其他任何人,它取决于时间。许多在当时无意义的诗后来成了旷世杰作,而现今和以后的许多杰作在遥远的过去肯定也曾是无意义的。我要作出所有的诗，亿亿亿万年之后，谁知道伟大的时间把其中的哪首选为巅峰之作呢？"

"这简直荒唐！！"大牙大叫起来，它那粗放的嗓音惊起了远处草丛中的几只鸟，"如果按现有的人类虫虫的汉字字库，您的量子计算机写出的第一首诗应该是这样的：

啊啊啊啊啊
啊啊啊啊啊
啊啊啊啊啊
啊啊啊啊唉

"请问，伟大的时间会把这首选为杰作？！"

一直不说话的伊依这时欢叫起来："哇！还用什么伟大的时间来选？！它现在就是一首巅峰之作耶！！前三行和第四行的前四个字都是表达生命对宏伟宇宙的惊叹，最后一个字是诗眼，它是诗人在领略了宇宙之浩渺后，对生命在无限时空中的渺小发出的一声无奈的叹息。"

"呵呵呵呵呵，"李白抚着胡须乐得合不上嘴，"好诗，伊依虫虫，真的是好诗，呵呵呵……"说着拿起葫芦给伊依倒酒。

大牙挥起巨爪一巴掌把伊依打了老远："混账虫虫，我知道你现在高兴了，可不要忘记，吞食帝国一旦毁灭，你们也活不了！"

伊依一直滚到河边，好半天才能爬起来，他满脸沙土，咧大了嘴，既是痛的也是在笑，他确实很高兴。"哈哈有趣，这个宇宙真他妈妈的不可思议！"他忘形地喊道。

"使者，还有问题吗？"看到大牙摇头，李白接着说，"那么，我在明天就要离去，后天，量子计算机将启动作诗软件，终极吟诗将开始，同时，熄灭太阳，拆解行星和吞食帝国的工程也将启动。"

"尊敬的神，吞食帝国在今天夜里就能做好战斗准备！"大牙立正后庄严地说。

"好好，真是很好，往后的日子会很有趣的，但这一切发生之前，还是让我们喝完这一壶吧。"李白快乐地点点头说，同时拿起了酒葫芦，倒完酒，他看着已笼罩在夜幕中的大河，意犹未尽地回味着，"真是一首好诗，第一首，呵呵，第一首就是好诗。"

终极吟诗

吟诗软件其实十分简单，用人类的 C 语言表达可能超不过两千行代码，另外再加一个存储所有汉字字符的不大的数据库。当这个软件在位于海王星轨道上的那台量子计算机（一个飘浮在太空中的巨大透明锥体）上启动时，终极吟诗就开始了。

这时吞食帝国才知道，李白只是那个超级文明种族中的一个个体，这与以前预想的不同，当时恐龙们都认为进化到这样技术级别的社会在意识上早就融为一个整体了，吞食帝国在过去一千万年中遇到的五个超级文明都是这种形态。李白一族保持了个体的存在，也部分解释了他们对艺术超常的理解力。当吟诗开始时，李白一族又有大量的个体从外太空的各个方位跃迁到太阳系，开始了制造存储器的工程。

吞食帝国上的人类看不到太空中的量子计算机，也看不到新来的神族，在他们看来，终极吟诗的过程，就是太空中太阳数目的增减过程。

在吟诗软件启动一个星期后，神族成功地熄灭了太阳，这时太空中太阳的数目减到零，但太阳内部核聚变的停止使恒星的外壳失去了支撑，使它很快坍缩成一颗新星，于是暗夜很快又被照亮，只是这颗太阳的亮度是以前的上百倍，使吞食者表面草木生烟。新星又被熄灭了，但过一段时间后又爆发了，就这样亮了又灭灭了又亮，仿佛太阳是一只九条命的猫，在没完没了地挣扎。但神族对于杀死恒星其实很熟练，他们从容不迫地一次次熄灭新星，使它的物质最大比例地聚变为制造存储器所需的重元素，当第十一次新星熄灭后，太阳才真正咽了气，这时，终极吟诗已经开始了 3 个地球月。早在这之前，在第三次新星出现时，太空中就有其他的太阳出现，这些太阳此起彼伏地在太空中的不同位置亮起或熄灭，最多时天空中出现过 9 个新太阳。这些太阳是神族在拆解行星时的能量释放，由于后来恒星太阳的闪烁已变得暗弱,人们就分不清这些太阳的真假了。

对吞食帝国的拆解是在吟诗开始后第五个星期进行的,这之前,李白曾向帝国提出了一个建议:由神族将所有恐龙跃迁到银河系另一端的一个世界,那里有一个文明,比神族落后许多,仍未纯能化,但比吞食文明要先进得多。恐龙们到那里后,将作为一种小家禽被饲养,过着衣食无忧的快乐生活。但恐龙们宁为玉碎不为瓦全,愤怒地拒绝了这个提议。

李白接着提出了另一个要求:让人类返回他们的母亲星球。其实,地球也被拆解了,它的大部分用于制造存储器,但神族还是剩下了其中的一小部分物质为人类建造了一个空心地球。空心地球的大小与原地球差不多,但其质量仅为后者的百分之一。说地球被掏空了是不确切的,因为原地球表面那层脆弱的岩石根本不可能用来做球壳,球壳的材料可能取自地核,另外球壳上像经纬线般交错的、虽然很细但强度极高的加固圈,是用太阳坍缩时产生的兼并态中子物质制造的。

令人感动的是:吞食帝国不但立即答应了李白的要求,允许所有人类离开大环世界,还把从地球掠夺来的海水和空气全部还给了地球,神族借此在空心地球内部恢复了原地球所有的大陆、海洋和大气层。

接着,惨烈的大环保卫战开始了。吞食帝国向太空中的神族目标大量发射核弹和伽马射线激光,但这些对敌人毫无作用。在神族发射的一个无形的强大力场推动下,吞食者大环越转越快,最后在超速自转产生的离心力下解体了。这时,伊依正在飞向空心地球的途中,他从一千二百万公里的距离上目睹了吞食帝国毁灭的全过程:

大环解体的过程很慢,如同梦幻,在漆黑太空的背景上,这个巨大的世界如同一团浮在咖啡上的奶沫一样散开来,边缘的碎块渐渐隐没于黑暗之中,仿佛被太空融解了,只有不时出现的爆炸的闪光才使它们重新现形。

这个来自古老地球的充满阳刚之气的伟大文明就这样被毁灭了,伊依悲哀万分。只有一小部分恐龙活了下来,与人类一起回归地球,其中包括使者大牙。

在返回地球的途中,人类普遍都很沮丧,但原因与伊依不同:回到地球后是要开荒种地才有饭吃的,这对于已在长期被饲养的生活中变得四肢不勤五谷不分的人们来说,确实像一场噩梦。

但伊依对地球世界的前途充满信心,不管前面有多少磨难,人将重新成为人。

诗 云

吟诗航行的游艇到达了南极海岸。

这里的重力已经很小,海浪的运行很缓慢,像是一种描述梦幻的舞蹈。在低重力下,拍岸浪把水花送上十几米高处,飞上半空的海水由于表面张力而形成无数水球,大的像足球,小的如雨滴,这些水球在缓慢地下落,慢到可以用手在它们周围划圈,它们折射着小太阳的光芒,使上岸后的伊依、李白和大牙置身于一片晶莹灿烂之中。由于自转的原因,地球的南北极地轴有轻微的拉长,这就使得空心地球的两极地区保持了过去的寒冷状态。低重力下的雪很奇特,呈一种蓬松的泡沫状,浅处齐腰深,深处能把大牙都淹没,但在被淹没后,他们竟能在雪沫中正常呼吸!整个南极大陆就覆盖在这雪沫之下,起伏不平地一片雪白。

伊依一行乘一辆雪地车前往南极点,雪地车像是一艘掠过雪沫表面的快艇,在两侧激起片片雪浪。

第二天他们到达了南极点。极点的标志是一座高大的水晶金字塔,这是为纪念两个世纪前的地球保卫战而建立的纪念碑,上面没有任何文字和图形,只有晶莹的碑体在地球顶端的雪沫之上默默地折射着阳光。

从这里看去,整个地球世界尽收眼底,光芒四射的小太阳周围,围绕着大陆和海洋,使它看上去仿佛是从北冰洋中浮出来似的。

"这个小太阳真的能够永远亮着吗?"伊依问李白。

"至少能亮到新的地球文明进化到具有制造新太阳的能力的时候,它是一个微型白洞。"

"白洞?是黑洞的反演吗?"大牙问。

"是的,它通过空间蛀洞与二百万光年外的一个黑洞相连,那个黑洞围绕着一颗恒星运行,它吸入的恒星的光从这里被释放出来,可以把它看作一根超时空光纤的出口。"

纪念碑的塔尖是拉格朗日轴线的南起点，这是指连接空心地球南北两极的轴线，因战前地月之间的零重力拉格朗日点而得名，这是一条长一万三千公里的零重力轴线。以后，人类肯定要在拉格朗日轴线上发射各种卫星，比起战前的地球来，这种发射易如反掌：只需把卫星运到南极或北极点，愿意的话用驴车运都行，然后用脚把它向空中踹出去就行了。

就在他们观看纪念碑时，又有一辆较大的雪地车载来了一群年轻的旅行者，这些人下车后双腿一弹，径直跃向空中，沿拉格朗日轴线高高飞去，把自己变成了卫星。从这里看去，有许多小黑点在空中标出了轴线的位置，那都是在零重力轴线上飘浮的游客和各种车辆。本来，从这里可以直接飞到北极，但小太阳位于拉格朗日轴线中部，最初有些沿轴线飞行的游客因随身携带的小型喷气推进器坏了，无法减速而一直飞到太阳里，其实在距小太阳很远的距离上他们就被蒸发了。

在空心地球，进入太空也是一件很容易的事，只需要跳进赤道上的五口深井（名叫地门）中的一口，向下（上？）坠落一百公里穿过地壳，就被空心地球自转的离心力抛进太空了。

现在，伊依一行为了看诗云也要穿过地壳，但他们走的是南极的地门，在这里地球自转的离心力为零，所以不会被抛入太空，只能到达空心地球的外表面。他们在南极地门控制站穿好轻便太空服后，就进入了那条长一百公里的深井，由于没有重力，叫它隧道更合适一些。在失重状态下，他们借助于太空服上的喷气推进器前进，这比在赤道的地门中坠落要慢得多，用了半个小时才来到外表面。

空心地球外表面十分荒凉，只有纵横的中子材料加固圈，这些加固圈把地球外表面按经纬线划分成了许多个方格，南极点正是所有经向加固圈的交点，当伊依一行走出地门后，看到自己身处一个面积不大的高原上，地球加固圈像一道道漫长的山脉，以高原为中心放射状地向各个方向延伸。

抬头，他们看到了诗云。

诗云处于已消失的太阳系所在的位置，是一片直径为一百个天文单位的旋涡状星云，形状很像银河系。空心地球处于诗云边缘，与原来太阳在银河系中的位置也很相似，不同的是地球的轨道与诗云不在同一平面，这就使得从地球上可以看到诗云的一面，而不是像银河系那样只能看到截面。但地球离开诗云平面的距离还远不足以使这里的人们观察到诗云的完整形状，事实上，南半球的整个天空都被诗云所覆盖。

诗云发出银色的光芒，能在地上照出人影。据说诗云本身是不发光的，这银光是宇宙射线激发出来的。由于空间的宇宙射线密度不均，诗云中常涌动着大团的光晕，那些色彩各异的光晕滚过长空，好像是潜行在诗云中的发光巨鲸。也有很少的时候，宇宙射线的强度急剧增加，在诗云中激发出粼粼的光斑，这时的诗云已完全不像云了，整个天空仿佛是一个月夜从水下看到的海面。地球与诗云的运行并不是同步的，所以有时地球会处于旋臂间的空隙上，这时透过空隙可以看到夜空和星星，最为激动人心的是，在旋臂的边缘还可以看到诗云的断面形状，它很像地球大气中的积雨云，变幻出各种宏伟的让人浮想联翩的形体，这些巨大的形体高高地升出诗云的旋转平面，发出幽幽的银光，仿佛是一个超级意识没完没了的梦境。

伊依把目光从诗云收回，从地上拾起一块晶片，这种晶片散布在他们周围的地面上，像严冬的碎冰般闪闪发亮。伊依举起晶片对着诗云密布的天空，晶片很薄，有半个手掌大小，正面看全透明，但把它稍斜一下，就看到诗云的亮光在它表面映出的霓彩光晕。这就是量子存储器，人类历史上产生的全部文字信息，也只能占它们每一片存储量的几亿分之一。诗云就是由 10 的 40 次方片这样的存储器组成的，它们存储了终极吟诗的全部结果。这片诗云，是用原来构成太阳和它的九大行星的全部物质所制造，当然还包括吞食帝国。

"真是伟大的艺术品！"大牙由衷地赞叹道。

"是的，它的美在于其内涵：一片直径一百亿公里的，包含着全部可能的诗词的星云，这太伟大了！"伊依仰望着星云激动地说，"我，也开始崇拜技术了。"

一直情绪低落的李白长叹一声："唉，看来我们都在走向对方，我看到了技术在艺术上的极限，我……"他抽泣起来，"我是个失败者，呜呜……"

"你怎么能这样讲呢?!"伊依指着上空的诗云说,"这里面包含了所有可能的诗,当然也包括那些超越李白的诗!"

"可我却得不到它们!"李白一跺脚,飞起了几米高,在半空中卷成一团,悲伤地把脸埋在两膝之间呈胎儿状,在地壳那十分微小的重力下缓缓下落:"在终极吟诗开始时,我就着手编制诗词识别软件,这时,技术在艺术中再次遇到了那道不可逾越的障碍,到现在,具备古诗鉴赏力的软件也没能编出来。"他在半空中指指诗云,"不错,借助伟大的技术,我写出了诗词的巅峰之作,却不可能把它们从诗云中检索出来,唉……"

"智慧生命的精华和本质,真的是技术所无法触及的吗?"大牙仰头对着诗云大声问,经历过这一切,它变得越来越哲学了。

"既然诗云中包含了所有可能的诗,那其中自然有一部分诗是描写我们全部的过去和所有可能与不可能的未来的,伊依虫虫肯定能找到一首诗,描述他在 30 年前的一天晚上剪指甲时的感受,或 12 年后的一顿午餐的菜谱;大牙使者也可以找到一首诗,描述它的腿上的某一块鳞片在 5 年后的颜色……"说着,已重新落回地面的李白拿出了两块晶片,它们在诗云的照耀下闪闪发光,"这是我临走前送给二位的礼物,这是量子计算机以你们的名字为关键词,在诗云中检索出来的与二位有关的几亿亿首诗,描述了你们在未来各种可能的生活,当然,在诗云中,这也只占描写你们的诗作里极小的一部分。我只看过其中的几十首,最喜欢的是关于伊依虫虫的一首七律,描写他与一位美丽的村姑在江边相爱的情景……我走后,希望人类和剩下的恐龙好好相处,人类之间更要好好相处,要是空心地球的球壳被核弹炸个洞,可就麻烦了……诗云中的那些好诗目前还不属于任何人,希望人类今后能写出其中的一部分。"

"我和那位村姑后来怎样了?"伊依好奇地问。

在诗云的银光下,李白嘻嘻一笑:"你们幸福地生活在一起。"

2002 年 12 月 9 日于娘子关

梦之海

上　篇

低温艺术家

是冰雪艺术节把低温艺术家引来的。这想法虽然荒唐，但自海洋干涸以后，颜冬一直是这么想的，不管过去多少岁月，当时的情景仍然历历在目。

当时，颜冬站在自己刚刚完成的冰雕作品前，他的周围都是玲珑剔透的冰雕，向更远处望去，雪原上矗立着用冰建成的高大建筑，这些晶莹的高楼和城堡浸透了冬日的阳光。这是最短命的艺术品，不久之后，这个晶莹的世界将在春风中化作一汪清水，这过程除了带给人一种淡淡的忧伤外，还包含了更多说不清道不明的东西，这也许是颜冬迷恋冰雪艺术的真正原因。

颜冬把目光从自己的作品上移开，下定决心在评委会宣布获奖名次之前不再看它了。他长出一口气，抬头扫了一眼天空，就在这时，他第一次看到了低温艺术家。

最初他以为那是一架拖着白色尾迹的飞机，但那个飞行物的速度比飞机要快得多，它在空中转了一个大弯，那尾迹如同一支巨大的粉笔在蓝天上随意地画了个勾，在勾的末端，那个飞行物居然停住了，就停在颜冬正上方的高空中。尾迹从后向前渐渐消失，像是被它的释放者吸回去似的。

颜冬仔细地观察尾迹最后消失的那一点，发现那点不时地出现短暂的闪光，他很快确定，那闪光是一个物体反射阳光所致。接着他看到了那个物体，它是一个小小的球体，呈灰白色；很快他又意识到那个球体并不小，它看上去小只是因为距离的原因，它这时正在飞快地扩大。颜冬很快明白了那个球体正在从高空向他站的地方掉下来，周围的人也意识到了这点，人们四散而逃。颜冬也低头跑起来，他在一座座冰雕间七拐八拐，突然间地面被一个巨大的阴影所笼罩，颜冬的头皮一紧，一时间血液仿佛凝固了。但预料的打击并未出现，颜冬发现周围的人也都站住了脚，呆呆地向上仰望着，他也抬头看，看到那个巨大的球体就悬在他们百米左右的上空。它并不是一个完全的球体，似乎在高速飞行中被气流冲击得变了形：向着飞行方向的一半是光滑的球面，另一半则出现了一束巨大的毛刺，使它看上去像一颗剪短了彗尾的彗星。它的体积很大，直径肯定超过了一百米，像悬在半空中的一座小山，使地面上的人产生了一种巨大的压迫感。

急剧下坠的球体在半空中急刹住后，被它带动的空气仍在向下冲来，很快到达地面，激起了一圈飞快扩大的雪尘。据说，当非洲的土著人首次触摸西方人带来的冰块时，总是猛抽回手，惊叫：好烫！在颜冬接触到那团下坠的空气的一刹那，他也产生了这种感觉。而能使在东北的严寒露天的人产生这种感觉，这团空气的温度一定低得惊人。幸亏它很快扩散了，否则地面上的人都会被冻僵，但即使这样，几乎所有的人暴露在外的皮肤都受到了不同程度的冻伤。

颜冬的脸已由于突然出现的严寒而麻木，他抬头仔细观察那个球体表面，那半透明的灰白色物质是他再熟悉不过的东西：冰，这悬在半空中的是一个大冰球。

空气平静下来之后，颜冬吃惊地发现，那半空中巨大冰球的周围居然飘起了雪花，雪花很大，在蓝天的背景前显得异常洁白，并在阳光中闪闪发光。但这些雪花只在距球体表面一定距离内出现，飘出这段距离后立刻消失，以球体为中心形成了一个雪圈，仿佛是雪夜中的一盏街灯照亮了周围的雪花。

"我是一名低温艺术家！"一个清脆的男音从冰球中传出，"我是一名低温艺术家！"

"这个大冰球就是你吗?"颜冬仰头大声问。

"我的形象你们是看不到的,你们看到的冰球是我的冷冻场冻结空气中的水分形成的。"低温艺术家回答说。

"那些雪花是怎么回事?"颜冬又问。

"那是空气中氧和氮的结晶体,还有二氧化碳形成的干冰。"

"你的冷冻场真厉害!"

"当然,就像无数只小手攥紧无数颗小心脏一样,它使其作用范围内所有的分子和原子停止运动。"

"它还能把这个大冰团举在空中吗?"

"那是另一种场了,那是反引力场。你们每人使用的那一套冰雕工具真有趣:有各种形状的小铲和小刀,还有喷水壶和喷灯,有趣!为了制作低温艺术品,我也拥有一套小小的工具,那就是几种力场,种类没有你们的这么多,但也很好使。"

"你也创作冰雕吗?"

"当然,我是低温艺术家,你们的世界很适合进行冰雪造型艺术,我惊讶地发现这个世界早已存在这种艺术,我很高兴地说,我们是同行。"

"你从哪里来?"颜冬旁边的另一位冰雕作者问。

"我来自一个遥远的、你们无法理解的世界,那个世界远不如你们的世界有趣。本来,我只从事艺术,一般不同其他世界交流的,但看到这样一个展览会,看到这么多的同行,我产生了交流的愿望。不过坦率地说,下面这些低温作品中真正称得上是艺术品的并不多。"

"为什么?"有人问。

"过分写实,过分拘泥于形状和细节,当你们明白宇宙除了空间什么都没有,整个现实世界不过是一大堆曲率不同的空间时,就会看到这些作品是何等可笑。不过,嗯,这一件还是有点儿感觉的。"

话音刚落,冰团周围的雪花伸下来细细的一缕,仿佛是沿着一条看不见的漏斗流下来的,这缕雪花从半空中一直伸到颜冬的冰雕作品顶部才消失。颜冬踮起脚尖,试探着向那缕雪花伸出戴着手套的手,在那缕雪花的附近,他的手指又有了那种灼热感,他急忙抽回来,手已经在手套里冻僵了。

"你是指我的作品吗？"颜冬用另一只手揉着冻僵的手说，"我，我没有用传统的方法，也就是用现成的冰块雕刻作品，而是建造了一个由几大块薄膜构成的结构，在这个结构下面长时间地升腾起由沸水产生的蒸汽，蒸汽在薄膜表面冻结，形成一种复杂的结晶体，当这种结晶体达到一定的厚度后，去掉薄膜，就做成了你现在看到的造型。"

"很好，很有感觉，很能体现寒冷之美！这件作品的灵感是来自……"

"来自窗玻璃！不知你是否能理解我的描述：在严冬的凌晨醒来，你蒙眬的睡眼看到窗玻璃上布满了冰晶，它们映着清晨暗蓝色的天光，仿佛是你一夜梦的产物……"

"理解理解，我理解！"低温艺术家周围的雪花欢快地舞动起来，"我的灵感也被激发了，我要创作！我必须创作！！"

"那个方向就是松花江，你可以去取一块冰，或者……"

"什么？你以为我这样的低温艺术家，要从事的是你们这种细菌般可怜的艺术吗？这里没有我需要的冰材！"

地面上的人类冰雕艺术家们都茫然地看着来自星际的低温艺术家，颜冬呆呆地说："那么，你要去……"

"我要去海洋！"

取 冰

一支庞大的机群在五千米空中向海岸线方向飞行，这是有史以来最混杂的一个机群，它由从体型庞大的波音巨无霸到蚊子似的轻型飞机在内的各种飞机组成，这是全球各大通讯社派出的采访飞机，还有研究机构和政府派出的观察监视飞机。这乱哄哄的机群紧跟着前面一条短粗的白色航迹飞行着，像一群追赶着牧羊人的羊群。那条航迹是低温艺术家飞行时留下的，它不停地催促后面的飞机快些，为了等它们它不得不忍受这比爬行还慢的速度（对于可随意进行时空跃迁的它，光速已经是爬行了），它不停地抱怨说这会使自己的灵感消失的。

对于后面飞机上的记者们通过无线电喋喋不休的提问，低温艺术家一概懒得回答,他只有兴趣同坐在一架中央电视台租用的运十二上的颜冬谈话,于是到后来记者们都不吱声了,只是专心地听着这一对艺术家同行的对话。

"你的故乡是在银河系之内吗?"颜冬问,这架运十二距离低温艺术家最近,可以看到那个飞行中的冰球在白色航迹的头部时隐时现,这航迹是冰球周围的超低温冷凝大气中的氧氮和二氧化碳形成的,有时飞机不慎进入这滚滚掠过的白雾中,机窗上立刻覆盖了厚厚的一层白霜。

"我的故乡不属于任何恒星系,它处于星系之间广漠的黑暗虚空中。"

"你们的星球一定很冷。"

"我们没有星球,低温文明起源于一团暗物质云中,那个世界确实很冷,生命从接近绝对零度的环境中艰难地取得微小的热量,吮吸着来自遥远星系的每一丝辐射。当低温文明学会走路时,我们便迫不及待地进入银河系这个最近的温暖世界。在这个世界中我们也必须保持低温状态才能生存,于是我们成了温暖世界的低温艺术家。"

"你指的低温艺术就是冰雪造型吗?"

"哦,不不,用远低于一个世界平均温度的低温与这个世界发生作用,以产生艺术效应,这都属于低温艺术。冰雪造型只是适合于你们世界的低温艺术,冰雪的温度在你们的世界属于低温,在暗物质世界就属于高温了;而在恒星世界,熔化的岩浆也属于低温材料。"

"我们之间对艺术美的感觉好像有共同之处。"

"不奇怪,所谓温暖,不过是宇宙诞生后一阵短暂的痉挛所产生的同样短暂的效应,它将像日落后的暮光一样转瞬即逝,能量将消失,只有寒冷永存,寒冷之美才是永恒的美。"

"这么说,宇宙最终将热寂?!"颜冬听到耳机中有人问,事后知道他是坐在后面飞机上的一位理论物理学家。

"不要离题,我们只谈艺术。"低温艺术家冷冷地说。

"下面是海了!"颜冬无意间从舷窗望下去,看到弯曲的海岸线正在下面缓缓移过。

"再向前,我们要到最深的海洋,那里便于取冰。"

"可哪儿有冰啊?"颜冬看着下面广阔的蓝色海面不解地问。

"低温艺术家到哪里,哪里就会有冰。"

低温艺术家又向前飞行了一个多小时,颜冬从飞机上向下看,下面早已是一片汪洋。这时,飞机突然拉升,超重使颜冬两眼一黑。

"天啊,我们差点撞上它!"飞行员大叫,原来低温艺术家突然停下了,后面的飞机都猝不及防地纷纷转向。"妈的,惯性定律对这家伙不起作用,它的速度好像是在瞬间减到零,按理说这样的减速早把冰球扯碎了!"飞行员对颜冬说,同时拨转机头,与别的飞机一起,浩浩荡荡地围绕着悬在空中的冰球盘旋着。静止的冰球又在空气中产生了大量的氧氮雪花,但由于高空中的强风,雪花都被吹向一个方向,像是冰球随风飘舞的白发。

"我要开始创作了!"低温艺术家说,没等颜冬回话,它突然垂直俯落下去,仿佛在空中举着它的那只无形的巨手突然放开了。飞机上的人们看着它以自由落体越来越快地下落,很快消失在海面蓝色的背景中,只能隐约看到它在空气中拉出的一道雾化痕迹。很快,海面上出现了一团白色的水花,水花消失后有一圈波纹在扩散。

"这个外星人投海自杀了。"飞行员对颜冬说。

"别瞎扯了!"颜冬拖着东北口音白了飞行员一眼,"飞低些,那个冰球很快就要浮起来了!"

但冰球并没有浮出来,在那个位置的海面上出现了一个白点,这白点很快扩大成一个白色的圆形区域。这时飞机的高度已经很低,颜冬仔细观察,发现那白色区域其实是覆盖海面的一层白色雾气。白雾区域急剧扩大,加上飞机在继续降低,很快可以看到的海面全部冒起了白雾。这时颜冬听到了一个声音,像连续的雷声,又像是大地和山脉在断裂,这声音来自海面,盖住了引擎的轰鸣声。飞机贴海飞行,颜冬向下仔细观察白雾下的海面,首先发现海面反射的阳光很完整很柔和,不像刚才那样呈刺目的碎金状;他接着看到海的颜色变深了,海面的波浪变得平滑了,但真正震撼他的是下一个发现:那些波浪是凝固不动的。

"天啊,海冻了!"

"你没疯吧?"飞行员扭头扫了他一眼说。

"你自个儿仔细看看……嗨,我说你怎么还往下降啊?想往冰面上降落?!"

飞行员猛拉操纵杆,颜冬眼前又一黑,听到他说:"啊,不,妈的,真邪门儿了……"再看看他,一幅梦游的表情,"我没下降,那海面,哦不,那冰面,在自己上升!"这时他们听到了低温艺术家的声音:

"你们的飞行器赶快让开,别挡住上升的路,哼,要不是有同行在一架飞行器里,我才不在乎撞着你们呢,我在创作中最讨厌干扰灵感的东西。向西飞向西飞,那面距边缘比较近!"

"边缘?什么的边缘?"颜冬不解地问。

"我采的冰块呀!"

所有的飞机像一群被惊飞的鸟,边爬高边向低温艺术家指引的方向飞去,在它们下面,因温度突降产生的白雾已消失,深蓝色的冰原一望无际。尽管飞机在爬高,但冰原的上升速度更快,所以飞机与冰面的相对高度还是在不断降低,"天啊,地球在追着我们呢!"飞行员惊叫道。渐渐地,飞机又紧贴着冰面飞行了,凝固的暗蓝色波涛从机翼下滚滚而过,飞行员喊道:"我们只好在冰面上降落了!我的天,边爬高边降落,这太奇怪了!"

就在这时,运十二飞到了冰块的尽头,一道笔直的边缘从机身下飞速掠过,下面重新出现了波光鳞鳞的液态海洋。这情形很像航空母舰上的战斗机起飞时,跃出甲板的瞬间所看到的,但后面这艘"航母"有几千米高!颜冬猛回头,看到一道巨大的暗蓝色悬崖正在向后退去,这道悬崖表面极其平整,向两端延伸出去,一时还望不到尽头;悬崖下部与海面相接,可以看到海浪拍打在上面形成的一条白边。但这道白边在颜冬看到它几秒钟后就突然消失了,代之以另一条笔直的边缘——大冰块的底部已离开了海面。

大冰块以更快的速度上升,运十二同时在下降,它的高度很快位于海面和空中的冰块之间。这时颜冬看到了另一个广阔的冰原,与刚才不同的是它在上方,形成了一个极具压抑感的阴暗的天空。

随着大冰块的继续上升,颜冬终于在视觉上证实了低温艺术家的话:这确实是一个大块冰,一大块呈规则长方体的冰,现在,它在空中已经可以完整地看到,这暗蓝色的长方体占据了三分之二的天空,它那平整的表面不时反射着阳光,如同高空的一道道刺目的闪电。在由它构成的巨大的背景前有几架飞机在缓缓爬行,如同在一座摩天大楼边盘旋的小鸟,只有仔细看才能看到。事后从雷达观测数据表明,这个冰块的长为60公里,宽20公里,高五公里,为一个扁平的长方体。

大冰块继续上升,它在空中的体积渐渐缩小,终于在心理上可以让人接受了。与此同时,它投在海面上巨大的阴影也在移动,露出了海洋上有史以来最恐怖的景象。

颜冬看到,他们飞行在一个狭长的盆地上空,这盆地就是大冰块离开后在海中留下的空间。盆地四周是高达5000米的海水的高山,人类从未见过水能构成这样的结构:它形成了几千米高的悬崖!这液态的悬崖底部翻起百米高的巨浪,上部不停在崩塌着,悬崖就在崩塌中向前推进,它的表面起伏不定,但总体与海底保持着垂直。随着海水悬崖的推进,盆地在缩小。

这是摩西开红海的反演。

最让颜冬震撼的是,整个过程居然很慢!这显然是尺度的缘故,他见过黄果树瀑布,觉得那水流下落得也很慢,而眼前的这海水悬崖,尺度要比那瀑布大两个数量级,这使得他可以有充足的时间欣赏这旷世奇观。

这时,冰块投下的阴影已完全消失,颜冬抬头一看,冰块看去只有两个满月大小,在天空中已不太显眼了。

随着海水悬崖的推进,盆地已缩成了一道峡谷,紧接着,两道几十公里长五千米高的海水悬崖迎面相撞,一声沉闷的巨响在海天间久久回荡,冰块在海洋中留下的空间完全消失了。

"我们不是在做梦吧?"颜冬自语道。

"是梦就好了,你看!"飞行员指指下面,在两道悬崖相撞之处,海面并未平静,而是出现了两道与悬崖同样长的波带,仿佛是已经消失的两道海水悬崖在海面的化身,它们分别向着相反的方向分离开来。从高空看去波带并没有惊人之处,但仔细目测可知它们的高度都超过了200米,如果近看,肯定像两道移动的山脉。

"海啸?"颜冬问。

"是的,可能是有史以来最大的,海岸要遭殃了。"

颜冬再抬头看，蓝天上，冰块已看不到了，据雷达观测，它已成为地球的一颗冰卫星。

在这一天，低温艺术家以同样的方式又从太平洋中取走了上百块同样大小的冰块，把它们送入绕地球运行的轨道。

这天，在处于夜晚的半球，每隔两三个小时就可以看到一群闪烁的亮点横贯夜空飞过，与背景上的星星不同的是，如果仔细看，每个亮点都可以看出形状，那是一个个小长方体，它们都在以不同的姿式自转着，使它们反射的阳光以不同的频率闪动。人们想了很久也不知如何形容这些太空中的小东西，最后还是一名记者的比喻得到了认可：

"这是宇宙巨人撒出的一把水晶骨牌。"

两名艺术家的对话

"我们应该好好谈谈了。"颜冬说。

"我约你来就是为了谈谈，但我们只谈艺术。"低温艺术家说。

颜冬此时正站在一个悬浮于5000米空中的大冰块上，是低温艺术家请他到这里来的。现在，送他上来的直升机就停在旁边的冰面上，旋翼还转动着，随时准备起飞。四周是一望无际的冰原，冰面反射着耀眼的阳光，向脚下看看，蓝色的冰层深不见底。在这个高度上晴空万里，风很大。

这是低温艺术家已从海洋中取走的5000块大冰中的一块，在这之前的5天里，它以平均每天1000块的速度从海洋中取冰，并把冰块送到地球轨道上去。在太平洋和大西洋的不同位置，一块块巨冰在海中被冻结后升上天空，成为夜空中那越来越多的亮闪闪的"宇宙骨牌"中的一块。世界沿海的各大城市都受到了海啸的袭击，但随着时间的推移，这种灾难渐渐减少了，原因很简单：海面在降低。

地球的海洋，正在变成围绕它运行的冰块。

颜冬用脚跺了跺坚硬的冰面说："这么大的冰块，你是如何在瞬间把它冻结，如何使它成为一个整体而不破碎，又用什么力量把它送到太空轨道上去？这一切远超出了我们的理解和想象。"

低温艺术家说："这有什么，我们在创作中还常常熄灭恒星呢！不是说好了只谈艺术吗？我这样制作艺术品，与你用小刀铲制作冰雕，从艺术角度看没什么太大的区别。"

"那些轨道中的冰块暴露在太空强烈的阳光中时，为什么不溶化呢？"

"我在每个冰块的表面覆盖了一层极薄的透明滤光膜，这种膜只允许不发热频段的冷光进入冰块，发热频段的光线都被反射，所以冰块保持不化。这是我最后一次回答你这类问题了，我停下工作来，不是为了谈这些无聊的事，下面我们只谈艺术，要不你就走吧，我们不再是同行和朋友了。"

"那么，你最后打算从海洋中取多少冰呢？这总和艺术创作有关吧！"

"当然是有多少取多少，我向你谈过自己的构思，要完美地表达这个构思，地球上的海洋还是不够的，我曾打算从木星的卫星上取冰，但太麻烦了，就这么将就吧。"

颜冬整理了一下被风吹乱的头发，高空的寒冷使他有些颤抖，他问："艺术对你很重要吗？"

"是一切。"

"可……生活中还有别的东西，比如，我们还需为生存而劳作，我就是长春光机所的一名工程师，业余时间才能从事艺术。"

低温艺术家的声音从冰原深处传了上来，冰面的振动使颜冬的脚心有些痒痒："生存，咄咄，它只是文明的婴儿时期要换的尿布，以后，它就像呼吸一样轻而易举了，以至于我们忘了有那么一个时代竟需要花精力去维持生存。"

"那社会生活和政治呢？"

"个体的存在也是婴儿文明的麻烦事，以后个体将融入主体，也就没有什么社会和政治了。"

"那科学，总有科学吧？文明不需要认识宇宙吗？"

"那也是婴儿文明的课程，当探索进行到一定程度，一切将毫发毕现，你会发现宇宙是那么简单，科学也就没必要了。"

"只剩下艺术？"

"只剩艺术，艺术是文明存在的唯一理由。"

"可我们还有其他的理由，我们要生存，下面这颗行星上有几十亿人和更多的其他物种要生存，而你要把我们的海洋弄干，让这颗生命行星变成死亡的沙漠，让我们全渴死！"

从冰原深处传出一阵笑声，又让颜冬的脚痒起来，"同行，你看，我在创作灵感汹涌澎湃的时候停下来同你谈艺术，可每次，你都和我扯这些鸡毛蒜皮的事，真让我失望，你应该感到羞耻！你走吧，我要工作了。"

"X你祖宗！"颜冬终于失去了耐心，用东北话破口大骂起来。

"是句脏话吗？"低温艺术家平静地问，"我们的物种是同一个体一直成长进化下去的，没有祖宗。再说你对同行怎么这样，嘻嘻，我知道，你忌妒我，你没有我的力量，你只能搞细菌的艺术。"

"可你刚才说过，我们的艺术只是工具不同，没有本质的区别。"

"可我现在改变看法了，我原以为自己遇到了一位真正的艺术家，可原来是一个平庸的可怜虫，成天喋喋不休地谈论诸如海洋干了呀生态灭绝呀之类与艺术无关的小事，太琐碎太琐碎，我告诉你，艺术家不能这样。"

"还是X你祖宗！！"

"随你便吧，我要工作了，你走吧。"

这时，颜冬感到一阵超重，使他一屁股跌坐在光滑的冰面上，同时，一股强风从头顶上吹下来，他知道冰块又继续上升了。他连滚带爬地钻进直升机，直升机艰难地起飞，从最近的边缘飞离冰块，险些在冰块上升时产生的龙卷风中坠毁。

人类与低温艺术家的交流彻底失败了。

梦之海

颜冬站在一个白色的世界中，脚下的土地和周围的山脉都披上了银装，那些山脉高大险峻，使他感到仿佛置身于冰雪覆盖的喜马拉雅山中。事实上，这里与那里相反，是地球上最低的地方，这是马里亚纳海沟，昔日太平洋最深的海底。覆盖这里的白色物质并非积雪，而是以盐为主的海水中的矿物质，当海水被冻结后，这些矿物质就析出并沉积在海底，这些白色的沉积盐层最厚的地方可达百米。

在过去的两百天中，地球上的海洋已被低温艺术家用光了，连南极和格陵兰的冰川都被洗劫一空。

现在，低温艺术家邀请颜冬来参加他的艺术品最后完成的仪式。

前方的山谷中有一片蓝色的水面，那蓝色很纯很深，在雪白的群峰间显得格外动人。这就是地球上最后的海洋了，它的面积大约相当于滇池大小，早已没有了海洋那广阔的万顷波涛，表面只是荡起静静的微波，像深山中一个幽静的湖泊。有三条河流汇入了这最后的海洋，这是在干涸的辽阔海底长途跋涉后幸存下来的大河，是地球上有史以来最长的河，到达这里时已变成细细的小溪了。

颜冬走到海边，在白色的海滩上把手伸进轻轻波动着的海水，由于水中的盐分已经饱和，海面上的波浪显得有些沉重，而颜冬的手在被微风吹干后，析出了一层白色的盐沫。

空中传来一阵颜冬熟悉的尖啸声，这声音是低温艺术家向下滑落时冲击空气发出的。颜冬很快在空中看到了它，它的外形仍是一个冰球，但由于直接从太空返回这里，在大气中飞行的距离不长，球的体积比第一次出现时小了许多。这之前，在冰块进入轨道后，人们总是用各种手段观察离开冰块时的低温艺术家，但什么也没看到，只有它进入大气层后，那个不断增大的冰球才能标识它的存在和位置。

低温艺术家没有向颜冬打招呼，冰球在这最后海洋的中心垂直坠入水面，激起了高高的水柱。然后又出现了那熟悉的一幕：一圈冒出白雾的区域从坠落点飞快扩散，很快白雾盖住了整个海面；然后是海水快速冻结时发出的那种像断裂声的巨响；再往后白雾消散，露出了凝固的海面。与以往不同的是，这次整个海洋都被冻结了，没有留下一滴液态的水；海面也没有凝固的波浪，而是平滑如镜。在整个冻结过程中，颜冬都感到寒气扑面。

接着，已冻结的最后的海洋被整体提离了地面，开始只是小心地升到距地面几厘米处，颜冬看到前面冰面的边缘与白色盐滩之间出现了一条黑色的长缝，空气涌进长缝，去填补这刚刚出现的空间，形成一股紧贴地面的疾风，被吹动的盐尘埋住了颜冬的脚。提升速度加快，最后的海洋转眼间升到半空中，如此巨大体积物体的快速上升在地面产生了强烈的气流扰动，一股股旋风卷起盐尘，在峡谷中形成一道道白色的尘柱。颜冬吐出飞进嘴里的盐沫，那味道不是他想象的咸，而是一种难言的苦涩，正如人类面临的现实。

最后的海洋不再是规则的长方体，它的底部精确地模印着昔日海洋最深处的地形。颜冬注视着最后的海洋上升，直到它变成一个小亮点溶入浩荡的冰环中。

冰环大约相当于银河的宽度，由东向西横贯长空。与天王星和海王星的环不同，冰环的表面不是垂直而是平行于地球球面，这使得它在空中呈现一条宽阔的光带。这光带由20万块巨冰组成，环绕地球一周。在地面可以清楚地分辨出每个冰块，并能看出它的形状，这些冰块有的自转有的静止，这20万个闪动或不闪动的光点构成了一条壮丽的天河，这天河在地球的天空中庄严地流动着。

在一天的不同时段，冰环的光和色都进行着丰富的变幻。

清晨和黄昏是它色彩最丰富的时段，这时冰环的色彩由地平线处的桔红渐变为深红，再变为碧绿和深蓝，如一条宇宙彩虹。

在白天，冰环在蓝天上呈耀眼的银色，像一条流过蓝色平原的钻石大河。白天冰环最壮观的景象是环食，即冰环挡住太阳的时刻，这时大量的冰块折射着阳光，天空中出现奇雄瑰丽的焰火表演。依太阳被冰环挡住的时间长短，分为交叉食和平行食，所谓平行食，是太阳沿着冰环走过一段距离，每年还有一次全平行食，这天太阳从升起到落下，沿着冰环走完它在天空中的全部路程。这一天，冰环仿佛是一条撒在太空中的银色火药带，在日出时被点燃，那璀灿的火球疯狂燃烧着越过长空，在西边落下，其壮丽至极，已很难用语言表达。正如有人惊叹："这一天，上帝从空中踱过。"

然而冰环最迷人的时刻是在夜晚，它发出的光芒比满月亮一倍，这银色的光芒洒满大地。这时，仿佛全宇宙的星星都排成密集的队列，在夜空中庄严地行进，与银河不同，这条浩荡的星河中可以清楚地分辨出每个长方体的星星。这密密麻麻的星星中有一半在闪耀，这十万颗闪动的星星在星河中构成涌动的波纹，仿佛宇宙的大风吹拂着河面，使整条星河变成了一个有灵性的整体……

在一阵尖啸声中,低温艺术家最后一次从太空返回地面,悬在颜冬上空,一圈纷飞的雪花立刻裹住了它。

"我完成了,你觉得怎么样。"它问。

颜冬沉默良久,只说出了两个字:"服了。"

他真的服了,这之前,他曾连续三天三夜仰望着冰环,不吃不喝,直到虚脱。能起床后他又到外面去仰望冰环,他觉得永远也看不够。在冰环下,他时而迷乱,时而沉浸于一种莫名的幸福之中,这是艺术家找到终极之美时的幸福,他被这宏大的美完全征服了,整个灵魂都融化于其中。

"作为一个艺术家,能看到这样的创造,你还有他求吗?"低温艺术家又问。

"我真无他求了。"颜冬由衷地回答。

"不过嘛,你也就是看看,你肯定创造不出这种美,你太琐碎。"

"是啊,我太琐碎,我们太琐碎,有啥法子?都有自己和老婆孩子要养活啊。"

颜冬坐到盐地上,把头埋在双臂间,沉浸在悲哀之中。这是一个艺术家在看到自己永远无法创造的美时,在感觉到自己永远无法超越的界限时,产生的最深的悲哀。

"那么,我们一起给这件作品起个名字吧,叫——梦之环,如何?"

颜冬想了一会,缓缓地摇了摇头:"不好,它来自于海洋,或者说是海洋的升华,我们做梦也想不到海洋还具有这种形态的美,就叫——梦之海吧。"

"梦之海……很好很好,就叫这个名字,梦之海。"

这时颜冬想起了自己的使命:"我想问,你在离开前,能不能把梦之海再恢复成我们的现实之海呢?"

"让我亲自毁掉自己的作品,笑话!"

"那么,你走后,我们是否能自己恢复呢?"

"当然可以,把这些冰块送回去不就行了?"

"怎么送呢?"颜冬抬头问,全人类都在竖起耳朵听。

"我怎么知道。"低温艺术家淡淡地说。

"最后一个问题：作为同行，我们都知道冰雪艺术品是短命的，那么梦之海……"

"梦之海也是短命的，冰块表面的滤光膜会老化，不再能够阻拦热光。但它消失的过程与你的冰雕完全不同，这过程要剧烈和壮观得多：冰块汽化，压力使薄膜炸开，每个冰块变成一个小彗星，整个冰环将弥漫着银色的雾气，然后梦之海将消失在银雾中，然后银雾也扩散到太空消失了，宇宙只能期待着我在遥远的另一个世界的下一个作品。"

"这将在多长时间后发生？"颜冬声音有些发颤。

"滤光膜失效，用你们的计时，嗯，大约20年吧。嗨，怎么又谈起艺术之外的事了？琐碎琐碎！好了同行，永别了，好好欣赏我留给你们的美吧！"

冰球急速上升，很快消失在空中。据世界各大天文机构观测，冰球沿垂直于黄道面的方向急速飞去，在其加速到光速一半时，突然消失在距太阳13个天文单位的太空中，好像钻进了一个看不见的洞，以后它再也没回来。

下　篇

纪念碑和导光管

干旱已持续了5年。

焦黄的大地从车窗外掠过，时值盛夏，大地上没有一点绿色，树木全部枯死，裂纹如黑色的蛛网覆盖着大地，干热风扬起的黄沙不时遮盖了这一切。有好几次，颜冬确信他看到了铁路边被渴死的人的尸体，但那些尸体看上去像是旁边枯死的大树上掉下的一根根干树枝，倒没什么恐怖感。这严酷的干旱世界与天空中银色的梦之海形成鲜明的对比。

颜冬舔了舔干裂的嘴唇，一直舍不得喝自己带的那壶水，那是他全家四天的配给，是妻子在火车站硬让他带上的。昨天单位里的职工闹事，坚决要求用水来发工资，市场上非配给的水越来越少，有钱也买不到了……这时有人拍了拍他的肩膀，扭头一看是邻座。

"你就是那个外星人的同行吧?"

自从成为人类与低温艺术家沟通的信使,颜冬就成了名人,开始他是一位正面角色和英雄,可是低温艺术家走后情况就发生了变化,有种说法,说是他在冰雪艺术节上激发了低温艺术家的灵感,否则什么事都不会发生。大多数人都知道这是无稽之谈,但有个发泄怨气的对象总是好事,所以到现在,他在人们的眼中简直成了外星人的同谋。好在后来有更多的事要操心,人们渐渐把他忘了。但这次他虽戴着墨镜,还是被认了出来。

"你请我喝水!"那人沙哑地说,嘴唇上有两小片干皮屑掉了下来。

"干什么,你想抢劫?"

"放聪明点儿,不然我要喊了!"

颜冬只好把水壶递给他,这家伙一口气喝了个底朝天,旁边的人惊异地看着他,从过道上路过的列车员也站住呆呆地看了他半天,他们不敢相信竟有人这么奢侈,这就像有海时(人们对低温艺术家到来之前的时代的称呼)看着一个富豪一人吃一顿价值十万元的盛宴一样。

那人把空水壶还给颜冬,又拍拍他的肩膀低声说:"没关系的,很快就都结束了。"

颜冬明白他这话的含义。

首都的街道上已很少有汽车,罕见的汽车也是改装后的气冷式,传统的水冷式汽车已经严格禁止使用了。幸亏世界危机组织中国分部派了辆车来接他,否则他绝对到不了危机组织的办公大楼的。一路上,他看到街道都被沙尘暴带来的黄尘所覆盖,见不到几个行人,缺水的人在这干热风中行走是十分危险的。

世界像一条离开水的鱼,已经咽咽一息了。

到了危机组织办公大楼后,颜冬首先去找组织的负责人报到,负责人带着他来到了一间很大的办公室,告诉他这就是他将要工作的机构。颜冬看看办公室的门,与其他的办公室不同,这扇门上没有标牌,负责人说:

"这是一个秘密机构,这里所有的工作严格保密,以免引起社会动乱,这个机构的名称叫纪念碑部。"

走进办公室，颜冬发现这里的人都有些古怪：有的人头发太长，有的人没有头发；有的人的穿着在这个艰难时代显得过分整洁，有的人除了短裤外什么都没穿；有的人神色忧郁，有的人兴奋异常……中间的长桌上放着许多奇形怪状的模型，看不出是干什么用的。

"欢迎您，冰雕艺术家先生！"在听完负责人的介绍后，纪念碑部的部长热情地向颜冬伸出手来，"您终于有机会把您从外星人那里得到的灵感发挥出来，当然，这次不能用冰为材料，我们要创作的，是一件需要永久保存的作品。"

"这是在干什么？"颜冬不解地问。

部长看看负责人又看看颜冬，说："您还不知道？我们要建立人类纪念碑！"

颜冬显得更加茫然了。

"就是人类的墓碑。"旁边一位艺术家说，这人头发很长，衣衫破烂，一副颓废派模样，一手拿着一瓶二锅头喝得很有些醉意，这东西是有海时剩下的，现在比水便宜多了。

颜冬向四周看看说："可……我们还没死啊。"

"等死了就晚了，"负责人说，"我们应该做最坏的打算，现在是考虑这事的时候了。"

部长点点头说："这是人类最后的艺术创作，也是最伟大的创作，作为一名艺术家，还有什么比参加这一创作更幸福的呢？"

"其实都他妈多……多余！"长发艺术家挥着酒瓶说："墓碑是供后人凭吊的，没有后人了，还立个鸟碑？"

"注意名称，是纪念碑！"部长严肃地更正道，然后笑着对颜冬说："虽这么说，可他提出的创意还是不错的：他提议全世界每人拿出一颗牙齿，用这些牙齿可以建造一座巨碑，每个牙齿上刻一个字，足以把人类文明最详细的历史都刻上了。"他指指一个看上去像白色金字塔的模型。

"这是对人类的亵渎！"另一位光头艺术家喊道，"人类的价值在于其大脑，他却要用牙齿来纪念！"

长发艺术家又抢起瓶子灌了一口："牙……牙齿容易保存！"

"可大部分人都还活着!"颜冬又严肃地重复一遍。

"但还能活多久呢?"长发艺术家说,一谈到这个话题,他的口齿又利落了,"天上滴水不下,江河干涸,农业全面绝收已经3年了,90%的工业已经停产,剩下的粮食和水,还能维持多长时间?"

"这群废物,"秃头艺术家指着负责人说,"忙活了5年时间,到现在一块冰也没能从天上弄下来!"

对秃头艺术家的指责,负责人只是付之一笑:"事情没有那么简单。以人类现有的技术,从轨道上迫降一块冰并不难,迫降一百甚至上千块冰也能做到,但要把在太空中绕地球运行的20万块冰全部迫降,那完全是另一回事了。如果用传统手段,用火箭发动机减速冰块使其返回大气层,就需制造大量可重复使用的超大功率发动机,并将它们送入太空,这是一个巨大的技术工程,以人类目前的技术水平和资源贮备,有许多不可克服的障碍。比如说,要想拯救地球的生态系统,如果从现在开始,需要在4年时间里迫降一半冰块,这样平均每年就要迫降两万五千块冰,它所需要的火箭燃料在重量上比有海时人类一年消耗的汽油还多!可那不是汽油,那是液氢液氧和四氧化二氮、偏二甲肼之类,制造它们所消耗的能量和资源,是生产汽油的上百倍,仅此一项,就使整个计划成为不可能。"

长发艺术家点点头:"所以说末日不远了。"

负责人说:"不,不是这样,我们还可以采取许多非传统非常规方法,希望还是有的,但在我们努力的同时,也要做最坏的打算。"

"我就是为这个来的。"颜冬说。

"为最坏的打算?"长发艺术家问。

"不,为希望。"他转向负责人说:"不管你们召我来干什么,我来有自己的目的。"他说着指了指自己带的那体积很大的行囊,"请带我到海洋回收部去。"

"你去回收部能干什么?那里可都是科学家和工程师!"秃头艺术家惊奇地问。

"我从事应用光学研究,职称是研究员,除了与你们一样做梦外,我还能干些更实际的事。"颜冬扫了一眼周围的艺术家说。

在颜冬的坚持下，负责人带他来到了海洋回收部。这里的气氛与纪念碑部截然不同，每个人都在电脑前紧张地工作着。办公室的正中央放着一台可以随意取水的饮水机，这简直是国王的待遇，不过想想这些人身上集中了人类的全部希望，也就不奇怪了。

见到海洋回收部的总工程师后，颜冬对他说："我带来了一个回收冰块的方案。"说着他打开背包，拿出了一根白色的长管子，管子有手臂粗，接着他又拿出一个约一米长的圆筒。颜冬走到一个向阳的窗前，把圆筒伸到窗外摆弄着，那圆筒像伞一样撑开，"伞"的凹面镀着镜面膜，使它成为一个类似于太阳灶的抛物面反射镜。接着，颜冬把那根管子从反射镜底部的一个小圆洞中穿过去，然后调节镜面的方向，使它把阳光聚焦到伸出的管子的端部。立刻，管子的另一端把一个刺眼的光斑投到室内的地板上，由于管子平放在地上，那个光斑呈长椭圆形。

颜冬说："这是用最新的光导纤维做成的导光管，在导光时衰减很小。当然，实际系统的尺寸比这要大得多，在太空中，只要用一面直径 20 米左右的抛物面反射镜，就可以在导光管的另一端得到一个温度达 3000 度以上的光斑。"

颜冬向周围看看，他的演示并没有产生预期的效果，那些工程师们扭头朝这边看看，又都继续专注于自己的电脑屏幕不再理会他了。直到那光斑使防静电地板冒出了一股青烟，才有最近的一个人走了过来，说："干什么，还嫌这儿不热？"同时把导光管轻轻向后一拉，使采光的一端脱离了反射镜的焦距，地板上的光斑虽然还在，但立刻变暗了许多，失去了热度。颜冬惊奇地发现，这人摆弄这东西很在行。

总工程师指指导光管说："把这些东西收起来，喝点水吧。听说你是坐火车来的，从长春到这儿的火车居然还开？你一定渴坏了。"

颜冬急着想解释自己的发明，但他确实渴坏了，冒烟的嗓子一时说不出话来。

"不错，这确实是目前最可行的方案。"总工程师递给颜冬一杯水。

颜冬一口气喝光了那杯水，呆呆地望着总工程师问："您是说，已经有人想到了?"

总工程师笑着说:"与外星人相处,使你低估人类的智力了。其实,在低温艺术家把第一块冰送到轨道上时,这个方案就已经有很多人想到了。后来又有了许多变种,比如用太阳能电池板代替反射镜,用电线和电热丝代替导光管,其优点是设备容易制造和运送,缺点是效率不如导光管方案高。现在,对它的研究已进行了5年,技术上已经成熟,所需的设备也大部分制造出来了。"

"那为什么还不实施?"

旁边的一名工程师说:"这个方案,将使地球海洋失去21%的水,这部分水或变成推进蒸汽散失了,或在再入大气时被高温离解。"

总工程师扭头对那名工程师说:"你们可能还不知道,美国人最新的计算机模拟表明,在电离层之下,再入时高温离解产生的氢气会立刻同周围的氧再化合形成水,所以高温离解的损失以前被高估了,总损失率估计为18%,"他又转向颜冬,"但这个比例也够高的了。"

"那你们有把太空中的水全部取回来的方案吗?"

总工程师摇摇头,"唯一的可能是用核聚变发动机,但目前我们在地面上都得不到可控的核聚变。"

"那为什么还不快些行动呢?要知道,犹豫不决的话地球会失去100%的水的。"

总工程师坚定地点点头:"所以,在长时间的犹豫之后我们决定行动了,很快,地球将为生存决一死战。"

回收海洋

颜冬加入了海洋回收部,负责对已生产出的导光管进行验收的工作,这虽不是核心岗位,也使他感到很充实。

在颜冬到达首都一个月后,人类回收海洋的工程开始了。

在短短的一个星期内,从全球各大发射基地,有800枚大型运载火箭发射升空,把5万吨荷载送入地球轨道。然后,从北美的发射基地,20架航天飞机向太空运送了300名宇航员。由于沿同一航线频繁发射,在各基地上空形成了一道长久不散的火箭尾迹，从轨道上看，仿佛是从各大陆向太空牵了几根蛛丝。

这批发射，把人类在太空的活动规模提高了一个数量级，但所使用的技术仍是 20 世纪初的，这使人们意识到，在现有的条件下，如果全世界齐心协力孤注一掷干一件事，会取得怎样的成就。

在直播的电视中，颜冬同所有人一起目睹了在第一个冰块上安装减速推进系统的过程。

为了降低难度，首批迫降的冰块都是不自转的。三名宇航员降落在这样一个冰块上，他们携带着如下装备：一辆形状如炮弹，能够在冰块中钻进的钻孔车、三根导光管、一根喷射管、三个折叠起来的抛物面反射镜。只有这时才能感觉到冰块的巨大，他们三人仿佛是降落在一个小小的水晶星球上，在太空中强烈的阳光下，脚下的冰的大地似乎深不可测。在黑色的天空上，远远近近悬浮着无数个这样的水晶星球，有些还在自转着。周围那些自转或不自转的冰块反射和折射着阳光，在三名宇宙员站立的冰面上，不停地进行着令人目眩的光与影的变幻。向远处看，冰环中的冰块看去越来越小，密度却越来越大，渐渐缩成一条致密的银带弯向地球的另一面。距离最近的一个冰块与他们所在的这块间距只有 3000 米，以它的短轴为轴自转着，在他们眼中这种自转有一种摄人心魄的气势，仿佛三只小蚂蚁看着一幢水晶摩天大楼一次次倒塌下来。这两个冰块在一段时间后将会因引力而相撞，结果将使滤光膜破裂，冰块解体，破碎后的冰块将很快在阳光中蒸发消失。这种相撞在冰环中已发生了两次，这也是首先迫降这块冰的原因。

操作开始后，一名宇航员启动了那辆钻孔车，钻头车首旋转起来，冰屑呈锥状向外飞溅，在阳光下闪闪发光。钻孔车钻破了冰面那层看不见的滤光膜，像一枚被拧进去的螺丝一样钻进了冰面，在后面留下了一个圆形的钻洞。随着钻洞向冰层深处延伸，在冰层中隐约可以看到一条不断延长的白线。到达预定深度后，钻孔车转向，沿另一个方向驶出冰面，这就形成了另一条钻洞。最后，共向冰块深处打了四条钻洞，它们都相交于冰层深处的一点。接下来，宇航员们把三根导光管插入三个钻洞，再把一根喷射管插入直径较大的第四条钻洞，喷射管的喷口正对着冰块运行的方向。然后，宇航员用一根细管向导光管、喷射管与洞壁之间填充某种速凝液体，使其形成良好的密封。最后，他们张开了抛物面反射镜。如果说回收海洋的最初阶段采用了什么最新技术的话，那就是这些反射镜了。它们是纳米科技创造的奇迹，在折叠起来时只有一立方米大小，但张开后形成一面直径达 500 米的巨型反射镜。这三面反射镜，像冰块上生长的三片银色的荷叶。宇航员们调整导光管的伸出端，使其受光端头与反射镜的焦点重合。

在冰层深处三条钻洞的交点，出现了一个明亮的光点，它像一个小太阳，照亮了大冰块中神话般的奇景：银色的鱼群，随波浪舞动的海草……这一切在瞬间冻结时都保持着栩栩如生的姿态，甚至连鱼嘴中吐出的串串小气泡都清晰可见。在距此一百多公里的另一个也在回收中的冰块里，导光管导入冰层深处的阳光照出了一个巨大的黑影，那是一条长达二十多米的蓝鲸！这就是人类昔日的海洋。

蒸汽使冰层深处的光点很快模糊了，在蒸汽散射下，变成了一个白色光球，随着被溶化的冰体积的增加，光球渐渐膨胀。当压力达到预定值后，喷射管喷嘴上的盖板被冲开了，一股汹涌的蒸汽流急速喷出，由于没有阻力，它呈一个尖尖的锥形向远方扩散，最后在阳光中淡化消失了；还有一部分蒸汽进入了另一个冰块的阴影，被冷凝成冰晶，仿佛是一大群在阴影中闪闪发光的荧火虫。

首批 100 个冰块上的减速推进系统启动了，由于冰块质量巨大，系统产生的推力相对来说很小，所以它们须运行少则 15 天多则一个月的时间，才能使冰块减速到坠入大气层的速度。在坠落之前，宇航员们将再次登上冰块，取回导光管和反射镜。要全部迫降 20 万个冰块，这些设备应尽可能重复使用。

以后对自转的冰块的回收操作要复杂许多，推进系统将首先刹住其自转，再进行减速。

冰流星

颜冬与危机委员会的人们一起来到太平洋中部的平原上，观看第一批冰流星坠落。

昔日的洋底平原一片雪白，反射着强烈的阳光，不戴墨镜是睁不开眼的。但这并没有使颜冬想起自己的东北故乡的雪原，因为这里像地狱般炎热，地面气温接近五十摄氏度，热风吹起盐尘，打得脸生疼。在远处，有一艘10万吨油轮，那巨大的船体斜立在地面，下面那有几层楼高的螺旋桨和舵上覆满了盐层。再看看更远处连绵的白色群山，那是人类从未见过的海底山脉，颜冬的脑海中顿时涌出两句诗：大海是船儿的陆地，黑夜是爱情的白天。

他苦笑了一下，经历了这样的灾难，还摆脱不了艺术家的思维。

一阵欢呼声响起，颜冬抬头向人们所指的方向望去，看到在横贯长空的银色冰环中，出现了一个红色的亮点，这亮点漂出了冰环，膨胀成一个火球，火球的后面拖着一条白色的尾迹，这水蒸气尾迹越来越长越来越粗，其色彩也更浓更白。很快，火球分裂成了数十块，每一块又继续分裂，每一小块都拖着长长的白尾，这一片白色的尾迹覆盖了半个天空，似乎是一棵白色的圣诞树，每根树枝的枝头都挂着一盏亮闪闪的小灯……

更多的冰流星出现了，超音速音爆传到地面，像滚滚的春雷。天空中旧的水蒸气尾迹在渐渐淡化，新的尾迹不断出现，使天空被一张错综复杂的白色巨网所覆盖，现在，已有几万亿吨的水重新属于地球了。

大部分冰流星都在空中分裂汽化了，但也有一个较大的碎冰块直接坠落到地面，坠落点距离颜冬所在的地方约40公里，海底平原在一声巨响中震动不已，在远处的山脉间腾起一团顶天立地的白色蘑菇云，这大团的水蒸气在阳光下发出耀眼的白光，并随风渐渐扩散，变为天空中的第一片云层。后来，云多了起来，第一次挡住了炙烤大地五年的烈日，并盖满了整个天空，颜冬感到一阵沁人心肺的凉爽。

后来，云层变黑变厚，其中红光闪闪，不知是闪电，还是仍在不断坠落的冰流星的光芒。

下雨了！这是即使在有海时也罕见的大暴雨，颜冬和其他人在雨中欢呼狂奔，他们觉得灵魂都在这雨中溶化了。但后来大家只好都躲回车内或直升机里，因为这时人在雨地中会窒息。

雨一直下到黄昏才停，海底平原上出现了许多水洼，在从云缝中露出的夕阳下闪着金光，仿佛大地的一只只刚睁开的眼睛。

颜冬随着人群，踏着黏稠的盐浆，跑到最近的水洼前。他捧起一捧水，把那沉甸甸的饱和盐水洒到自己的脸上，任它和泪水一同流下，哽咽着说：

"海啊，我们的海啊……"

尾　声

10年以后。

颜冬走上了冰封的松花江江面，他裹着一件破大衣，旅行袋中放着那套保存了十五年的工具：几把形状各异的刀铲，一个锤子，一只喷水壶。他跺跺脚，证实江面确实冻住了。松花江早在五年前就有了水，但这是第一次封冻，而且是在夏天封冻。由于干旱少雨，同时大量的冰流星把其引力势能在大气层中转化为热能，全球气候一直炎热无比。但在海洋回收的最后阶段，最大体积的冰块被迫降，这些冰块分裂后的碎块也较大，大多直接撞击地面。除了几座城市被摧毁外，撞击激起的尘埃挡住了太阳的热量，使全球气温骤降，地球进入了新的冰期。

颜冬抬头看看夜空，这是他童年时看到的星空，冰环已经消失，只有从快速的运动中才能把太空中残余的少量小冰块与群星的背景区分开来。梦之海又变回现实的海，这件宏伟的艺术品，其绝美与噩梦一起永远铭刻在人类的记忆中。

虽然回收海洋的工程已经结束，但以后的全球气候肯定仍是极其恶劣的，生态还要很长时间才能恢复。在可以看到的未来，人类的生活将是十分艰难的。但至少可以活下去了，这使所有的人感到了满足，确实，冰环时代使人类学会了满足，但人类还学会了更重要的东西。现在，世界危机组织改名为太空取水组织，另一个宏大的工程正在计划中：人类打算飞向遥远的类木行星，把木星卫星上和土星光环中的水取回地球，以弥补地球在海洋回收过程中失去的18%的水。人们首先打算用已经掌握的冰块驱动技术，驱动土星光环中的冰块驶向地球，当然，在那样遥远的距离上，阳光已很微弱，只有用核聚变来汽化冰块核心以得到所需的推力了。至于木星卫星上的水，要用更复杂和庞大的技术才能取得，已经有人提出把整个木卫从木星的引力巨掌中拉出来，使其驶向地球，成为地球的第二个卫星。这样，地球上能得到的水已多于18%，这可以使地球的生态系统变得天堂般美好。当然，这都是遥远未来的事，活着的人谁都没有希望看到它实现，但这希望，使人们在艰难的生活中感到了前所未有的幸福，这是人类从冰环时代得到的最大财富：回收梦之海使人类看到了自己的力量，教会了他们做以前从不敢做的梦。

颜冬看到远处的冰面上聚着一小堆人，他一滑一滑地走了过去，那些人看到他后都向他跑来，有人摔了一跤后爬起来接着跑。

"哈哈，老伙计!!"跑在最前面的人同颜冬热情拥抱，颜冬认出来了，他就是冰环时代之前好几届冰雪艺术节的冰雕组评委之一。颜冬曾发誓不再同这些评委说话，因为上一届艺术节上的冰雕特等奖，显然是基于那个妙龄女作者的脸蛋和身段而不是基于她的作品。接着，他又认出了其他几个人，大都是冰环时代之前的冰雕作者，同这个时代的所有人一样，他们穿着破烂，苦难和岁月已把他们中许多人的双鬓染白。现在，颜冬有流浪多年后回家的感觉。

"听说，冰雪艺术节又恢复了？"他问。

"当然，要不咱们到这儿来干什么？"

"我寻思着，日子这么难……"颜冬裹紧了破大衣，在寒风中发抖，不停地跺着冻得麻木的脚，其他人也同他一样，哆嗦着，跺着脚，像一群乞丐难民。

"咄，日子难怎么了，日子难不能不要艺术啊，对不对？"一位老冰雕家上下牙打着架说。

"艺术是文明存在的唯一理由！"另一个人说。

"去他妈的，老子存在的理由多了！"颜冬大声说，众人都大笑起来。

然后大家都沉默了，他们回顾着这十几年的艰难岁月，他们挨个数着自己存在的理由，最后，他们重新把自己从一群大灾难的幸存者变回为艺术家。

颜冬掏出了一瓶二锅头，大家你一口我一口传着喝了暖暖身子。然后他们在空旷的江岸上生起一堆火,在火上烘烤一把油锯,直到它能在严寒中启动。大家走到江面上,油锯哗哗作响地切入冰面,雪白的冰屑四下飞溅,很快,他们从松花江上取出了第一块晶莹的方冰。

2001 年 7 月 18 日于娘子关

第三辑 人和吞食者

朝闻道

乡村教师

全频带阻塞干扰

吞食者

朝闻道

爱因斯坦赤道

"有一句话我早就想对你们说,"丁仪对妻子和女儿说,"我心中的位置大部分都被物理学占据了,只是努力挤出了一个小角落给你们,对此我心里很痛苦,但也实在是没办法。"

他的妻子方琳说:"这话你对我说过两百遍了。"

10岁的女儿文文说:"对我也说过一百遍了。"

丁仪摇摇头说:"可你们始终没能理解我这话的真正含义,你们不懂得物理学到底是什么。"

方琳笑着说:"只要它的性别不是女就行。"

这时,他们一家三口正坐在一辆时速达500公里的小车上,行驶在一条直径5米的钢管中,这根钢管的长度约为3万公里,在北纬45度线上绕地球一周。

小车完全自动行驶,透明的车舱内没有任何驾驶设备。从车里看出去,钢管笔直地伸向前方,小车像是一颗在无限长的枪管中正在射出的子弹,前方的洞口似乎固定在无限远处,看上去针尖大小,一动不动,如果不是周围的管壁如湍急的流水飞快掠过,肯定觉察不出车的运动。在小车启动或停车时,可以看到管壁上安装的数量巨大的仪器,还有无数等距离的箍圈,当车加速起来后,它们就在两旁浑然一体地掠过,看不清了。丁仪告诉她们,那些箍圈是用于产生强磁场的超导线圈,而悬在钢管正中的那条细管是粒子通道。

他们正行驶在人类迄今所建立的最大的粒子加速器中,这台环绕地球一周的加速器被称为爱因斯坦赤道,借助它,物理学家们将实现上世纪那个巨人肩上的巨人最后的梦想:建立宇宙的大统一模型。

这辆小车本是加速器工程师们用于维修的,现在被丁仪用来带着全家进行环球旅行,这旅行是他早就答应妻子和女儿的,但她们万万没有想到要走这条路。整个旅行耗时60小时,在这环绕地球一周的行驶中,她们除了笔直的钢管什么都没看到。不过方琳和文文还是很高兴很满足,至少在这两天多时间里,全家人难得地聚在一起。

旅行的途中也并不枯燥,丁仪不时指着车外飞速掠过的管壁对文文说:"我们现在正在驶过外蒙古,看到大草原了吗?还有羊群……我们在经过日本,但只是擦过它的北角,看,朝阳照到积雪的国后岛上了,那可是今天亚洲迎来的第一抹阳光……我们现在在太平洋底了,真黑,什么都看不见,哦不,那边有亮光,暗红色的,嗯,看清了,那是洋底火山口,它涌出的岩浆遇水很快冷却了,所以那暗红光一闪一闪的,像海底平原上的篝火,文文,大陆正在这里生长啊……"

后来,他们又在钢管中驶过了美国全境,潜过了大西洋,从法国海岸登上欧洲的土地,驶过意大利和巴尔干半岛,第二次进入俄罗斯,然后从里海回到亚洲,穿过哈萨克斯坦进入中国,现在,他们正走完最后的路程,回到了爱因斯坦赤道在塔克拉玛干沙漠中的起点——世界核子中心,这也是环球加速器的控制中心。

当丁仪一家从控制中心大楼出来时,外面已是深夜,广阔的沙漠静静地在群星下伸向远方,世界显得简单而深邃。

"好了,我们3个基本粒子,已经在爱因斯坦赤道中完成了一次加速试验。"丁仪兴奋地对方琳和文文说。

"爸爸,真的粒子要在这根大管子中跑这么一大圈,要多长时间?"文文指着他们身后的加速器管道问，那管道从控制中心两侧向东西两个方向延伸，很快消失在夜色中。

丁仪回答说："明天，加速器将首次以它最大的能量运行，在其中运行的每个粒子，将受到相当于一颗核弹的能量的推动，它们将加速到接近光速，这时，每个粒子在管道中只需 1/10 秒就能走完我们这两天多的环球旅程。"

方琳说："别以为你已经实现了自己的诺言，这次环球旅行是不算的！"

"对！"文文点点头说，"爸爸以后有时间，一定要带我们在这长管子的外面沿着它走一圈，真正看看我们在管子里面到过的地方，那才叫真正的环球旅行呢！"

"不需要，"丁仪对女儿意味深长地说，"如果你睁开了想象力的眼睛，那这次旅行就足够了，你已经在管子中看到了你想看的一切，甚至更多！孩子，更重要的是，蓝色的海洋、红色的花朵、绿色的森林都不是最美的东西，真正的美眼睛是看不到的，只有想象力才能看到它，与海洋、花朵、森林不同，它没有色彩和形状，只有当你用想象力和数学把整个宇宙在手中捏成一团儿，使它变成你的一个心爱的玩具，你才能看到这种美……"

丁仪没有回家，送走了妻女后，他回到了控制中心。中心只有不多的几个值班工程师，在加速器建成以后历时两年的紧张调试后，这里第一次这么宁静。

丁仪上到楼顶，站在高高的露天平台上，他看到下面的加速器管道像一条把世界一分为二的直线，他有一种感觉：夜空中的星星像无数只瞳仁，它们的目光此时都聚焦在下面这条直线上。

丁仪回到下面的办公室，躺在沙发上睡着了，进入了一个理论物理学家的梦乡。

他坐在一辆小车里，小车停在爱因斯坦赤道的起点。小车启动，他感觉到了加速时强劲的推力。他在 45 度纬线上绕地球旋转，一圈又一圈，像轮盘赌上的骰子。随着速度趋近光速，急剧增加的质量使他的身体如一尊金属塑像般凝固了，意识到了这个身体中已蕴含了创世的能量，他有一种帝王般的快感。在最后一圈,他被引入一条支路,冲进一个奇怪的地方,这是虚无之地,他看到了虚无的颜色,虚无不是黑色也不是白色的,它的色彩就是无色,但也不是透明,在这里,空间和时间都还是有待于他去创造的东西。他看到前方有一个小黑点,急剧扩大,那是另一辆小车,车上坐着另一个自己。当他们以光速相撞后同时消失了,只在无际的虚空中留下一个无限小的奇点,这万物的种子爆炸开来,能量火球疯狂暴胀。当弥漫整个宇宙的红光渐渐减弱时,冷却下来的能量使天空中物质如雪花般出现了,开始是稀薄的星云,然后是恒星和星系群。在这个新生的宇宙中,丁仪拥有一个量子化的自我,他可以在瞬间从宇宙的一端跃至另一端。其实他并没有跳跃,他同时存在于这两端,他同时存在于这浩大宇宙中的每一点,他的自我像无际的雾气弥漫于整个太空,由恒星沙粒组成的银色沙漠在他的体内燃烧。他无所不在的同时又无所在,他知道自己的存在只是一个概率的幻影,这个多态叠加的幽灵渴望地环视宇宙,寻找那能使自己坍缩为实体的目光。正找着,这目光就出现了,它来自遥远太空中浮现出来的两双眼睛,它们出现在一道由群星织成的银色帷幕后面,那双有着长长睫毛的美丽的眼睛是方琳的,那双充满天真灵性的眼睛是文文的。这两双眼睛在宇宙中茫然扫视,最终没能觉察到这个量子自我的存在,波函数颤抖着,如微风扫过平静的湖面,但坍缩没有发生。正当丁仪陷入绝望之时,茫茫的星海扰动起来,群星汇成的洪流在旋转奔涌,当一切都平静下来时,宇宙间的所有星星构成了一只大眼睛,那只百亿光年大小的眼睛如钻石粉末在黑色的天鹅绒上撒出的图案,它盯着丁仪看,波函数在瞬间坍缩,如倒着放映的焰火影片,他的量子存在凝聚在宇宙中微不足道的一点上,他睁开双眼,回到了现实。

是控制中心的总工程师把他推醒的,丁仪睁开眼,看到核子中心的几位物理学家和技术负责人围着他躺的沙发站着,他们用看一个怪物的目光盯着他看。

"怎么?我睡过了吗?"丁仪看看窗外,发现天已亮了,但太阳还未升起。

"不,出事了!"总工程师说,这时丁仪才知道,大家那诧异的目光不是冲着他的,而是由于刚出的那件事情。总工程师拉起丁仪,带他向窗口走去，丁仪刚走了两步就被人从背后拉住了，回头一看，是一位叫松田诚一的日本物理学家，上届诺贝尔物理学奖获得者之一。

"丁博士，如果您在精神上无法承受马上要看到的东西，也不必太在意，我们现在可能是在梦中。"日本人说，他脸色苍白，抓着丁仪的手在微微颤抖。

"我刚从梦中出来！"丁仪说，"发生了什么事？"

大家仍用那种怪异的目光看着他，总工程师拉起他继续朝窗口走去，当丁仪看到窗外的景象时，立刻对自己刚才的话产生了怀疑，眼前的现实突然变得比刚才的梦境更虚幻了。

在淡蓝色的晨光中，以往他熟悉的横贯沙漠的加速器管道消失了，取而代之的是一条绿色的草带，这条绿色大道沿东西两个方向伸向天边。

"再去看看中心控制室吧！"总工程师说，丁仪随着他们来到楼下的控制大厅，又受到了一次猝不及防的震撼：大厅中一片空旷，所有的设备都消失得无影无踪，原来放置设备的位置也长满了青草，那草是直接从防静电地板上长出来的。

丁仪发疯似地冲出控制大厅，奔跑着绕过大楼，站到那条取代加速器管道的草带上，看着它消失在太阳即将升起的东方地平线处，在早晨沙漠上寒冷的空气中他打了个寒战。

"加速器的其他部分呢？"他问喘着气跟上来的总工程师。

"都消失了，地上、地下和海中的，全部消失了。"

"也都变成了草？！"

"哦不，草只在我们附近的沙漠上有，其他部分只是消失了，地面和海底部分只剩下空空的支座，地下部分只留下空隧道。"

丁仪弯腰拔起了一束青草，这草在别的地方看上去一定很普通，但在这里就很不寻常：它完全没有红柳或仙人掌之类的耐旱的沙漠植物的特点，看上去饱含水分，清脆欲滴，这样的植物只能生长在多雨的南方。丁仪搓碎了一根草叶，手指上沾满了绿色的汁液，一股淡淡的清香飘散开来。丁仪盯着手上的小草呆立了很长时间，最后说：

"看来，这真是梦了。"

东方传来一个声音："不，这是现实！"

真空衰变

在绿色草路的尽头，朝阳已升出了一半，它的光芒照花了人们的眼睛，在这光芒中，有一个人沿着草路向他们走来，开始他只是一个以日轮为背景的剪影，剪影的边缘被日轮侵蚀，显得变幻不定。当那人走近些后，人们看到他是一名中年男子，穿着白衬衣和黑裤子，没打领带。再近些，他的面孔也可以看清了，这是一张兼具亚洲和欧洲人特点的脸，这在这个地区并没有什么不寻常，但人们绝不会把他误认为是当地人，他的五官太端正了，端正得有些不现实，像某些公共标志上表示人类的一个图符。当他再走近些时，人们也不会把他误认为是这个世界的人了，他并没有走，他一直两腿并拢笔直地站着，鞋底紧贴着草地飘浮而来。在距他们两三米处，来人停了下来。

"你们好，我以这个外形出现是为了我们之间能更好地交流，不管各位是否认可我的人类形象，我已经尽力了。"来人用英语说，他的话音一如其面孔，极其标准而无特点。

"你是谁？"有人问。

"我是这个宇宙的排险者。"

这个回答中有两个含义深刻的字立刻深入了物理学家们的脑海："这个宇宙"。

"您和加速器的消失有关吗？"总工程师问。

"它在昨天夜里被蒸发了，你们计划中的试验必须被制止。作为补偿，我送给你们这些草，它们能在干旱的沙漠上以很快的速度成长蔓延。"

"可这些都是为了什么呢？"

"这个加速器如果真以最大功率运行，能将粒子加速到10的20次方吉电子伏特，这接近宇宙大爆炸的能量，可能给我们的宇宙带来灾难。"

"什么灾难？"

"真空衰变。"

听到这回答，总工程师扭头看了看身边的物理学家们，他们都沉默不语，紧锁眉头思考着什么。

"还需要进一步解释吗？"排险者问。

"不，不需要了。"丁仪轻轻地摇摇头说。物理学家们本以为排险者会说出一个人类完全无法理解的概念，但没想到，他说出的东西人类的物理学界早在上世纪八十年代初就想到了，只是当时大多数人都认为那不过是一个新奇的假设，与现实毫无关系，以至于现在几乎被遗忘了。

真空衰变的概念最初出现在1980年《物理评论》杂志上的一篇论文中，作者是西德尼·科尔曼和弗兰克·德卢西亚。早在这之前狄拉克就指出，我们宇宙中的真空可能是一种伪真空，在那似乎空无一物的空间里，幽灵般的虚粒子在短得无法想象的瞬间出现又消失，这瞬息间创生与毁灭的话剧在空间的每一点上无休止地上演，使得我们所说的真空实际上是一个沸腾的量子海洋，这就使得真空具有一定的能级。科尔曼和德卢西亚的新思想在于：他们认为某种高能过程可能产生出另一种状态的真空，这种真空的能级比现有的真空低，甚至可能出现能级为零的"真真空"，这种真空的体积开始可能只有一个原子大小，但它一旦形成，周围相邻的高能级真空就会向它的能级跌落，变成与它一样的低能级真空，这就使得低能级真空的体积迅速扩大，形成一个球形，这个低能级真空球的扩张很快就能达到光速，球中的质子和中子将在瞬间衰变，这使得球内的物质世界全部蒸发，一切归于毁灭……

"……以光速膨胀的低能级真空球将在0.03秒内毁灭地球，5个小时内毁灭太阳系，四年后毁灭最近的恒星，十万年后毁灭银河系……没有什么能阻止球体的膨胀，随着时间的推移，整个宇宙都难逃劫难。"排险者说，他的话正好接上了大多数人的思维，难道他能看到人类的思想？！排险者张开双臂，做出一个囊括一切的姿势，"如果把我们的宇宙看作一个广阔的海洋，我们就是海中的鱼儿，我们周围这无边无际的海水是那么清彻透明，以至于我们忘记了它的存在，现在我要告诉你们，这不是海水，是液体炸药，一粒火星就会引发毁灭一切的大灾难。作为宇宙排险者，我的职责就是在这些火星燃到危险的温度前扑灭它。"

丁仪说："这大概不太容易，我们已知的宇宙有二百亿光年半径，即使对于你们这样的超级文明，这也是一个极其广阔的空间。"

排险者笑了笑,这是他第一次笑,这笑同样毫无特点:"没有你想的那么复杂。你们已经知道,我们目前的宇宙,只是大爆炸焰火的余烬,恒星和星系,不过是仍然保持着些许温热的飘散的烟灰罢了,这是一个低能级的宇宙,你们看到的类星体之类的高能天体只存在于遥远的过去,在目前的自然宇宙中,最高级别的能量过程,如大质量物体坠入黑洞,其能级也比大爆炸低许多数量级。在目前的宇宙中,发生创世级别的能量过程的唯一机会,只能来自于其中的智慧文明探索宇宙终极奥秘的努力,这种努力会把大量的能量聚焦到一个微观点上,使这一点达到创世能级。所以,我们只需要监视宇宙中进化到一定程度的文明世界就行了。"

松田诚一问:"那么,你们是从何时起开始注意到人类呢?普朗克时代吗?"

排险者摇摇头。

"那么是牛顿时代?也不是?!不可能远到亚里士多德时代吧?"

"都不是。"排险者说:"宇宙排险系统的运行机制是这样的:它首先通过散布在宇宙中的大量传感器监视已有生命出现的世界,当发现这些世界中出现有能力产生创世能级能量过程的文明时,传感器就发出警报,我这样的排险者在收到警报后将亲临那些世界监视其中的文明,但除非这些文明真要进行创世能级的试验,我们是绝不会对其进行任何干预的。"

这时,在排险者的头部左上方出现了一个黑色的正方形,约两米见方,正方形充满了深不见底的漆黑,仿佛现实被挖了一个洞。几秒钟后,那黑色的空间中出现了一个蓝色的地球影像,排险者指着影像说:"这就是放置在你们世界上方的传感器拍下的地球影像。"

"这个传感器是在什么时候放置于地球的?"有人问。

"按你们的地质学纪年,在古生代末期的石炭纪。"

"石炭纪?!"

"那就是……3亿年前了!"人们纷纷惊呼。

"这……太早了些吧?"总工程师敬畏地问。

"早吗?不,是太晚了,当我们第一次到达石炭纪的地球,看到在广阔的冈瓦纳古陆上,皮肤湿滑的两栖动物在原生松林和沼泽中爬行时,真吓出了一身冷汗。在这之前的相当长的岁月里，这个世界都有可能突然进化出技术文明，所以，传感器应该在古生代开始时的寒武纪或奥陶纪就放置在这里。"

地球的影像向前推来，充满了整个正方形，镜头在各大陆间移动，让人想到一双警惕巡视的眼睛。

排险者说："你们现在看到的影像是在更新世末期拍摄的，距今37万年，对我们来说，几乎是在昨天了。"

地球表面的影像停止了移动，那双眼睛的视野固定在非洲大陆上，这个大陆正处于地球黑夜的一侧，看上去是一个由稍亮些的大洋三面围绕的大墨块。显然大陆上的什么东西吸引了这双眼睛的注意，焦距拉长，非洲大陆向前扑来，很快占据了整个画面，仿佛观察者正在飞速冲向地球表面。陆地黑白相间的色彩渐渐在黑暗中显示出来，白色的是第四纪冰期的积雪，黑色部分很模糊，是森林还是布满乱石的平原，只能由人想象了。镜头继续拉近，一个雪原充满了画面，显示图像的正方形现在全变成白色了，是那种夜间雪地的灰白色，带着暗暗的淡蓝。在这雪原上有几个醒目的黑点，很快可以看出那是几个人影，接着可以看出他们的身形都有些驼背，寒冷的夜风吹起他们长长的披肩乱发。图像再次变黑，一个人仰起的面孔充满了画面，在微弱的光线里无法看清这张面孔的细部，只能看出他的眉骨和颧骨很高，嘴唇长而薄。镜头继续拉近这似乎已不可能再近的距离，一双深陷的眼睛充满了画面，黑暗中的瞳仁中有一些银色的光斑，那是映在其中的变形的星空。

图像定格，一声尖利的鸣叫响起，排险者告诉人们，预警系统报警了。

"为什么？"总工程师不解地问。

"这个原始人仰望星空的时间超过了预警阈值，已对宇宙表现出了充分的好奇，到此为止，已在不同的地点观察到了10例这样的超限事件，符合报警条件。"

"如果我没记错的话，你前面说过，只有当有能力产生创世能级能量过程的文明出现时，预警系统才会报警。"

"你们看到的不正是这样一个文明吗？"

人们面面相觑，一片茫然。

排险者露出那毫无特点的微笑说:"这很难理解吗?当生命意识到宇宙奥秘的存在时,距它最终解开这个奥秘只有一步之遥了。"看到人们仍不明白,他接着说:"比如地球生命,用了四十多亿年时间才第一次意识到宇宙奥秘的存在,但那一时刻距你们建成爱因斯坦赤道只有不到 40 万年时间,而这一进程最关键的加速期只有不到 500 年时间。如果说那个原始人对宇宙的几分钟凝视是看到了一颗宝石,其后你们所谓的整个人类文明,不过是弯腰去拾它罢了。"

丁仪若有所悟地点点头:"要说也是这样,那个伟大的望星人!"

排险者接着说:"以后我就来到了你们的世界,监视着文明的进程,像是守护着一个玩火的孩子,周围被火光照亮的宇宙使这孩子着迷,他不顾一切地把火越燃越旺,直到现在,宇宙已有被这火烧毁的危险。"

丁仪想了想,终于提出了人类科学史上最关键的问题:"这就是说,我们永远不可能得到大统一模型,永远不可能探知宇宙的终极奥秘?"

科学家们呆呆地盯着排险者,像一群在最后审判日里等待宣判的灵魂。

"智慧生命有多种悲哀,这只是其中之一。"排险者淡淡地说。

松田诚一声音颤抖地问:"作为更高一级的文明,你们是如何承受这种悲哀的呢?"

"我们是这个宇宙中的幸运儿,我们得到了宇宙的大统一模型。"

科学家们心中的希望之火又重新开始燃烧。

丁仪突然想到了另一种恐怖的可能:"难道说,真空衰变已被你们在宇宙的某处触发了?"

排险者摇摇头:"我们是用另一种方式得到的大统一模型,这一时说不清楚,以后我可能会详细地讲给你们听。"

"我们不能重复这种方式吗?"

排险者继续摇头:"时机已过,这个宇宙中的任何文明都不可能再重复它。"

"那请把宇宙的大统一模型告诉人类!"

排险者还是摇头。

"求求你,这对我们很重要,不,这就是我们的一切!!"丁仪冲动地去抓排险者的胳膊,但他的手毫无感觉地穿过了排险者的身体。

"知识密封准则不允许这样做。"

"知识密封准则?!"

"这是宇宙中文明世界的最高准则之一,他不允许高级文明向低级文明传递知识(我们把这种行为叫知识的管道传递),低级文明只能通过自己的探索来得到知识。"

丁仪大声说:"这是一个不可理解的准则:如果你们把大统一模型告诉所有渴求宇宙最终奥秘的文明,他们就不会试图通过创世能级的高能试验来得到它,宇宙不就安全了吗?"

"你想的太简单了:这个大统一模型只是这个宇宙的,当你们得到它后就会知道,还存在着无数其他的宇宙,你们接着又会渴求得到制约所有宇宙的超统一模型。而大统一模型在技术上的应用会使你们拥有产生更高能量过程的手段,你们会试图用这种能量过程击穿不同宇宙间的壁垒,不同宇宙间的真空存在着能级差,这就会导致真空衰变,同时毁灭两个或更多的宇宙。知识的管道传递还会对接收它的低级文明产生其他更直接的不良后果和灾难,其原因大部分你们目前还无法理解,所以知识密封准则是绝对不允许违反的。这个准则所说的知识不仅是宇宙的深层秘密,它是指所有你们不具备的知识,包括各个层次的知识:假设人类现在还不知道牛顿三定律或微积分,我也同样不能传授给你们。"

科学家们沉默了,在他们眼中,已升得很高的太阳熄灭了,一切都陷入黑暗之中,整个宇宙顿时变成一个巨大的悲剧,这悲剧之大之广他们一时还无法把握,只能在余生细水长流地受其折磨,事实上他们知道,余生已无意义。

松田诚一瘫坐在草地上,说了一句后来成为名言的话:"在一个不可知的宇宙里,我的心脏懒得跳动了。"

他的话道出了所有物理学家的心声,他们目光呆滞,欲哭无泪。就这样不知过了多长时间,丁仪突然打破沉默:

"我有一个办法,既可以使我得到大统一模型,又不违反知识密封准则。"

排险者对他点点头:"说说看。"

"你把宇宙的终极奥秘告诉我,然后毁灭我。"

"给你3天时间考虑。"排险者说,他的回答不假思索十分迅速,紧接着丁仪的话。

丁仪欣喜若狂:"你是说这可行?!"

排险者点点头。

真理祭坛

人们是这么称呼那个巨大的半球体的,它的直径五十米,底面朝上球面向下放置在沙漠中,远看像一座倒放的山丘。这个半球是排险者用沙子筑成的,当时沙漠中出现了一股巨大的龙卷风,风中那高大的沙柱最后凝聚成这个东西。谁也不知道他是用什么东西使大量的沙子聚合成这样一个精确的半球形状,其强度使它球面朝下放置都不会解体。但半球这样的放置方式使它很不稳定,在沙漠中的阵风里它有明显的摇晃。

据排险者说,在他的那个遥远世界里,这样的半球是一个论坛,在那个文明的上古时代,学者们就聚集在上面讨论宇宙的奥秘。由于这样放置的半球的不稳定性,论坛上的学者们必须小心地使他们的位置均匀地分布,否则半球就会倾斜,使上面的人都滑下来。排险者一直没有解释这个半球形论坛的含义,人们猜测,它可能是暗示宇宙的非平衡态和不稳定。

在半球的一侧,还有一条沙子构筑的长长的坡道,通过它可以从下面走上论坛。在排险者的世界里,这条坡道是不需要的:在纯能化之前的上古时代,他的种族是一种长着透明双翼的生物,可以直接飞到论坛上。这条坡道是专为人类修筑的,他们中的三百多人将通过它走上真理祭坛,用生命换取宇宙奥秘。

3天前,当排险者答应了丁仪的要求后,事情的发展令世界恐慌:在短短一天时间内,有几百人提出了同样的要求,这些人除了世界核子中心的其他科学家外,还有来自世界各国的学者,开始只有物理学家,后来报名者的专业越出了物理学和宇宙学，出现了数学、生物学等其他基础学科的科学家，甚至还有经济学和史学这类非自然科学的学者。这些要求用生命来换取真理的人，都是他们所在学科的刀锋，是科学界精英中的精英，其中诺贝尔奖获得者就占了一半，可以说，在真理祭坛前聚集了人类科学的精华。

真理祭坛前其实已不是沙漠了，排险者在3天前种下的草迅速蔓延，那条草带已宽了两倍，它那已变得不规则的边缘已伸到了真理祭坛下面。在这绿色的草地上聚集了上万人，除了这些即将献身的科学家和世界各大媒体的记者外，还有科学家们的亲人和朋友，两天两夜无休止的劝阻和哀求已使他们心力交瘁，精神都处于崩溃的边缘，但他们还是决定在这最后的时刻做最后的努力。与他们一同做这种努力的还有数量众多的各国政府的代表，其中包括十多位国家元首，他们也竭力留住自己国家的科学精英。

"你怎么把孩子带来了？！"丁仪盯着方琳问，在他们身后，毫不知情的文文正在草地上玩耍，她是这群表情阴沉的人中唯一的快乐者。

"我要让她看着你死。"方琳冷冷地说，她脸色苍白，双眼无目标地平视远方。

"你认为这能阻止我？"

"我不抱希望，但能阻止你女儿将来像你一样。"

"你可以惩罚我，但孩子……"

"没人能惩罚你，你也别把即将发生的事伪装成一种惩罚，你正走在通向自己梦中天堂的路上！"

丁仪直视着爱人的双眼说："琳，如果这是你的真实想法，那么你终于从最深处认识了我。"

"我谁也不认识，现在我的心中只有仇恨。"

"你当然有权恨我。"

"我恨物理学！"

"可如果没有它，人类现在还是丛林和岩洞中愚钝的动物。"

"但我现在并不比它们快乐多少！"

"但我快乐，也希望你能分享我的快乐。"

"那就让孩子也一起分享吧,当她亲眼看到父亲的下场,长大后至少会远离物理学这种毒品!"

"琳,把物理学称为毒品,你也就从最深处认识了它。看,在这两天你真正认识了多少东西,如果你早些理解这些,我们就不会有现在的悲剧了。"

那几位国家元首则在真理祭坛上努力劝说排险者,让他拒绝那些科学家的要求。

美国总统说:"先生——我可以这么称呼您吗?我们的世界里最出色的科学家都在这里了,您真想毁灭地球的科学吗?"

排险者说:"没有那么严重,另一批科学精英会很快涌现并补上他们的位置,对宇宙奥秘的探索欲望是所有智慧生命的本性。"

"既然同为智慧生命,您就忍心杀死这些学者吗?"

"这是他们自己的选择,生命是他们自己的,他们当然可以用它来换取自己认为崇高的东西。"

"这个用不着您来提醒我们!"俄罗斯总统激动地说,"用生命来换取崇高的东西对人类来说并不陌生,在上个世纪的一场战争中,我的国家就有两千多万人这么做了。但现在的事实是,那些科学家的生命什么都换不到!只有他们自己能得知那些知识,这之后,你只给他们10分钟的生存时间!他们对终极真理的欲望已成为一种地地道道的变态,这您是清楚的!"

"我清楚的是,他们是这个星球上仅有的正常人。"

元首们面面相觑,然后都困惑地看着排险者,说他们不明白他的意思。

排险者伸开双臂拥抱天空:"当宇宙的和谐之美一览无遗地展现在你面前时,生命只是一个很小的代价。"

"但他们看到这美后只能再活10分钟!"

"就是没有这10分钟,仅仅经历看到那终极之美的过程,也是值得的。"

元首们又互相看了看,都摇头苦笑。

"随着文明的进化,像他们这样的人会渐渐多起来的,"排险者指指真理祭坛下的科学家们说,"最后,当生存问题完全解决,当爱情因个体的异化和融合而消失,当艺术因过分的精致和晦涩而最终死亡,对宇宙终极美的追求便成为文明存在的唯一寄托，他们的这种行为方式也就符合了整个世界的基本价值观。"

元首们沉默了一会儿，试着理解排险者的话，美国总统突然哈哈大笑起来，"先生，您在耍我们，您在耍弄整个人类！"

排险者露出一脸困惑："我不明白……"

日本首相说："人类还没有笨到你想象的程度，你话中的逻辑错误连小孩子都明白！"

排险者显得更加困惑了："我看不出这有什么逻辑错误。"

美国总统冷笑着说："一万亿年后，我们的宇宙肯定充满了高度进化的文明，照您的意思，对终极真理的这种变态的欲望将成为整个宇宙的基本价值观，那时全宇宙的文明将一致同意，用超高能的试验来探索囊括所有宇宙的超统一模型，不惜在这种试验中毁灭包括自己在内的一切？您想告诉我们这种事会发生？！"

排险者盯着元首们长时间不说话，那怪异的目光使他们不寒而栗，他们中有人似乎悟出了什么：

"您是说……"

排险者举起一只手制止他说下去，然后向真理祭坛的边缘走去，在那里，他用响亮的声音对所有人说：

"你们一定很想知道我们是如何得到这个宇宙的大统一模型的，现在可以告诉你们了。

"很久很久以前，我们的宇宙比现在小得多，而且很热，恒星还没有出现，但已有物质从能量中沉淀出来，形成弥漫在发着红光的太空中的星云。这时生命已经出现了，那是一种力场与稀薄的物质共同构成的生物，其个体看上去很像太空中的龙卷风。这种星云生物的进化速度快得像闪电，很快产生了遍布全宇宙的高度文明。当星云文明对宇宙终极真理的渴望达到顶峰时，全宇宙的所有世界一致同意，冒着真空衰变的危险进行创世能级的试验，以探索宇宙的大统一模型。

"星云生物操纵物质世界的方式与现今宇宙中的生命完全不同，由于没有足够多的物质可供使用，他们的个体自己进化为自己想要的东西。在最后的决定做出后，某些世界中的一些个体飞快地进化，把自己进化为加速器的一部分。最后，上百万个这样的星云生物排列起来，组成了一台能把粒子加速到创世能级的高能加速器。加速器启动后，暗红色的星云中出现了一个发出耀眼蓝光的灿烂光环。

"他们深知这个试验的危险，在试验进行的同时把得到的结果用引力波发射出去，引力波是唯一能在真空衰变后存留下来的信息载体。

"加速器运行了一段时间后，真空衰变发生了，低能级的真空球从原子大小以光速膨胀，转眼间扩大到天文尺度，内部的一切蒸发殆尽。真空球的膨胀速度大于宇宙的膨胀速度，虽然经过了漫长的时间，最后还是毁灭了整个宇宙。

"漫长的岁月过去了，在空无一物的宇宙中，被蒸发的物质缓慢地重新沉淀凝结，星云又出现了，但宇宙一片死寂，直到恒星和行星出现，生命才在宇宙中重新萌发。而这时，早已毁灭的星云文明发出的引力波还在宇宙中回荡，实体物质的重新出现使它迅速衰减，但就在它完全消失以前，被新宇宙中最早出现的文明接收到，它所带的信息被破译，从这远古的试验数据中，新文明得到了大统一模型。他们发现，对建立模型最关键的数据，是在真空衰变前万分之一秒左右产生的。

"让我们的思绪再回到那个毁灭中的星云宇宙，由于真空球以光速膨胀，球体之外的所有文明世界都处于光锥视界之外，不可能预知灾难的到来，在真空球到达之前，这些世界一定在专心地接收着加速器产生的数据。在他们收到足够建立大统一模型的数据后的万分之一秒，真空球毁灭了一切。但请注意一点：星云生物的思维频率极高，万分之一秒对他们来说是一段相当长的时间，所以他们有可能在生命的最后时刻推导出了大统一模型。当然，这也可能只是我们的一种自我安慰，更有可能的是他们最后什么也没推导出来，星云文明掀开了宇宙的面纱，但他们自己没来得及向宇宙那终极的美瞥一眼就毁灭了。更为可敬的是，开始试验前他们可能已经想到了这种可能，牺牲自己，把那些包含着宇宙终极秘密的数据传给遥远未来的文明。

"现在你们应该明白，对宇宙终极真理的追求，是文明的最终目标和归宿。"

排险者的讲述使真理祭坛上下的所有人陷入长久的沉思中，不管这个世界对他最后那句话是否认同，有一点可以肯定：它将对今后人类思想和文化的进程产生重大影响。

美国总统首先打破沉默说："您为文明描述了一幅阴暗的前景，难道生命这漫长进程中所有的努力和希望，都是为了那飞蛾扑火的一瞬间？"

"飞蛾并不觉得阴暗，它至少享受了短暂的光明。"

"人类绝不可能接受这样的人生观！"

"这完全可以理解。在我们这个真空衰变后重生的宇宙中，文明还处于萌芽阶段，各个世界都有自己的生活方式，追求着不同的目标，对大多数世界来说，对终极真理的追求并不具有至高无上的意义，为此而冒着毁灭宇宙的危险，对宇宙中大多数生命是不公平的。即使在我自己的世界中，也并非所有的成员都愿意为此牺牲一切。所以，我们自己没有继续进行探索超统一模型的高能试验，并在整个宇宙中建立了排险系统。但我们相信，随着文明的进化，总有一天宇宙中的所有世界都会认同文明的终极目标。其实就是现在，就是在你们这样一个婴儿文明中，已经有人认同了这个目标。好了，时间快到了，如果各位不想用生命换取真理，就请你们下去，让那些想这么做的人上来。"

元首们走下真理祭坛，来到那些科学家面前，进行最后的努力。

法国总统说："能不能这样：把这事稍往后放一放，让我陪大家去体验另一种生活，让我们放松自己，在黄昏的鸟鸣中看着夜幕降临大地，在银色的月光下听着怀旧的音乐，喝着美酒想着你心爱的人……这时你们就会发现，终极真理并不像你们想的那么重要，与你们追求的虚无飘渺的宇宙和谐之美相比，这样的美更让人陶醉。"

一位物理学家冷冷地说："所有的生活都是合理的，我们没必要互相理解。"

法国元首还想说什么，美国总统已失去了耐心："好了，不要对牛弹琴了！您还看不出来这是怎样一群毫无责任心的人？还看不出这是怎样一群骗子？！他们声称为全人类的利益而研究，其实只是拿社会的财富满足自己的欲望，满足他们对那种玄虚的宇宙和谐美的变态欲望，这和拿公款嫖娼有什么区别？！"

丁仪挤上前来拍拍他的肩膀笑着说："总统先生，科学发展到今天，终于有人对它的本质进行了比较准确的定义。"

旁边的松田诚一说："我们早就承认这点，并反复声明，但一直没人相信我们。"

交　换

生命和真理的交换开始了。

第一批八位数学家沿着长长的坡道向真理祭坛上走去。这时，沙漠上没有一丝风，仿佛大自然屏住了呼吸，寂静笼罩着一切，刚刚升起的太阳把他们的影子长长地投在沙漠上，那几条长影是这个凝固的世界中唯一能动的东西。

数学家们的身影消失在真理祭坛上，下面的人们看不到他们了。所有的人都凝神听着，他们首先听到祭坛上传来的排险者的声音，在死一般的寂静中这声音很清晰：

"请提出问题。"

接着是一位数学家的声音："我们想看到费尔玛和哥德巴赫两个猜想的最后证明。"

"好的，但证明很长，时间只够你们看关键的部分，其余用文字说明。"

排险者是如何向科学家们传授知识的，以后对人类一直是个谜。在远处的监视飞机上拍下的图像中，科学家们都在仰起头看着天空，而他们看的方向上空无一物，一个普遍被接受的说法是：外星人用某种思维波把信息直接输入到他们的大脑中。但实际情况比那要简单的多：排险者把信息投射在天空上，在真理祭坛上的人看来，整个地球的天空变成了一个显示屏，而在祭坛之外的角度什么都看不到。

一个小时过去了，真理祭坛上有个声音打破了寂静，有人说："我们看完了。"

接着是排险者平静的回答："你们还有 10 分钟的时间。"

真理祭坛上隐隐传来了多个人的交谈声,只能听清只言片语,但能清楚地感受到那些人的兴奋和喜悦,像是一群在黑暗的隧道中跋涉了一年的人突然看到了洞口的光亮。

"……这完全是全新的……""……怎么可能……""……我以前在直觉上……""……天啊,真是……"

当 10 分钟就要结束时,真理祭坛上响起了一个清晰的声音:"请接受我们 8 个人真诚的谢意。"

真理祭坛上闪起一片强光,强光消失后,下面的人们看到 8 个等离子体火球从祭坛上升起,轻盈地向高处飘升,它们的光度渐渐减弱,由明亮的黄色变成柔和的橘红色,最后一个接一个地消失在蓝色的天空中,整个过程悄无声息。从监视飞机上看,真理祭坛上只剩下排险者站在圆心。

"下一批!"他高声说。

在上万人的凝视下,又有 11 个人走上了真理祭坛。

"请提出问题。"

"我们是古生物学家,想知道地球上恐龙灭绝的真正原因。"

古生物学家们开始仰望长空,但所用的时间比刚才数学家们短得多,很快有人对排险者说:"我们知道了,谢谢!"

"你们还有 10 分钟。"

"……好了,七巧板对上了……""……做梦也不会想到那方面去……""……难道还有比这更……"

然后强光出现又消失,11 个火球从真理祭坛上飘起,很快消失在沙漠上空。

……

一批又一批的科学家走上真理祭坛,完成了生命和真理的交换,在强光中化为美丽的火球飘逝而去。

一切都在庄严与宁静中进行,真理祭坛下面,预料中生离死别的景象并没有出现,全世界的人们静静地看着这壮丽的景象,心灵被深深地震慑了,人类在经历着一场有史以来最大的灵魂洗礼。

一个白天的时间不知不觉过去了，太阳已在西方地平线处落下了一半，夕阳给真理祭坛洒上了一层金辉。物理学家们开始走向祭坛，他们是人数最多的一批，有86人。就在这一群人刚刚走上坡道时，从日出时一直持续到现在的寂静被一个童声打破了。

"爸爸！！"文文哭喊着从草坪上的人群中冲出来，一直跑到坡道前，冲进那群物理学家中，抱住了丁仪的腿，"爸爸，我不让你变成火球飞走！！"

丁仪轻轻抱起了女儿，问她："文文，告诉爸爸，你能记起来的最让自己难受的事是什么？"

文文抽泣着想了几秒钟，说："我一直在沙漠里长大，最……最想去动物园，上次爸爸去南方开会，带我去了那边的一个大大的动物园，可刚进去，你的电话就响了，说工作上有急事，那是个天然动物园，小孩儿一定要大人们带着才能进去，我也只好跟你回去了，后来你再也没时间带我去。爸爸，这是最让我难受的事儿，在回来的飞机上我一直哭。"

丁仪说："但是，好孩子，那个动物园你以后肯定有机会去，妈妈以后会带文文去的。爸爸现在也在一个大动物园的门口，那里面也有爸爸做梦都想看到的神奇的东西，而爸爸如果这次不去，以后真的再也没机会了。"

文文用泪汪汪的大眼睛呆呆地看了爸爸一会儿，点点头说："那……那爸爸就去吧。"

方琳走过来，从丁仪怀中抱走了女儿，眼睛看着前面矗立的真理祭坛说："文文，你爸爸是世界上最坏的爸爸，但他真的很想去那个动物园。"

丁仪两眼看着地面，用近乎祈求的声调说："是的文文，爸爸真的很想去。"

方琳用冷冷的目光看着丁仪说："冷血的基本粒子，去完成你最后的碰撞吧，记住，我绝不会让你女儿成为物理学家的！"

这群人正要转身走去，另一个女性的声音使他们又停了下来。

"松田君，你要再向上走，我就死在你面前！"

说话的是一位娇小美丽的日本姑娘，她此时站在坡道起点的草地上，把一支银色的小手枪顶在自己的太阳穴上。

松田诚一从那群物理学家中走了出来，走到姑娘的面前，直视着她的双眼说："泉子，还记得北海道那个寒冷的早晨吗？你说要出道题考验我是否真的爱你，你问我，如果你的脸在火灾中被烧得不成样子，我该怎么办？我说我将忠贞不渝地陪伴你一生。你听到这回答后很失望，说我并不是真的爱你，如果我真的爱你，就会弄瞎自己的双眼，让一个美丽的泉子永远留在心中。"

泉子拿枪的手没有动，但美丽的双眼盈满了泪水。

松田诚一接着说："所以，亲爱的，你深知美对一个人生命的重要，现在，宇宙终极之美就在我面前，我能不看她一眼吗？"

"你再向上走一步我就开枪！"

松田诚一对她微笑了一下，轻声说："泉子，天上见。"然后转身和其他物理学家一起沿坡道走向真理祭坛，身后脆弱的枪声、脑浆溅落在草地上的声音和柔软的躯体倒地的声音，都没使他们回头。

物理学家们走上了真理祭坛那圆形的顶面，在圆心，排险者微笑着向他们致意。突然间，映着晚霞的天空消失了，地平线处的夕阳消失了，沙漠和草地都消失了，真理祭坛悬浮于无际的黑色太空中，这是创世前的黑夜，没有一颗星星。排险者挥手指向一个方向，物理学家们看到在遥远的黑色深渊中有一颗金色的星星，它开始小得难以看清，后来由一个亮点渐渐增大，开始具有面积和形状，他们看出那是一个向这里漂来的旋涡星系。星系很快增大，显出它磅礴的气势。距离更近一些后，他们发现星系中的恒星都是数字和符号，它们组成的方程式构成了这金色星海中的一排排波浪。

宇宙大统一模型缓慢而庄严地从物理学家们的上空移过。

……

当86个火球从真理祭坛上升起时，方琳眼前一黑倒在草地上，她隐约听到文文的声音：

"妈妈，那些哪个是爸爸？"

最后一个上真理祭坛的人是史蒂芬·霍金，他的电动轮椅沿着长长的坡道慢慢向上移动，像一只在树枝上爬行的昆虫。他那仿佛已抽去骨骼的绵软的身躯瘫陷在轮椅中,像一支在高温中变软且即将熔化的蜡烛。

轮椅终于开上了祭坛,在空旷的圆面上开到了排险者面前。这时,太阳落下了一段时间,暗蓝色的天空中有零星的星星出现,祭坛周围的沙漠和草地模糊了。

"博士,您的问题?"排险者问,对霍金,他似乎并没有表示出比对其他人更多的尊重,他面带着毫无特点的微笑,听着博士轮椅上的扩音器中发出的呆板的电子声音:

"宇宙的目的是什么?"

天空中没有答案出现,排险者脸上的微笑消失了,他的双眼中掠过了一丝不易觉察的恐慌。

"先生?"霍金问。

仍是沉默,天空仍是一片空旷,在地球的几缕薄云后面,宇宙的群星正在涌现。

"先生?"霍金又问。

"博士,出口在您后面。"排险者说。

"这是答案吗?"

排险者摇摇头:"我是说您可以回去了。"

"你不知道?"

排险者点点头说:"我不知道。"这时,他的面容第一次不仅是一个人类符号,一阵悲哀的黑云涌上这张脸,这悲哀表现得那样生动和富有个性,这时谁也不怀疑他是一个人,而且是一个最平常因而最不平常的普通人。

"我怎么知道。"排险者喃喃地说。

尾 声

15年之后的一个夜晚,在已被变成草原的昔日的塔克拉玛干沙漠上,有一对母女正在交谈。母亲四十多岁,但白发已过早出现在她的双鬓,从那饱经风霜的双眼中透出的,除了忧伤就是疲倦。女儿是一位苗条的少女,大而清澈的双眸中映着晶莹的星光。

母亲在柔软的草地上坐下来，两眼失神地看着模糊的地平线说："文文，你当初报考你爸爸母校的物理系，现在又要攻读量子引力专业的博士学位，妈都没拦你。你可以成为一名理论物理家，甚至可以把这门学科当作自己唯一的精神寄托，但，文文，妈求你了，千万不要越过那条线啊！"

文文仰望着灿烂的银河，说："妈妈，你能想象，这一切都来自于两百亿年前一个没有大小的奇点吗？宇宙早就越过那条线了。"

方琳站起来，抓着女儿的肩膀说："孩子，求你别这样！"

文文双眼仍凝视着星空，一动不动。

"文文，你在听妈妈说话吗？你怎么了？！"方琳摇晃着女儿，文文的目光仍被星海吸住收不回来，她盯着群星问：

"妈妈，宇宙的目的是什么？"

"啊……不——"方琳彻底崩溃了，又跌坐在草地上，双手捂着脸抽泣着，"孩子，别，别这样！"

文文终于收回了目光，蹲下来扶着妈妈的双肩，轻声问道："那么，妈妈，人生的目的是什么？"

这个问题像一块冰，使方琳灼烧的心立刻冷了下来，她扭头看了女儿一眼，然后看着远方深思着，15年前，就在她看着的那个方向，曾矗立过真理祭坛，再远些，爱因斯坦赤道曾穿过沙漠。

微风吹来，草海上涌起道道波纹，仿佛是星空下无际的骚动的人海，向整个宇宙无声地歌唱着。

"不知道，我怎么知道呢？"方琳喃喃地说。

乡村教师

作者附言：

这篇小说同我以前的作品相比有一些变化，主要是不那么"硬"了，重点放在营造意境上。不要被开头所迷惑，它不是你想象的那种东西。我不敢说它的水准高到哪里去，但从中你将看到中国科幻史上最离奇最不可思议的意境。

他知道，这最后一课要提前讲了。

又一阵剧痛从肝部袭来，几乎使他晕厥过去。他已没气力下床了，便艰难地移近床边的窗口。月光映在窗纸上，银亮亮的，使小小的窗户看上去像是通向另一个世界的门，那个世界的一切一定都是银亮亮的，像用银子和不冻人的雪做成的盆景。他颤颤地抬起头，从窗纸的破洞中望出去，幻觉立刻消失了，他看到了远处自己度过了一生的村庄。

村庄静静地卧在月光下，像是百年前就没人似的。那些黄土高原上特有的平顶小屋，形状上同村子周围的黄土包没啥区别，在月夜中颜色也一样，整个村子仿佛已融入这黄土坡之中。只有村前那棵老槐树很清楚，树上干枯枝权间的几个老鸦窝更是黑黑的，像是滴在这暗银色画面上的几滴醒目的墨点……其实村子也有美丽温暖的时候，比如秋收时，外面打工的男人女人们大都回来了，村里有了人声和笑声，家家屋顶上是金灿灿的玉米，打谷场上娃们在秸秆堆里打滚；再比如过年的时候，打谷场被汽灯照得通亮，在那里连着几天闹红火，摇旱船，舞狮子。那几个狮子只剩下咔嗒作响的木头脑壳，上面油漆都脱了，村里没钱置新狮子皮，就用几张床单代替，玩得也挺高兴……但十五一过，村里的青壮年都外出打工挣生活去了，村子一下没了生气。只有每天黄昏，当稀拉拉几缕炊烟升起时，村头可能出现一两个老人，扬起山核桃一样的脸，眼巴巴地望着那条通向山外的路，直到在老槐树挂住的最后一抹夕阳消失。天黑后，村里早早就没了灯光，娃娃和老人们睡得都早，电费贵，现在到了一块八一度了。

　　这时村里隐约传出了一声狗叫，声音很轻，好像那狗在说梦话。他看着月光下村子周围的黄土地，突然觉得那好像纹丝不动的水面。要真是水就好了，今年是连着第五个旱年了，要想有收成，又要挑水浇地了。想起田地，他的目光向更远方移去，那些小块的山田，月光下像一个巨人登山时留下的一个个脚印。在这只长荆条和毛蒿的石头山上，田也只能是这么东一小块西一小块的，别说农机，连牲口都转不开身，只能凭人力种了。去年一家什么农机厂到这儿来，推销一种微型手扶拖拉机，可以在这些巴掌大的地里干活儿。那东西真是不错，可村里人说他们这是闹笑话哩！他们想过那些巴掌地能产出多少东西来吗？就是绣花似的种，能种出一年的口粮就不错了，遇上这样的旱年，可能种子钱都收不回来呢！为这样的田买那三五千元一台的拖拉机，再搭上两块多钱一升的柴油？！唉，这山里人的难处，外人哪能知晓呢？

　　这时，窗前走过了几个小小的黑影，这几个黑影在不远的田垄上围成一圈蹲下来，不知要干什么。他知道这都是自己的学生，其实只要他们在近旁，不用眼睛他也能感觉到他们的存在，这直觉是他一生积累出来的，只是在这生命的最后时间里更敏锐了。

　　他甚至能认出月光下的那几个孩子，其中肯定有刘宝柱和郭翠花。这两个孩子都是本村人，本来不必住校的，但他还是收他们住了。刘宝柱的爹10年前买了个川妹子成亲，生了宝柱，5年后娃大了，对那女人看得也松了，结果有一天她跑回四川了，还卷走了家里所有的钱。这以后，宝柱爹也变得不成样儿了，开始是赌，同村子里那几个老光棍一样，把个家折腾得只剩四堵墙一张床；然后是喝，每天晚上都用8毛钱一斤的地瓜烧把自己灌得烂醉，拿孩子出气，每天一小揍三天一大揍，直到上个月的一天半夜，他抡了根烧火棍差点把宝柱的命要了。郭翠花更惨了，要说她妈还是正经娶来的，这在这儿可是个稀罕事，男人也很荣光了，可好景不长，喜事刚办完大家就发现她是个疯子，之所以迎亲时没看出来，大概是吃了什么药。本来嘛，好端端的女人哪会到这穷得鸟都不拉屎的地方来？但不管怎么说，翠花还是生下来了，并艰难地长大。但她那疯妈妈的病也越来越重，犯起病来，白天拿菜刀砍人，晚上放火烧房，更多的时间还是在阴森森地笑，那声音让人汗毛直竖……

剩下的都是外村的孩子了，他们的村子距这里最近的也有十里山路，只能住校了。在这所简陋的乡村小学里，他们一住就是一个学期。娃们来时，除了带自己的铺盖，每人还背了一袋米或面，十多个孩子在学校的那个大灶做饭吃。当冬夜降临时，娃们围在灶边，看着菜面糊糊在大铁锅中翻腾，灶膛里秸秆橘红色的火光映在他们脸上……这是他一生中看到过的最温暖的画面，他会把这画面带到另一个世界的。

窗外的田垄上，在那圈娃们中间，亮起了几点红色的小火星星，在这一片银灰色的月夜的背景上，火星星的红色格外醒目。这些娃们在烧香，接着他们又烧起纸来，火光把娃们的形象以橘红色在冬夜银灰色的背景上显现出来，这使他又想起了那灶边的画面。他脑海中还出现了另外一个类似的画面：当学校停电时（可能是因为线路坏了，但大多数时间是因为交不起电费），他给娃们上晚课。他手里举着一根蜡烛照着黑板，"看见不？"他问，"看不显！"娃们总是这样回答，那么一点点亮光，确实难看清，但娃们缺课多，晚课是必须上的。于是他再点上一根蜡，手里两根举着。"还是不显！"娃们喊，他于是再点上一根，虽然还是看不清，娃们不喊了，他们知道再喊老师也不会加蜡了，蜡太多了也是点不起的。烛光中，他看到下面那群娃们的面容时隐时现，像一群用自己的全部生命拼命挣脱黑暗的小虫虫。

娃们和火光，娃们和火光，总是娃们和火光，总是夜中的娃们和火光，这是这个世界深深刻在他脑子中的画面，但始终不明其含义。

他知道娃们是在为他烧香和烧纸，他们以前多次这么干过，只是这次，他已没有力气像以前那样斥责他们迷信了。他用尽了一生在娃们的心中燃起科学和文明的火苗，但他明白，同笼罩着这偏远山村的愚昧和迷信相比，那火苗是多么弱小，像这深山冬夜中教室里的那根蜡烛。半年前，村里的一些人来到学校，要从本来已很破旧的校舍取下椽子木，说是修村头的老君庙用。问他们校舍没顶了，娃们以后住哪儿，他们说可以睡教室里嘛，他说那教室四面漏风，大冬天能住？他们说反正都外村人。他拿起一根扁担和他们拼命，结果被人家打断了两根肋骨。好心人抬着他走了三十多里山路，送到了镇医院。

就是在那次检查伤势时，意外发现他患了食道癌。这并不稀奇，这一带是食道癌高发区。镇医院的医生恭喜他因祸得福，因为他的食道癌现处于早期，还未扩散，动手术就能治愈，食道癌是手术治愈率最高的癌症之一，他算捡了条命。

于是他去了省城，去了肿瘤医院，在那里他问医生动一次这样的手术要多少钱，医生说像你这样的情况可以住我们的扶贫病房，其他费用也可适当减免，最后下来不会太多的，也就两万多元吧。想到他来自偏远山区，医生接着很详细地给他介绍住院手续怎么办，他默默地听着，突然问：

"要是不手术，我还有多长时间？"

医生呆呆地看了他好一阵儿，才说："半年吧。"并不解地看到他长出了一口气，好像得到了很大安慰。

至少能送走这届毕业班了。

他真的拿不出这两万多元。虽然民办教师工资很低，但干了这么多年，孤身一人无牵无挂，按说也能攒下一些钱了。只是他把钱都花在娃们身上了，他已记不清给多少学生代交了学杂费，最近的就有刘宝柱和郭翠花；更多的时候，他看到娃们的饭锅里没有多少油星星，就用自己的工资买些肉和猪油回来……反正到现在，他全部的钱也只有手术所需要的十分之一。

沿着省城那条宽长的大街，他向火车站走去。这时天已黑了，城市的霓虹灯开始发出迷人的光芒，那光芒之多彩之斑斓，让他迷惑；还有那些高楼，一入夜就变成了一盏盏高耸入云的巨大彩灯。音乐声在夜空中飘荡，疯狂的、轻柔的，走一段一个样。

就在这个不属于他的世界里，他慢慢地回忆起自己不算长的一生。他很坦然，各人有各人的命，早在20年前初中毕业回到山村小学时，他就选定了自己的命。再说，他这条命很大一部分是另一位乡村教师给的。他就是在自己现在任教的这所小学度过童年的，他爹妈死得早，那所简陋的乡村小学就是他的家，他的小学老师把他当亲儿子待，日子虽然穷，但他的童年并不缺少爱。那年，放寒假了，老师要把他带回自己的家里过冬。老师的家很远，他们走了很长的积雪的山路，当看到老师家所在的村子的一点灯光时，已是半夜了。这时他们看到身后不远处有四点绿莹莹的亮光，那是两双狼眼。那时山里狼很多的，学校周围就能看到一堆堆狼屎。有一次他淘气，把那灰白色的东西点着扔进教室里，使浓浓的狼烟充满了教室，把娃们都呛得跑了出来，让老师很生气。现在，那两只狼向他们慢慢逼近，老师折下一根粗树枝，挥动着它拦住狼的来路，同时大声喊着让他向村里跑。他当时吓糊涂了，只顾跑，只想着那狼会不会绕过老师来追他，只想着会不会遇到其他的狼。当他上气不接下气地跑进村子，然后同几个拿猎枪的汉子去接老师时，发现他躺在一片已冻成糊状的血泊中，半条腿和整只胳膊都被狼咬掉了。老师在送往镇医院的路上就咽了气，当时在火把的光芒中，他看到了老师的眼睛，老师的腮帮被深深地咬下一大块，已说不出话，但用目光把一种心急如焚的牵挂传给了他，他读懂了那牵挂，记住了那牵挂。

　　初中毕业后，他放弃了在镇政府里一个不错的工作机会，直接回到了这个举目无亲的山村，回到了这所老师牵挂的乡村小学，这时，学校因为没有教师已荒废好几年了。

　　前不久，教委出台新政策，取消了民办教师，其中的一部分经考试考核转为公办。当他拿到教师证时，知道自己已成为一名国家承认的小学教师了，很高兴，但也只是高兴而已，不像别的同事们那么激动。他不在乎什么民办公办，他只在乎那一批又一批的娃们，从他的学校读完了小学，走向生活。不管他们是走出山去还是留在山里，他们的生活同那些没上过一天学的娃们总是有些不一样的。

　　他所在的山区，是这个国家最贫困的地区之一。但穷不是最可怕的，最可怕的是那里的人们对现状的麻木。记得那是好多年前了，搞包产到户，村里开始分田，然后又分其他的东西。对于村里唯一的一台拖拉机，大伙对于油钱怎么出、机时怎么分配总也谈不拢，最后唯一大家都能接受的办法是把拖拉机分了，真的分了，你家拿一个轮子他家拿一根轴……再就是两个月前，有一家工厂来扶贫，给村里安了一台潜水泵，考虑到用电贵，人家还给带了一台小柴油机和足够的柴油，挺好的事儿，但人家前脚走，村里后脚就把机器都卖了，连泵带柴油机，只卖了1500块钱，全村好吃了两顿，算是过了个好年……一家皮革厂来买地建厂，村民们什么都不清楚就把地卖了，那厂子建起后，硝皮子的毒水流进了河里，渗进了井里，人一喝了那些水浑身起红疙瘩，就这也没人在乎，还沾沾自喜那地卖了个好价钱……看村里那些娶不上老婆的光棍汉们，每天除了赌就是喝，但不去种地，他们能算清：穷到了头县里每年总会有些救济，那钱算下来也比在那巴掌大的山地里刨一年土坷垃挣得多……没有文化，人们都变得下作了，那里的穷山恶水固然让人灰心，但真正让人感到没指望的，是山里人那呆滞的目光。

　　他走累了，就在人行道边坐下来。他面前，是一家豪华的大餐馆，那餐馆靠街的一整堵墙全是透明玻璃，华丽的枝形吊灯把光芒投射到外面。整个餐馆像一个巨大的鱼缸，里面穿着华贵的客人们则像一群多彩的观赏鱼。他看到在靠街的一张桌子旁坐着一个胖男人，这人头发和脸似乎都在冒油，使他看上去像是用一大团表面涂了油的蜡做的。他两旁各坐着一个身材高挑穿着暴露的女郎，那男人转头对一个女郎说了句什么，把她逗得大笑起来，那男人跟着笑起来，而另一个女郎则娇嗔地用两个小拳头捶那个男人……真没想到还有个子这么高的女孩子，秀秀的个儿，大概只到她们一半……他叹了口气，唉，又想起秀秀了。

　　秀秀是本村唯一一个没有嫁到山外的姑娘，也许是因为她从未出过山，怕外面的世界，也许是别的什么原因。他和秀秀好过两年多，最后那阵好像就成了，秀秀家里也通情达理，只要1500块的肚疼钱（注：西北一些农村地区彩礼的一个名目，意思是对娘生女儿肚子疼的补偿）。但后来，村子里一些出去打工的人赚了些钱回来，和他同岁的二蛋虽不识字但脑子活，去城里干起了挨家挨户清洗抽油烟机的活儿，一年下来竟能赚个万把块钱。前年回来待了一个月，秀秀不知怎的就跟这个二蛋好上了。秀秀一家全是睁眼瞎，家里粗糙的干打垒墙壁上，除了贴着一团一团用泥巴和起来的瓜种子，还划着长长短短的道道儿，那是她爹多少年来记的账……秀秀没上过学，但自小对识文断字的人有好感，这是她同他好的主要原因。但二蛋的一瓶廉价香水和一条镀金项链就把这种好感全打消了，"识文断字又不能当饭吃。"秀秀对他说。虽然他知道识文断字是能当饭吃的，但具体到他身上，吃的确实比二蛋差好远，所以他也说不出什么。秀秀看他那样儿，转身走了，只留下一股让他皱鼻子的香水味。

和二蛋成亲一年后，秀秀生娃儿死了。他还记得那个接生婆，把那些锈不拉叽刀刀铲铲放到火上烧一烧就向里捅，秀秀可倒霉了，血流了一铜盆，在送镇医院的路上就咽气了。成亲办喜事儿的时候，二蛋花了3万块钱，那排场在村里真是风光死了，可他怎的就舍不得花点钱让秀秀到镇医院去生娃呢？后来他一打听，这花费一般也就二三百元，就二三百元呀。但村里历来都是这样儿，生娃是从不去医院的。所以没人怪二蛋，秀秀就这命。后来他听说，比起二蛋妈来，她还算幸运。生二蛋时难产，二蛋爹从产婆那儿得知是个男娃，就决定只要娃了。于是二蛋妈被放到驴子背上，让那驴子一圈圈走，硬是把二蛋挤出来，听当时看见的人说，在院子里血流了一圈……

想到这里他长出了一口气，笼罩着家乡的愚昧和绝望使他窒息。

但娃们还是有指望的，那些在冬夜寒冷的教室中，盯着烛光照着的黑板的娃们就是希望，他就是那蜡烛，不管能点多长时间，发出的光有多亮，他总算是从头点到尾了。

他站起身来继续走，没走多远就拐进了一家书店，城里就是好，还有夜里开门的书店。除了回程的路费，他把身上所有的钱都买了书，以充实他的乡村小学里那小小的图书室。半夜，提着那两捆沉重的书，他踏上了回家的火车。

在距地球五万光年的远方，在银河系的中心，一场延续了两万年的星际战争已接近尾声。

那里的太空中渐渐隐现出一个方形区域，仿佛灿烂群星的背景被剪出一个方口，这个区域的边长约十万公里，区域的内部是一种比周围太空更黑的黑暗，让人感到一种虚空中的虚空。从这黑色的正方形中，开始浮现出一些实体，它们形状各异，都有月球大小，呈耀眼的银色。这些物体越来越多，并组成一个整齐的立方体方阵。这银色的方阵庄严地驶出黑色正方形，两者构成了一幅挂在宇宙永恒墙壁上的镶嵌画，这幅画以绝对黑体的正方形天鹅绒为衬底，由纯净的银光耀眼的白银小构件整齐地镶嵌而成。这又仿佛是一首宇宙交响乐的固化。渐渐地，黑色的正方形消融在星空中，群星填补了它的位置，银色的方阵庄严地悬浮在群星之间。

银河系碳基联邦的星际舰队，完成了本次巡航的第一次时空跃迁。

在舰队的旗舰上，碳基联邦的最高执政官看着眼前银色的金属大地，大地上布满了错综复杂的纹路，像一块无限广阔的银色蚀刻电路板，不时有几个闪光的水滴状小艇出现在大地上，沿着纹路以令人目眩的速度行驶几秒钟，然后无声地消失在一口突然出现的深井中。时空跃迁带过来的太空尘埃被电离，成为一团团发着暗红色光的云，笼罩在银色大地的上空。

最高执政官以冷静著称，他周围那似乎永远波澜不惊的淡蓝色智能场就是他人格的象征，但现在，像周围的人一样，他的智能场也微微泛出黄光。

"终于结束了。"最高执政官的智能场振动了一下，把这个信息传送给站在他两旁的参议员和舰队统帅。

"是啊，结束了。战争的历程太长太长，以致我们都忘记了它的开始。"参议员回答。

这时，舰队开始了亚光速巡航，它们的亚光速发动机同时启动，旗舰周围突然出现了几千个蓝色的太阳，银色的金属大地像一面无限广阔的镜子，把蓝太阳的数量又复制了一倍。

远古的记忆似乎被点燃了，其实，谁能忘记战争的开始呢？这记忆虽然遗传了几百代，但在碳基联邦的万亿公民的脑海中，它仍那么鲜活，那么铭心刻骨。

两万年前的那一时刻，硅基帝国从银河系外围对碳基联邦发动全面进攻。在长达一万光年的战线上，硅基帝国的五百多万艘星际战舰同时开始恒星蛙跳。每艘战舰首先借助一颗恒星的能量打开一个时空蛙洞，然后从这个蛙洞时空跃迁至另一个恒星，再用这颗恒星的能量打开第二个蛙洞继续跃迁……由于打开蛙洞消耗了恒星大量的能量，使得恒星的光谱暂时向红端移动,当飞船从这颗恒星完成跃迁后,它的光谱渐渐恢复原状。当几百万艘战舰同时进行恒星蛙跳时,所产生的这种效应是十分恐怖的:银河系的边缘出现一条长达一万光年的红色光带,这条光带向银河系的中心移过来。这个景象在光速视界是看不到的,但在超空间监视器上显示出来。那条由变色恒星组成的红带,如同一道一万光年长的血潮,向碳基联邦的疆域涌来。

碳基联邦最先接触硅基帝国攻击前锋的是绿洋星,这颗美丽的行星围绕着一对双星恒星运行,她的表面全部被海洋覆盖。那生机盎然的海洋中漂浮着由柔软的长藤植物构成的森林,温和美丽、身体晶莹透明的绿洋星人在这海中的绿色森林间轻盈地游动,创造了绿洋星伊甸园般的文明。突然,几万道刺目的光束从天而降,硅基帝国舰队开始用激光蒸发绿洋星的海洋。在很短的时间内,绿洋星变成了一口沸腾的大锅,这颗行星上包括50亿绿洋星人在内的所有生物在沸水中极度痛苦地死去,它们被煮熟的有机质使整个海洋变成了绿色的浓汤。最后海洋全部蒸发了,昔日美丽的绿洋星变成了一个由厚厚蒸汽包裹着的地狱般的灰色行星。

这是一场几乎波及整个银河系的星际大战,是银河系中碳基和硅基文明之间惨烈的生存竞争,但双方谁都没有料到战争会持续两万银河年!

现在,除了历史学家,谁也记不清有百万艘以上战舰参加的大战役有多少次了。规模最大的一次超级战役是第二旋臂战役,战役在银河系第二旋臂中部进行,双方投入了上千万艘星际战舰。据历史记载,在那广漠的战场上,被引爆的超新星就达两千多颗,那些超新星像第二旋臂中部黑暗太空中怒放的焰火,使那里变成超强辐射的海洋,只有一群群幽灵似的黑洞飘行于其间。战役的最后,双方的星际舰队几乎同归于尽。15000年过去了,第二旋臂战役现在听起来就像上古时代缥缈的神话,只有那仍然存在的古战场证明它确实发生过。但很少有飞船真正进入过古战场,那里是银河系中最恐怖的区域,这并不仅仅是因为辐射和黑洞。当时,双方数量多得难以想象的战舰群为了进行战术机动,进行了大量的超短距离时空跃迁,据说当时的一些星际歼击机,在空间格斗时,时空跃迁的距离竟短到令人难以置信的几千米!这样就把古战场的时空结构搞得千疮百孔,像一块内部被老鼠钻了无数长洞的大乳酪。飞船一旦误入这个区域,可能在一瞬间被畸变的空间扭成一根细长的金属绳,或压成一张面积有几亿平方公里但厚度只有几个原子的薄膜,立刻被辐射狂风撕得粉碎。但更为常见的是飞船变为建造它们时的一块块钢板,或者立刻老得只剩下一个破旧的外壳,内部的一切都变成古老灰尘;人在这里也可能瞬间回到胚胎状态或变成一堆白骨……

但最后的决战不是神话,它就发生在一年前。在银河系第一和第二旋臂之间的荒凉太空中,硅基帝国集结了最后的力量,这支由 150 万艘星际战舰组成的舰队在自己周围构筑了半径 1000 光年的反物质云屏障。碳基联邦投入攻击的第一个战舰群刚完成时空跃迁就陷入了反物质云中。反物质云十分稀薄,但对战舰具有极大的杀伤力,碳基联邦的战舰立刻变成一个个刺目的火球,但它们仍然奋勇冲向目标。每艘战舰都拖着长长的火尾,在后面留一条发着荧光的航迹,这由三十多万个火流星组成的阵列形成了碳硅战争中最为壮观最为惨烈的画面。在反物质云中,这些火流星渐渐缩小,最后在距硅基帝国战舰阵列很近的地方消失了,但它们用自己的牺牲为后续的攻击舰队在反物质云中打开了一条通道。在这场战役中,硅基帝国的最后舰队被赶到银河系最荒凉的区域:第一旋臂的顶端。

现在,这支碳基联邦舰队将完成碳硅战争中最后一项使命:他们将在第一旋臂的中部建立一条 500 光年宽的隔离带,隔离带中的大部分恒星将被摧毁,以制止硅基帝国的恒星蛙跳。恒星蛙跳是银河系中大吨位战舰进行远距离快速攻击的唯一途径,而一次蛙跳的最大距离是 200 光年。隔离带一旦产生,硅基帝国的重型战舰要想进入银河系中心区域,只能以亚光速跨越这 500 光年的距离,这样,硅基帝国实际上被禁锢在第一旋臂顶端,再也无法对银河系中心区域的碳基文明构成任何严重威胁。

"我带来了联邦议会的意愿,"参议员用振动的智能场对最高执政官说,"他们仍然强烈建议:在摧毁隔离带中的恒星前,对它们进行生命级别的保护甄别。"

"我理解议会。"最高执政官说,"在这场漫长的战争中,各种生命流出的血足够形成上千颗行星的海洋了,战后,银河系中最迫切需要重建的是对生命的尊重。这种尊重不仅是对碳基生命的,也是对硅基生命的,正是基于这种尊重,碳基联邦才没有彻底消灭硅基文明。但硅基帝国并没有这种对生命的感情，如果说碳硅战争之前，战争和征服对于它们还仅仅是一种本能和乐趣的话，现在这种东西已根植于它们的每个基因和每行代码之中，成为它们生存的终极目的。由于硅基生物对信息的存储和处理能力大大高于我们，可以预测硅基帝国在第一旋臂顶端的恢复和发展将是神速的，所以我们必须在碳基联邦和硅基帝国之间建成足够宽的隔离带。在这种情况下，对隔离带中数以亿计的恒星进行生命级别的保护甄别是不现实的，第一旋臂虽属银河系中最荒凉的区域，但其带有生命行星的恒星数量仍可能达到蛙跳密度，这种密度足以使中型战舰进行蛙跳，而即使只有一艘硅基帝国的中型战舰闯入碳基联邦的疆域，可能造成的破坏也是巨大的。所以在隔离带中只能进行文明级别的甄别。我们不得不牺牲隔离带中某些恒星周围的低级生命，这是为了拯救银河系中更多的高级和低级生命。这一点我已向议会说明。"

参议员说："议会也理解您和联邦防御委员会，所以我带来的只是建议而不是立法。但隔离带中周围已形成3C级以上文明的恒星必须被保护。"

"这一点无须质疑，"最高执政官的智能场闪现出坚定的红色，"对隔离带中带有行星的恒星的文明检测将是十分严格的！"

舰队统帅的智能场第一次发出信息："其实我觉得你们多虑了，第一旋臂是银河系中最荒凉的荒漠，那里不会有3C级以上文明的。"

"但愿如此。"最高执政官和参议员同时发出了这个信息，他们智能场的共振使一道弧形的等离子体波纹向银色金属大地的上空扩散开去。

舰队开始了第二次时空跃迁，以近乎无限的速度奔向银河系的第一旋臂。

夜深了，烛光中，全班的娃们围在老师的病床前。

"老师歇着吧，明儿个讲也行的。"一个男娃说。

他艰难地苦笑了一下："明儿个有明儿个的课。"

他想，如果真能拖到明天当然好，那就再讲一堂课。但直觉告诉他怕是不行了。

他做了个手势，一个娃把一块小黑板放到他胸前的被单上，这最后一个月，他就是这样把课讲下来的。他用软弱无力的手接过娃递过来的半截粉笔,吃力地把粉笔头放到黑板上,这时又一阵剧痛袭来,他的手颤抖了几下,粉笔哒哒地在黑板上敲出了几个白点儿。从省城回来后,他再也没去过医院。两个月后,他的肝部疼了起来,他知道癌细胞已转移到那儿了,这种疼痛越来越厉害,最后变成了压倒一切的痛苦。他一只手在枕头下摸索着,找出了一些止痛片,是最常见的用塑料长条包装的那种。对于癌症晚期的剧疼,这药已经没有任何作用,可能是由于精神暗示,他吃了后总觉得好一些。杜冷丁倒是也不算贵,但医院不让带出来用,就是带回来也没人给他注射。他像往常一样从塑料条上取下两片药来,但想了想,便把所有剩下的12片全剥出来,一把吞了下去,他知道以后再也用不着了。他又挣扎着想向黑板上写字,但头突然偏向一边,一个娃赶紧把盆接到他嘴边,他吐出了一口黑红的血,然后虚弱地靠在枕头上喘息着。

娃们中有人传出了低低的抽泣声。

他放弃了在黑板上写字的努力,无力地挥了一下手,让一个娃把黑板拿走。他开始说话,声音如游丝一般。

"今天的课同前两天一样,也是初中的课。这本来不是教学大纲上要求的,我是想到,你们中的大部分人,这一辈子永远也听不到初中的课了,所以我最后讲一讲,也让你们知道稍深一些的学问是什么样子。昨天讲了鲁迅的《狂人日记》,你们肯定不大懂,不管懂不懂都要多看几遍,最好能背下来,等长大了,总会懂的。鲁迅是个很了不起的人,他的书每一个中国人都应该读读的,你们将来也一定找来读读。"

他累了,停下来喘息着歇歇,看着跳动的烛光,鲁迅写下的几段文字在他的脑海中浮现出来。那不是《狂人日记》中的,课本上没有,他是从自己那套本数不全已经翻烂的《鲁迅全集》上读到的,许多年前读第一遍时,那些文字就深深地刻在他脑子里。

"假如一间铁屋子,是绝无窗户而万难破毁的,里面有许多熟睡的人们,不久都要闷死了,然而是从昏睡入死灭,并不感到就死的悲哀。现在你大嚷起来,惊起了较为清醒的几个人,使这不幸的少数者来受无可挽救的临终的苦楚,你倒以为对得起他们么?然而几个人既然起来,你不能说绝没有毁坏这铁屋的希望。"

他用尽最后的力气,接着讲下去。

"今天我们讲初中物理。物理你们以前可能没有听说过,它讲的是物质世界的道理,是一门很深很深的学问。

"这课讲牛顿三定律。牛顿是从前的一个英国大科学家,他说了三句话,这三句话很神的,它把人间天上所有的东西的规律都包括进去了,上到太阳月亮,下到流水刮风,都跑不出这三句话划定的圈圈。用这三句话,可以算出什么时候日食,就是村里老人说的天狗吃太阳,一分一秒都不差的;人飞上月球,也要靠这三句话,这就是牛顿三定律。

"下面讲第一定律:当一个物体没有受到外力作用时,它将保持静止或匀速直线运动不变。"

娃们在烛光中默默地看着他,没有反应。

"就是说,你猛推一下谷场上那个石碾子,它就一直滚下去,滚到天边也不停下来。宝柱你笑什么?是啊,它当然不会那样,这是因为有摩擦力,摩擦力让它停下来,这世界上,没有摩擦力的环境可是没有的……"

是啊,他人生的摩擦力就太大了。在村里他是外姓人,本来就没什么分量,加上他这个倔脾气,这些年来把全村人都得罪下了。他挨家挨户拉人家的娃入学,跑到县里,把跟着爹做买卖的娃拉回来上学,拍着胸脯保证垫学费……这一切并没有赢得多少感激,关键在于,他对过日子看法同周围人太不一样,成天想的说的,都是些不着边际的事,这是最让人讨厌的。在他查出病来之前,他曾跑县里,居然从教育局跑回一笔维修学校的款子,村子里只拿出了一小部分,想过节请个戏班子唱两天戏,结果让他搅了,愣从县里拉个副县长来,让村里把钱拿回来,可当时戏台子都搭好了。学校倒是修了,但他扫了全村人的兴,以后的日子更难过。先是村里的电工,村长的侄子,把学校的电掐了,接着做饭取暖用的秸秆村里也不给了,害得他扔下自个的地下不了种,一人上山打柴,更别提后来拆校舍的房椽子那事了……这些摩擦力无所不在,让他心力交瘁,让他无法做匀速直线运动,他不得不停下来了。

也许,他就要去的那个世界是没有摩擦力的,那里的一切都是光滑可爱的，但那有什么意义？在那边，他心仍留在这个充满灰尘和摩擦力的世界上，留在这所他倾注了全部生命的乡村小学里。他不在了以后，剩下的两个教师也会离去，这所他用力推了一辈子的小学校就会像谷场上那个石碾子一样停下来，他陷入了深深的悲哀，但不论在这个世界或是那个世界，他都无力回天。

"牛顿第二定律比较难懂，我们最后讲，下面先讲牛顿第三定律：当一个物体对第二个物体施加一个力，这第二个物体也会对第一个物体施加一个力，这两个力大小相等，方向相反。"

娃们又陷入了长时间的沉默。

"听懂了没？谁说说？"

班上学习最好的赵拉宝说："我知道是啥意思，可总觉得说不通：晌午我和李权贵打架，他把我的脸打得那么痛，肿起来了，所以作用力不相等的，我受的肯定比他大嘛！"

喘息了好一会，他才解释说："你痛是因为你的腮帮子比权贵的拳头软，它们相互的作用力还是相等的……"

他想用手比画一下，但手已抬不起来了，他感到四肢像铁块一样沉，这沉重感很快扩展到全身，他感到自己的躯体像要压塌床板，陷入地下似的。

时间不多了。

"目标编号：1033751，绝对目视星等：3.5，演化阶段：主星序偏上，发现两颗行星，平均轨道半径分别为1.3和4.7个距离单位，在一号行星上发现生命，这是红69012舰报告。"

碳基联邦星际舰队的十万艘战舰目前已散布在一条长一万光年的带状区域中，这就是正在建立的隔离带。工程刚刚开始，只是试验性地摧毁了五千颗恒星，其中带有行星的只有137颗，而行星上有生命的这是第一颗。

"第一旋臂真是个荒凉的地方啊。"最高执政官感叹道。他的智能场振动了一下，用全息图隐去了脚下的旗舰和上方的星空，使他、舰队统帅和参议员悬浮于无际的黑色虚空中。接着，他调出了探测器发回的图像：虚空出现了一个发着蓝光的火球，最高执政官的智能场产生了一个白色的方框，那方框调整大小，圈住了这颗恒星并把它的图像隐去了，他们于是又陷入无边的黑暗之中，但这黑暗中有一个小小的黄色光点，图像的焦距开始大幅度调整，行星的图像以令人目眩的速度推向前来，很快占满了半个虚空，三个人都沉浸在它反射的橙黄色光芒中。

这是一颗被浓密大气包裹着的行星，在它那橙黄色的气体海洋上，汹涌的大气运动描绘出了极端复杂的不断变幻的线条。行星图像继续移向前来，直到占据了整个宇宙，三个人被橙黄色的气体海洋吞没了。探测器带着他们在这浓雾中穿行，很快雾气稀薄了一些，他们看到了这颗行星上的生命。

那是一群在浓密大气上层飘浮的气球状生物，表面有着美丽的花纹，那花纹不停在变幻着色彩和形状，时而呈条纹状，时而呈斑点状，不知这是不是一种可视语言。每个气球都有一条长尾，那长尾的尾端不时炫目地闪烁一下，光沿着长尾传到气球上，化为一片弥漫的荧光。

"开始四维扫描！"红69012舰上的一名上尉值勤军官说。

一束极细的波束开始从上至下飞快地扫描那群气球。这束波只有几个原子粗细，但它的波管内的空间维度比外部宇宙多一维。扫描数据传回舰上，在主计算机的内存中，那群气球被切成了几亿亿个薄片，每个薄片的厚度只有一个原子的尺度，在这个薄片上，每个夸克的状态都被精确地记录下来。

"开始数据镜像组合！"

主计算机的内存中，那几亿亿个薄片按原有顺序叠加起来，很快，组合成一群虚拟气球，在计算机内部广漠的数字宇宙中，这个行星上的那群生物体有了精确的复制品。

"开始3C级文明测试！"

在数字宇宙中，计算机敏锐地定位了气球的思维器官，它是悬在气球内部错综复杂的神经丛中间的一个椭圆体。计算机在瞬间分析了这个大脑的结构，并越过所有低级感官，直接同它建立了高速信息接口。

文明测试是从一个庞大的数据库中任意地选取试题，测试对象如果能答对其中三道，则测试通过；如果头三道题没有答对，测试者有两种选择：可以认为测试没有通过，或者继续测试，题数不限，直到被测试者答对的题数达到三道，这时可认为其通过测试。

"3C 文明测试试题 1 号：请叙述你们已探知的组成物质的最小单元。"

"滴滴，嘟嘟嘟，滴滴滴滴。"气球回答。

"1 号试题测试未通过。3C 文明测试试题 2 号：你们观察到物体中热能的流向有什么特点？这种流向是否可逆？"

"嘟嘟嘟，滴滴，滴滴嘟嘟。"气球回答。

"2 号试题测试未通过。3C 文明测试试题 3 号：圆的周长和它的直径之比是多少？"

"滴滴滴滴嘟嘟嘟嘟嘟。"气球回答。

"3 号试题测试未通过。3C 文明测试试题 4 号……"

"到此为止吧，"当测试题数达到 10 道时，最高执政官说，"我们时间不多。"他转身对旁边的舰队统帅示意了一下。

"发射奇点炸弹！"舰队统帅命令。

奇点炸弹实际上是没有大小的，它是一个严格意义上的几何点，一个原子同它相比都是无穷大，虽然最大的奇点炸弹质量有上百亿吨，最小的也有几千万吨。但当一颗奇点炸弹沿着长长的导轨从红 69012 舰的武器舱中滑出时，却可以看到一个直径达几百米的发着幽幽荧光的球体，这荧光是周围的太空尘埃被吸入这个微型黑洞时产生的辐射。同那些恒星引力坍缩形成的黑洞不同，这些小黑洞在宇宙创世之初就形成了，它们是大爆炸前的奇点宇宙的微缩模型。碳基联邦和硅基帝国都有庞大的船队，游弋在银河系银道面外的黑暗荒漠搜集这些微型黑洞，一些海洋行星上的种群把它们戏称为"远洋捕鱼船队"，而这些船队带回的东西，是银河系中最具威慑力的武器之一，是迄今为止唯一能够摧毁恒星的武器。

奇点炸弹脱离导轨后，沿一条由母舰发出的力场束加速，直奔目标恒星。过了不长的一段时间，这颗灰尘似的黑洞高速射入了恒星表面火的海洋。想象在太平洋的中部突然出现一个半径 100 公里的深井，就可以大概把握这时的情形。巨量的恒星物质开始被吸入黑洞，那汹涌的物质洪流从所有方向汇聚到一点并消失在那里，物质吸入时产生的辐射在恒星表面产生一团刺目的光球，仿佛恒星戴上了一个光彩夺目的钻石戒指。随着黑洞向恒星内部沉下去，光团暗淡下来，可以看到它处于一个直径达几百万公里的大旋涡正中，那巨大的旋涡散射着光团的强光，缓缓转动着，呈现出飞速变幻的色彩，使恒星从这个方向看去仿佛是一张狰狞的巨脸。很快，光团消失了，旋涡渐渐消失，恒星表面似乎又恢复了它原来的色彩和光度。但这只是毁灭前最后的平静，随着黑洞向恒星中心下沉，这个贪婪的饕餮者更疯狂地吞食周围密度急剧增高的物质，它在一秒钟内吸入的恒星物质总量可能有上百个中等行星。黑洞巨量吸入时产生的超强辐射向恒星表面漫延，由于恒星物质的阻滞，只有一小部分到达了表面，但其余的辐射把它们的能量留在了恒星内部，这能量快速破坏着恒星的每一个细胞，从整体上把它飞快地拉离平衡态。从外部看，恒星的色彩在缓缓变化，由浅红色变为明黄色，从明黄色变为鲜艳的绿色，从绿色变为如洗的碧蓝，从碧蓝变为恐怖的紫色。这时，在恒星中心的黑洞产生的辐射能已远远大于恒星本身辐射的能量，随着更多的能量以非可见光形式溢出恒星，这紫色在加深，这颗恒星看上去像太空中一个在忍受着超级痛苦的灵魂，这痛苦在急剧增大，紫色已深到了极限，这颗恒星用不到一个小时的时间走完了它未来几十亿年的旅程。

一团似乎吞没整个宇宙的强光闪起，然后慢慢消失，在原来恒星所在的位置上，可以看到一个急剧膨胀的薄球层，像一个被吹大的气球，这是被炸飞的恒星表面。随着薄球层体积的增大，它变得透明了，可以看到它内部的第二个膨胀的薄球层，然后又可以看到更深处的第三个薄球层……这个爆炸中的恒星，就像宇宙中突然显现的一个套一个的一组玲珑剔透的镂花玻璃球，其中最深处的一个薄球层的体积也是恒星原来体积的几十万倍。当爆炸的恒星的第一层膨胀外壳穿过那个橙黄色行星时，它立刻被汽化了。其实在这整个爆炸的壮丽场景中根本就看不到它，同那膨胀的恒星外壳相比，它只是一粒微不足道的灰尘，其大小甚至不能成为那几层镂花玻璃球上的一个小点。

"你们感到消沉？"舰队统帅问，他看到最高执政官和参议员的智能场暗下来了。

"又一个生命世界毁灭了，像烈日下的露珠一样。"

"那您就想想伟大的第二旋臂战役，当两千多颗超新星被引爆时，有12万个这样的世界同碳硅双方的舰队一起化为蒸汽。阁下，时至今日，我们应该超越这种无谓的多愁善感了。"

参议员没有理会舰队统帅的话,也对最高执政官说:"这种对行星表面取随机点的检测方式是不可靠的,可能漏掉行星表面的文明特征,我们应该进行面积检测。"

最高执政官说:"这一点我也同议会讨论过,在隔离带中我们要摧毁的恒星有上亿颗,这其中估计有一千万个行星系,行星数量可达五千万颗,我们时间紧迫,对每颗行星都进行面积检测是不现实的。我们只能尽量加宽检测波束,以增大随机点覆盖的面积,除此之外,只能祈祷隔离带中那些可能存在的文明在其星球表面的分布尽量均匀了。"

"下面我们讲牛顿第二定律……"

他心急如焚,极力想在有限的时间里给娃们多讲一些。

"一个物体的加速度,与它所受的力成正比,与它的质量成反比。首先,加速度,这是速度随时间的变化率,它与速度是不同的,速度大加速度不一定大,加速度大速度也不一定大。比如:一个物体现在的速度是110米每秒,2秒后的速度是120米每秒,那么它的加速度就是120减110除2,5米每秒,呵,不对,5米每秒的平方;另一个物体现在的速度是10米每秒,2秒后的速度是30米每秒,那么它的加速度就是30减10除2,10米每秒平方;看,后面这个物体虽然速度小,但加速度大!呵,刚才说到平方,平方就是一个数自个儿乘自个……"

他惊奇自己的头脑如此清晰,思维如此敏捷,他知道,自己生命的蜡烛已燃到根上,棉芯倒下了,把最后的一小块蜡全部引燃了,一团比以前的烛苗亮十倍的火焰熊熊燃烧起来。剧痛消失了,身体也不再沉重,其实他已感觉不到身体的存在,他的全部生命似乎只剩下那个在疯狂运行的大脑,那个悬在空中的大脑竭尽全力,尽量多尽量快地把自己存储的信息输出给周围的娃们,但说话是个该死的瓶颈,他知道来不及了。他产生了一个幻象:一把水晶样的斧子把自己的大脑无声地劈开,他一生中积累的那些知识,虽不是很多但他很看重的,像一把发光的小珠子毫无保留地落在地上,发出一阵悦耳的叮当声,娃们像见到过年的糖果一样抢那些小珠子,抢得摞成一堆……

这幻象让他有一种幸福的感觉。

"你们听懂了没?"他焦急地问,他的眼睛已经看不到周围的娃们,但还能听到他们的声音。

"我们懂了!老师快歇着吧!"

他感觉到那团最后的火焰在弱下去,"我知道你们不懂,但你们把它背下来,以后慢慢会懂的。一个物体的加速度,与它所受的力成正比,与它的质量成反比。"

"老师,我们真懂了,求求您快歇着吧!"

他用尽最后的力气喊道:"背呀!"

娃们抽泣着背了起来:"一个物体的加速度,与它所受的力成正比,与它的质量成反比。一个物体的加速度,与它所受的力成正比,与它的质量成反比……"

这几百年前就在欧洲化为尘土的卓越头脑产生的思想,以浓重西北方言的童音在20世纪中国最偏僻的山村中回荡,就在这声音中,那烛苗灭了。

娃们围着老师已没有生命的躯体大哭起来。

"目标编号:500921473,绝对目视星等:4.71,演化阶段:主星序正中,带有九颗行星。这是蓝84210号舰报告。"

"一个精致完美的行星系。"舰队统帅赞叹。

最高执政官很有同感:"是的,它的固态小体积行星和气液态大体积行星的配置很有韵律感,小行星带的位置恰到好处,像一条美妙的装饰链。还有最外侧那颗小小的甲烷冰行星,似乎是这首音乐最后一个余音未尽的音符,暗示着某种新周期的开始。"

"这是蓝84210号舰,将对最内侧1号行星进行生命检测,检测波束发射。该行星没有大气,自转缓慢,温差悬殊。1号随机点检测,白色结果;2号随机点检测,白色结果……10号随机点检测,白色结果。蓝84210号舰报告,该行星没有生命。"

舰队统帅不以为然地说:"这颗行星的表面温度可以当冶炼炉了,没必要浪费时间。"

"开始2号行星生命检测,波束发射。该行星有稠密大气,表面温度较高且均匀,大部为酸性云层覆盖。1号随机点检测,白色结果;2号随机点检测,白色结果……10号随机点检测,白色结果。蓝84210号舰报告,该行星没有生命。"

通过四维通讯,最高执政官对一千光年之外蓝84210号舰上的值勤军官说:"直觉告诉我,3号行星有生命可能性很大,在它上面检测30个随机点。"

"阁下,我们时间很紧了。"舰队统帅说。

"照我说的做。"最高执政官坚定地说。

"是,阁下。开始3号行星生命检测,波束发射。该行星有中等密度的大气,表面大部为海洋覆盖……"

来自太空的生命检测波束落到了亚洲大陆靠南一些的一点上,波束在地面上形成了一个约五千米的圆形。如果是在白天,用肉眼有可能觉察到波束的存在,因为当波束到达时,在它的覆盖范围内,一切无生命的物体都将变成透明状态。现在它覆盖的中国西北的这片山区,那些黄土山在观察者的眼里将如同水晶的山脉,阳光在这些山脉中折射,将是一幅十分奇异壮观的景象,观察者还会看到脚下的大地也变成深不可测的深渊;而被波束判断为有生命的物体则保持原状态不变,人、树木和草在这水晶世界中显得格外清晰醒目。但这效应只持续半秒钟,这期间检测波束完成初始化,之后一切恢复原状。观察者肯定会认为自己产生了一瞬间的幻觉。而现在,这里正是深夜,自然难以觉察到什么了。

这所山村小学,正好位于检测波束圆形覆盖区的圆心上。

"1号随机点检测,结果……绿色结果,绿色结果!蓝84210号舰报告,目标编号:500921473,第3号行星发现生命!"

检测波束对覆盖范围内的众多种类生命体进行分类,在以生命结构的复杂度和初步估计的智能等级进行排序的数据库中,在一个方形掩蔽物下的那一簇生命体排在首位。于是波束迅速收缩,汇聚到那座掩蔽物上。

最高执政官的智能场接收到从蓝84210号舰上发回的图像,并把它放大到整个太空背景上,那所山村小学的影像在瞬间占据了整个宇宙。图像处理系统已经隐去了掩蔽物,但那簇生命体的图像仍不清晰,这些生命体的外形太不醒目了,几乎同周围行星表面的以硅元素为主的黄色土壤融为一体。计算机只好把图像中所有的无生命部分,包括这些生命体中间的那具体形较大的已没有生命的躯体,全部隐去,这样那一簇生命体就仿佛悬浮在虚空之中,即使如此,它们看上去仍是那么平淡和缺乏色彩,像一簇黄色的植物,一看就知是那种在他们身上不会发生任何奇迹的生物。

一束纤细的四维波束从蓝84210号舰发射,这艘有一个月球大小的星际战舰正停泊在木星轨道之外,使太阳系暂时多了一颗行星。那束四维波束在三维太空中以接近无限的速度到达地球,穿过那所乡村小学校舍的屋顶,以基本粒子的精度对这18个孩子进行扫描。数据的洪流以人类难以想象的速率传回太空,很快,在蓝84210号舰主计算机那比宇宙更广阔的内存中,孩子们的数字复制体形成了。

18个孩子悬浮在一个无际的空间里,那空间呈一种无法形容的色彩,实际上那不是色彩,虚无是没有色彩的,虚无是透明中的透明。孩子们都不由想拉住旁边的伙伴,他们看上去很正常,但手从他们身体里毫无阻力地穿过去了。孩子们感到了难以形容的恐惧。计算机觉察到了这一点,它认为这些生命体需要一些熟悉的东西,于是在自己的内存宇宙的这一部分模拟这个行星天空的颜色。孩子们立刻看到了蓝天,没有太阳没有云更没有浮尘,只有蓝色,那么纯净,那么深邃。孩子们的脚下没有大地,也是与头顶一样的蓝天,他们似乎置身于一个无限的蓝色宇宙中,而他们是这宇宙中唯一的实体。计算机感觉到,这些数字生命体仍然处于惊恐中,它用了亿分之一秒想了想,终于明白了:银河系中大多数生命体并不惧怕悬浮于虚空之中,但这些生命体不同,他们是大地上的生物。于是它给了孩子们一个大地,并给了他们重力感。孩子们惊奇地看着脚下突然出现的大地,它是纯白色的,上面有黑线画出的整齐方格,他们仿佛站在一个无限广阔的语文作业本上。他们中有人蹲下来摸摸地面,这是他们见过的最光滑的东西,他们迈开双脚走,但原地不动,这地面是绝对光滑的,摩擦力为零,他们很惊奇自己为什么不会滑倒。这时有个孩子脱下自己的一只鞋子，沿着地面扔出去，那鞋子以匀速直线运动向前滑去，孩子们呆呆地看着它以恒定的速度渐渐远去。

他们看到了牛顿第一定律。

有一个声音，空灵而悠扬，在这数字宇宙中回荡。

"开始3C级文明测试，3C文明测试试题1号：请叙述你所在星球生物进化的基本原理，是自然淘汰型还是基因突变型？"

孩子茫然地沉默着。

"3C文明测试试题2号：请简要说明恒星能量的来源。"

孩子茫然地沉默着。

……

"3C文明测试试题10号：请说明构成你们星球上海洋液体的分子构成。"

孩子仍然茫然地沉默着。

那只鞋在遥远的地平线处变成一个小黑点消失了。

"到此为止吧！"在一千光年之外，舰队统帅对最高执政官说，"不能再耽误时间了，否则我们肯定不能按时完成第一阶段的任务。"

最高执政官的智能场发出了微弱的表示同意的振动。

"发射奇点炸弹！"

载有命令信息的波束越过四维空间，瞬间到达了停泊在太阳系中的蓝84210号舰。那个发着幽幽荧光的雾球滑出了战舰前方长长的导轨，沿着看不见的力场束急剧加速，向太阳扑去。

最高执政官、参议员和舰队统帅把注意力转向了隔离带的其他区域，那里，又发现了几个有生命的行星系，但其中最高级的生命是一种生活在泥浆中的无脑蠕虫。接连爆炸的恒星像宇宙中怒放的焰火，使他们想起了史诗般的第二旋臂战役。

不知过了多长时间，最高执政官智能场的一小部分下意识地游移到太阳系，他听到了蓝84210号舰舰长的声音：

"准备脱离爆炸威力圈，时空跃迁准备，30秒倒数！"

"等一下，奇点炸弹到达目标还需多长时间？"最高执政官说，舰队统帅和参议员的注意力也被吸引过来。

"它正越过内侧1号行星的轨道，大约还有10分钟。"

"用5分钟时间，再进行一些测试吧。"

"是，阁下。"

接着听到了蓝84210号舰值勤军官的声音："3C文明测试试题11号：一个三维平面上的直角三角形，它的三条边的关系是什么？"

沉默。

"3C文明测试试题12号：你们的星球是你们行星系的第几颗行星？"

沉默。

"这没有意义，阁下。"舰队统帅说。

"3C文明测试试题13号：当一个物体没有受到外力作用时，它的运行状态如何？"

数字宇宙广漠的蓝色空间中突然响起了孩子们清脆的声音："当一个物体没有受到外力作用时，它将保持静止或匀速直线运动不变。"

"3C文明测试试题13号通过！3C文明测试试题14号……"

"等等！"参议员打断了值勤军官，"下一道试题也出关于速度力学基本近似定律的。"他又问最高执政官："这不违反测试准则吧？"

"当然不，只要是测试数据库中的试题。"舰队统帅代为回答，这些令他大感意外的生命体把他的注意力全部吸引过来了。

"3C文明测试试题14号：请叙述相互作用的两个物体间力的关系。"

孩子们说："当一个物体对第二个物体施加一个力，这第二个物体也会对第一个物体施加一个力，这两个力大小相等，方向相反！"

"3C文明测试试题14号通过！3C文明测试试题15号：对于一个物体，请说明它的质量、所受外力和加速度之间的关系。"

孩子们齐声说："一个物体的加速度，与它所受的力成正比，与它的质量成反比！"

"3C文明测试试题15号通过，文明测试通过！确定目标恒星500921473的3号行星上存在3C级文明。"

"奇点炸弹转向！脱离目标！！"最高执政官的智能场急剧闪动着，用最大的能量把命令通过超空间传送到蓝 84210 号舰上。

在太阳系，推送奇点炸弹的力场束弯曲了，这根长几亿公里的力场束此时像一根弓起的长杆，努力把奇点炸弹挑离射向太阳的轨道。蓝 84210 号舰上的力场发动机以最大功率工作，巨大的散热片由暗红变为耀眼的白炽色。力场束向外的推力分量开始显示出效果，奇点炸弹的轨道开始弯曲，但它已越过水星轨道，距太阳太近了，谁也不知道这努力是否能成功。通过超空间直播，全银河系都在盯着那个模糊的雾团的轨迹，并看到它的亮度急剧增大，这是一个可怕的迹象，说明炸弹已能感受到太阳外围空间粒子密度的增大。舰长的手已放到了那个红色的时空跃迁启动按钮上，以在奇点炸弹击中太阳前的一刹那脱离这个空间。但奇点炸弹最终像一颗子弹一样擦过太阳的边缘，当它以仅几万米的高度掠过太阳表面上空时，由于黑洞吸入太阳大气中大量的物质，亮度增到最大，使得太阳边缘出现了一个刺眼的蓝白色光球，使它在这一刻看上去像一个紧密的双星系统，这奇观对人类将一直是个难解的谜。蓝白色光球飞速掠过时，下面太阳浩瀚的火海黯然失色。像一艘快艇掠过平静的水面，黑洞的引力在太阳表面划出了一道 V 型的划痕，这划痕扩展到太阳的整个半球才消失。奇点炸弹撞断了一条日珥，这条从太阳表面升起的百万公里长的美丽轻纱在高速冲击下，碎成一群欢快舞蹈着的小小的等离子体旋涡……奇点炸弹掠过太阳后，亮度很快暗下来，最后消失在茫茫太空的永恒之夜中。

"我们险些毁灭了一个碳基文明。"参议员长出一口气说。

"真是不可思议，在这么荒凉的地方竟会存在 3C 级文明！"舰队统帅感叹说。

"是啊，无论是碳基联邦，还是硅基帝国，其文明扩展和培植计划都不包括这一区域，如果这是一个自己进化的文明，那可是一件很不寻常的事。"最高执政官说。

"蓝 84210 号舰，你们继续留在那个行星系，对 3 号行星进行全表面文明检测，你舰前面的任务将由其他舰只接替。"舰队司令命令道。

同他们在木星轨道之外的数字复制品不一样，山村小学中的那些娃们丝毫没有觉察到什么，在那间校舍里的烛光下，他们只是围着老师的遗体哭啊哭。不知哭了多长时间，娃们最后安静下来。

"咱们去村里告诉大人吧。"郭翠花抽泣着说。

"那又咋的？"刘宝柱低着头说，"老师活着时村里的人都腻歪他，这会儿肯定连棺材钱都没人给他出呢！"

最后，娃们决定自己掩埋自己的老师。他们拿了锄头铁锹，在学校旁边的山地上开始挖墓坑，灿烂的群星在整个宇宙中静静地看着他们。

"天啊！这颗行星上的文明不是3C级，是5B级！！"看着蓝84210号舰从一千光年之外发回的检测报告，参议员惊呼起来。

人类城市的摩天大楼群的影像在旗舰上方的太空中显现。

"他们已经开始使用核能，并用化学推进方式进入太空，甚至已登上了他们所在行星的卫星。"

"他们基本特征是什么？"舰队统帅问。

"您想知道哪些方面？"蓝84210号上的值勤军官问。

"比如，这个行星上生命体记忆遗传的等级是多少？"

"他们没有记忆遗传，所有记忆都是后天取得的。"

"那么，他们的个体相互之间的信息交流方式是什么？"

"极其原始，也十分罕见。他们身体内有一种很薄的器官，这种器官在这个行星以氧氮为主的大气中振动时可产生声波，同时把要传输的信息调制到声波之中，接收方也用一种薄膜器官从声波中接收信息。"

"这种方式信息传输的速率是多大？"

"大约每秒1至10比特。"

"什么？！"旗舰上听到这话的所有人都大笑起来。

"真的是每秒1至10比特，我们开始也不相信，但反复核实过。"

"上尉，你是个白痴吗？！"舰队统帅大怒，"你是想告诉我们，一种没有记忆遗传，相互间用声波进行信息交流，并且是以令人难以置信的每秒1至10比特的速率进行交流的物种，能创造出5B级文明？！而且这种文明是在没有任何外部高级文明培植的情况下自行进化的？！"

"但，阁下，确实如此。"

"但在这种状态下，这个物种根本不可能在每代之间积累和传递知识，而这是文明进化所必需的！"

"他们有一种个体，有一定数量，分布于这个种群的各个角落，这类个体充当两代生命体之间知识传递的媒介。"

"听起来像神话。"

"不，"参议员说，"在银河文明的太古时代，确实有过这个概念，但即使在那时也极其罕见，除了我们这些星系文明进化史的专业研究者，很少有人知道。"

"你是说那种在两代生命体之间传递知识的个体？"

"他们叫教师。"

"教——师？"

"一个早已消失的太古文明词汇，很生僻，在一般的古词汇数据库中都查不到。"

这时，从太阳系发回的全息影像焦距拉长，显示出蔚蓝色的地球在太空中缓缓转动。

最高执政官说："在银河系联邦时代，独立进化的文明十分罕见，能进化到5B级的更是绝无仅有，我们应该让这个文明继续不受干扰地进化下去，对它的观察和研究，不仅有助于我们对太古文明的研究，对今天的银河文明也有启示。"

"那就让蓝84210号舰立刻离开那个行星系吧，并把这颗恒星周围一百光年的范围列为禁航区。"舰队统帅说。

北半球失眠的人，会看到星空突然微微抖动，那抖动从空中的一点发出，呈圆形向整个星空扩展，仿佛星空是一汪静水，有人用手指在水中央点了一下似的。

蓝84210号舰跃迁时产生的时空激波到达地球时已大大衰减，只使地球上所有的时钟都快了3秒，但在三维空间中的人类是不可能觉察到这一效应的。

"很遗憾，"最高执政官说，"如果没有高级文明的培植，他们还要在亚光速和三维时空中被禁锢两千年，至少还需一千年时间才能掌握和使用湮灭能量，两千年后才能通过多维时空进行通讯，至于通过超空间跃迁进行宇宙航行，可能是五千年后的事了，至少要一万年，他们才具备加入银河系碳基文明大家庭的起码条件。"

参议员说："文明的这种孤独进化，是银河系太古时代才有的事。如果那古老的记载正确，我那太古的祖先生活在一个海洋行星的深海中。在那黑暗世界中的无数个王朝后，一个庞大的探险计划开始了，他们发射了第一个外空飞船，那是一个透明浮力小球，经过漫长的路程浮上海面。当时正是深夜，小球中的先祖第一次看到了星空……你们能够想象，那对他们是怎样的壮丽和神秘啊！"

最高执政官说："那是一个让人向往的时代，一粒灰尘样的行星对先祖都是一个无限广阔的世界，在那绿色的海洋和紫色的草原上，先祖敬畏地面对群星……这感觉我们已丢失千万年了。"

"可我现在又找回了它！"参议员指着地球的影像说，她那蓝色的晶莹球体上浮动着雪白的云纹，他觉得她真像一种来自他祖先星球海洋中的一种美丽的珍珠，"看这个小小的世界，她上面的生命体在过着自己的生活，做着自己的梦，对我们的存在，对银河系中的战争和毁灭全然不知，宇宙对他们来说，是希望和梦想的无限源泉，这真像一首来自太古时代的歌谣。"

他真的吟唱了起来，他们三人的智能场合为一体，荡漾着玫瑰色的波纹。那从遥远得无法想象的太古时代传下来的歌谣听起来悠远、神秘、苍凉，通过超空间，它传遍了整个银河系，在这团由上千亿颗恒星组成的星云中，数不清的生命感到了一种久已消失的温馨和宁静。

"宇宙的最不可理解之处在于它是可以理解的。"最高执政官说。

"宇宙的最可理解之处在于它是不可理解的。"参议员说。

当娃们造好那座新坟时，东方已经放亮了。老师是放在从教室拆下来的一块门板上下葬的，陪他入土的是两盒粉笔和一套已翻破的小学课本。娃们在那个小小的坟头上立了一块石板，上面用粉笔写着"李老师之墓"。

只要一场雨，石板上那稚拙的字迹就会消失；用不了多长时间，这座坟和长眠在里面的人就会被外面的世界忘得干干净净。

太阳从山后露出一角，把一抹金辉投进仍沉睡着的山村；在仍处于阴影中的山谷草地上，露珠在闪着晶莹的光，可听到一两声怯生生的鸟鸣。

娃们沿着小路向村里走去，那一群小小的身影很快消失在山谷中淡蓝色的晨雾中。

他们将活下去，在这块古老贫瘠的土地上，以收获虽然微薄、但确实存在的希望。

2000 年 8 月 8 日于娘子关

全频带阻塞干扰

在战场电磁干扰形式选择上，本手册主张采用对某一特定频率或信道所进行的瞄准式干扰，而不主张同时干扰一个较宽频带的阻塞式干扰，因为后者对己方的电磁通讯和电子支援措施也会产生影响。

——摘自1993年美国陆军《电子战手册》

1月5日，斯摩棱斯克前线

失陷的城市已经看不见了，战线在一夜之间后退了40公里。

在凌晨的天光下，雪原呈现一种寒冷的暗蓝色。在远方的各个方向上，被击中的目标冒出一道道黑色的烟柱，几乎无风，这些烟柱笔直地向高空升去，好像是连接天地的一条条细长的黑纱。顺着这些烟柱向上看，卡琳娜吃了一惊：刚刚显现晨光的天空被一团巨大的白色乱麻充塞着，这纷乱的白色线条仿佛是一个精神错乱的巨人疯狂地画在天上的。那是混杂在一起的歼击机的航迹，是俄罗斯空军和北约空军为争夺制空权所进行的一夜激战留下的。

来自空中和远方的精确打击也持续了一夜，在一位非专业人士看来，打击似乎并不密集，爆炸声每隔几秒钟甚至几分钟才响一次，但卡琳娜知道，每一次爆炸都意味着一个重要目标被击中，几乎不会打空。这一声声爆炸，仿佛是昨夜这篇黑色文章中的一个个闪光的标点符号。当凌晨到来时,卡琳娜不知道防线还剩下多少力量,甚至不知道防线是否还存在,似乎整个世界上只有她一人在抵抗。

卡琳娜少校所在的电子对抗排是在半夜被毁灭的,当时这个排所在的位置上落下了六颗激光制导炸弹。卡琳娜侥幸逃生,那辆装载干扰机的BMP-2装甲车还在燃烧,这个排的其他电子战车辆现在都变成散落在周围雪地上的一堆堆黑色金属块。卡琳娜所在的弹坑中的余热正在散去,她感到了寒冷。她用手撑着坐直身,右手触到了一团黏糊糊的冰冷绵软的东西,看去像一个沾满了黑色弹灰的泥团。她突然意识到那是一块残肉,她不知道它属于身体的哪一部分,更不知道属于哪个人。在昨夜的那次致命打击中,阵亡了一名中尉、两名少尉和八名士兵。卡琳娜呕吐起来,但除了酸水什么也没吐出来。她拼命地把双手在雪里擦,想把手上的血迹擦掉,但那黑红色的血迹在寒冷中很快在手上凝固,还是那么醒目。

令人窒息的死寂已持续了半个小时,这意味着新一轮的地面进攻就要开始了。卡琳娜拧大了别在左肩上的对讲机的音量,但传出的只有沙沙的噪音。突然,有几句模糊的话语传了出来,仿佛是朦胧大雾中飞过的几只鸟儿。

"……06观察站报告,1437阵地正面,M1A2 37辆,平均间隔60米;布莱德雷运兵车41辆,距M1A2攻击前锋500米;M1A2 24辆,勒克莱尔8辆,正在向1633阵地侧翼迂回,已越过同1437的接合部,1437,1633,1752,准备接敌!"

卡琳娜克制住因寒冷和恐惧引起的颤抖,使地平线在望远镜视野中稳定下来,看到了天边出现的一团团模糊的雪雾,给地平线镶上了一道毛茸茸的镶边。

这时卡琳娜听到了身后传来的发动机的轰鸣声,一排T90式坦克越过她的位置冲向敌人,在后面,更多的俄罗斯坦克正在越过高速公路的路基。卡琳娜又听到了另一种轰鸣声,敌人的攻击直升机群在前方的天空中出现,它们队形整齐,在黎明惨白的天空中形成一片黑色的点阵。卡琳娜周围坦克的发烟管启动了,随着一阵低沉的爆破声,阵地笼罩在一片白色的烟雾中。透过白雾的缝隙,她看到俄罗斯的直升机群正从头顶掠过。

坦克上的125毫米炮疾风骤雨般地响了起来,白雾变成了疯狂闪烁的粉红色光幕。几乎与此同时,第一批敌人的炮弹落了下来,白雾中粉红色的光芒被爆炸产生的刺眼蓝白色闪电所代替。卡琳娜伏在弹坑的底部,她感到身下的大地在密集的巨响中像一张振动的鼓皮,身边的泥土和小石块被震得飞起好高,落满了她的后背。在这爆炸声中,还可隐约听到反坦克导弹发射时的嘶鸣声。卡琳娜感到整个宇宙都在这撕人心肺的巨响中化为碎片,并向无限深处坠落……就在她的神经几乎崩溃时,这场坦克战结束了,它只持续了约30秒钟。

当白雾和浓烟散去时,卡琳娜看到面前的雪地上散布着被击中的俄罗斯坦克,燃起一堆堆裹着黑烟的熊熊大火;她举目望去,不用望远镜也能看到,远方同样有一大片被击毁的北约坦克,它们看上去是雪原上一个个冒出浓烟的黑点。但更多的敌人坦克正越过那一片残骸冲过来,它们裹在由履带搅起的一团团雪雾中,艾布拉姆斯那凶猛的扁宽前部不时从雪雾中露出来,仿佛是一头头从海浪中冲出的恶龟,滑膛炮炮口的闪光不时亮起,好像恶龟闪亮的眼睛……低空中,直升机的混战仍在继续,卡琳娜看到一架阿帕奇在不远的半空爆炸,一架米28拖着漏出的燃料,摇晃着掠过她的头顶,在几十米之外坠地,炸成了一团火球。近距空空导弹的尾迹,在低空拉出了无数条平行的白线……

卡琳娜听到"咣"的一声响,她转身一看,不远处一辆被击中后冒出浓烟的T90后部的底门打开了,没看到人出来,只见门下方垂下一只手。卡琳娜从弹坑中跃出,冲到那辆坦克后面抓住那只手向外拉,车内响起一声沉闷的爆炸,一股灼热的气浪把卡琳娜向后冲了几步远,她的手上抓住了一团黏软的很烫的东西,那是从坦克手的手上拉脱的一团烧熟的皮肤。卡琳娜抬头看到一股火焰从底门中喷出,她通过底门,看到车内已成了一座小型的炼狱,在那暗红色的透明的火焰中,坦克手一动不动的身影清晰可见,像在水中一样波动着。

卡琳娜又听到两声尖啸,这是她左前方的一个导弹班把最后的两枚反坦克导弹发射出去,其中一枚有线制导的"赛格"导弹成功地击毁了一辆艾布拉姆斯，另一枚无线制导的导弹则被干扰，向斜上方冲去，失去了目标。这时，那个导弹班的6个人撤出掩体向卡琳娜所在的弹坑跑来，一架科曼奇直升机向他们俯冲下来，它那棱角分明的机体看上去像一只凶猛的鳄鱼。一长排机枪子弹打在雪地上，击起的雪和土如同一道突然立起又很快倒下的栅栏，这栅栏从那支小小的队伍中穿过，击倒了其中的4个人，只有一名中尉和一名士兵到达了弹坑。这时卡琳娜才注意那名中尉戴着坦克防震帽，可能来自一辆已被击毁的坦克。他们每人手中都拿着一管反坦克火箭筒。跳进弹坑后，中尉首先向距他们最近的一辆敌坦克射击，击中了那辆M1A2的正面，诱发了它的反应装甲，火箭弹和反应装甲的爆炸声混在一起，听起来很怪异。坦克冲出了爆炸的烟雾，反应装甲的残片挂在它前面，像一件破烂的衣衫。那名年轻的士兵继续对着它瞄准，他手中的火箭筒随着坦克的起伏而抖动，一直没有把握击发。当距他们只有四五十米的坦克冲进一个低洼地时，那名士兵只能站到弹坑的边缘向斜下方瞄准，他手中的火箭筒与那辆艾布拉姆斯的120毫米炮同时响了，坦克的炮手情急之中发射的是一发不会爆炸的贫铀穿甲弹，初速每秒800米的炮弹击中了那个士兵，把他上半身打成了一团飞溅的血花！卡琳娜感觉到细碎的血肉有力地打在她钢盔上，噼啪作响，她睁开眼睛，看到就在她眼前的弹坑边缘，那名士兵的两条腿如同两根黑色的树桩，无声地滚落到弹坑底部她的脚下，他身体的被粉碎的其他部分，在雪地上溅出了一大片放射状的红色斑点。火箭击中了艾布拉姆斯，聚能爆炸的热流切穿了它的装甲，车体冒出了浓烟。但那个钢铁怪兽仍拖着浓烟向他们冲来，直冲到距他们20米左右才在车体内的一声爆炸中停了下来，那声爆炸把它炮塔的顶盖高高掀了上去。

紧接着，北约的坦克阵线从他们周围通过，地皮在履带沉重的撞击下微微颤抖。但这些坦克对他们俩所在的弹坑并没有加以理会。当第一波的坦克冲过去后，中尉一把拉住卡琳娜的手，拉着她跃出弹坑，来到一辆已布满弹痕的吉普车旁。在二百多米远处，第二装甲攻击波正快速冲过来。

"躺下装死！"中尉说。卡琳娜于是躺到了吉普车的轮子边，闭上双眼。"睁开眼更像！"中尉又说，并在她脸上抹了一把不知是谁的血。他也躺下，与卡琳娜成直角，头紧挨着卡琳娜的头，他的钢盔滚到了一边，粗硬的头发扎着卡琳娜的太阳穴。卡琳娜大睁着双眼，看着几乎被浓烟吞没的天空。

两三分钟后，一辆半履带式布莱德雷运兵车在距他们十几米处停下来，从车上跳下几名身穿蓝白相间雪地迷彩服的美军士兵，他们中大部分平端着枪呈散兵线向前去了，只有一个朝这辆吉普走来。卡琳娜看到两只沾满雪尘的伞兵靴踏到了紧靠她脸的地方，她能清楚地看到插在伞兵靴上的匕首刀柄上82空降师的标志：一匹帕加索斯飞马。那个美国人俯身看她，他们的目光相遇了，卡琳娜尽最大努力使自己的目光呆滞无神，面对着那双透出惊愕的蓝色瞳仁。

"Oh, God!"

卡琳娜听到了一声惊叹，不知是惊叹这名肩上有一颗校星的姑娘的美丽，还是她那满脸血污的惨相，也许两者都有。他接着伸手解她领口的衣扣，卡琳娜浑身起了鸡皮疙瘩，把手向腰间的手枪移动了几厘米，但这个美国人只是扯下了她脖子上的标志牌。

他们等的时间比预想的长，敌人的坦克和装甲车源源不断地从他们两旁轰鸣着通过，卡琳娜感到自己的身体在雪地上都快冻僵了，她这时竟想起了一首军队诗歌中的两句，那首诗是她在一本记述马特洛索夫事迹的旧书上读到的："士兵躺在雪地上，就像躺在天鹅绒上一样。"她得到博士学位的那天，曾把这两句诗写到日记上，那也是一个雪夜，她站在莫斯科大学科学之宫顶层的窗前，那夜的雪也真像天鹅绒，雪雾中，首都的万家灯火时隐时现。第二天她就报名参军了。

这时，有一辆吉普车在距他们不远处停了下来，三名北约军官在车上抽着雪茄聊天。这时，卡琳娜和中尉的周围空旷起来，他们跳上吉普车，中尉把车发动，沿着早已看好的路飞快驶去。他们身后响起了冲锋枪的射击声，子弹从头顶飞过，其中一颗打碎了一个后视镜。吉普车急拐进了一个燃烧着的居民点，敌人没有追过来。

"少校，你是博士，是吗？"中尉开着车问。

"你在哪儿认识的我？"

"我见过你和列夫森科元帅的儿子在一起。"

沉默了一会儿，中尉又说："现在，他的儿子可是世界上离战争最远的人了。"

"你这话什么意思,你要知道……"

"没什么意思,说说而已。"中尉淡淡地说,他们的心思都不在这个话题上,他们都在想着还抱有的那一线希望。

但愿整个战线只有这一处被突破。

1月5日,近日轨道,"万年风雪"号

米沙感到了一个人独居一座城市的孤独。

"万年风雪"号太空组合体确实有一座小城市那么大,它的体积相当于两艘巨型航空母舰,能使5000人同时在太空中生活。当组合体处于旋转重力状态时,里面甚至有一个游泳池和一条小河流,这在当今的太空工作环境中,可以说是绝无仅有的奢侈。但事实是,"万年风雪"号是自"和平"号以来俄罗斯航天界一贯的节俭思维的结果。它的设计思想是:在一个构造中组合太阳系内太空探索的所有功能,这样虽一次性投资巨大,但从长远看还是十分经济的。"万年风雪"号被西方戏称为太空的瑞士军刀,它可作为空间站在地球各个高度的轨道上运行,它可以方便地移动到绕月球轨道,或做行星际探索飞行。"万年风雪"号已进行过金星和火星飞行,并探测过小行星带。以它那巨大的体积,等于把一个研究院搬到了太空中,就太空科学研究而言,它比西方那些数量众多但小巧玲珑的飞船具有更大的优势。

当"万年风雪"号准备开始前往木星的为期3年的航行时,战争爆发了。当时它上面的一百多名乘员全都返回了地面,他们大部分是空军军官,只留下了米沙一个人。这时"万年风雪"号暴露出它的一个缺陷:在军事上它目标太大,且没有任何防御能力,没有预见到后来太空军事化的进程,是设计者的一个失误。战争爆发后,"万年风雪"号只能进行躲避飞行。向外太空是不行的,在木星轨道之内,有大量的北约无人航行器,它们都体积不大,武装或非武装,每一个对"万年风雪"号都是致命的威胁。于是,它只有航向近日空间,"万年风雪"号引以为傲的主动制冷式热屏蔽系统,使它可以比目前人类的任何太空航行器都更接近太阳。现在"万年风雪"号已到

达水星轨道，距太阳 5000 万公里，距地球一亿公里。

虽然"万年风雪"号上的大部分舱室已经关闭，但留给米沙的空间仍大得惊人。透过广阔的透明穹顶，比地球上看去大 3 倍的太阳在照耀着，可以清楚地看到太阳表面的耀斑和紫色日冕中奇丽的日珥，有时甚至还可以看到光球表面因对流而产生的米粒组织。这里的宁静是虚假的，外面，太阳抛出的粒子流和射电波的狂风巨浪在呼啸，"万年风雪"号就是这动荡海洋中漂浮的一粒小小的种子。

一束如游丝般的电波把米沙同地球连接起来，也把那遥远世界的忧虑带给了他。他刚刚得知，莫斯科近郊的控制中心已被巡航导弹摧毁，对"万年风雪"号的控制转由设在古比雪夫的第二控制中心执行。他每隔 5 个小时接收一份从地球传来的战争新闻，每到这时，他就想起了父亲。

1月5日，俄罗斯军队总参谋部

米哈伊尔·谢米扬诺维奇·列夫森科元帅觉得自己面对着一堵墙，他面前实际是一面平放的莫斯科战区全息战场地图。而以前当他面对挂在墙上的宽大的纸制地图时，却能看到广阔而深邃的空间。不管怎样，他还是喜欢传统的地图。记不清有多少次，要找的位置在地图的最下方，他和参谋们只好趴在地上看，现在想起来让他微微一笑。他又想起在多次演习前，在野战帐篷中用透明胶带把刚发下来的作战地图拼贴起来，他总贴不好，倒是第一次随他看演习的儿子一上手就比他贴得好……发现自己又想起儿子时，他警觉地打住了思绪。

作战室中只有他和西部集群司令两人，后者一根接一根地抽烟，他们凝神地盯着全息地图上方变幻的烟团，仿佛那就是严峻的战局。

西部集群司令说："北约在斯摩棱斯克一线的兵力已达 75 个师，攻击正面有一百公里宽，已多处突破。"

"东线呢？"列夫森科元帅问。

"第 11 集团军的大部也倒向右翼，这您是知道的。右翼军队的兵力已达 24 个师，但他们对雅罗斯拉夫尔的攻击仍然是试探性的。"

地面的一次爆炸把微微的振动传了下来，作战室里充满了随着顶板上的挂灯而轻轻摇晃的影子。

"现在，已有人谈论退守莫斯科，凭借城市外围建筑和工事进行巷战了，像七十多年前一样。"

"胡说八道！我们一旦从西线收缩，北约就可能从北部迂回，在加里宁同右翼军队会合，莫斯科将不战自乱。下步作战方针，第一是反击，第二是反击，第三还是反击。"

西部集群司令叹了一口气，无言地看着地图。

列夫森科元帅接着说："我知道西线力量不够，准备从东线抽调一个集团军加强西线。"

"什么？现在的雅罗斯拉夫尔防守已经很难了。"

列夫森科元帅笑了笑："现在相当多指挥官的误区，就是只从军事角度考虑问题，严峻的形势让我们钻进去出不来了。从目前的态势看，你认为右翼军队没有力量攻下雅罗斯拉夫尔吗？"

"我认为不是，像第14集团军这样的精锐部队，集中了如此密集的装甲和低空攻击力量，在没有遭受太大损失的情况下一天的推进还不到15公里，显然是有意放慢的。"

"这就对了，他们在观望，在观望西线战局！如果我们在西线夺回战场主动权，他们就会继续观望下去，甚至有可能在东线单方面停火。"

西部集群司令把刚拿出的一根烟夹在手上，忘了点火。

"东线的几个集团军的叛变确实是在我们背后捅了一刀，但一些指挥官在心理上把这当作借口，使我们的作战方针趋向消极，这种心态必须转变！当然，应当承认，要从根本上扭转战局，莫斯科战区的力量不够，我们的最终希望寄托在增援的高加索集群和乌拉尔集群上。"

"较近的高加索集群要完成集结并进入出击位置，最少也需一个星期，考虑到制空权的因素，时间可能还要长。"

1月5日，莫斯科

卡琳娜和那位中尉的吉普车开进城时已是下午三点多，空袭警报刚刚响过，街上空荡荡的。

中尉长叹一口气说："少校，我真想念我那辆T90啊！4年前从装甲学院毕业的时候，也正是我失恋的时候，可刚到部队的我一看到那辆坦克，心情一下子由阴转晴了。我摸着它的装甲，光溜溜温乎乎的，像摸着女孩子的手。咳，那个女孩儿算什么，这才是男人真正的伴侣！可今天早上，它中了一颗西北风，唉，可能现在火还没灭呢……"

这时，城市西北方向传来密集的爆炸声，这是现代空袭中很少见的野蛮的面积型轰炸。

中尉仍沉浸在早上的战斗中："唉，不到30秒钟，整整一个坦克营就完了。"

"敌人的伤亡也很大，"卡琳娜说，"我注意观察了战果，双方被击毁的装甲目标的数量相差并不大。"

"双方坦克的对毁率大约，1比1.2吧，直升机差一些，但也不会超过1比1.4。"

"要是这样的话，战场的主动权应在我们一边，我们在数量上占很大优势，仗怎么会打成这样呢？"

中尉扭头看了卡琳娜一眼，"你是搞电子战的，还不明白为什么？你们的那套玩意儿，什么第五代C3I，什么三维战场显示，还有动态态势模拟，攻击方案优化之类的，在演习中很像回事，可一到实战中，我面前的液晶屏上显示最多的就两句：COMMUNICATION ERROR 和 COULD NOT LOG IN。就说今天早上吧，我的正面和两翼的情况全不清楚，只接到一个命令：接敌。唉……假如再投入一半的增援兵力，敌人就不会在我们的位置突破。整个战线的情况，大概都这德行。"

卡琳娜知道，在刚刚过去的战斗中，双方在整个战线上投入的坦克总数可能超过10000辆，还有数目相当于坦克一半的武装直升机。

这时他们的车驶入了阿尔巴特街，昔日的步行街现在空空荡荡，古玩店和艺术品商店的门前堆着做工事的沙袋。

"我的那辆钢铁情人不亏本儿，"中尉仍沉浸在早上的战斗中不可自拔，"我肯定打中了一辆挑战者，但我最想打中的是一辆艾布拉姆斯，知道吗？

一辆艾布拉姆斯……"

这时,卡琳娜指着刚才一家古玩店的门口,"那儿,我爷爷就死在那儿。"

"可这儿好像没有遭到空袭。"

"我说的是20年前的事了,那时我才4岁。那个冬天真冷啊。暖气停了,房间里结了冰,我只好抱着电视机取暖,听着总统在我怀中向俄罗斯人许诺一个温暖的冬天。我哭着喊冷,喊饿,爷爷默默地看着我,终于下了决心,拿出了他珍藏的勋章,带着我走了出去,来到这里。那时这儿是自由市场,从伏特加到政治观点,人们什么都卖。一个美国人看上了爷爷的勋章,但只肯出40美元。他说红旗勋章和红星勋章都不值钱的,但如果有赫梅利尼茨基勋章,他肯出100美元;光荣勋章,150美元;纳希幕夫勋章,200美元;乌沙科夫勋章,250美元;最值钱的胜利勋章您当然不可能有,那只授给元帅,但苏沃洛夫勋章也值钱,他可以出450美元……爷爷默默地走开了。我们沿着寒冷的阿尔巴特街走啊走,后来爷爷走不动了,天也快黑了,他无力地坐到那家古玩店的台阶上,让我先回家。第二天人们发现他冻死在那里,一只手伸进怀中,握着他用鲜血换来的勋章,睁大双眼看着这个他在七十多年前从古德里安的坦克群下拯救的城市……"

1月5日,俄罗斯军队总参谋部

一个星期以来,列夫森科元帅第一次走出了地下作战室,他踏着厚厚的白雪散步,同时寻找太阳,这时太阳已在挂满雪的松林后面落下了一半。在他的想象中,有一个小黑点正在夕阳那橘红色的表面缓缓移动,那是"万年风雪"号,他的儿子在上面,那是这个星球上离父亲最远的儿子了。

这件事在国内引起了许多流言蜚语,在国际上,敌人更是充分利用它,《纽约时报》用大得吓人的黑体字登出了一个标题:战争史上逃得最远的逃兵!下面是米沙的照片,照片的注脚是:在共产党政府煽动3亿俄罗斯人用鲜血淹没入侵者时,他们最高军事统帅的儿子却乘着这个国家唯一的一艘巨型飞船,逃到了距战场一亿公里的地方,他是目前这个国家最安全的人了。

但列夫森科元帅的心中很坦然。从中学到博士后，米沙周围几乎没有人知道他父亲是谁。航天控制中心做出这个决定，仅仅是因为米沙的研究专业是恒星的数学模型，"万年风雪"号这次接近太阳，对他的研究是一次难得的机会，而组合体不能完全遥控飞行，上面至少应有一个人。总指挥也是后来从西方的新闻中才得知米沙的身份的。

另一方面，不管列夫森科元帅是否承认，在他的内心深处，确实希望儿子远离战争。这并不仅仅是出于血肉之情，列夫森科元帅总觉得自己的儿子不属于战争，是的，他是世界上最不属于战争的人了。但他又知道自己这想法有问题：谁是属于战争的？

况且，米沙就属于恒星吗？他喜欢恒星，把全部生命投入到对它的研究上面，但他自己却是恒星的反面，他更像冥王星，像那颗寂静、寒冷的行星，孤独地运行在尘世之光照不到的遥远空间。米沙的性格，加上他那白皙清秀的外表，使人很容易觉得他像个女孩子。但列夫森科元帅心里清楚，儿子从本质上一点不像女孩子，女孩儿都怕孤独，但米沙喜欢孤独，孤独是他的营养，他的空气。

米沙是在东德出生的，儿子的生日对元帅来说是一生中最黯淡的一天。那天傍晚，还是少校的他，在西柏林蒂加尔登苏军烈士墓前，同部下一起为烈士们站四十多年的最后一班岗。他的前面，是一群满脸笑容的西方军官，和几个牵着狼狗来换防的吊儿郎当的德国警察，还有那些高呼"红军滚出去"的光头新纳粹们；他的身后，是大尉连长和士兵们含泪的眼睛，他控制不住自己，只好也让泪水模糊了这一切。天黑后回到已搬空的营地，在这回国前的最后一夜，他得知米沙出生了，但妻子因难产而死……回国后日子也很难，同从欧洲撤回的40万军人和12万文职人员一样，他没有住房，同米沙住在一间冬冷夏热的临时铁皮屋里。他昔日的同志为了生活什么都干，有的向黑社会出售武器，有的甚至到夜总会跳脱衣舞。但他一直像军人一样正直地生活着，米沙也在艰辛中默默地长大，同别的孩子不同，他似乎天生就会忍受，因为他有自己的世界。

早在上小学的时候，米沙每天都在自己的小房间里静悄悄地一人度过整个晚上，开始，元帅以为他在看书，但有一次他无意中发现，儿子是站在窗前一动不动地看着星星。

"爸爸,我喜欢星星,我要看一辈子星星。"他这样对父亲说。

11岁生日那天,米沙向父亲提出了迄今为止唯一的一个要求:想要一架天文望远镜,这之前,他一直用列夫森科元帅的军用望远镜观察星星。后来,那架天文望远镜就成了米沙唯一的伴侣,他在阳台上看星星可以一直看到东方发白。有不多的几次,他们父子俩一起在阳台上看星星,元帅总是把望远镜对准夜空中看起来最亮的一颗星,但儿子不以为然地摇摇头,"那颗没意思,爸爸,那是金星,金星是行星,我只喜欢恒星。"

但其他男孩子喜欢的东西米沙却一点兴趣都没有。隔壁空降兵参谋长家的那个小胖子,偷拿父亲的手枪玩,结果走火把大腿打穿了;参谋部将军们的那些男孩子们,如果能让爸爸领着到部队的靶场上打一次枪,就是得到最高的奖赏了。但男孩子对武器的这种天生的依恋,在米沙身上丝毫没有出现,从这点上来说他确实不像男孩子。元帅对此很不安,他几乎无法容忍自己的儿子对武器无动于衷,以至于后来他做出了一件至今想起来仍让他很不好意思的事:有一次,他把自己的那支马卡诺夫式手枪悄悄放到了儿子的书桌上。放学回来后不久,米沙就拿着枪从他的小房间中出来,他拿枪像女人那样,小心地握着枪管,他把枪轻轻地放到父亲面前,淡淡地说:"爸,以后别把这东西乱放。"

在对待米沙的前途问题上,元帅是一个开明的人,他不像自己的周围的那些将军们,一心让儿子甚至女儿延续自己的军旅生涯。但米沙离父亲的事业确实太远太远了。

列夫森科元帅不是一个脾气暴躁的人,但作为一名全军统帅,他不止一次在上万名官兵面前斥责一位将军。但对米沙,他却从来没有发过火。这固然因为米沙一直默默地沿着自己的轨道成长,很少让父亲操心,更重要的是,米沙身上似乎生来就有一种非同寻常的超脱的气质,这气质有时甚至让列夫森科元帅感到有些敬畏。就如同他在花盆中随意埋下一颗种子,却长出来绝世珍稀的植物。他敬畏地看着这植物一天天成长,小心地呵护着它,等着它开出花朵。他的期望没落空,儿子现在已成为世界上最出色的天体物理学家。

这时太阳已在松林后面完全落下去，地上的雪由白色变成浅蓝色。列夫森科元帅收回了思绪，回到了地下作战室。开作战会议的人都到齐了，他们包括西部集群和高加索集群的主要指挥官。

另外还有更多的电子战指挥官，他们从少将到上尉都有，大部分是刚从前线回来的。作战室里正在进行着一场激烈的争论，争论的双方是西部集群的陆战部队和电子战部队的军官们。

"我们正确判明了敌人主攻方向的转变，"塔曼摩步师的费列托夫师长说，"我们的装甲力量和陆航低空攻击力量的机动性也并不差，但通信系统被干扰得一塌糊涂，C3I指挥系统几乎瘫痪！集团军中的电子战单位，级别从营升到了团，从团又升到了师，这两年在这上面的资金投入比常规装备的投入都多，就这么个结果？！"

负责指挥战区电子战的一位中将看了身边的卡琳娜一眼，同其他刚从前线归来的军官一样，她的迷彩服上满是污迹和焦痕，脸上还残留着血迹。中将说："卡琳娜少校在电子战研究方面很有造诣，同时也是总参派往前线的电子战观察员，她的看法可能更有说服力一些。"像卡琳娜这样的年轻博士军官大多心直口快，无所顾忌，往往被人当枪使，这次也不例外。

卡琳娜站起来说："大校，话不能这么说！比起北约，我们这些年对C3I的投入微不足道。"

"那电子反制呢？"师长问，"敌人能干扰我们，你们就不能干扰他们？！我们的C3I瘫痪了，北约的却转得很好，像上了润滑油似的，今天早上我对面的陆战一师能那么快速地转变攻击方向就是一个证明！"

卡琳娜苦笑了一下："提起对敌干扰，费利托夫大校，不要忘了，就是在你们师的阵地上，你的人用枪顶着操作员的脑袋，使集团军电子对抗部队的干扰机停下来！"

"怎么回事？"列夫森科元帅问，这时人们才发现他进来，都起身敬礼。

"是这样，"师长对元帅解释说，"对我们的通讯指挥系统来说，他们的干扰比北约的更厉害！在北约的干扰中，我们能维持一定的无线通信，可他们的干扰机一开，就把我们全盖住了！"

卡琳娜说："可同时敌人也全被盖住了！这是我军目前实施电子反制可

选择的唯一战略。北约目前在战场通讯中，已广泛采用诸如跳频、直接序列扩频、零可控自适应天线、猝发、单频转发和频率捷变这类技术①，我们用频率瞄准方式进行干扰根本不起作用，只能采用全频带段阻塞式干扰。"

第5集团军的一位上校质问："少校，北约采用的可全是频率瞄准式干扰，频带还相当窄，而我们的C3I系统也普遍采用了你提到的那些通信技术，为什么他们对我们的干扰那样有效呢？"

"这原因很简单，我们的C3I系统是建立在什么样的软硬件平台上？U-NIX，LINUX，甚至WINDOWS2010，CPU是INTER和AMD！这是用人家养的狗给自己看门！在这种情况下，敌人可以很快掌握诸如跳频规律之类的电子战情报，同时用更多更有效的纯软件攻击加强其干扰效果。总参谋部曾经大力推广过国产操作系统，但到了下面阻力重重，你们集团军就是一个最顽固的堡垒……"

"好了，你们所说的问题和矛盾正是今天会议要解决的，开会！"列夫森科元帅打断了这场争论。

当大家在电子沙盘前坐好后，列夫森科元帅叫过来一位少校参谋，这个身材细高的年轻人双眼眯缝着，好像不适应作战室中的光线。"介绍一下，这位是邦达连科少校，他的最大特点就是深度近视，他的眼镜与众不同，别人的眼镜镜片在镜框里边，他的镜片在镜框外面，哈，就像茶杯底那么厚啊！我们现在看不到它了，早上少校在吉普车遇到空袭时给砸了，好像隐形眼镜也弄丢了？"

"报告首长，那是5天前在明斯克，我的眼睛是在半年内变成这样的，这变化早些的话我进不了伏龙芝。"少校立正说。

虽然谁也不知道元帅为什么介绍这位少校，人群中还是响起了几声低低的笑声。

"战争爆发以来的事实说明，虽然有白俄罗斯战场的失利，但在空中和陆上常规武器方面，我们并不比敌人差多少；但在电子战方面，我们的差距之大出乎意料。造成这样的局面有很深远的历史原因，这不是我们今天要讨论的。我们要明确的是以下一点：目前，电子战是我军夺回战争主动权的关键！我们首先必须承认敌人在电子战方面的优势，甚至压倒优势，然后我们必须以我军现有的电子战软硬件条件为基础，制定出一套行之有效的战略战术，这套战略战术的目的，是要在短时间内，使我军和北约在电子战方面形成某种力量上的平衡。也许大家认为这不可能：我军上世纪末以来的战争理论，主要是基于局部有限战争的，对目前在军事上如此强大的敌人的全面进攻，确实研究得不够。在这样严峻的形势下，我们必须以一种全新的方式思维，下面我要介绍的统帅部新的电子战战略，就可以看作这种思维的结果。"

灯灭了，电脑屏幕和电子沙盘都关闭了，重重的防辐射门也紧紧关闭，作战室淹没于伸手不见五指的黑暗之中。

"是我让关的灯。"黑暗中传来元帅的声音。

时间在黑暗和沉默中慢慢流逝，这样过了有一分钟。

"大家现在有什么感觉？"列夫森科元帅问。

没有人问答，浓重的黑暗使军官们仿佛沉没在夜之海的海底，他们觉得呼吸都有些困难。

"安德烈将军，你说说看。"

"这几天在战场上的感觉。"第5集团军军长说，黑暗中又响起了一阵低低的笑声。

"别的人呢，大概都与他有同感吧。"元帅说。

"当然，您想想，耳机里除了沙沙声什么也没有，屏幕上一片空白，对作战命令和周围的战场态势一无所知，可不就是这种感觉嘛！这黑暗，压得人喘不过气来啊！"

"但并非所有人都是这种感觉，邦达连科少校，你呢？"列夫森科元帅问。

邦达连科少校的声音从作战室的一角传来："我的感觉不像他们这么糟糕，在亮着灯的时候，我看周围也是模模糊糊的。"

"你甚至还有一种优越感吧？"列夫森科元帅问。

"是的元帅，您可能听说过，在那次纽约大停电时，是一些瞎子带领人们走出摩天大楼的。"

"但安德烈将军的感觉也是可以理解的，他有一双鹰眼，还是个神枪手，他喝酒时常用手枪在十几米远处开酒瓶盖。想想他和邦达连科少校在这时用手枪决斗，可是一件很有意思的事。"

黑暗中的作战室又陷入了沉默，指挥官们都在思考。

灯亮了，人们都眯起了双眼，这与其说是不能适应这突然出现的亮光，不如说是对元帅刚刚暗示的思想感到震惊。

列夫森科元帅站起来说："我想，刚才我已把我军下一步的电子战新战略表达清楚了：全频段大功率的阻塞干扰，在电磁通讯上，制造一个双方'共享'的全黑暗战场！"

"这样将使我军的战场指挥系统全面瘫痪！"有人惊恐地说。

"北约也一样！瞎大家一起瞎，聋大家一起聋，在这样的条件下同敌人达到电子战的力量平衡。这就是新战略的核心思想。"

"那总不至于让我们用通讯员骑摩托车去发布作战命令吧?!"

"要是路不好，他们还得骑马。"列夫森科元帅说，"我们粗略估计了一下，这样的全频段阻塞干扰，至少可覆盖北约70%的战场通信系统，这就意味着他们的C3I系统全面瘫痪；同时还可使敌人50%至60%的远程打击武器失去作用，这其中最明显的例子就是战斧巡航导弹：现在的这种导弹的制导系统同上个世纪有了很大的改变，那时的战斧主要使用地形匹配和小型测高雷达来导航，现在这种导航方式只用做末端制导，而其射程的大部分依靠卫星全球定位系统。通用动力公司和麦克唐纳·道格拉斯公司认为他们所做的这种改进是一大进步，美国人太相信来自太空中的导航电波了，但GPS系统的电波传输一旦被干扰，战斧就成了瞎子。这种对GPS的依赖在北约大部分远程打击武器中都存在。在我们所设想的战场电磁条件出现时，就会逼着敌人同我们打常规战，充分发挥自己的优势。"

"我还是心里没底，"被从东线调往西线的第12集团军军长忧心忡忡地说，"在这样的战场通讯条件下，我甚至怀疑我的集团军能不能从东线顺利地调到西线。"

"你肯定能的！"列夫森科元帅说，"这段距离，对库图佐夫来说都很短，我不信今天的俄罗斯军队离了无线电就走不过去了！被现代化装备惯坏的，应该是美国人而不是我们。我知道，当整个战场都处于电磁黑暗中时，你们心中肯定感到恐惧，这时要记住，敌人比你们恐惧十倍！"

当看着卡琳娜的身影混在这群穿迷彩服的军官中,在作战室的出口消失的时候,列夫森科元帅的心悬了起来。她将重返前线,而她所在的电子战部队将是敌人火力最集中的地方。昨天,在同一亿公里远的儿子那来回延时达 5 分钟的通话中,元帅曾告诉他卡琳娜很好,但在早上的战斗中,她就险些没回来。

米沙和卡琳娜是在一次演习中认识的。那天元帅和儿子一起吃晚饭,同往常一样他们默默地吃着,米沙早逝的母亲在远处的镜框中默默地看着他们。米沙突然说:"爸爸,我想起明天就是您的 51 岁生日了,我应该送您一件生日礼物。我是看见那架天文望远镜才想起来的,那件礼物真好。"

"送我几天时间吧。"

儿子抬头静静地看着父亲。

"你有你的事业,我很高兴。但做父亲的想让儿子了解自己的事业,这总不算过分吧!明天你和我一起去看军事演习怎么样?"

米沙笑着点点头,他很少笑的。

这是本世纪国内规模最大的一场演习。演习开始的前夜,米沙对公路上那滚滚而过的钢铁洪流没什么兴趣,一下直升机,他就钻进野战帐篷,用透明胶带替父亲粘贴刚发下来的作战地图。在第二天演习的整个过程中,米沙也没表现出丝毫的兴趣,这早在列夫森科元帅的预料之中,但有一件事使他感到莫大的安慰。

上午进行的演习项目是一个装甲师进攻一个高地,米沙同一群地方官员一起坐在观摩台的北侧。这次观摩台的位置虽在安全距离上,但应那些猎奇的地方官员的要求,比过去大大靠前了。图 22 轰炸机群掠过高地上空,重磅航空炸弹雨点般地落下,使那座山头变成一个喷发的火山口。这时,那群地方官员才明白真实战场同电影里的区别,在那地动山摇的巨响中,他们全都用双臂抱住脑袋伏在桌子上,有几位女士甚至尖叫着往桌子下钻。但元帅看到,那里只有米沙一个人仍直直坐着,仍是那副冷漠的表情,静静地无动于衷地看着那座可怕的火山,任爆炸的火光在他的墨镜中狂闪。这时,一股暖流冲击着列夫森科元帅的心田,儿子,你的身上到底流着军人的血啊!

这天晚上,父子俩在白天的演习现场散步,远处,各种装甲车辆的前灯如繁星撒满山谷和平原,空气中还残留着淡淡的硝烟味。

"这场演习要花多少钱?"米沙问。

"直接费用大约3亿卢布。"

米沙叹了口气:"我们的课题组,想搞第三代恒星演化模型,申请了35万卢布经费都批不下来。"

列夫森科元帅把他早就想对儿子说的话说了出来:"我们两个的世界相差太远了,你的恒星,最近的也有4光年吧,它同地球上的军队与战争真是毫不相干。我对你的事业知之不多,但很为之感到骄傲;作为军人,我们也是最想让儿子了解自己事业的人,哪一个父亲不把对儿子讲述自己的戎马生涯当作最大的幸福?而你对我的事业却总抱着一种冷漠的态度。事实上,我的事业是你的事业的基础和保障,一个国家,如果没有足够数量和质量的武装力量保证它的和平的话,像你从事的这种纯基础研究根本不可能进行。"

"爸爸,你把事情说反了。如果人们都像我们这样,用全部的生命去探索宇宙的话,他们就能领略到宇宙的美,它的宏大和深远后面的美,而一个对宇宙和自然的内在美有深刻感觉的人,是不会去进行战争的。"

"你这种想法真是幼稚到家了,如果战争是因为人们缺乏美感造成的,那和平可太容易了!"

"您以为让人类感受这种美就那么容易吗?"米沙指指夜空中灿烂的星海,"您看这些恒星,人们都知道它是美的,但有多少人能够真正体会到这种美的最深层呢?这无数的天体,它们从星云到黑洞的演化是那么壮丽,它们喷发的能量是那么巨大狂暴,但您知道吗?只用数目不多的几个优美的方程式就能精确地描述这一切,用这些方程式建造的数学模型能极其精确地预言恒星的一切行为。甚至我们对自己星球上大气层的数学模型,精确度都要比它低几个数量级。"

列夫森科元帅点点头,"这是可能的,据说人类对月球的了解比对地球海底的了解还要多。但对你所说的宇宙和自然深层次美的感受还是制止不了战争,没有人比爱因斯坦更能感受这种美了,原子弹不还是在他的建议下造出来的吗?"

"爱因斯坦在他的后期研究中没什么建树,很大程度上是由于他过多地介入了政治。我不会走他的老路的。但,爸爸,到了需要的时候,我也会尽自己的责任的。"

米沙在演习区域待了5天,元帅不知儿子是什么时候认识卡琳娜的,第一次看到他们在一起的时候,他们已经谈得很融洽了,他们谈恒星,而卡琳娜对此知道得很多。看着还是一个天真烂漫的女孩儿的卡琳娜,因为她的博士学位,早早就扛上了一颗校星,他的心里就多少有些别扭,不过除此之外,他对卡琳娜的印象还是很好的。第二次见到米沙和卡琳娜在一起时,列夫森科元帅看到他们已有了一些亲密感,他们谈话的内容让他很意外:他们在谈电子战。当时他们俩在距元帅的吉普车不远的一辆坦克边,由于谈话内容,他们并没有避开别人的意思。

元帅听到米沙说:"你们现在只关注于一些纯软件的高层次的东西,比如C3I、病毒攻击、数字战场等,可你想到没有,你们可能握着一把木头做的剑。"看着卡琳娜惊奇的目光,米沙继续说:"你想过这些东西的基础吗?也就是位于网络七层协议最下面的物理层。对于民用网络,可以使用像光纤和定向激光这样一些东西作为通讯媒介;但对于用于战场的C3I系统,它的各个终端是快速移动和位置不定的,所以只能主要依赖电磁波来进行信息联结,而电磁波这东西,你知道,在干扰下像薄冰一样脆弱……"

元帅真的吃惊不小,他从未与儿子交流过这些,米沙更不可能偷看他的机密文件,但他却把自己在电子战上多年来形成的思想简明准确地表达出来!米沙的这番话对卡琳娜的影响更大,居然使她偏离了自己的研究方向,研制出了一种代号"洪水"的电磁干扰装置。"洪水"的大小可以装入一辆装甲车,它能同时发出3kHz到30gHz的强烈的电磁干扰波,覆盖了除毫米波之外的所有电磁通讯波段。这种武器在西伯利亚某基地进行的第一次试验就为军队惹来了一屁股官司:"洪水"使附近那座城市的电磁波通讯全部中断,手机不通了,传呼机不响了,电视机和收音机都收不到信号,对银行和股市的影响更是灾难性的,地方上把造成的损失说成了天文数字。"洪水"的灵感来自于一种电磁炸弹,这种武器是通过高爆炸药在一次性线圈中产生强烈的电磁脉冲。所以"洪水"工作起来如同火箭发动机一样,产生的音响震破了附近的窗玻璃，这就决定了它只能遥控操作，而距它两三千米处的操作人员还得穿上防微波辐射的防护服。"洪水"在总装备部和总参的电子战指挥机构引起了很大的争论，很多人认为它没什么实战价值，在有限战场上使用它，就如同在巷战中使用核武器，对敌我的杀伤力都一样大。但在元帅的坚持下，"洪水"还是批量生产了二百多台。现在，在统帅部新的电子战战略中，它将担当重任。

儿子爱上了一个军中的姑娘，元帅深感意外，他的结论是米沙对卡琳娜的感情同她的职业无关。后来米沙带卡琳娜到家里来过几次，第一次卡琳娜穿着一件亮丽的连衣裙，走时元帅听到米沙对卡琳娜说："下次穿军装来。"这事使元帅否定了自己先前的结论，他现在知道，米沙爱上卡琳娜，与她是一名少校军官并非一点关系也没有。他又感到了演习第一天上午的那种感受，他现在也觉得卡琳娜肩上的那颗校星无比美丽了。

1月6日，莫斯科战区

强烈的电磁波在战区上空很快聚集，最后形成了巨大的电磁台风。战后人们回忆，当时在远离前线的山村里，人们也看到动物和鸟儿骚动不安；在灯火管制的城市中，人们能看到电视天线上感应出的微小火花……

从东线调往西线的第12集团军的一个装甲团正在急速行军，团长站在停在路边的吉普车边，满意地看着漫天雪尘中急速行进的部队。敌人的空袭远没有预料的强度，所以部队可以在白天赶路了。这时，3枚战斧导弹低低地从他们头顶掠过，冲压发动机低沉的嗡嗡声清晰可闻。不一会儿，远处响起了三声爆炸。团长身边的通讯员拿着只有沙沙声的耳机无事可做，转头看看爆炸的方向，然后惊叫起来，让他看，他让通讯员不要大惊小怪，但旁边的一位少校营长也让他看，他就看了，然后困惑地摇了摇头。战斧不是每枚都能命中目标，但像这样3枚各自相距上千米落到空无一物的田野上，真是少见。

两架苏 27 孤独地飞行在战区 5000 米上空。他们本来属于一支歼击机中队,但这个中队刚刚在海上同一支北约的 F22 中队发生了一场遭遇战,在空中混战中,他们和中队失散了。在以前,重新会合是轻而易举的事,但现在,无线电联络不通了,原来对于高速歼击机很狭小的空域现在在感觉上变得如宇宙一样广阔,要想会合如同大海捞针。这对长僚机只能紧贴着飞行,距离之近像在飞特技,只有这样,他们才能听到对方的无线电呼叫。

"左上方发现可疑目标,方位 220,仰角 30!"僚机报告,长机飞行员沿那个方位看去,冬日雪后的晴空一碧如洗,能见度极好,两架飞机向斜上方靠近目标观察。那个目标与他们同一方向飞行,但速度慢了许多,所以他们很快追上了它。

当他们看清目标的形状后,真觉得白天见了鬼。那是一架北约的 E-4A 预警飞机,这是歼击机最不可能遇到的敌方飞机,就像一个人不可能看到自己的后脑勺一样。E-4A 预警飞机上的雷达监视面积可达 100 万平方公里,环视一圈只需 5 秒钟,它能发现远离防区 2000 公里处的目标,可以提供 40 分钟以上的预警时间。能发现 1000~2000 公里范围里的 800~1000 个电磁信号,它的每次扫描可询问和识别 2000 个海陆空各类目标。预警机从不需护航,它强有力的千里眼可使自己远远地避开歼击机的威胁。所以长机飞行员理所当然地认为这可能是一个圈套。他和僚机向四周的空域仔细搜索了一遍,明净寒冷的空中看不到任何东西,长机决定冒一次险。

"雷球雷球,我将发起攻击,你向 317 方位警戒,但注意不要超出目视距离!"

看着僚机向着他认为最可能有埋伏的方位飞去后,他打开加力,猛拉操纵杆,苏 27 拖着加速的黑烟,如一条仰起的眼镜蛇向斜上方的预警机扑去。这时 E-4A 也发现了向它逼近的威胁,它急忙向东南方向做逃脱的机动飞行,干扰热寻导弹的镁热弹不断地从机尾蹦出,那一串小小的光球仿佛是它那被吓出壳的灵魂。一架预警飞机在歼击机面前就如同一辆自行车在摩托车面前一样,是无法逃脱的。这时长机飞行员才感到他刚才给僚机的命令是多么自私。他在 E-4A 的后上方远远跟着它,欣赏着到手的猎物。E-4A 背上蓝白相间的雷达天线罩线条优美,像一件可人的圣诞玩具;它那粗大的白色机身，如同摆在盘子里的一只肥美的炖鸭，令他垂涎欲滴，又不忍下刀叉。但直觉使他不敢拖延，他首先用 20 毫米机炮做了一个点射，击碎了雷达天线罩，他看到，西屋公司制造的 AN/PY-3 型雷达天线的碎片飞散在空中，如圣诞节银色的纸花；他接着用机炮切断了 E-4A 的一个机翼，最后，射速达每分钟 6000 发的双管机炮射出的死亡之鞭，从已经翻滚下坠的 E-4A 拦腰切过，把它击成两截。苏 27 沿着一条下降的盘旋线跟着两块坠落的机体，飞行员看到，人员和设备不停地从机舱中掉出来，就像从盒中掉出的糖果一样，有几朵伞花在空中绽开。他想起了在刚过去的空战中，一个战友被击落时的情景：一架 F22 三次从战友的降落伞上方掠过，把伞冲翻了，他看着战友像一块石头一样渐渐消失在大地的白色背景中。他克制了这样做的冲动，同僚机会合后，双机编队以最快的速度脱离这个空域。

他们仍觉得这可能是个圈套。

走散的飞机并不止那两架。在战线的上空，一架隶属于美国陆军骑一师的"科曼奇"在漫无目标地飞着，驾驶员沃克中尉却倍感兴奋。他刚从"阿帕奇"转飞"科曼奇"不久，对这种上世纪末才大量装备陆军的武装攻击直升机不太适应，他不适应"科曼奇"没有脚踏的操纵系统，并觉得它的双目头盔瞄准镜还不如"阿帕奇"的单目镜让人感到舒服，但他最不适应的还是坐在前面的攻击指挥员哈尼上尉。他们第一次见面时，哈尼说："中尉，你要清楚自己的位置，我是这架直升机的大脑，你只是它电子和机械部件的一部分，你要尽一个部件的责任！"而沃克最讨厌作为一个部件而存在。记得一位年近百岁的参加过二战的前海军飞行员参观他们的基地，他看了看"科曼奇"的座舱，摇摇头说："唉，孩子们，我当年那架野马式，座舱里的仪表还不如现在的微波炉上多，我最好的仪表是它！"他拍了拍沃克的屁股，"我们两代飞行员的区别，就是空中骑士和电脑操作员的区别。"沃克想当空中骑士，现在机会来了。在俄罗斯人那近乎变态的疯狂干扰下，这架直升机上的什么"作战任务设备一体化"系统、什么"目标探测系统"、什么"辅助目标探查分类系统"、什么"真实视觉场面发生器"，还有"资料突发系统"等，全他妈的休克了！只剩下那两台 1200 马力的 T800 型引擎还在忠实地转动着。哈尼平时就是全凭那些电子玩意儿活着的,现在他那张喋喋不休的臭嘴也随着这些东西沉默下来。这时,他听到了内部送话系统传来的哈尼的话音:"注意,发现目标,好像在左前方,好像在那个小山包旁边,有一支装甲部队,好像是敌人的,你……看着办吧。"

沃克差点笑出声来,哈,这小子,听他以前是怎么指挥的:"发现目标,方位133,90式坦克17辆,89式运兵车21辆,向391方位以平均速度43.5公里运动,平均间隔31.4米,按AJ041号优化攻击方案,从179方位以37度倾角进入……"现在呢?"好像"有装甲部队,"好像"在"山包那边",这他妈用你说?我早看见了!还让我看着办。你是废物了哈尼,现在是我的天下,我要用屁股当仪表做一个骑士了!这架"科曼奇"在我的手中将不辜负它那英勇的印第安部落的名字。

"科曼奇"向着那显而易见的目标冲去,把机上的62枚27.5英寸的蜂巢火箭全部发射出去,沃克陶醉地看着他那群拖着火尾小蜜蜂欢快地向目标飞去,把敌人的车队淹没于一片火海之中。但当他迂回飞行观察战果时却发现事情不对,地面上敌人的士兵没有隐蔽,而是全都站在雪地上冲他指点着,像是在破口大骂;沃克飞近一些,清楚地看到了一辆被击毁的装甲车上的那个标志,那是个三环同心圆,中间是蓝色,然后是一个白圈儿和一个红圈儿。沃克眼前一黑,感到世界变成了地狱,他也破口大骂起来:

"你个狗娘养的白痴,你瞎眼了?!"

但他还是聪明地远远飞开,以防那些暴怒的法国佬还击。"你个狗娘养的,你现在大概在想到军事法庭上怎样把责任推给我,你推不掉的,你是负责目标甄别的,你要明白这一点!"

"也许……我们还有机会补救,"哈尼怯生生地说,"我又发现了一支部队,就在对面……"

"去你妈的吧!"沃克没好气地说。

"这次没错,他们正在同法国人交火!"

这下沃克又来了精神,他驾机向新目标冲去,看到对方主要是步兵,装甲力量不多,这倒证实了哈尼的判断。沃克把仅剩的4枚"地狱火"导弹发射出去,然后把加特林双管机枪的射速调到每分钟1500发并开始射击,他舒服地感觉到机枪通过机体传来的微微振动,看到地面敌人的散兵线被撒上了一层白色的"胡椒面"。但一名老练的武装直升机驾驶员的直觉告诉他有危险,他扭头一看,只见一枚肩射导弹刚刚从左下方一名站在吉普车上的士兵肩上发射出来。沃克手忙脚乱地发射了诱饵镁热弹,又向后方做摆脱飞行,但晚了些,那枚导弹拖着蛛丝般的白烟击中了"科曼奇"的机头下方。沃克从爆炸带来的短暂昏眩中醒来时,发现直升机已坠落到雪地上。沃克拼命爬出全是白烟的机舱,在雪地上抱住一棵刚被螺旋桨齐腰砍断的树,回头看见前舱中被炸成肉酱的哈尼上尉。他又看到前方一群端着冲锋枪的士兵正在向他跑来,他们那斯拉夫人的面孔清晰可见。沃克颤抖着掏出手枪放到面前的雪地上,然后掏出俄语会话本读了起来:

"吾已方下无起,吾是战抚,日内瓦……"

他后脑挨了一枪托,肚子上又挨了一脚,当他翻倒在雪地上时却大笑起来,他可能被揍个半死,但不会全死,他看到了那些士兵衣领上波兰军队的鹰形领章标志。

1月7日,明斯克,北约军队作战指挥中心

"把那个该死的军医叫来!"托尼·帕克上将烦躁地喊道,当那名细长的上校军医跑到他面前时,他恼怒地说:"怎么搞的?你折腾了两次,我的假牙还在嗡嗡响!"

"将军,这是我见过的最奇怪的事,也许是您的神经系统有问题,要不我给您打一针局部麻醉?"

这时,一位少校参谋走过来说:"将军,请把假牙给我,我有办法的。"帕克于是取下假牙,放到了少校递过来的纸巾上。

关于将军掉的两颗门牙,媒体的普遍说法是在波斯湾战争中他所在的坦克被击中时造成的,只有将军自己知道这不是真的。那次是断了下颚,牙则是更早些时候掉的。那是在克拉克空军基地,当时的世界好像除了火山灰外什么都没有:天是灰的地是灰的空气也是灰的,就连他和基地最后一批人员将要登上的那架"大力神",机顶上也落了厚厚白白的一层。火山岩浆的暗

红色火光在这灰色的深处时隐时现。那个菲律宾女职员还是找来了，说基地没了，她失业了，房子也压在火山灰下，让她和肚子里的孩子怎么活？她拉着他求他一定带她到美国去，他告诉她这不可能，于是她脱下高跟鞋朝他脸上打，打掉了他的两颗门牙。看着灰色的海水，帕克默念：我的孩子，现在你在哪儿？你是和母亲在马尼拉的贫民窟中度日吗？你的父亲现在在某种程度上是为你而战，战后当俄罗斯的民主政府上台后，北约的前锋将抵达中国边境，苏比克和克拉克将重新成为美国在太平洋上的海空军基地，那里将比上个世纪更繁荣，你会在那儿找到工作的！如果你是个女孩，说不定像你妈妈（她叫什么来着，哦，阿莲娜）一样能认识个美国军官……最重要的是，在北约的压力下，中国人说不定会把你们早就想要的东西给你们：南中国海上那些美丽的岛屿。我曾从空中看到过她们，雪白的珊瑚围着棕色的沙地，像是蓝色大海上一双双眼睛，孩子，那是爸爸的眼睛……

那位修牙的少校回来了，打断了将军的胡思乱想，将军拿过了那个纸巾上的假牙，装上感觉了几秒后惊奇地看着少校："嗯？你是怎么做到的？"

"将军，您的假牙响是因为它对电磁波产生了共振。"

将军盯着少校，分明不相信他的话。

"将军，真是这样！也许您以前也曾暴露在强烈的电磁波下，比如在雷达的照射范围里，但那些电磁波的频率同您的假牙的固有频率不吻合。而现在，空中所有频带的电磁波都很强烈，于是产生了这种情况。我把假牙进行了一些加工，使它的共振频率提高了许多，它现在仍然共振，但您感觉不到了。"

少校离开后，帕克将军的目光落到了电子作战图旁的一个座钟上，钟座是骑着大象的汉尼拔塑像，上面刻着"战必胜"三个字，原来它摆放在白宫的蓝厅，当时总统发现他的目光总落在那玩意儿上，就亲自拿起了那个在那儿放了一百多年的钟赠给了他。

"上帝保佑美国，将军，现在您就是上帝！"

帕克沉思了很久，缓缓地说："命令全线停止进攻，用全部空中力量搜寻并摧毁俄罗斯人的干扰源。"

1月8日，俄罗斯军队总参谋部

"敌人停止进攻了，你好像并不感到高兴。"列夫森科元帅对刚从前线归来的西部集群司令说。

"是高兴不起来，北约的全部空中力量已集中打击我们的干扰部队，这种打击确实是很奏效的。"

"这在我们的预料之中。"列夫森科元帅平静地说，"我们的战术在开始会使敌人手足无措，但他们总会想出对付的办法的。用于阻塞式干扰的干扰机，由于其强烈的全频道发射，很容易被探测和摧毁。好在我们已争取了相当的时间，现在全部希望都寄托在两个集群的快速集结上了。"

"情况可能比预想的严峻，"西部集群司令说，"在我们失去电子战优势之前，可能没有给高加索集群进入出击位置留下足够的时间。"

西部集群司令走后，列夫森科元帅看着电子沙盘上的前线地形，想起了正处于敌人密集火力下的卡琳娜，由此又想起了米沙。那天，米沙回到家里，脸上青一块紫一块的。这之前他已听到传言，说他儿子是那所大学中唯一的一名反战分子，结果被学生们打了。

"我只是说不要轻言战争，我们真的不能同西方达成一种理智的和平吗？"米沙对父亲解释说。

元帅用他从未有过的严厉对儿子说："你知道自己的位置，你可以不说话，但以后绝不许出现类似的言行。"

米沙点点头。

晚上一进家门，元帅就告诉米沙："俄共上台了。"

米沙看了父亲一眼，淡淡地说："吃饭吧。"

再往后，西方宣布俄罗斯新政府为非法，杜波列夫组织极右联盟并发动内战，列夫森科元帅都不需要告诉米沙了，父子俩每天晚上都像往常一样默默地吃饭。直到有一天，米沙接到航天基地的通知，打起行装走了。两天后，他乘航天飞机登上了在近地轨道运行的"万年风雪"号。

又过了一周，战争全面爆发了，这是一场由空前强大的敌人从预料不到的方向发起的旨在彻底肢解俄罗斯的世界大战。

1月9日，近日轨道，"万年风雪"号掠过水星

由于"万年风雪"号的速度很快，它不可能成为水星的卫星，只能从这颗行星面对太阳的那一面高速掠过。这是人类第一次用肉眼直接对水星表面进行近距离观察。米沙看到，水星表面高达两公里的峭壁，蜿蜒数百公里，穿过布满巨大坑穴的平原。他还看到了被行星地质学家们称作"不可思议的地形"的名叫"卡托里萨"的盆地，它的直径有1300公里。它的不可思议之处在于，在水星的另一面，有一个面积相仿的盆地正对着它，人们猜测，这是一颗巨大的彗星撞击了水星，强烈的震波穿过了整个星体，在两个半球同时形成了极其相似的两个盆地。米沙还发现了许多新的令人激动的东西，他发现水星表面有许多明亮的光斑，当他在屏幕上把那些光斑放大后，他激动得屏住了呼吸。

那是水星上的水银湖泊，它们每个的面积平均达上千平方公里。

米沙想象，在水星那漫长的白天，在那1800℃的酷热下，站在水银湖岸边的情形。即使在狂风中，水银湖也会很平静，而水星没有大气，没有风，湖的表面如广阔的镜子平原，太阳和银河毫不失真地投射在上面。

"万年风雪"号掠过水星后，将继续靠近太阳，一直航行到它那由核聚变制冷装置支持的绝热层所能忍受的极限距离。太阳的高温将是它最好的掩护，北约的任何太空航行器都不可能飞进这个酷热的地狱。

看看这广阔的宇宙，再想想那一亿公里之外的母亲星球上的战争，米沙再次哀叹人类目光的狭隘。

1月10日，斯摩棱斯克前线

看着敌人渐渐靠近的散兵线，卡琳娜明白了为什么当周围的干扰点相继被摧毁后，只有她这里幸存下来：敌人想夺取一台完整的"洪水"。

这只由三架"科曼奇"和四架"黑鹰"组成的直升机群轻而易举地发

现了这台"洪水"的位置。由于"洪水"巨大的电磁发射,对它的遥控只能通过光缆,这又使敌人顺着光缆的走向发现了卡琳娜所在的、距那台"洪水"3000米的遥控站,这是一间被废弃的孤立的小库房。

那4架运载着四十多名敌人步兵的"黑鹰"就在距库房不到200米处降落了。当时遥控站中除卡琳娜之外还有一名上尉和一名上士。上士听到引擎声响刚拉开库房的门,就被直升机上的狙击手射出的一颗子弹掀开了头盖骨。敌人随后的火力很谨慎也很节制,显然怕伤了库房里他们想得到的设备,这就使得卡琳娜和那名上尉多坚守了一段时间。

现在,在卡琳娜的左前方,上尉的冲锋枪声沉默了,这枪声是她这时唯一的安慰。她看到在那个作为掩体的树桩后面,上尉的身体一动不动,一圈殷红的鲜血正在他周围的雪地上扩散。卡琳娜现在在库房前由几个沙袋堆成的简易掩体后面,她的脚下散落着8个冲锋枪弹夹,滚烫的枪管在沙袋上面的积雪中发出嘶嘶的声音。每当卡琳娜射击时,对面的敌人就卧倒,子弹在他们前面溅起一团团雪花,而半圆形包围圈另一个方向的敌人则跃起快步推进一段距离。现在,卡琳娜只剩下3个弹夹了,她开始打单发,这没有经验的举动等于告诉敌人她子弹不多了,使他们更快更大胆地推进。当卡琳娜再次换弹夹时,她听到沙袋顶上厚厚的积雪吱地响了一声,有什么东西从中飞快地钻了过来,她感到右肋被什么猛推了一下,没有疼痛,只有一阵很快扩散的麻木感,她感到温热的血顺着身体右侧流下去。她坚持着,几乎是漫无目标地打完了这个弹夹。当她伸手拿起沙袋顶上最后一个弹夹时,一颗子弹打断了她的右臂,弹夹掉到雪地上,只剩下一条皮肤相连的手臂来回摆动。卡琳娜站起身,回头向库房门走去,她身后的雪地上留下了一条细细的血迹。当她拉开门时,又一颗子弹穿透了她的左肩。

这支由瑞特·唐纳森上尉率领的美国海军陆战队"海豹"突击队的一支小分队,谨慎地靠近库房。当唐纳森和两名陆战队员越过那名俄罗斯中士的尸体,踹开门冲进帐篷时,发现里面只有一名年轻女军官。她坐在他们的目标——"洪水"遥控仪旁边,一只被打断的手臂无力地垂在控制台上,对着显示屏上映出的影子,她用另一只手整理着自己的头发,不断滴下的鲜血在她的脚下积成了小小的血洼。她对着冲进来的美国人和那一排枪口笑了一下，算是打了招呼。唐纳森长出了一口气，但这口出来的气再也没有吸回去：他看到她整理头发的手从控制仪上拿起了一个墨绿色长圆形的东西，把它悬在半空中。唐纳森立刻认出了那是一枚气体炸弹，由于是装备武装直升机的，体积很小。那东西由激光近炸信引爆，在距地面半米处发生两次爆炸，第一次扩散气体炸药，第二次引爆炸药雾，他现在就是一支箭也飞不出它的威力圈。

他朝她伸出一只手向下压着，"镇静，少校，镇静下来，不要激动，"他朝周围示意了一下，陆战队员们的枪口垂了下来，"您听我说，事情没您想的那么严重，您将得到最好的医疗，您将被送到德国最好的医院，然后，会作为第一批交换的战俘……"少校又对他笑了一下，这使他多少受到了一些鼓励，"您完全没必要采用这么野蛮的方式，这是一场文明的战争，它本来是会很顺利的，这一点在20天前越过波俄边境时我就感觉到了。当时你们的大部分火力都被摧毁，只有零星的机枪声恰到好处地点缀着我们这场光荣而浪漫的远征，您看，一切都会很顺利的，没必要……"

"我还知道另一次更美妙的开始，"少校用纯正的英语说，她轻柔的声音如来自天堂，能让火焰熄灭，钢铁变软，"美丽的沙滩，有棕榈树，树上挂着欢迎的横幅；到处是漂亮的姑娘，留着齐腰的长发，穿着沙沙作响的丝裤，在年轻的士兵群中移动，用红色和粉红色的花环装点着他们，并羞怯地对着目瞪口呆的士兵们微笑……上尉，您知道这次登陆吗？"

唐纳森困惑地摇摇头。

"这就是1965年3月8日上午9点，在岘港，美国首批海军陆战队登上越南土地的情景，也是越战的开端。"

唐纳森觉得自己一下子掉进了冰窖隆，刚才的镇静瞬间消失了，他的呼吸急促起来，声音开始颤抖，"不，别这样少校，您这样对待我们是不公平的！我们没有杀过多少人，杀人的是他们，"他指着窗外半空中悬停着的直升机说，"是那些飞行员们，还有那些在很远的航空母舰上操作电脑指引巡航导弹的先生们，但他们也都是些体面的先生，他们所面对的目标都是屏幕上漂亮的彩色标记，他们按了一下按钮或动一下鼠标，耐心地等一会儿，那些标志就消失了，他们都是文明的先生，他们没有恶意，真的没有恶意……

您在听我说吗?"

少校笑着点点头,谁说死神是丑恶恐怖的,死神真美。

"我有一个女朋友,她在马里兰大学读博士,她像您一样美丽,真的,她还参加反战游行……"我真该听她的,唐纳森想,"您在听我说吗?您也说点什么吧,求求您说点什么……"

美丽的少校最后对敌人微笑了一次,"上尉,我尽责任。"

赶来增援的俄军104摩步师的一支部队这时距那个"洪水"遥控站还有半公里距离,他们首先听到了一声沉闷的爆炸,并远远看到那间孤立在宽阔田野中的小库房隐没于一团白雾之中;紧接着是一声比刚才响百倍的巨响,地动山摇,一团巨大的火球在库房的位置出现,火焰裹在黑色的浓烟中高高升起,化作一团高耸的蘑菇云,如绽放在天地之间的一朵绝美的生命之花。

1月11日,俄罗斯军队总参谋部

"我知道你想要什么东西,别废话,要吧!"列夫森科元帅对高加索集群司令说。

"我想让前两天的战场电磁条件再持续4天。"

"你清楚,我们的战场干扰部队现在有70%已被摧毁,我现在连4个小时都无法给你了!"

"那我的集群无法按时到达出击位置,北约的空中打击大大迟滞了部队的集结速度。"

"要是那样的话,您就把一颗子弹打进自己脑袋里去吧。现在敌人已逼近莫斯科,已到了70年前古德里安到过的位置。"

在走出地下作战室的途中,高加索集群司令在心里默念:莫斯科,坚持啊!

1月12日,莫斯科防线

塔曼师师长费利托夫大校清楚,他们的阵地最多只能再承受一次进攻了。

敌人的空中打击和远程打击渐渐猛烈起来，而俄军的空中掩护却越来越少了。这个师的装甲力量和武装直升机都所剩无几，这最后的坚守几乎全靠血肉之躯了。

师长拖着被弹片削断的腿，拄着一支步枪走出掩蔽部。他看到战壕挖得不深，这也难怪，现在阵地上大部分都是伤员了。但他惊奇地发现，在战壕的前面构起了一道整齐的约半米高的胸墙。师长很奇怪这胸墙是用什么材料这么快筑起，他看到被雪覆盖的胸墙上伸出几条树枝一样的东西，走近一看，那是一只只惨白僵硬的手臂……他勃然大怒，一把抓住一位上校团长的衣领。

"混蛋！谁让你们用士兵的尸体筑掩体的？！"

"是我命令这样干的。"师参谋长的声音从师长身后平静地响起，"昨天晚上进入新阵地太快，这里又是一片农田，实在没有什么别的材料了。"

他们沉默相视着，参谋长从额头绷带上流出的血在脸上一道道地冻结了。这样过了一会，他们两人沿战壕慢慢地走去，沿着这堵用青春和生命筑成的胸墙走去。师长的左手拄着做拐杖的步枪，右手扶正了钢盔，向着胸墙行军礼，他们在最后一次检阅自己的部队……他们路过了一个被炸断双腿的小士兵，从断腿中流出的血把下面的雪和土混成了红黑色的泥，这泥的表面现在又冻住了。他正躺着把一颗反坦克手雷往自己怀里放，抬起没有血色的脸，他朝师长笑了笑，"我要把这玩意儿塞进艾布拉姆斯的履带里。"

寒风卷起道道雪雾，发出凄厉的啸声，仿佛在奏着一首上古时代的战歌。

"如果我比你先阵亡，请你也把我砌进这道墙里，这确实是一个好归宿。"师长说。

"我们两个不会相差太长时间的。"参谋长用他那特有的平静说。

1月12日，俄罗斯军队总参谋部

一个参谋来告诉列夫森科元帅，航天部部长急着要见他，事情很紧急，是有关米沙和电子战的事。

听到儿子的名字,列夫森科元帅心里一震。他已知道了卡琳娜阵亡的消息,同时他也无法想象一亿公里之外的米沙同电子战有什么关系,他甚至想象不出米沙现在和地球有什么关系。

部长一行人走了进来,他没有多说话,把一张3寸光盘递给了列夫森科元帅:"将军,这是我们一小时前收到的米沙从'万年风雪'号上发回的信息,后来他又补充说,这不是私人信息,希望您能当着所有有关人员的面播放它。"

作战室中的所有人听着来自一亿公里以外的声音:"我从收到的战争新闻中得知,如果电磁干扰不能再持续三到四天的话,我们可能输掉这场战争。如果这是真的,爸爸,我能给您这段时间。

"以前,您总认为我所研究的恒星与现实相距太远,我自己也是这么认为,现在看来我们都错了。我记得对您提起过,恒星产生的能量虽然巨大,但它本身却是一个相对单纯和简单的系统。比如我们的太阳,组成它的只是两种最简单的元素:氢和氦;它的运行也只是由核聚变和引力平衡两种机制构成,这样,同我们的地球相比,它的运行状态在数学模型上就比较容易把握了。现在,对太阳的研究已经建立了十分精确的太阳数学模型,这其中也有我做的工作。通过这个数学模型,我们可以对太阳的行为做出十分精确的预测。这就使我们可以利用一个微小的扰动,在短时间内局部打破太阳运行的某种平衡。方法很简单:用'万年风雪'号精确撞击太阳表面的某点。

"也许您认为,这不过是把一块小石头投入海洋,但事实不是这样,爸爸,这是一粒沙子掉进了眼睛!

"从数学模型中我们得知,太阳是一个极其精细和敏感的能量平衡系统,如果计算得当,一个微小的扰动就能在太阳表面和相当的深度产生连锁反应,这种反应扩散开来,使其局部平衡被打破。历史上有过这样的先例:最近的记载是在1972年8月初,在太阳表面一个很小的区域发生了一次剧烈的爆发,这次爆发引起了对地球产生巨大影响的一次电磁爆,飞机和轮船上的罗盘指针胡乱跳动,远距离无线电通讯中断,在北极地区,夜空中闪动着炫目的红光,在乡村,电灯时亮时灭,如同处于雷暴的中心,这种效应在当时持续了一个多星期。现在比较可信的一种解释是：当时一颗比'万年风雪'号还小的天体撞击了太阳表面。这样的太阳表面平衡扰动在历史上一定多次发生，但它大部分发生在人类发明无线电接收装置以前，所以没被察觉。这些对太阳表面的撞击都是随机的偶然的，因而它们所能产生的平衡扰动在强度和范围上都是有限的。

"但'万年风雪'号对太阳的撞击点是经过精确计算的，它所产生的扰动比上面提到的自然产生的扰动要大几个数量级。这次扰动将使太阳向空间喷发出强烈的电磁辐射，这种辐射包括从极低频到甚高频的所有频带的电磁波。同时，太阳射出的强烈的 X 射线将猛烈撞击对于短波通讯十分重要的电离层，从而改变电离层的性质，使通讯中断。在扰动发生时，地球表面除毫米波外的绝大部分无线电通讯将中断。这种效应在晚上可能相对弱一些，但在白天甚至超过了你们前两天进行的电磁干扰。据计算，这次扰动大约可持续一周。

"爸爸，以前我们两个人一直生活在相距遥远的两个世界中，我们互相交流很少。但现在，我们这两个世界融为一体，我们在为一个共同的目标而战，我为此自豪。爸爸，像您的每一个士兵一样，我在等着您的命令。"

航天部部长说："米哈伊尔博士所说的都是事实。去年，我们向太阳发射过一个探测器，它依据数学模型的计算对太阳表面进行了一次小型的撞击试验，证实了模型所预言的扰动。庄博士和他的研究小组还提出了一个设想：将来也许可以用这种方法适当改变地球的气候。"

列夫森科元帅走进了一个小隔间，拿起了一个直通总统的红色电话，过了不一会儿，他就从隔间走了出来。历史对这一时刻的记载是不同的，有人说他马上说出了那句话，也有人说他沉默了一分钟之久，但那句话是肯定的。

"告诉米沙，照他说的去做吧。"

1 月 12 日，近日轨道，"万年风雪"号冲向太阳

"万年风雪"号的 10 台核聚变发动机全部打开，每台发动机的喷口都喷出了长达上百公里的等离子体射流，它在做最后的轨道和姿态修正。

在"万年风雪"号的正前方，有一道巨大的美丽的日珥，那是从太阳表

面盘旋而上的灼热的氢气气流,它像一条长长的轻纱,飘浮在太阳火的海洋上空,梦一般地变幻着形状和姿态,它的两端都连着日球表面,形成了一座巨大的拱门。"万年风雪"号从这高达四十万公里的凯旋门正中缓缓地、庄严地通过。前方又出现了几道日珥,它们只有一头同太阳相连,另一头伸进了太空深处。发动机闪着蓝光的"万年风雪"号,像穿行在几棵大火树中的一只小小的萤火虫。后来,那蓝光渐渐熄灭,发动机停止了,"万年风雪"号的轨道已精确设定,剩下的一切都将由万有引力定律来完成了。

当飞船进入了太阳的上层大气日冕时,上方太空黑色的背景变成了紫红色,这紫红色的辉光弥漫了这里的所有空间。在下方,可以清楚地看到太阳色球中的景象,在那里,成千上万的针状体在闪闪发光,那些东西在19世纪就被天文学家们观察到了,它们是从太阳表面射向高空的发光的气体射流,这些射流使得太阳大气看上去像一片燃烧的大草原,每棵草都有上千公里长。在这燃烧的大草原下面就是太阳的光球,那是无边无际的火的海洋。

从"万年风雪"号发回的最后的图像中,人们看到米沙从巨大的监视屏前起身,按钮打开了透明穹顶外面的防护罩,壮丽的火的大洋展现在他面前,他想亲眼看看他童年梦幻中的世界。火之海在抖动变形,那是半米厚的绝热玻璃在熔化,很快那上百米高的玻璃壁化作一片透明的液体滚落下来。像一个初见海洋的人陶醉地面对海风,米沙伸开双臂迎接那向他呼啸而来的6000度的飓风。在摄像机和发射设备被烧熔之前发回的最后几秒钟图像中,可以看到米沙的身体燃烧起来,最后他的整个身体都变成了一根跳动的火炬,和太阳的火海融为一体……

接下来的景象只能猜想了:"万年风雪"号的太阳能电池板和突出结构将首先熔化,这些熔化的部分由于其表面张力在飞船的表面形成一个个银色的小球。当"万年风雪"号越过了色球和日冕的交界处时,它的主体开始熔化,当它深入色球2000公里后,整个色球完全熔化了。一个个分开的金属液珠合并成一个巨大的银色液球,它精确地沿着那已化为液体的计算机所设定的目标高速飞去。太阳大气的作用开始显示,液球的周围出现了一圈淡蓝色的火焰,这火焰向后拖了几百公里长,颜色向后由淡蓝渐变为黄色,在尾部变成美丽的橘红色。

最后,这美丽的火凤凰消失在浩渺的火海之中。

1月13日,地球

人类回到了马可尼之前的世界。

入夜,即使在赤道地区,夜空也充满了涌动的极光。

面对着一片雪花的电视屏幕,大多数人只能猜测和想象那块激战中的广阔土地上的情形。

1月13日,莫斯科前线

帕克将军推开了企图把他拉上直升机的82空降师的师长和几名前线指挥官,举起望远镜继续看着远方,那里,俄罗斯人的阵线滚滚而来。

"定标4000米,9号弹药装填,缓发引信,放!"

从来自后方的射击声帕克知道,还有不到30门105毫米的榴弹炮可以射击,这是他目前唯一可以用于防守的重武器了。

一小时前,这个阵地上唯一的一支装甲力量,德军的一个坦克营,以令人钦佩的勇气发起反冲锋,并取得了优异的战果:在距此8公里处击毁了相当于他们坦克数目一倍半的俄罗斯坦克。但由于数量上的绝对劣势,他们在俄罗斯人的钢铁洪流面前如正午太阳下的露珠一样消失了。

"定标3500米,放!"

炮弹飞行的嘶鸣声过后,在俄罗斯人的坦克阵前面掀起了一道由泥土和火焰构成的高墙。但就如同洪水面前的一道塌方一样,塌下的泥土暂时挡住了洪水,洪水最终还是漫了过来。爆炸激起的泥土落下后,俄罗斯人的装甲前锋又在浓烟中显现出来。帕克看到他们的编队十分密集,如同在接受检阅。如在前几天用这种队形进攻是自取灭亡,但在现在,当北约的空中和远程打击火力几乎全部瘫痪的情况下,这却是一种可以采用的队形,它可以最大限度地集中装甲攻击力量,以确保在战线一点上的突破。

防线配置的失误是在帕克将军预料之中的,因为在这样的战场电磁条件下，要想准确快速地判明敌人的主攻方向几乎是不可能的。对下一步的防守他心中一片茫然，在 C3I 系统全面瘫痪的情况下，快速调整防御布局是十分困难的。

"定标 3000 米，放！"

"将军，您在找我？"法军司令若斯凯尔中将走了过来。他身边只跟着一名法军中校和一名直升机驾驶员。他没穿迷彩服，胸前的勋章和肩上的将星擦得亮亮的，但却戴着钢盔并提着一支步枪，显得不伦不类。

"听说在我们的左翼，幼鹿师正在撤出阵地。"

"是的将军。"

"若斯凯尔将军，在我们的身后，70 万北约部队正在撤退，他们的成功突围取决于我们的坚固防守！"

"是取决于你们的坚固防守。"

"我能得到更明白的说明吗？"

"您什么都明白！你们对我们隐瞒了真实战局，你们早就知道右翼联盟的军队要在东线单方面停火！"

"作为北约军队最高指挥官，我有权这样做。将军，我想您也明白，您和您的部队有接受指挥的职责。"

……

"定标 2500 米，放！"

……

"我只遵守法兰西共和国总统的命令。"

"我不相信现在您能收到这样的命令。"

"几个月前就收到了，在爱丽舍宫的国庆招待会上，总统亲自向我说明了在这种情况下法国军队的行为准则。"

"你们这些戴高乐的杂种，这几十年来你们一直没变！"[2]帕克终于失去控制。

"话别说得这么难听，将军，如果您不走，我也一个人留下来，我们一起光荣地战死在这广阔的雪原上。拿破仑在这儿也失败过，我们不丢人。"若斯凯尔向帕克挥动着那支 FAMS 法军制式步枪说。

……

"定标2000米，放！"

……

帕克慢慢地转过身来，面对着他面前的一群前线指挥官，"请你们向坚守阵地的美军部队传达我下面的话：我们并非生来就是一支只靠电脑才能打仗的军队，我们是来自一支庄稼汉的军队。几十年前，在瓜达卡那尔岛，我们在热带丛林中一个地洞一个地洞地同日本人争夺；在溪山，我们用圆锹挡开北约士兵的手榴弹；更远一些的时候，在那个寒冷的冬夜，伟大的华盛顿领着那些没有鞋穿的士兵渡过冰封的特连顿河，创造了历史……"

"定标1500米，放！"

"我命令，销毁文件和非战斗辎重……"

"定标1200米，放！"

帕克将军戴上钢盔，穿上防弹衣，并把他那只9毫米手枪别在左腋下。这时榴弹炮的射击声沉默了，炮手正把手榴弹填进炮膛中，接着响起了一阵杂乱的爆炸声。

"全体士兵，"帕克将军看着已像死亡屏障一样在他们面前展开的俄罗斯坦克群，说："上刺刀！"

战场的浓烟后面，太阳时隐时现，给血战中的雪野投上变幻的光影。

2000年4月5日于娘子关

①对这些电子战术语简介如下：跳频：发射机和接收机以同样的序列变换频率；直接序列扩频：使信号能量分散在很宽的频带上，以给侦听和干扰带来困难；零可控自适应天线：一种覆盖范围似肾形的天线，凹点指向天线无响应的敌方干扰机，以便在其他方向与己方天线通讯；猝发：短时间采用宽频带或长时间采用很窄频带发送信息；频率捷变：在遭到干扰时自动改频。

②1966年戴高乐将军使法国退出北约军事一体化组织，这对当时冷战中的北约是一个严重打击。

吞食者

一　波江座晶体

即使距离很近，上校也不可能看到那块透明晶体，它漂浮在漆黑的太空中，就如同一块沉在深潭中的玻璃。他凭借着晶体扭曲的星光确定其位置，但很快在一片星星稀疏的背景上把它丢失了。突然，远方的太阳变形扭曲了，那永恒的光芒也变得闪烁不定，使他吃了一惊，但以"冷静的东方人"著称的他并没有像漂浮在旁边的十几名同事那样惊叫，他很快明白，那块晶体就在他们和太阳之间，距他们有十几米，距太阳有一亿公里。以后的三个多世纪里，这诡异的景象时常出现在他的脑海中，他真怀疑这是不是后来人类命运的一个先兆。

作为联合国地球防护部队在太空中的最高指挥官，他率领的这支小小的太空军队装备着人类有史以来量最大的热核武器，敌人却是太空中没有生命的大石块，在预警系统发现有威胁地球安全的陨石和小行星时，他的部队负责使其改变轨道或摧毁它们。这支部队在太空中巡逻了二十多年，从来没有一次使用这些核弹的机会，那些足够大的太空石块似乎都躲着地球走，故意不给他们辉煌的机会。但现在晶体在两个天文单位外被探测到，它沿一条陡峭的绝非自然形成的轨道精确地飞向地球。

上校和同事们谨慎地向晶体靠近，他们太空服上推进器的尾迹像条条蛛丝把晶体缠在正中。就在上校与它的距离缩小到不到10米时，晶体的内部突然出现了迷雾般的白光，使它的规则的长梭状轮廓清晰地显示出来，它大约有3米长，再近一些，还可以看到内部像是推进系统的错综复杂的透明管道。当上校把戴着太空手套的右手伸向晶体表面，以进行人类与外星文明的首次接触时，晶体再次变得透明，内部浮现出一个色彩亮丽的影像，那是一个卡通小女孩儿，眼睛像台球那么大，长发直到脚根，同漂亮的长裙一起像在水中那样缓缓飘动着。

"警报！呀！警报！吞食者来了！！"她惊慌失措地大叫着，大眼睛盯着上校，一只细而柔软的手臂指向与太阳相反的方向，像在指一条追着她的大狼狗。

"那你是从哪里来的呢？"上校问。

"波江座-ε星，你们好像是这么叫的，按你们的时间，我已经飞行了6万年……吞食者来了！吞食者来了！！"

"你有生命吗？"

"当然没有，我只是一封信……吞食者来了！吞食者来了！！"

"你怎么会讲英语？"

"路上学的……吞食者来了！吞食者来了！！"

"那你这个样子是……"

"路上看到的……吞食者来了！吞食者来了！！呀，你们真不怕吞食者吗?!"

"吞食者是什么？"

"样子像个大轮胎，呵，这是按你们的比喻。"

"你对我们世界的东西真熟悉。"

"路上熟悉的……吞食者来了！！"

波江女孩儿喊叫着，闪向晶体的一端，在她空出的空间里出现了那个"轮胎"的图像，它确实像轮胎，表面发着磷光。

"它有多大？"另一名军官问。

"总的直径为5万公里，'轮胎'宽为1万公里，内圆直径为3万公里。"

"……你说的公里是我们的长度单位吗？"

"当然是！它大着呢，可以把一颗行星套进去，就像你们的轮胎套一个足球一样，套住那颗行星后，它就掠夺行星的资源，把它吸干榨尽后吐出去，就像你们吃水果吐核儿一样……"

"我们还是不明白吞食者到底是什么。"

"一艘世代飞船，我们不知道它从哪里来要到哪里去，事实上，驾驶吞食者的那些大晰蜴肯定也不知道，这个世界已在银河系中漂行了几千万年，它的拥有者一定早已忘记了它的本源和目的。但可以肯定：它被创造出来时远没有那么大，它是靠吃行星长大，我们的行星就被它吃了！"

这时，晶体中显示的吞食者在变大，渐渐占满了整个画面，显然正在向摄像者的世界缓缓降下来。现在在这个世界居民的眼中，大地仿佛处于一口宇宙巨井的井底，太空就是一圈缓缓转动的井壁，可以看清井壁表面的复杂结构，开始让上校想到了在显微镜下看到的微处理器的电路，后来他发现那是连绵不断的城市。再向上，井壁的顶端是一圈蓝色光焰，在天空中形成一个围绕着群星的巨大火圈，波江女孩告诉他们，那是吞食者尾部的环形推进发动机。在晶体的一端，女孩手舞足蹈，她那飘飘的长发也像许多只挥动的手臂，极力表达着她的惊恐。

"这就是波江座-ε星的第三颗行星被吞食时的情形。这时你要是身在我们的世界，第一个感觉是身体在变轻，这是由于吞食者巨大质量产生的引力抵消行星引力所致。这引力的扰动产生了毁灭性的灾难：海洋先是涌向行星朝向吞食者的那一极，当行星被套入'轮胎'后又涌向赤道，产生的巨浪能够吞没云层；接着，引力异常将大陆像薄纸一样撕成碎片，火山在海底和陆地密密麻麻地出现……当'轮胎'套到行星的赤道时，吞食者便停止了推进，以后，其相对于恒星的轨道运动始终与行星保持同步，一直把这颗行星含在口里。

"这时对行星的掠夺开始了，无数条上万公里长的缆索从筒壁伸到行星表面，使得行星如同一只被蛛网粘住的虫子，巨大的运载舱频繁地往来于行星表面与筒壁之间，运走行星的海水和空气，更有无数大机器深深地钻进行星的地层，狂采吞食者需要的矿藏……由于吞食者的引力与行星引力的相互抵消，行星与'轮胎'之间的一圈空间是低重力区，这使得行星的资源向吞食者的运输变得很容易,大掠夺因此有很高的效率。

"按地球时间,吞食者对被吞入的每颗行星大约要'咀嚼'一个世纪左右,在这段时间里,行星的包括水和空气在内的资源被掠夺一空,同时,由于'轮胎'长时间的引力作用,行星向赤道方向渐渐变扁,最后变成……还用你们的比喻吧:铁饼状,当吞食者最后移走,从而'吐出'这颗已被榨干的行星时,行星的形状会恢复成圆形,这又引发了最后一场全球范围的地质灾难。这时,行星的表面呈现其几十亿年前刚刚形成时的熔岩状态,早已是一个没有任何生命的地狱了。"

"吞食者距太阳系还有多远?"上校问。

"它紧跟在我后面,按你们的时间,再有一个世纪就到了。警报!吞食者来了!吞食者来了!!"

二　使者大牙

正当人们为波江晶体带来的信息是否可信而争论不休时,吞食者的一艘先谴小型飞船进入了太阳系,最后到达地球。

首先与之接触的仍是上校率领的太空巡逻队,但这次接触的感觉与上次完全不同。玲珑剔透的波江晶体代表了一种纤细精致的技术文明,而吞食者飞船则相反,外形极其粗陋笨重,如同在旷野中遗弃了一个世纪的大锅炉,令人想起凡尔纳描述的粗放的大机器时代。吞食帝国的使者也同样粗陋笨重,他那蜥蜴状的粗壮身躯披着大块的石板般的鳞甲,直立起来有近十米高。他自己介绍的名字发音为达雅,按他的外形特点和后来的行为方式,人们管他叫大牙。

当大牙的小型飞船在联合国大厦前着陆时,发动机把地面冲出了一个大坑,飞溅的石块把大厦打得千疮百孔。由于外星使者太高大,无法进入会议大厅,各国首脑就在大厦前的广场上与他见面,他们中的几个人用手帕捂着刚才被玻璃和碎石划破的头。大牙每走一步地面都颤抖一下,说话时声音像十台老式火车头同时鸣笛,让人头皮发麦,然后由挂在他胸前的一个外形粗笨的翻译器把话译成地球英语(也是路上学的),由一个粗犷的男音读出来,声音虽比大牙低了许多，仍然让听者心惊肉跳。

"呵呵，白嫩的小虫虫，有趣的小虫虫。"大牙乐呵呵地说，人们捂住耳朵等他轰鸣着说完，然后稍微放开耳朵听翻译器里的声音，"我们有一个世纪的时间相处，相信我们会互相喜欢对方的。"

"尊敬的使者，您知道，我们现在最关心的，是您那伟大的母舰到太阳系的目的。"联合国秘书长仰望着大牙说，尽管他大声喊着，声音听起来仍像蚊子叫。

大牙做了一个类似于人类立正的姿势，地面为之一颤："伟大的吞食帝国将吃掉地球，以便继续它壮丽的航程，这是不可改变的！"

"那么人类的命运呢？"

"这正是我今天要决定的事。"

元首们纷纷相互交换目光，秘书长点点头："这确实需要我们之间充分的交流。"

大牙摇摇头："这是一件十分简单的事情，我只需要品尝一下——"说着，他伸出强壮的大爪，从人群中抓起一个欧洲国家的首脑，从三四米远处优雅地将他扔进嘴里，细细地嚼了起来。不知是出于尊严还是过度的恐惧，那个牺牲品一直没有叫出声，只听到他的骨骼在大牙嘴里碎裂时轻脆的卡啪声。半分钟后，大牙噗地一声吐出了那人的衣服和鞋子，衣服虽然浸透了血，但几乎完好无损，这时不止一个旁观者联想到了人类嗑瓜子的情形。

整个地球世界一时间陷入一片死寂，这寂静似乎无限期地持续着，直到被一个人类的声音打破：

"您怎么拿起来就吃啊？"站在人群后面的上校问。

大牙向他走去，人群散开一条道，这个庞然大物咚咚地走到上校面前，用一双篮球大小的黑眼睛盯着他："不行吗？"

"您怎么这么肯定他能吃呢？一个相距如此遥远的世界上的生物能被食用，从生物化学上讲几乎是不可能的。"

大牙点点头，大嘴一咧做出类似于笑的表情："我一开始就注意到你了，你一直冷眼看着我，若有所思，在想什么？"

上校也笑笑："您呼吸我们的空气，通过声波说话，有两只眼睛一个鼻子一张嘴,还有四个对称的肢体……"

"这不可理解吗?"大牙把巨头凑近上校,喷出一股让人作呕的血腥气。

"是的,因为太好理解所以不可理解,我们不应该这么相似。"

"我也有不理解之处,那就是你的冷静,你是军人?"

"我是一名保卫地球的战士。"

"哼,不过是推开一些小石头而已,那能让你成为真正的战士?"

"我准备着更大的考验。"上校庄严地昂起头。

"有趣的小虫虫。"大牙笑着点点头,直起身来:"我们还是回到正题吧:人类的命运。你们的味道不错,有一种滑爽的清淡,很像我在波江座行星上吃过的一种蓝色的浆果。所以祝贺你们,你们的种族将延续下去,你们将作为一种小家禽在吞食帝国被饲养,到60岁左右上市。"

"您不觉得那时我们的肉太老了吗?"上校冷笑着说。

大牙大笑起来,声音如火山爆发:"哈哈哈哈,吞食人喜欢有嚼头儿的小吃。"

三　蚂蚁

联合国又同大牙进行了几次接触,虽然再没有人被吃掉,但关于人类命运的谈判结果都一样。

人们把下一次会面精心安排在非洲的一处考古挖掘现场。

大牙的飞行器准时在距挖掘现场几十米处降落,同每次一样看上去像一场大爆炸,震耳欲聋飞沙走石。据波江女孩介绍,飞行器是由一台小型核聚变发动机驱动的。对于有关吞食者的信息,她一解释人类的科学家就立刻明白了,但关于波江人的技术却令地球人迷惑,比如那块晶体,着陆后便在空气中溶化,最后把与星际航行有关的推进部分全化掉了,只剩下薄薄的一片,能在空气中轻盈地飘行。

大牙来到挖掘现场时,有两个联合国工作人员抬着一本一米见方的大画册递给他,画册是按他的个头儿精心制作的,有上百页精美的彩图,内容是人类文明的各个方面,很像一本儿童启蒙教材。在挖掘现场的大坑旁,一名考古学家绘声绘色地描述了地球文明的辉煌历程，他竭力想让外星人明白这个蓝色行星上有多么多的值得珍惜的东西，说到动情处声泪俱下，好不凄惨。最后，他指着挖掘现场的大坑说：

"尊敬的使者，您看，这是我们刚刚发现的一处城市遗址，是迄今发现的最早的人类城市，距今已有近五万年，你们真的忍心毁灭一个历经五万年的岁月一点一滴发展到今天的灿烂文明?!"

大牙在这个过程中一直在翻看那本画册，好像觉得那是一件很好玩的东西，考古学家的最后一句话让他抬起头来，看了看大坑："呵，考古虫虫，我对这个坑和坑里的旧城市不感兴趣，倒是很想看看从坑里挖出的土。"他指了指大坑旁边的一个几米高的土堆。

听完翻译器中的话，考古学家很迷惑："土？那堆土里什么也没有啊。"

"那是你的看法。"大牙说着走到土堆旁，蹲下高大的身躯伸出两只大爪在土里挖起来，人们围成一圈看着，很惊叹他那看似粗笨的大爪的灵活。他拨动着松土，不时拾起什么极小的东西放到画册上。就这样专心致志地干了十多分钟，他端着画册直起身来，走到人们面前，让大家看画册上的东西。

上百只蚂蚁，有的活着，有的已经死了，蜷成一团，仔细辨认才能看出是什么。

"我想讲一个故事，"大牙说，"是关于一个王国的故事。这个王国的前身是一个更大的帝国，它们先祖的先祖可以追溯到地球白垩纪末期，在恐龙那高耸入云的骨架下，那些先先祖建起帝国宏伟的城市⋯⋯但那些历史太久太久了，帝国最后一世女王能记起的，就是冬天的降临，在这漫长的冬天中，大地被冰川覆盖，失去已延续了上千万年的生机，生活变得万分艰难。

"在最后一次冬眠醒来时，女王只唤醒了帝国不到百分之一的成员，其他的都已在寒冷中长眠，有的已变成透明的空壳。女王摸摸城市的墙壁，冷得像冰块，硬得像金属，她知道这是冻土，在这严寒时代中，它夏天都不融化。女王决定离开这片先祖留下的疆域，去找一块不冻的土地建立新的王国。

"于是女王率领所有的幸存者来到地面，在高大的冰川间开始艰难的跋涉。大部分成员都在漫漫的路途中死于严寒，但女王与不多的幸存者终于找到了一块不冻土，这是一块被溢出的地热温暖的土地。女王当然不明白，为什么在这严寒世界中有这么一小片潮湿柔软的土地，但她对能到达这里并不感到意外：一个延续了六千万年的种族是不会灭绝的！

"面对冰川纵横的大地和昏暗的太阳，女王宣布要在这里建立一个新的伟大的王国，它将延续万代！她站在一座高大的白色山峰下，就把这个新王国命名为白山王国，那座白色山峰是一头猛犸象的头骨。这是第四纪冰川末期的一个正午，这时的人类虫虫还是零星地龟缩在岩洞中发抖的愚钝的动物，九万年之后，你们的文明的第一点烛光才在另一个大陆的美索不达米亚平原上出现。

"以附近冰冻的猛犸遗体为生，白山王国度过了一万年的艰难岁月。之后，地球冰期结束，大地回春，各大陆又重新披上了生命的绿色。在这新一轮的生命大爆炸中，白山王国很快达到了鼎盛，拥有数不清的成员和广大的疆域。在其后的几万年中，王国经历了数不清的朝代，创造了数不清的史诗。"

大牙指指眼前的大坑："这就是那个王国最后的位置，在考古虫虫专心挖掘下面那已死去五万年的城市时，并没有想到在它上面的土层中还有一个活着的城市。它的规模绝不比纽约小，后者只是一个二维的平面城市，而它是一座宏大的立体城市，有很多层。每一层密布着迷宫般的街道，有宽阔的广场和宏伟的宫殿，整座城市的供排水系统和消防系统的设计也比纽约高明得多。城市有着复杂的社会结构、严格的行业分工，整个社会以一种机器般的精密和协调高效地运转着，不存在吸毒和犯罪问题，也没有沉沦和迷茫。但它们并非没有感情，当有成员死亡时，它们表现出长时间的悲伤，它们甚至还有墓地，它位于城市附近的地面上，掩埋深度为3厘米。最值得说明的是：在城市的底层有一个庞大的图书馆，其中有数量巨大的卵形小容器，这就是一本本书，每个容器中都装有成分极其复杂的化学味剂，这些味剂用其复杂的成分记录着信息。这里有对白山王国漫长历史的史诗般的记载：你能看到在一次森林大火中，王国的所有成员抱成无数个团，顺一条溪流漂下逃出火海的壮举；还能看到王国与白蚁帝国长达百年的战争史，还有王国的远征队第一次看到大海的记载……

"但所有这一切在 3 个小时之内被毁灭。当时,在惊天动地的轰鸣声中,挖掘机遮盖了整个天空的钢铁巨掌凌空劈下,把包含着城市的土壤一把把抓起,城市和其中的一切在巨掌中被碾得粉碎,包括城市最下层的所有孩子和将成为孩子的几万只雪白的卵。"

地球世界再一次陷入死寂之中,这次寂静比大牙吃人的那一次延续得更长,面对外星使者,人类第一次无话可说。

大牙最后说:"我们以后有很长的时间相处,有很多的事要谈,但不要再从道德的角度谈了,在宇宙中,那东西没意义。"

四 加速度

大牙走后,考古现场的人们仍沉浸在迷茫和绝望之中,还是上校首先打破寂静,他对周围的各国政要说:"我知道自己是个小人物,只是因为两次首先接触外星文明而有幸亲临这些场合,我只想说两句话:一、大牙是对的;二、人类的唯一出路是战斗。"

"战斗?唉,上校,战斗……"秘书长苦笑着摇头。

"对,战斗!战斗!战斗!!"波江女孩大喊,此时她所在的晶体片正飘飞在人们头上几米高处,在阳光下的晶体中,那长发女孩在兴奋地手舞足蹈。

有人说:"你们波江人也战斗了,结果怎么样?人类得为自己种族的生存着想,我们并没有义务满足你那变态的复仇欲望。"

"不,先生,"上校对所有人说:"波江人是在对敌人完全陌生的情况下进行自卫战争的,加上他们本来就是一个历史上完全没有战争的社会,所以失败是不奇怪的。但在这场长达一个世纪的惨烈战争中,他们对吞食者有了细致深刻的了解,现在这大量的资料通过这艘飞船送到了我们手中,这就是我们的优势。

"冷静地初步研究这些资料,我们发现吞食者并没有最初想象的那么可怕。首先,除了其不可思议的庞大外,吞食者并没有太多超出人类已有知识之外的东西。就生命形式而言,吞食者人(据说在'轮胎'上居住着上百亿个）与地球人一样是碳基生物，且生命在分子层次的构造十分相似，人类与敌人处于相同的生物学基础上，使我们有可能真正深刻地理解它们的各个方面，这比我们面对一群由力场和中子星物质构成的入侵者要幸运多了。

"更让我们宽慰的是，吞食者并没有太多的'超技术'。吞食者人的技术比人类要先进许多，但这主要表现在技术的规模上而不是理论基础上。吞食者的推进系统的能量来源主要是核聚变，它所掠夺的行星水资源除了用于吞食者人的生活外，主要是被作为聚变燃料。吞食者上发动机的推进方式也是基于动量守恒的反冲方式，并没有时空跃迁之类玄妙的玩艺儿……这些信息可能使科学家们深感失落，因为吞食者毕竟是一个延续了几千万年的文明，它们的技术层次也就标明了科学力量的极限；同时也使我们知道，敌人不是不可战胜的神。"

秘书长说："仅凭这些，就能使人类建立起必胜的信心吗？"

"当然还有许多具体的信息，使我们能够制定出一个成功率较高的战略，比如……"

"加速度！加速度！！"波江女孩在人们头顶大叫。

上校对周围迷惑的人们解释说："从波江人送来的资料看，吞食者航行时的加速度有一个极限，在长达两个世纪的观察中，他们从未发现它突破过这个极限。为证实这一点，我们根据波江座飞船送来的其他资料，如吞食者的结构和构成它的材料的强度等，建立了一个数学模型，模型的演算证实了波江人对吞食者加速度极限的观察，这个极限是由它的结构强度所决定的，一旦超出，这个庞然大物就会被撕裂。"

"这又怎么样？"一位大国元首问道。

"我们应该冷静下来，用自己的脑子好好想想。"上校微笑着说。

五　月球避难所

人类与外星使者的谈判终于有了一点点进展，大牙对人类关于月球避难所的要求做出了让步。

"人是恋家的动物。"在一次谈判中，秘书长眼泪汪汪地说。

"吞食人也是，虽然我们没有家。"大牙同情地点点头。

"那么，能否让我们留下一些人，等伟大的吞食帝国吃完后吐出地球，待它的地质变化稳定下来，再回来重建我们的文明？"

大牙摇摇头："吞食帝国吃东西是吃得很干净的，那时的地球将比现在的火星还荒凉，凭你们虫虫的技术能力，不可能重建文明。"

"总得试试吧，这样我们的灵魂也会安定，特别是在吞食帝国上被饲养的那些小家禽，如果记得在遥远的太阳系还有一个家，会多长些肉的，虽然这个家不一定真的存在。"

大牙点点头："可是当地球被吞下时，这些人去哪儿呢？除了地球，我们还要吃掉金星，木星和海王星太大了，我们吃不下，但要吃它们的卫星，吞食帝国需要上面的碳氢化合物和水；连贫瘠的火星和水星我们也想嚼一嚼，我们想要上面的二氧化碳和金属，这些星球的表面将是一片火海。"

"我们可以去月球避难。据我们所知，吞食帝国在吃地球之前要把月球推开。"

大牙又点点头："是的，由吞食帝国和地球组成的联合星体引力很大，有可能使月球坠落在大环表面，这种撞击足以毁灭帝国。"

"那就对了，让我们住上去一些人吧，这对你们也没有太大损失。"

"你们打算留多少人？"

"从维持一个文明的最低限度着想，十万人吧。"

"可以，但你们得干活儿。"

"干活儿？！什么活儿？"

"把月球从地球轨道推开，这对我们来说也是一件很麻烦的事。"

"可是……"秘书长绝望地抓着头发，"您这等于拒绝了人类这点小小的可怜的要求，您知道我们没有这种技术力量的！"

"呵，虫虫，那我不管，再说，不是还有一个世纪吗？"

六　播种核弹

在泛着白光的月球平原上，一群穿着太空服的人站在一个高高的钻塔旁边，吞食帝国高大的使者站在更远一些的地方，仿佛是另一个钻塔。他们注视着一个钢铁圆柱体从钻塔顶端缓缓吊下，沉入钻塔下的深井中，吊索飞快地向井中放下去，38万公里外的整个地球世界都在注视着这一幕。当放置物到达井底的信号传来时，包括大牙在内的所有观察者都鼓起掌来，庆祝这一历史性时刻的到来。

推进月球的最后一颗核弹已经就位，这时，距波江晶体和吞食帝国使者到达地球已有一个世纪。

这是一个绝望的世纪，人类在进行着痛苦的奋斗。

上半个世纪，全世界竭尽全力建造月球推进发动机，但这种超级机器始终没能建成，那几台试验用的样机只是给月球表面增加了几座废铁高山，还有几台在试运行时被核聚变的高温熔化成了一片钢水的湖泊。人类曾向吞食帝国使者请求技术支援，推进月球需要的发动机还不及吞食者上那无数超级发动机的1/10大，但大牙不答应，还讥讽道：

"别以为知道了核聚变就能造出行星发动机，造出爆竹离造出火箭还差得远呢。其实你们完全没有必要费这么大劲儿，在银河系，一个文明成为更强大文明的家禽是很正常的，你们会发现被饲养是一种多么美妙的生活，衣食无忧，快乐终生，有些文明还求之不得呢，你们感到不舒服，完全是陈腐的人类中心论在作怪。"

于是人类把希望寄托在波江晶体上，但这希望同样落空。波江文明是沿着一条与地球和吞食者完全不同的技术路线发展的，他们的所有技术力量都来自于本星的生物体，比如这块晶体，就是波江行星海洋中的一种蜉蝣生物的共生体。对这个世界中生命的这些奇特能力，波江人只是组合和利用，也不知其深层的秘密，而一旦离开本星的生物，波江人的技术就寸步难行了。

浪费了宝贵的五十多年后，绝望的人类突然想出了一个极其疯狂的月球推进方案，这个方案首先由上校提出，当时他是月球推进计划的主要领导人之一，军衔已升为元帅。这个方案尽管疯狂，在技术上要求却不高，人类现有的技术完全可以胜任，以至于人们惊奇为什么没有及早想到它。

新的推进方案很简单，就是在月球的一面大量埋设核弹，这些核弹的埋设深度一般为三千米左右，其埋设的密度以不被周围核弹的爆炸所摧毁为准，这样，将在月球的推进面埋设五百万枚核弹。与这些热核炸弹的当量相比，人类在冷战时期所制造的威力最大的核弹也算常规武器。因此，当这些埋在月球地下的超级核弹爆炸时，与在以前的地下核试验中被窒息在深洞中的核爆炸完成不同，会将上面的地层完全掀起炸飞，在月球的低重力下，被炸飞的地层岩石会达到逃逸速度，脱离月球冲进太空，进而对月球本身产生巨大的推进力。如果每一时刻都有一定数量的核弹爆炸，这种脉冲式的推进力就会变得连续不断，等于给月球装上了强劲的发动机，而使不同位置的核弹爆炸，可以操纵月球的飞行方向。进一步的设计计划在月面下埋设两层核弹，另一层在第一层之下，约六千米深度，这样当上层核弹耗尽，月球推进面被剥去三千米厚的一层时，第二层接着被不断引爆，使"发动机"的运行时间延长一倍。

　　当晶体中的波江女孩听到这个计划时，认为人类真的疯了："现在我知道，如果你们有吞食者那样的技术力量，会比他们还野蛮！"

　　但这个计划使大牙赞叹不已："呵呵，虫虫们竟能有这样美妙的想法，我喜欢，喜欢它的粗野，粗野是最美的！！"

　　"荒唐，粗野怎么会美?!"波江女孩反驳说。

　　"粗野当然美，宇宙就是最粗野的！漆黑寒冷的深渊中燃烧着狂躁的恒星，不粗野吗?！宇宙是雄性的，明白吗?！像你们那种女人气的文明，那种弱不禁风的精致和纤细，只是宇宙小角落中一种微不足道的病态而已。"

　　100 年过去了，大牙仍然生机勃勃，晶体中的波江女孩仍然鲜艳动人，但元帅感到了岁月的力量，135 岁，是老年人了。

　　这时，吞食者已越过冥王星轨道，它从由波江座-ε星开始的六万年漫长的航程中苏醒了，太空中那个巨大的轮胎变得灯火辉煌，庞大的社会运转起来，准备好了对太阳系的掠夺，吞食者掠过外围行星，沿着陡峭的轨道向地球扑来。

七 人类的第一次和最后一次星战

月球脱离地球的加速开始了。

推进面的核弹开始爆炸时,月球正处于地球白昼的一面,每次爆炸的闪光,都把月球在蓝天上短暂地映现一下,这使得天空中仿佛出现了一只不断眨巴的银色的眼睛。入夜,月球一侧的闪光传过近四十万公里仍能在地面上映出人影,这时还能在月球的后面看到一条淡淡的银色尾迹,它是由从月面炸入太空的岩石构成的。从安装在推进面的摄像机中可以看到,月面被核爆掀起的地层如滔天洪水般涌向太空,向前很快变细,在远方成为一条极细的蛛丝,弯向地球的另一面,描绘出月球加速的轨道。

但人们的注意力都集中在天空中出现的那个恐怖的大环上:吞食者此时已驶近地球,它的引力产生的巨大潮汐已摧毁了所有的沿海城市。吞食者尾部的发动机闪着一圈蓝色的光芒,它正在进行最后的轨道调整,以使其绕太阳运行的轨道与地球保持同步,同时使自己与地球的自转轴线对准在同一直线上,然后它将缓缓向地球移动,将其套入大环中。

月球的加速持续了两个月,这期间在它的推进面平均两三秒钟就爆炸一枚核弹,到目前为止已引爆了二百五十多万枚,加速后的月球环绕地球第二圈的轨道形状已变得很扁,当月球运行到这椭圆轨道的顶端时,应元帅的邀请,大牙同他一起来到了月球面向前进方向一面,他们站在环形山环绕的平原上,感受着从月球另一面传来的震动,仿佛这颗地球卫星的中心有一颗强劲的心脏。在漆黑的太空背景下,吞食者的巨环光彩夺目,占据了半个天空。

"太棒了,元帅虫虫,真的太棒了!"大牙对元帅由衷地赞叹着,"不过你们要抓紧,只再有一圈的加速时间了,吞食帝国可没有等待别人的习惯。我还有个疑问:我们下面十年前就已建成的地下城还空着,那些移民什么时候来?你们的月地飞船能在一个月时间里从地球迁移十万人?"

"不会迁移任何人了,我们将是月球上最后的人类。"

听到这话,大牙吃惊地转过身去,看到了元帅所说的"我们":这时地球太空部队的五千名将士，在环形山平原上站成严整的方阵，方阵前面，一名士兵展开一面蓝色的旗帜。

"看，这是我们行星的旗帜，地球对吞食帝国宣战了！"

大牙呆呆地站着，迷惑多于惊讶，紧接着，他四脚朝天摔倒了，这是由于月面突然增加的重力所致。大牙一动不动地趴在地上，他那庞大身体激起的月尘在周围缓缓降落，但很快月尘又扬起来，这是从月球另一面传来的剧烈震波所致，这震动使平原蒙上了一层白色的尘被。大牙知道，在月球的另一面，核弹的爆炸密度突然增加了几倍，从重力的急增他也能推测出月球的加速度也增加了几倍。他翻了个滚，从太空服胸前的口袋里掏出硕大的袖珍电脑，调出了月球目前的轨道，他看到，如果这剧增的加速度持续下去，轨道将不再闭合，月球将脱离地球引力冲向太空，一条闪着红光的虚线标示出预测的方向。

月球径直撞向吞食者！

大牙缓缓地站了起来，任手中的电脑掉下去。他抬头看去，在突然增加的重力和波浪般的尘雾中，地球军团的方阵仍如磐石般稳立着。

"持续了一个世纪的阴谋。"大牙喃喃地说。

元帅点点头："你明白得晚了。"

大牙长叹着说，"我应该想到地球人与波江人是完全不同的两个物种，波江世界是一个以共生为进化基础的生态圈，没有自然选择和生存竞争，更不知战争为何物……我们却用这种习惯思维来套地球人，而你们，自从树上下来后就厮杀不断，怎么可能轻易被征服呢?！我……不可饶恕的失职啊！"

元帅说："波江人为我们提供了大量重要的信息，其中关于吞食者的加速度极限值就是人类这个作战方案的基础：如果引爆月球上的转向核弹，月球的轨道机动加速度将是吞食者速度极限值的3倍，这就是说它比吞食者灵活3倍，你们不可能躲开这次撞击的。"

大牙说："其实我们也不是完全没有戒备，当地球开始生产大量核弹时，我们时刻监视着这些核弹的去向，确保它们被放置在月球地层中，可没有想到……"

元帅在面罩后面微微一笑："我们不会傻到用核弹直接攻击吞食者，地球人那些简陋的导弹在半途中就会被身经百战的吞食帝国全部拦截,但你们无法拦截巨大的月球,也许凭借吞食者的力量最终能击碎它或使其转向,但现在距离已经很近,时间来不及了。"

"狡诈的虫虫,阴险的虫虫,恶毒的虫虫……吞食帝国是心肠实在的文明,把什么都说在明处,可是最终被狡诈阴险的地球虫虫骗了。"大牙咬牙切齿地说,狂怒中想用大爪子抓元帅,但在士兵们指向他的冲锋枪前停住了,他没有忘记自己也是血肉之躯,一梭子子弹足以让他丧命。

元帅对大牙说:"我们要走了,劝你也离开月球吧,不然会死在吞食帝国的核弹之下的。"

元帅说得很对,大牙和人类太空部队刚刚飞离月球,吞食者的截击导弹就击中了月面。这时月球的两面都闪烁着强光,朝向前进方向的一面也有大量的岩石被炸飞到太空中,与推进面不同的是,这些岩石是朝着各个方向漫无目标地飞散开,从地球上看去,撞向吞食者的月球如一个披着怒发的斗士,任何力量都无法阻挡它!在能看到月球的大陆上,人山人海爆发出狂热的欢呼。

吞食者的拦截行动只持续了不长的时间就停止了,因为他们发现这毫无意义,在月球走完短暂的距离之前,既不可能使它转向更不可能击碎它。

月球上的推进核弹也停止了爆炸,速度已经足够,地球保卫者要留下足够的核弹进行最后的轨道机动。

一切都沉静下来,在冷寂的太空中,吞食者和地球的卫星静静地相向飘行着,它们之间的距离在急剧缩短,当两者的距离缩短至 50 万公里时,从地球统帅部所在的指挥舰上看去,月球已与"轮胎"重叠,像是轴承圈上的一粒钢珠。

直到这时,吞食者的航向也没有任何变化,这是容易理解的:过早的轨道机动会使月球也做出相应的反应,真正有意义的躲避动作要在月球最后撞击前进行,这就像两名用长矛决头的中世纪骑士,他们骑马越过长长的距离逼近对方,但真正决定胜负是在即将相互接触的一小段距离内。

银河系的两大文明都屏住了呼吸,等待着那最后的时刻。

当距离缩短至 35 万公里时,双方的机动航行开始了。吞食者的发动机首先喷出了上万公里的蓝色烈焰，开始躲避；月球上的核弹则以空前的密度和频率疯狂地引爆，进行着相应的攻击方向修正，它那弯曲的尾迹清楚地描绘出航线的变化。吞食者喷出的上万公里长的蓝色光河的头部镶嵌着月球核弹银色的闪光，构成了太阳系有史以来最壮观的景象。

双方的机动航行进行了3个小时，它们的距离已缩短至5万公里，计算机显示的结果令指挥舰上的人们不敢相信自己的眼睛：吞食者的变轨加速度四倍于波江晶体提供的极限值！以前深信不疑的吞食者的加速度极限，一直是地球人取胜的基础，现在，月球上剩余的核弹已没有能力对攻击方向做出足够的调整，计算表明，即使尽全力变轨，半小时后，月球也将以400公里的距离与吞食者擦肩而过。

在一阵令人目眩的剧烈闪光后，月球耗尽了最后的核弹，几乎与此同时，吞食者的发动机也关闭了。在死一般的寂静中，惯性定律完成了这篇宏伟史诗的最后章节：月球紧擦着吞食者的边缘飞过，由于其速度很高，吞食者的引力没能将其捕获，但扭弯了它的飘行轨迹，月球掠过吞食者后，无声地向远离太阳的方向飞去。

指挥舰上，统帅部的人们在死一般的沉默中度过了几分钟。

"波江人骗了我们。"一位将军低声说。

"也许，那块晶体只是吞食帝国的一个圈套！"一位参谋喊道。

统帅部瞬间陷入一片混乱，每个人都声嘶力竭地叫喊着，以掩盖或发泄自己的绝望，几名文职人员或哭泣或抓着自己的头发，精神已到了崩溃的边缘，只有元帅仍静静地站在大显示屏前，他慢慢转过身来，用一句话稳住了局面：

"我提请各位注意一个现象：吞食者的发动机为什么要关闭？"

这话引起了所有人的思考，是的，在月球耗尽核弹后，敌人的发动机没有理由关闭，因为他们不可能知道月球上是否还剩有核弹，同时考虑吞食者的引力捕获月球的危险，也应该继续进行躲避加速，继续拉开与月球攻击线的距离，而不可能仅仅满足于这400公里的微小间距。

"给我吞食者外表面的近距离图像。"元帅说。

大屏幕上出现了一幅全息画面，这是一个飞掠吞食者的地球小型高速侦察器在其表面500公里上空传回的，吞食者灯光灿烂的大陆历历在目，人们敬畏地看着那线条粗放的钢铁山脉和峡谷缓缓移过。一条黑色的长缝引起了元帅的注意，在过去的一个世纪中，他已记熟了吞食者外表面的每一个细节，绝对肯定这条长缝以前是不存在的，很快别人也注意到了：

"这是什么？一条……裂缝？"

"是的，裂缝，一条长达5000公里的裂缝。"元帅点点头说，"波江人没有骗我们，晶体带来的资料是真实的，那个加速度极限确实存在，但当月球逼近时，绝望的吞食者不顾一切地用超限四倍的加速度来躲避，这就是超限加速的后果：它被撕裂了。"

接下来，人们又发现了另外几条裂缝。

"看啊，那又是什么？！"又有人惊叫，这时吞食者的自转正使它表面的另一部分进入视野，金属大陆的边缘上出现了一个刺目的光球，如同它那辽阔地平线上的日出一般。

"自转发动机！"一名军官说。

"是的，是吞食者赤道上很少启动的自转发动机，它此时正在以最大功率刹住自转！"

"元帅，这证实了您的看法！！"

"尽快用各种观测手段取得详细资料，进行模拟！"元帅说，但在这之前一切已在进行中了。

经一个世纪建立起来的精确描述吞食者物理结构的数学模型，在从前方取得必需的数据后高速运转，模拟结果很快出来了：需近40小时的时间，自转发动机才能把吞食者的自转速度减至毁灭值之下，而如果高于这个转速，离心力将使已被撕裂的吞食者在18个小时内完全解体。

人们欢呼起来。

大屏幕上接着映出了吞食者解体时的全息模拟图像：解体的过程很慢，如同梦幻，在漆黑太空的背景上，这个巨大的世界如同一团浮在咖啡上的奶沫一样散开来，边缘的碎块渐渐隐没于黑暗之中，仿佛被太空溶解了，只有不时出现的爆炸的闪光才使它们重新现形。

元帅并没有同人们一起观赏这令人心旷神怡的画面，他远离人群，站在另一块大屏幕前注视着现实中的吞食者，脸上没有一点胜利的喜悦。冷静下来的人们注意到了他，也纷纷站到这个屏幕下，他们发现，吞食者尾部的蓝色光环又出现了，它再次启动了推进发动机。在环体已经被严重损伤的情况下，这似乎是一个不可理解的错误，这时任何微小的加速度都可能导致大环解体。而吞食者的运行方向更让人迷惑：它正在缓缓回到躲避月球攻击前所在的位置，谨慎地建立与地球同步的太阳轨道，并使自己和地球的自转轴对准在一条直线上。

"怎么？这时它还想吃地球？"有人吃惊地说，他的话引起了稀疏的笑声，但笑声戛然而止，人们看到了元帅的表情：他已不再看屏幕，双眼紧闭，苍白的脸上毫无表情。一个世纪以来，作为抗击吞食者的精神支柱之一，太空将士们已经熟悉了他的音容，他们从来没有见到他像这样。人们冷静下来，再看屏幕，终于明白了一个严峻的现实：

吞食者还有一条活路。

吞食地球的航行开始了，已与地球运行同步自转同轴的吞食者向着这颗行星的南极移动。如果它慢了，会在自转的离心力下解体；如果太快，推进的加速度可能使其提前解体。吞食者正走在一条生存的钢丝绳上，它必须绝对准确地把握住时间和速度的平衡。

在地球的南极被套入大环前的一段时间，太空中的人们看到，南极大陆的海岸线形状在急剧变化，这个大陆像一块热煎锅上的牛油一样缩小着面积，地球的海水在吞食者引力的拉动下涌向南极，地球顶端那块雪白的大陆正在被滔天巨浪所吞没。

这时吞食者大环上的裂缝越来越多，且都在延长扩宽，最初出现的那几条裂缝已不再是黑色的，里面透出了暗红色的火光，像几千公里长的地狱之门。有几条蛛丝般的白色细线从大环表面升起，接下来这样的细线越来越多，出现在大环的每一部分，仿佛吞食者长出了稀疏的头发。这是从大环上发射的飞船的尾迹，吞食者开始从他们将要毁灭的世界逃命了。

但当地球被大环吞入一半时，情况发生了逆转：地球的引力像无数根无形的辐条拉住了正在解体的大环，吞食者表面不再有新的裂缝出现，已有的裂缝也停止了扩展。十四小时过去后，地球被完全套入大环，它那引力的辐条变得更加强劲有力，吞食者表面的裂缝开始缩小，又过了5个小时，这些裂缝完全合拢了。

在指挥舰上，统帅部的大屏幕都黑了，甚至连灯都灭了，只有太阳从舷窗中投进惨白的光芒。为了产生人工重力，飞船中部仍在缓缓旋转，使得太阳从不同位置的舷窗中升升降降，光影流转，仿佛在追述着人类那已永远成为过去的日日夜夜。

"谢谢各位在过去一个世纪中尽职尽责的工作，谢谢。"元帅说，并向统帅部的全体人员敬礼，在将士们的注视下，他平静地整理了一下自己的军装，其他的人也这样做了。

人类失败了，但地球保卫者们已经尽到了自己的责任，对于尽责的战士来说，这一时刻仍是辉煌的，他们接受了平静的良心授予自己的无形的勋章，他们有权享受这一时光。

尾声　归宿

"真的有水啊！"一名年轻上尉惊喜地叫出来，面前确实是一片广阔的水面，在昏黄的天空下泛着鳞鳞波光。

元帅摘下太空服的手套，捧起一点水，推开面罩尝了尝，又赶紧将面罩合上："嗯，还不是太咸。"看到上尉也想打开面罩，他制止说："会得减压病的，大气成分倒没问题，硫磺之类的有毒成分已经很淡了，但气压太低，相当于战前的一万米高空。"

又一名将军在脚下的沙子中挖着什么，"也许会有些草种子的。"他抬头对元帅笑笑说。

元帅摇摇头："这里战前是海底。"

"我们可以到离这里不远的11号新陆地去看看，那里说不定会有。"那名上尉说。

"有也早烤焦了。"有人叹息道。

大家举目四望，地平线处有连绵的山脉，它们是最近一次造山运动的产物,青色的山体由赤裸的岩石构成,从山顶流下的岩浆河发着暗红的光,使山脉像一个巨人淌血的躯体,但大地上的岩浆河已经消失了。

这是战后230年的地球。

战争结束后,统帅部幸存的一百多人在指挥舰上进入冬眠器,等待着地球被吞食者吐出后重返家园。指挥舰则成为一颗卫星,在一个宽大的轨道上围绕着由吞食者和地球组成的联合星体运行。在以后的时间里,吞食帝国并没有打扰他们。

战后第125年,指挥舰上的传感系统发现吞食者正在吐出地球,就唤醒了一部分冬眠者。当这些人醒来后,吞食者已飞离地球,向金星方向航行,而这时的地球已变成一颗人们完全陌生的行星,像一块刚从炉子里取出的火炭,海洋早已消失,大地覆盖着蛛网般的岩浆河流。他们只好继续冬眠,重新设定传感器,等待着地球冷却,这一等又是一个世纪。

冬眠者们再次醒来时,发现地球已冷却成一个荒凉的黄色行星,剧烈的地质运动已经平息下来,虽然生命早已消失,但有稀薄的大气,甚至还发现了残存的海洋,于是他们就在一个大小如战前内陆湖泊的残海边着陆了。

一阵轰鸣声,就是在这稀薄的空气中也震耳欲聋,那艘熟悉的外形粗笨的吞食帝国飞船在人类的飞船不远处着陆,高大的舱门打开后,大牙拄着一根电线杆长度的拐杖颤颤地走下来。

"啊,您还活着?!有500岁了吧?"元帅同他打招呼。

"我哪能活那么久啊,战后30年我也冬眠了,就是为了能再见你们一面。"

"吞食者现在在哪儿?"

大牙指向天空的一个方向:"晚上才能看见,只是一个暗淡的小星星,它已航出木星轨道。"

"它在离开太阳系吗?"

大牙点点头:"我今天就要启程去追它了。"

"我们都老了。"

"老了……"大牙黯然地点点头,哆嗦着把拐杖换了手,"这个世界,现在……"他指指天空和大地。

"有少量的水和大气留了下来，这算是吞食帝国的仁慈吗？"

大牙摇摇头："与仁慈无关，这是你们的功绩。"

地球战士们不解地看着大牙。

"哦，在那场战争中，吞食帝国遭受了前所未有的创伤，在那次大环撕裂中死了上亿人，生态系统也被严重损坏，战后用了50个地球年的时间才初步修复。这以后才有能力开始对地球的咀嚼。但你知道，我们在太阳系的时间有限，如果不能及时离开，有一片星际尘埃会飘到我们前面的航线上，如果绕道，我们到达下一个恒星系的时间就会晚一万七千年，那颗恒星将会发生变化，烧毁我们要吞食的那几颗行星，所以对太阳系几颗行星的咀嚼就很匆忙，吃得不太干净。"

"这让我们感到许多的安慰和荣誉。"元帅看看周围的人们说。

"你们当之无愧，那真是一场伟大的星际战争，在吞食帝国漫长的征战史中，你们是最出色的战士之一！直到现在，帝国的行吟诗人还在到处传唱着地球战士史诗般的战绩。"

"我们更想让人类记住这场战争，对了，现在人类怎样了？"

"战后大约有20亿人类移居到吞食帝国，占人类总数的一半。"大牙说着，打开了他的手提电脑宽大的屏幕，上面映出人类在吞食者上生活的画面：蓝天下一片美丽的草原，一群快乐的人在歌唱舞蹈，一时难以分辨出这些人的性别，因为他们的皮肤都是那么细腻白嫩，都身着轻纱般的长服，头上装饰着美丽的花环。远处有一座漂亮的城堡，其形状显然来自地球童话，色彩之鲜艳如同用奶油和巧克力建造的。镜头拉近，元帅细看这些漂亮人儿的表情，确信他们真的是处于快乐之中，这是一种真正无忧无虑的快乐，如水晶般单纯，战前的人类只在童年能够短暂地享受。

"必须保证它们的绝对快乐，这是饲养中起码的技术要求，否则肉质得不到保证。地球人是高档食品，只有吞食帝国的上层社会才有钱享用，这种美味像我都是吃不起的。哦，元帅，我们找到了您的曾孙，录下了他对您说的话，想看吗？"

元帅吃惊地看了大牙一眼，点点头。屏幕上出现了一个皮肤细嫩的漂亮男孩，从面容上看他可能只有 10 岁，但身材却有成年人那么高，他一双女人般的小手儿拿着一个花环，显然是刚刚被从舞会上叫过来，他眨着一双水灵灵的大眼睛说："听说曾祖父您还活着？我只求您一件事，千万不要来见我啊！我会恶心死的！想到战前人类的生活我们都会恶心死的，那是狼的生活、蟑螂的生活！你和你的那些地球战士还想维持这种生活，差一点儿真的阻止人类进入这个美丽的天堂了！变态！您知道您让我多么羞耻，您知道您让我多么恶心吗？呸！不要来找我！呸！快死吧你！！"说完他又蹦跳着加入到草原上的舞会中去了。

大牙首先打破了尴尬的沉默："他将活过 60 岁，能活多久就活多久，不会被宰杀。"

"如果是因为我的缘故十分感谢。"元帅凄凉地笑了一下说。

"不是，在得知自己的身世后，他很沮丧，也充满了对您的仇恨，这类情绪会使他的肉质不合格的。"

大牙感慨地看着面前这最后一批真正的人，他们身上的太空服已破旧不堪，脸上都深刻着岁月的沧桑，在昏黄的阳光中如同地球大地上一群锈迹斑斑的铁像。

大牙合上电脑，充满谦意地说："本来不想让大家看这些的，但你们都是真正的战士，能够勇敢地面对现实，要承认……"他犹豫了一下才说，"人类文明完了。"

"是你们毁灭了地球文明，"元帅凝视着远方说，"你们犯下了滔天罪行！"

"我们终于又开始谈道德了。"大牙咧嘴一笑说。

"在入侵我们的家园并极其野蛮地吞食一切后，我不认为你们还有这个资格。"元帅冷冷地说，其他的人不再关注他们的谈话，吞食者文明冷酷残暴的程度已超出人类的理解力，人们现在真的没有兴趣再同其进行道德方面的交流了。

"不，我们有资格，我现在还真想同人类谈谈道德……'您怎么拿起来就吃啊！'"

大牙最后这句话让所有人浑身一震，这话不是从翻译器中传出，而是大牙亲口说的，虽然嗓门震耳，但他对3个世纪前元帅的声调模仿得惟妙惟肖。

大牙通过翻译器接着说："元帅，您在300年前的那次感觉是对的：星际间的不同文明，其相似要比差异更令人震惊，我们确实不应该这么像。"

人们都把目光聚焦在大牙身上，他们都预感，一个惊天的大秘密将被揭开。

大牙动动拐杖使自己站直，看着远方说："朋友们，我们都是太阳的孩子，地球是我们共同的家园，但我们比你们更有权力拥有她！因为在你们之前的一亿四千万年，我们的先祖就在这个美丽的行星上生活，并创造了灿烂的文明。"

地球战士们呆呆地看着大牙，身边的残海跳跃着昏黄的阳光，远方的新山脉流淌着血红的岩浆，越过6000万年的沧桑时光，曾经覆盖地球的两大物种在这劫后的母亲星球上凄凉地相会了。

"恐——龙——"有人低声惊叫。

大牙点点头："恐龙文明崛起于一亿地球年之前，就是你们地质纪年的中生代白垩纪中期，在白垩纪晚期达到鼎盛。我们是一个体形巨大的物种，对生态的消耗量极大，随着恐龙人口的急剧增加，地球生态圈已难以维持恐龙社会的生存，接着又吃光了刚刚拥有初级生态的火星。地球上恐龙文明的历史长达两千万年，但恐龙社会真正的急剧膨胀也就是几千年的事，其在生态上造成的影响从地质纪年的长度看很像一场突然爆发的大灾难，这就是你们所猜测的白垩纪灾难。

"终于有那么一天，所有的恐龙都登上了10艘巨大的世代飞船，航向茫茫星海。这10艘飞船最后合为一体，每到达一个有行星的恒星就扩建一次，经过6000万年，就成为现在的吞食帝国。"

"为什么要吃掉自己的家园呢？恐龙没有一点怀旧感吗？"有人问。

大牙陷入了回忆，"说来话长，星际空间确实茫茫无际，但与你们的想象不同，真正适合我们高等碳基生物生存的空间并不多。从我们所在的位置向银河系的中心方向，走不出两千光年就会遇到大片的星际尘埃，在其中既无法航行也无法生存，再向前则会遇到强辐射和大群游荡的黑洞……如果向相反的方向走呢，我们已在旋臂的末端，不远处就是无边无际的荒凉虚空。在适合生存的这片空间中，消耗量巨大的吞食帝国已吃光了所有的行星。现在，我们的唯一活路是航行到银河系的另一旋臂去，我们也不知道那里有什么，但在这片空间待下去肯定是死路一条。这次航行要持续1500万年，途中一片荒凉，我们必须在启程前贮备好所有的消耗品。这时的吞食帝国就像一个正在干涸的小水洼中的一条鱼，它必须在水洼完全干掉之前猛跳一下，虽然多半是落到旱地上在烈日下死去，但也有可能落到相邻的另一个水洼中活下去……至于怀旧感，在经历了几千万年的太空跋涉和数不清的星际战争后，恐龙种族早已是铁石心肠了，为了前面千万年的航程，吞食帝国要尽可能多吃一些东西……文明是什么？文明就是吞食，不停地吃啊吃，不停地扩张和膨胀，其他的一切都是次要的。"

元帅深思着说："难道生存竞争是宇宙间生命和文明进化的唯一法则？难道不能建立起一个自给自足的、内省的、多种生命共生的文明吗？像波江文明那样。"

大牙长出一口气说："我不是哲学家，也许可能吧，关键是谁先走出第一步呢？自己生存是以征服和消灭别人为基础的，这是这个宇宙中生命和文明生存的铁的法则，谁要首先不遵从它而自省起来，就必死无疑。"

大牙转身走上飞船，再出来时端着一个扁平的方盒子，那个盒子有三四米见方，起码要四个人才能抬起来，大牙把盒子平放到地上，掀起顶盖，人们看到盒子里装满了土，土上长着一片青草，在这已无生命的世界中，这绿色令所有人心动。

"这是一块战前地球的土地，战后我使这片土地上的所有植物和昆虫都进入冬眠，现在过了两个多世纪，又使它们同我一起苏醒。本想把这块土地带走做个纪念，唉，现在想想还是算了吧，还是把它放回它该在的地方吧，我们从母亲星球拿走的够多了。"

看着这一小片生机盎然的地球土地，人们的眼睛湿润了，他们现在知道，恐龙并非铁石心肠，在那比钢铁和岩石更冷酷的鳞甲后面，也有一颗渴望回家的心。

大牙一挥爪子，似乎想把自己从某种情绪中解脱出来："好了朋友们，我们一起走吧，到吞食帝国去，"看到人们的表情，他举起一只爪子："你们到那里当然不是作为家禽饲养，你们是伟大的战士，都将成为帝国的普通公民，你们还会得到一份工作：建立一个人类文明博物馆。"

地球战士们都把目光集中在元帅身上，他想了想，缓缓地点点头。

地球战士们一个接一个地上了大牙的飞船，那为恐龙准备的梯子他们必须一节一节引体向上爬上去。元帅是最后一个上飞船的人，他双手抓住飞船舷梯最下面的一节踏板的边缘，在把自己的身体拉离地面的时候，他最后看了一眼脚下地球的土地，此后他就停在那里看着地面，很长时间一动不动，他看到了——

蚂蚁。

这蚂蚁是从那块盒子中的土地里爬出来的，元帅放开抓着踏板的双手，蹲下身，让它爬到手上，举起那只手，再细细地看着它，它那黑宝石般的小身躯在阳光下闪闪发亮。元帅走到盒子旁，把这只蚂蚁放回到那片小小的草丛中，这时他又在草丛间的土面上发现了其他几只蚂蚁。

他站起身来，对刚来到身边的大牙说："我们走后，这些草和蚂蚁是地球上仅有的生命了。"

大牙默默无语。

元帅说："地球上的文明生物有越来越小的趋势，恐龙、人，然后可能是蚂蚁，"他又蹲下来深情地看着那些在草丛间穿行的小生命，"该轮到它们了。"

这时，地球战士们又纷纷从飞船上下来，返回到那块有生命的地球土地前，围成一圈深情地看着它。

大牙摇摇头说："草能活下去，这海边也许会下雨的，但蚂蚁不行。"

"因为空气稀薄吗？看样子它们好像没受影响。"

"不，空气没问题，与人不同，在这样的空气中它们能存活，关键是没有食物。"

"不能吃青草吗？"

"那就谁也活不下去了：在稀薄的空气中青草长得很慢，蚂蚁会吃光青草然后饿死，这倒很像吞食文明可能的最后结局。"

"您能从飞船上给它们留下些吃的吗?"

大牙又摇头:"我的飞船上除了生命冬眠系统和饮用水外什么都没有,我们在追上帝国前需要冬眠,你们的飞船上还有食物的吗?"

元帅也摇摇头:"只剩几支维持生命的注射营养液,没用的。"

大牙指指飞船:"我们还是抓紧时间吧,帝国加速很快,晚了我们要追不上它的。"

沉默。

"元帅,我们留下来。"一名年轻中尉说。

元帅坚定地点点头。

"留下来?干什么?!"大牙轮流着看看他们,惊讶地问,"你们飞船上的冬眠装置已接近报废,又没有食品,留下来等死吗?"

"留下来走出第一步。"元帅平静地说。

"?"

"您刚才提过的新文明的第一步。"

"你们……要作为蚂蚁的食物?!"

地球战士们都点点头。

大牙无言地注视了他们很长时间,然后转身拄着拐杖慢慢走向飞船。

"再见,朋友。"元帅在大牙身后高声说。

老恐龙长长地叹息了一声:"在我和我的子孙前面,是无尽的暗夜、不休的征战,茫茫宇宙,哪里是家哟。"人们看到他的脚下湿了一片,不知道是不是一滴眼泪。

恐龙的飞船在轰鸣中起飞,很快消失在西方的天空,在那个方向,太阳正在落下。

最后的地球战士们围着那块有生命的土地默默地坐了一会儿,然后,从元帅开始,大家纷纷掀起面罩,在沙地上躺了下来。

时间在流逝,太阳落下,晚霞使劫后的大地映在一片美丽的红光中,然后,有稀疏的星星在天空中出现,元帅发现,一直昏黄的天空这时居然现出了深蓝色。在稀薄的空气夺去他的知觉前,令他欣慰的是,他的太阳穴上有轻微的搔动感，蚂蚁正在爬上他的额头，这感觉让他回到了遥远的童年，在海边两棵棕榈树上拴着的一个小吊床上，他仰望着灿烂的星海，妈妈的手抚过他的额头……

夜晚降临了，残海平静如镜，毫不走样地映着横天而过的银河，这是这个行星有史以来最宁静的一个夜晚。

在这宁静中，地球重生了。

2002 年 9 月 1 日于娘子关

附录：刘慈欣经典语录

不知是我身处噩梦中，还是这整个宇宙都是一个造物主巨大而变态的头脑中的噩梦！我们都是一个超级骗局的牺牲品！这个骗局之巨大之可怕，上帝都会为之休克！

——《流浪地球》

我们必须抱有希望，这并不是因为希望真的存在，而是因为我们要做高贵的人。

——《流浪地球》

看着那蓝色的星球，我像在看着母亲的瞳仁，泪水在我的眼中打转。

——《超新星纪元》

所谓温暖，不过是宇宙诞生后一阵短暂的痉挛所产生的同样短暂的效应，它将像日落后的暮光一样转瞬即逝，能量将消失；只有寒冷永存，寒冷之美才是永恒之美。

——《梦之海》

如果说那个原始人对宇宙的几分钟凝视是看到了一颗宝石，其后你们所谓的整个人类文明，不过是弯腰去拾它罢了。

在一个不可知的宇宙里，我的心脏懒得跳动了。

当生存问题完全解决，当爱情因个体的异化和融和而消失，当艺术因过分的精致和晦涩而最终死亡，对宇宙终极美的追求便成为文明存在的唯一寄托。

宇宙的目的是什么？

—— 《朝闻道》

宇宙的最不可理解之处在于它是可以理解的；宇宙的最可理解之处在于它是不可理解的。

—— 《乡村教师》

"如果我比你先阵亡，请你也把我砌进这道墙里，这确实是一个好归宿。"师长说。

"我们两个不会相差太长时间的。"参谋长用他那特有的平静说。

—— 《全频带阻塞干扰》

我们以后有很长的时间相处，有很多的事要谈，但不要再从道德的角度谈了，在宇宙中，那东西没有意义。

—— 《吞食者》

我很不幸地不麻木，所以难以生存下去。

我的物理学啊，你这个冷酷的情人，你已穷尽之后我如何活得下去！

—— 《微观尽头》

美妙人生的关键在于你能迷上什么东西。

理想主义者和玩世不恭的人都觉得对方很可怜，可他们实际都很幸运。

——《球状闪电》

过去的人真笨，过去的人真难。

——《地火》

竞赛代替不了战争，就像葡萄酒代替不了鲜血。

——《光荣与梦想》

长城和金字塔都是完全失败的超级工程，前者没能挡住北方骑马民族的入侵，后者也没能使其中的法老木乃伊复活，但时间使这些都无关紧要，只有凝结于其上的人类精神永远光彩照人！

——《地球大炮》

为了苦难中的祖国，我扇动蝴蝶的翅膀。

——《混沌蝴蝶》